新文学选集

丁玲选集

开明出版社

图书在版编目(CIP)数据

丁玲选集/丁玲著. —北京：开明出版社，2016.4（2023.2重印）

（新文学选集. 第二辑）

ISBN 978-7-5131-2649-6

Ⅰ.①丁… Ⅱ.①丁… Ⅲ.①中国文学－现代文学－作品综合集 Ⅳ.①I216.2

中国版本图书馆 CIP 数据核字（2016）第 081537 号

责任编辑：卓玥　董晓君

书　　名：丁玲选集

出版人：陈滨滨

著　者：丁　玲

编辑者：新文学选集编辑委员会

主　编：茅　盾

出　　版：开明出版社（北京市海淀区西三环北路25号青政大厦6层）

印　　刷：山东华立印务有限公司

开　本：148＊210　1/32

印　张：12.875

字　数：267千字

版　次：2016年4月第一版

印　次：2023年2月第三次印刷

定　价：37.00

印刷、装订质量问题，出版社负责调换。联系电话：(010)88817647

作者像

手　迹

出版说明

新中国成立不久，中央人民政府文化部就成立了"新文学选集编辑委员会"，负责编选"新文学选集"，文化部部长茅盾任编委会主任，出版总署副署长叶圣陶、中宣部文艺处处长、作协党组书记兼副主席、《文艺报》主编丁玲、文艺理论家杨晦等任编委会委员。"新文学选集"1951年由开明书店出版，是新中国第一部汇集"五四"以来作家选集的丛书。

这套丛书分为两辑，第一辑是"已故作家及烈士的作品"，共12种，即《鲁迅选集》《瞿秋白选集》《郁达夫选集》《闻一多选集》《朱自清选集》《许地山选集》《蒋光慈选集》《鲁彦选集》《柔石选集》《胡也频选集》《洪灵菲选集》和《殷夫选集》。"健在作家"的选集为第二辑，也12种，即《郭沫若选集》《茅盾选集》《叶圣陶选集》《丁玲选集》《田汉选集》《巴金选集》《老舍选集》《洪深选集》《艾青选集》《张天翼选集》《曹禺选集》和《赵树理选集》。

"选集"的编排、装帧、设计、印制都相当考究。健在作家选集的封面由本人题签。已故作家中，"鲁迅选集"四个字选自鲁迅生前自题的"鲁迅自选集"，其他作家的书名均由郭沫若题写。正文前印有作者照片、手迹、《编辑凡例》和《序》；"已故作家"的"选集"中有的还附有《小传》，《序》也不止一篇。初版本为大 32 开软精装本，另有乙种本（即普及本）。软精装本扉页和封底衬页居中都印有鲁迅与毛泽东的侧面头像，因为占的版面较大，格外引人注目。毛泽东在《新民主主义论》中称鲁迅"是文化新军的最伟大和最英勇的旗手"，"是中国文化革命的主将"，"不但是伟大的文学家，而且是伟大的思想家和伟大的革命家"，"鲁迅的方向，就是中华民族新文化的方向"，刊印鲁迅头像是为了突出鲁迅在新文学史上的权威地位，将鲁迅头像与毛泽东头像并列刊印在一起，则寄寓着以鲁迅为代表的"五四"新文学发展的最终方向，就是走向 1942 年以后的文艺上的"毛泽东时代"。学习毛泽东《在延安文艺座谈会上的讲话》，实践毛泽东提出的革命文艺发展的正确方针，是新中国文学发展的必由之路。

"已故作家"中，鲁迅、朱自清、许地山、鲁彦、蒋光慈五人"因病致死"；瞿秋白、郁达夫、闻一多、柔石、胡也频、洪灵菲、殷夫七人都是"烈士"，是被反动派杀害的。鲁迅和瞿秋白是"左联"主要领导人；蒋光慈、洪灵菲、胡也频、柔石、殷夫都是"左翼作家"。闻一多、朱自清是"民主主义者和民主个人主义者"，但他们"在美国帝国主义者及其走狗国民党反动派面前站起来了"，"闻一多拍案而起，横眉怒对国民党的手枪，宁可倒下去，不愿屈服。朱自清一身重病，宁可饿死，不领美国的'救济粮'。他们是我们民族的脊梁"，"表现了我们民族的英雄气概"。① "已故作家"和"烈士作家"选集的出版，"正说明了中国人民的、革命的文学和文化所走过来的路，是壮烈的"②。

"健在作家"中郭沫若位居政务院副总理兼文教委主任，是国家领导人。茅盾"是党的最早的一批党员之一，曾积极参加党的筹备工作和早期工作"，③ 又是新中国的文化部部长、作家协会主席，身份特殊。洪深、丁玲、张天翼、田汉、艾青、赵树理等都是党员作家。叶圣陶、巴金、老舍、曹禺等人在文学上的成就自不待言，又都是我党亲密的朋友，是"进步的革命的文艺运动"（茅盾语）的参与者，是"革命文艺家"④。

"健在作家的作品"，由作家本人编选，或由作家本人委托他人代选。"已故作家及烈士的作品"，由编委会约请专人编选。《郁达夫选集》由丁易编选、《洪灵菲选集》由孟超编选，《殷夫选集》由阿英编选，《柔石选集》由魏金枝编选，《胡也频选集》由丁玲编选，《蒋光慈选集》由黄药眠编选，《闻一多选集》和《朱自清选集》均由李广田编选，《鲁彦选集》由周立波编选，《许地山选集》由杨刚编选。编委会约请的编选者

---

① 毛泽东：《别了，司徒雷登》，《毛泽东选集》第 4 卷，人民出版社 1991 年版，第 1496 页。

② 冷火：《新文学的光辉道路——介绍开明书店出版的"新文学选集"》，《文汇报》1951 年 9 月 20 日第 4 版。

③ 胡耀邦：1981 年 4 月 11 日在沈雁冰追悼会上的致词。

④ 冷火：《新文学的光辉道路——介绍开明书店出版的"新文学选集"》，《文汇报》1951 年 9 月 20 日第 4 版。

多为名家，且与作者交谊深厚，对作者的创作及其为人都有深切的了解，能够全面把握作家的思想脉络，准确地阐述其作品的文学史意义。《鲁迅选集》和《瞿秋白选集》则由"新文学选集编辑委员会"编选，规格更高。

这套丛书的意义首先在于给"新文学"定位。《编辑凡例》中说："此所谓新文学，指'五四'以来，现实主义的文学作品而言"；"现实主义是'五四'以来新文学的主流"；"新文学的历史就是批判的现实主义到革命的现实主义的发展过程"。这种独尊"现实主义的文学"的做法，把浪漫主义、象征主义以及意识流小说等许许多多优秀的文学作品挡在"新文学"的门槛之外了，在今天看来不免"太偏"，可在新中国成立伊始的"大欢乐的节日"里，似乎是"全社会"的"共识"。《编辑凡例》还说："这套丛书既然打算依据中国新文学的历史发展的过程，选辑'五四'以来具有时代意义的作品"，使读者"藉本丛书之助"，"能以比较经济的时间和精力对于新文学的发展的过程获得基本的初步的知识"，从而点出了这部"新文学选集"的"文学史意义"：编选的是"作品"，展示的则是"新文学的发展的过程"。把"现实主义的文学"作为"新文学"的主流，以此来筛选作品；重塑"新文学"的图景；规范"新文学史"的写作；建构"新文学"的传统；回归"完整的理论体系和最高指导原则"；为新中国的文学创作提供借鉴和资源，乃是这套"新文学选集"的意义和使命所在，因而被誉为"新文学的纪程碑"。

遗憾的是这套丛书未能出全。"已故作家及烈士的作品"

只出了 11 种，《瞿秋白选集》未能出版。瞿秋白曾经是中共的"领袖"，按当时的归定：中央一级领导人的文字要公开发表，必须经中央批准。再加上瞿秋白对"新文学"评价太低，他个别文艺论文中的见解与"左翼"话语相抵牾，出于慎重的考虑，只好延后。健在作家的选集也只出了 11 种，《田汉选集》未能出版。他在 1955 年人民文学出版社出版的《〈田汉剧作选〉后记》中对此做了解释：

> 当 1950 年新文学选集编辑委员会编选五四作品的时候，我虽也光荣地被指定搞一个选集，但我是十分惶恐的。我想——那样的东西在日益提高的人民的文艺要求下，能拿得出去吗？再加，有些作品的底稿和印本在我流离转徙的生活中都散失了，这一编辑工作无形中就延搁下来了。

"作品的底稿和印本"的"散失"，并不是理由；"惶恐"作品"在日益提高的人民的文艺要求下，能拿得出去吗？"，这才是"延搁"的主因。出版的这 22 种选集中，《鲁迅选集》分上、中、下三册，《郭沫若选集》分上、下二册，其馀 20 位作家都只有一册，规格和分量上的区别彰显了鲁迅和郭沫若在我国现代文学史上崇高的地位，鲁迅是新文化运动的旗手和主将，郭沫若是继鲁迅之后的又一位"主将"和"向导"①，从而为鲁郭茅巴老曹的排序定下规则。

鉴于这套丛书的重要意义，本社依开明版重印，并保留原有的风格，以飨读者。

开明出版社

---

① 周恩来：《我要说的话》，重庆《新华日报》1941 年 11 月 17 日第 1版。

编辑凡例

一、此所谓新文学，指"五四"以来，现实主义的文学作品而言。如果作一个历史的分析，可以说，现实主义是"五四"以来新文学的主流，而其中又包括着批判的现实主义（也曾被称为旧现实主义）和革命的现实主义（也曾被称为新现实主义）这两大类。新文学的历史就是从批判的现实主义到革命的现实主义的发展过程。一九四二年毛主席在延安文艺座谈会的讲话发表以后，革命的现实主义文学便有了一个新的更大的发展，并建立了自己完整的理论体系和最高指导原则。

二、现在这套丛书就打算依据这一历史的发展过程，选辑"五四"以来具有时代意义的作品，以便青年读者得以最经济的时间和精力获得新文学发展的初步的基本的知识。本来这样的选集可以有两种方式，一是按照作品时代先后，成一总集，又一是个别作家各自成一选集；这两个方式互有短长，现在所采取的，是后一方式。这里还有两个问题须要加以说明。第一，这套丛书既然打算依据中国新文学的历史发展的过程，选辑"五四"以来具有时代意义的作品，换言之，亦即企图藉本丛书之助而使读者能以比较经济的时间和精力对于新文学的发展的过程获得基本的初步的知识，因此，我们的选辑的对象主要是在一九四二年以前就已有重要作品出世的作家们。这一个范围，当然不是绝对的，然而大体上是有这么一个范围，并且也在这一点上，和《人民文艺丛书》作了分工。第二，适合于上述范围的作家与作品，当然也不止于本丛书现在的第一、二两辑所包罗的，我们的企图是，继此以后，陆续再出第三、四……等辑，而使本丛书的代表性更近于全面。

三、本丛书第一、二两辑共包罗作家二十四人，各集有为作家本人自选的，也有本丛书编委会约请专人代选的，如已故诸作家及烈士的作品。每集都有序文。二十馀年来，文艺界的烈士也不止于本丛书所包罗的那几位，但遗文搜集，常苦不全，所以现在就先选辑了这几位，将来再当增补。

新文学选集编辑委员会

一九五一年三月，北京

自　序

丁　玲

这本选集一共十六篇，是在四十八篇短篇小说中选出来的。创作日期是从一九二七年到一九四一年。从这本集子里面大约可以看得出一点点我的创作的道路。是长长的路，也是短短的路。

如果我长年只生活在这些故纸堆中，我想我会变得悲观的，我会失去信心的。但幸好我生活在一天天有新的事物在萌芽、生长，而又如此广阔的世界中，生活在新的文学一天天壮健起来的时代中，因此我不会为我个人的缓慢的进展而发愁，反以看到别人的飞跃进步而兴奋。我将鼓起勇气，并且会以侪于新生的群中，一得前进，引为光荣。我知道自己在创作中的缺点和不足，但我也知道我正依恃着什么，追求着什么来充实自己，来完成工作。我没有别的，我不要别的，我只向着一点，坚持一点，那就是毛泽东的思想，毛泽东的伟大的情感。

一九五一年六月一日

目 次

梦　珂

一

这是九月初的一天，几个女学生在操坪里打网球。

"看，鼻子!"其中一个这样急促地叫，脸朝着她的同伴。同伴慌了，跳过一边，从荷包里掏出小手绢，使劲地往鼻子上去擦。

网那边正发过一个球来，恰恰打在那喊叫者的腿上。大家都瞅着她那弯着腰两手抱住右腿只哼的样儿发笑。

"笑什么，看呀，看红鼻子先生的鼻子!"

原来那边走廊上正走来一个矮胖胖的教员。新学生进校没多久，对于教员还认识不清。不过这一个教员，他那红得像熟透了的樱桃的鼻子却很惹人注意，于是自自然然把他那特点代替了他的姓名。其实他不同别人的地方还够多：如同眼呢，是一个钝角的三角形，紧紧地挤在那很浮肿的眼皮里，走起路来，常常把一只大手放到头上不住地搔那稀稀的几根黄发。还有那咳嗽，永远的，痰是翻上翻下地在喉管里打滚，却总不见他吐出一口或两口来的。

这时他是从第八教室出来，满脸绯红，汗珠拥挤地在肉缝中用力地榨出，右手在秃头上使劲地乱搔，皮鞋也便在那石板上大声地响；这似乎是警告，又像是叹息："唉，慢点呀！不是明天又该皮匠阿二咒我了。"

气冲冲的，他已大步地走进教务处了。

操场上的人都急速地移动，打网球的几个人也就随着大众向第八教室走去。谁不想知道是不是又闹出了什么花样呢。

"是怎么一回事呢？"一个女生抢上前把门扭开。大家便一哄地挤了进去。室内三个五个人一起地在轻声地咕咕着，抱怨着，咒骂着……靠帐幔边，在铺有绛红色天鹅绒的矮榻上，有一个还没穿好衣服的模特儿正在无声地揩眼泪；既至看见了这一群闯入者的一些想侦求某种事件的眼光，不觉又陡地倒下去伏在榻上，肌肉是在一件像蝉翼般薄的大衫下不住地颤动。

"喂，什么事？"扭开门的女生问。但谁也没回答，都像被什么骇得噤住了的一样，只无声地做出那苦闷的表情。

挨墙的第三个画架边，站得有一个穿黑长衫的女郎，默默地楞着那对大眼，冷冷地注视着室内所有的人。等到当她慢慢地把那一排浓密的睫毛一盖下，就开始移动她那直立得像雕像的身躯，走过去捧起那模特儿的头来，紧紧地瞅着，于是那半裸体女子的眼泪更大颗大颗地在流。

"揩干！揩干！值不得这样伤心哟！"

她一件一件地去替那姑娘把衣穿好，正伸过手去预备撑起那身躯时，谁知那人又猛地扑到她怀里，一声一声地哭了起来。

好容易才又扶起那乱蓬蓬的头，虽说止了哭声，但还在抽抽咽咽地喊：

"这都是为了我啊……你，……我真难过……"

"嘿！这值什么，你放心，我是不在乎什么的，把眼泪揩干，让我来送你出去。"

当她们还走不到几步，从人群里便抢上一个长发的少年，一面打着招呼，一面便向她述说他不得不请她慢点走的理由，因为他很伤心这事的发生，他很能理解这事的内幕，所以他想开一个会议来解决这事。同时又有六七个人也一齐在发表他们个人的意见。声音杂闹得正像爆豆一样，谁也听不清谁的。但她却在闹声中大叫了起来：

"好吧，这时你们去开什么会议吧！哼，——我，我是无须乎什么的。我走了！"于是她挟着那泪人儿挤出了人众，急急地向教室门走去。

教室里更无次序地混乱了。

"喂，谁呀？"

"三级的，梦珂。"两个男生夹在人声中也这样地低语着。

以后呢，依旧是非常平静地又过下来了。只学校里再没见着梦珂的影子。红鼻子先生还是照样红起一个鼻子在走廊上蹭去又蹭来。直过了两个月，才又另雇得一个每星期来两次，一月拿二十块钱的姑娘，是代替那已许久不曾来的，上一个模特儿的职务。

梦珂她是一个退职太守的女儿。当太守年轻时，他生得确

是漂亮；又善于言谈，又会喝酒，又会花钱。从起身到睡觉，
都耽乐在花厅里。自然有一般时下的诗酒之士，以及贩古董、
字画的捐客们去承奉他，终日斗鸡走马，直到看看快把祖遗的
三百多亩田花完了，没奈何只好去运动做官。靠了曾中过一名
举人，又有两个在京的父执，所以毫不困难地起始便放了一任
太守。原想在两三年后再调好缺，谁知不久就被革了，原因是
受了朋友的欺骗，在不知不觉中做了一点被牵涉到风化的事。
于是他便在怨恨，悲愤中灰起心来，从此规规矩矩地安居在家
中，忍受着许多不适意的节俭。但不幸的事，还毫不容情接踵
地逼来，第二年他妻子便在难产中遗下一个女孩死了。这是他
在十八岁上娶过来的一个老翰林的女儿，虽说也是按照中国的
旧例，这婚姻是在两个小孩还吃奶的时候便定下的，但这姑娘
却因了在母家养成的贤淑性格，和一种自视非常高贵的心理，
所以从未为了他的挥霍，他的游荡，以及他后来的萎靡而又易
怒的神经质的脾气发生过龃龉。他自然是免不了那许多痛心的
叹息和眼泪，并且终身便在看管他那唯一的女儿中，夹着焦
愁，忧愤，慢慢地也就苍老了，在那所古屋里。

　　这幼女在自然的命运下，伴着那常常喝醉，常常骂人的父
亲一天一天地大了起来，长得像一枝兰花，颤蓬蓬的，瘦伶伶
的，面孔雪白。天然第一步学会的，便是把那细长细长的眉尖
一蹙一蹙，或是把那生有浓密睫毛的眼睑一阖下，就长声地叹
息起来。不过，也许是由于那放浪子的血液还遗留得有在这女
子的血管里的原故，所以同时她又很会像她父亲当年一样的狂
放的笑，和怎样的去煽动那美丽的眼。只可惜现在已缺少了那

可以从挥霍中得到快乐的东西了。

　　她在酉阳家里曾念过好几年书，也曾进过酉阳中学。到上海来是两年前的事。为了读书，为了想借此重振家声，她不得不使那老人拿叹息来送别她的独女，叮咛又叮咛地把她托付给一个住在上海的她的姑母，他的堂妹。

　　这天当梦珂把那当模特儿的姑娘送出校后，自己也就跳上一辆人力车。直转了十来个弯，到福熙路民厚南里最末的一家石库门前才停了下来。开门的是个三十多岁的娘姨，一见梦珂便满脸堆下笑来，仰起头直喊"小姐，小姐，客来咧！"楼窗上便伸出一个头来："谁呀？梦妹，快上来！"

　　这是梦珂最要好的朋友匀珍。她俩在小学、中学都是同在一块儿温书，一块儿玩耍。当梦珂到上海不久，匀珍的父亲也把匀珍同她的母亲、弟弟一股儿接到上海来了，自然是因为他的薪水加多了的原故。自匀珍搬来后，梦珂也就照例地每星期六来一次，星期下午才又回校。至于她姑母家里却要间三四个月才去打一个转。所以她来上海两年了，还不很能同表姊妹们厮熟，而匀珍家却已跑得像自己家里一样。

　　匀珍是正在替她父亲回一封朋友的信，听着门响便问梦珂今天怎么会有空来，是不是学校又放假，并请她坐，还接着说："只有两句了，等一等好吗？"既至没听到答声，于是赶忙丢下笔，一面把头抬起："不写了。怎么，你，你不舒服吗？"

　　梦珂始终沉默着。

　　"哼，不知又是同谁怄了气。"照经验是瞒不过她，只要一猜便猜中，心里虽说已明白，口里却不肯说穿，只逗着她说一些不相干的闲话。

把脸收到手腕中靠在椅背上去了,是表示不愿听的样子。

明白这意思,又赶快停住口不说。

匀珍的母亲也走来问长问短,梦珂看见那老太太的亲热,倒不好意思起来,也就笑了。到晚上吃面时,老太太看到那绿色的,新擀的菠菜面便不住地念起故乡来。是的,酉阳的确不能拿上海来相比,酉阳有高到走不上去的峻山,云只能在山脚边荡来荡去,从山顶流下许多条溪水,又清,又亮,又甜,当水流到悬岩边时,便一直住下倒,一倒就是几十丈,白沫都溅到一二十尺,响声在对面山上也能听见。树呢,总有多得数不清的二三十人围拢来还不够大的古树。算来里面也可以修一所上海的一楼一底的房子了。老太太不住地说,匀珍的父亲捻着胡子尽笑。毛子,匀珍的弟弟,却忍不住了:

"酉阳哪里有这样多的学校呢,并且也没有这样好……"

老太太还自有她的见地。本来,酉阳是不必有那样多学校的,并且酉阳的圣宫——中学校址——是修得极堂皇的,正殿上的横梁总有三尺宽,柱头也像桌子大小。便是殿前的那一溜台阶,五六十级,也就够爬了。"哼,单讲你那学校的秋千,看是多么笨,孤零零地站在操坪角上,比起我们祠堂里的来,像个什么东西!未必你们忘记了,想想看:好高!从那桐子树的横枝上坠下来,足足总有五六丈,上面的叶子,巴斗大一匹匹的,底下从不曾有过太阳光,小孩子在那里荡着时,才算标致。你大哥在时,还常常当打到东边就伸手摘那边权过来的桂花,只要有花,至少也可以抓下一把来,底下看的人便抢着去检花片。匀儿总该记得吧！"

匀珍眼望着父亲，含含糊糊地在答应。

梦珂因此却涌起许多过去的景象。仿佛自己正穿着银灰竹布短衫，躲在岩洞里看《西厢》。一群男孩子，有时也夹些女孩在外边溪沟头捉螃蟹，等到天晚了，这许多泥泞的脚在洞外便跑了过去，她也就走出洞来，趁着暮色回去。幺姑娘——看名称总够年轻吧——小孩们有时是叫幺妈的，这幺妈是曾在她家做过三四十年的老仆，照例是坐在朝门外石磴上等着她。

"快进去，爹在找你呢！"

先要把书塞给幺妈，是怕爹看见了骂人。爹一听到格扇门响，便在厢房里问道：

"是梦儿吧，怎么才回来？"

于是幺妈就忙了起来，喊三儿——幺妈的孙女——去给姑儿打脸水，四儿去催田大的饭，自己就去烫酒，常常把酒从酒坛里舀出，没倒进壶里去，却漏满了一地，直到喝的时候，才知道是个空壶，父亲和梦珂都大笑，三儿四儿也瞅着奶奶好笑。被笑的就不快活，咕着嘴跑到外面坪上去唤鸡，三儿才又舀一壶酒来烫着。

喝酒的时候，两人便说起梦话来。父亲只想再有像从前的那么一天，等到当日那般朋友又忘形地再向他恭维的时候，然后自己尽情地去辱骂他们，来倾泻这许多年来所尝的人情的苦味……梦珂只愿意把母亲的坟墓修好，筑得正像在书上所看见的一样，许多远便应排起石人，石马，一对一对的……末了，父亲发气了，专想找别人的错处好骂人。有时态度也会很温和的，感伤的，把手放到他女儿的头上，摸那条黑油油的长辫子，唉声地说："梦，你长得越像你母亲了。你看，你是不是近来又瘦了……"梦珂于是便把手遮住眼睛，靠在父亲的膝盖上动也不动。

一到雨天，梦珂便不必上学校去。这天父亲就像小孩般的高兴，带着女儿跑到花厅上——近来父亲一人是不去的——去听雨。父亲又一定要梦珂陪他下棋，常常为一颗子两人争得都红起脸来，结果，让步的还是父亲。

想到父亲绯红着脸只朝着她抢棋子的样儿，她不觉得微笑了。匀珍轻轻推了她一下："笑什么？"

望着匀珍更兀自好笑。那梳双丫髻的匀珍的影儿在眼前直晃。还有王三，袁大，自己二伯家的二和大，几人在一块时，总喜欢学那些男孩子跑到后山竹园里接竹尖。常常自己接到半路便在一棵大树上溜了下来，却窜到桃树上去，并且检起大桃子去打匀珍的丫髻。尤其好欺侮猪八戒，这是她给袁大的浑名，但袁大却顶同自己要好。这自然是因为又常护着她的原故。顶有趣还是瞒着幺妈偷一篮芋头，几人跑到山嘴上一棵大松树下烧来吃。检毛栗，杷菌子……现在想起这些来，都像梦一般了。还有那麻子周先生，讲起故事来多么有味，胡子在胸上拂来拂去的……

越想越恍惚，什么事又都像明确在眼前一样，连看牛的矮和尚，厨房田大，长工们也觉得亲热了起来……

最可忆的，还是幺妈，三儿，四儿……爹爹的铁青缎袍，自己的长辫，银灰竹布短衫……

刚剩她和匀珍两人时，她便把脚伸到匀珍的椅栏上去，先喊了一声"匀姊！"

"梦，想起什么了？"手慢慢伸过去，握着。

"匀姊！"

"……"只把手紧了一下。

"我厌倦了学校生活。"

"果然是同人怄了气。"口气还是不说出，只默默地望着她。

"我想回去，爹一人在家，一定寂寞得不像样……还有袁大她们都要念我的。"

匀珍心里却想："你也常常忘记了你爹的。哼，袁大，人家都快有小孩了，谁还会同你玩……"

既至她听了匀珍劝她不要回去的许多话，她又犹豫不决。真的，现在回去是再也没有人同她满山满坝地跑，谁也不会再去挡鱼，谁也不会再去采映山红。至于爹呢，现在有五叔家两个弟弟搬到这边来念书，想来也不会很寂寞。幺妈也还康健，三儿，四儿想都长大了——但，但是……学校呢……

想到这里，忍不住又愤怒起来：

"匀姊！无论如何我是不回学校去。"

于是她诉说：怎样那红鼻子当大众还没到的时候欺侮那女子，那女子骇得乱喊乱叫，怎样自己听见了跑去骂他，惹得那人恼怒了她，反在许多人前面去诬蔑她，虽说那许多同学都像很能理解她，但那无用，那冷淡，那事过后的奋勇，都深深地伤了她的心。她真万分不敢再在那里面住下去。无论如何得换个学校也比较好点。

两人商量了一夜，还是决定得先写封信告诉姑母，她们在上海住得久，对于学校的好歹也知道些，并且早先进这个学校，也是姑母的意思。

二

第二天下午从街巷口上，车铃马铃便一路响了进来，这是姑母来接梦珂的车子。表哥晓淞亲自也来接她。这是一个刚满二十五岁的青年，从法国回来还不到半年，好久以前便常常在杂志上看到他的名字，大半是翻译点小说。这天穿灰哔叽袍，非常谦卑地向匀珍说了几句感谢的话，便扶着他表妹跳进马车。穿制服的马夫把缰绳一紧，马便的得的得地走了起来，铃声又不断地响出去。街巷两边门里的妇女都随着铃声半开着门来瞧。车刚走出了里门，表哥便起始向她送过许多安慰的话；她写给她姑母的信，是被大众都看了，并且都能理解她，同情她，欢迎她去。"你是知道的，我家还住得有四个顶有趣的朋友。"最后他又称赞她的信写得非常之好，满含有文学的意味，令人只想一口气读完，舍不得放下，完了时，又希望还能再长点就好。

这是她初次听到这样不伤雅致的赞语，想起在酉阳中学时，那些先生们的什么"……如行云流水……"过火的批语，以及喊给别人听的"第一名"的粗鲁声音来，这真是使她不觉的眨起那对大眼惊诧地望着表哥。于是他也望着那浓密的睫毛惊诧起来:"呵,竟还有如许的一双美丽的眼呵。"

马车走进了大门,便慢慢地踱着,绕过一大片草地,在台阶边停下。楼上凉台上有个黄毛小头伸出来在喊叔叔。走廊上也正走出来表姊:

"我刚想总该到了吧。"

微微地又感到了些不安,当自己被一种浓艳的香水,香粉气紧紧地拥着时候,手指不觉地有点跳动在另外一双柔腻的纤手中。

客厅中有个乱发的男子,穿一件毛织的睡衣,蜷在屋角里的一张沙发上。

梦珂认得他。他还是她在小学时一个上一级的男生。是如何的顽皮呀,常常被先生扣留着要在吃晚饭时才准回家的一个孩子。

她把头侧过去,注视地想考察那一张已不像从前肮脏而是洗得干干净净的脸。

"呵……是……"当他忽然认识出她是谁来的时候,嘴里如此结结巴巴地喊着,杂乱的短发便在沙发上鲁莽地摇了几下。但表姊已携着她的手走出了客厅的门。表哥才走过去拍着他的肩:

"喂,好了些吗?"

在屋后的走廊上才找着姑母,一个已正在稍微发胖的四十多岁的太太,打扮得还很年轻。头顶上已脱了一小撮头发,但搽上油,远看也就看不出什么,两边是拢成髻头形,盖住一大半耳朵。拖着一幅齐脚的缎子长裙,走路时便会发出一种窸窣沙沙的响声。这时候是刚在厨房里吩咐怎样做玫瑰鸭子转来，微带点疲倦，把眼皮半垂着，躺在一张摇椅上，椅子便在那重的身躯下缓缓地，吃力地摇着。走廊的那端，有四个人围着一张小圆桌在玩扑克。

梦珂一看见姑母，却装成快乐的样子一路叫了进来，这大约是由于她明白，她懂得她父亲的嘱托，懂得自己一人独自在上海时，一切是必得依着姑母的话，虽说自己是只想暂住在匀珍家里。

姑母也给了她许多安慰的话，要她不要着急，等明年再去考学校，这里伴又多。就是要练习图画时，等下还可以给介绍一个教员呢。

大表哥两口子早就丢了扑克跑过来。表嫂非常凑趣，接着说：

"可不是，我们家又更热闹了呢，（扭过头去）哼，杨小姐！我可不希罕你，你尽管回去。"接着又得意地笑。那穿黄条纹洋服的少年，从桌边踱过来也附和着笑。

可是杨小姐呢，正狂热地在摇着梦珂的手，并把左手抱着她的肩膀："呵，梦妹梦妹，好久不见你了呵……"

这热烈的表示，又微微地骇了她一下，但竭力保持那原有的态度，"呵，是的，好久不见了，是的……"于是又张开那惊疑的大眼望着。

表姊给她介绍了那学经济的学生，那穿黄条纹洋服，戴宽边大眼镜的。挺着那高大的身躯，红的面颊上老是现着微微的笑，不待听他说话的腔调，一眼便可认出这正是个属于北方的漂亮的男子。

不久行李也从学校搬来了。梦珂独自留在特为她收拾出的一间房子里，心旌摇摇地站在窗台前，模模糊糊地回想适才的一切。客厅，地毡，瘦长的花旗袍，红嘴唇……便都在眼前舞蹈起来。为想故意去打断这思想，把手撑在窗台上，伸着头去看楼外的草坪：阳光已跑到园的一小角上去，隔壁红楼上一排玻璃窗正强烈地反射出刺目的金光。汽车的喇叭声，不断地从远处送来。及至反身来，又只看见自己的两只皮箱凌乱的，无声的，可怜地摊在那边矮凳上，大张着口呆呆地朝自己望着。于是她不觉地又倒在靠椅上。一双手便盖到脸上去，忐忑的心又移到了那渺茫的将来。

夜晚，她更是不能安睡地辗转在她的那张又香又软的新床上，指尖一摸触到那天鹅绒的枕缘，心便回味到那一切精致的装饰，漂亮的面孔，以及快乐的笑容……好像这都是能使她把前两天的一场气忿消失得净尽，而只醉一般地来领略这些从未梦想过的物质享受，以及这一些所谓的朋友情谊。但，实实在在这新的环境却只扰乱了她，拘束了她，当她回忆到自己的那些勉强装出来的样子，做得真像是非常自然的夹在那男女中笑谈着一切，不觉羞惭得把眼皮也润湿了。过后才又拿起许多"不得已"的理由，算是来宽恕了自己被逼迫做出来的那些丑态，但暗地里却不敢真的便把那一点愧心放下。如此地翻来覆去的，好半夜都不能睡着。真的，想起那自由的，坦白的，真情的，毫无虚饰的生活，除非再跳转到童时。"难道这里来的人都是不坦白，不真诚……"最后只好归怨到自己。为什么自己不忠实地来亲近这里所有的人。

"他们待我都是真好的……"在这样默念中，才稍稍含了点快意睡觉去。

的确的，这家里是谁也都欢迎她的。第一是表姊提议到她的那件黑线呢长袍样式已过时，应当还长些，并且也大了，衣料更觉得太粗，所以第二天一清早便把自己刚做好的一件咖啡色纽约绸的夹袍送来。她怕过分拂了别人的好意，虽说她一走路便感觉到十分不适意那窄小的袍缘，窸窣地绊着脚背，便是那质料的柔滑，光泽也使她在人前时会害羞得举止倒呆板起来。尤其当她忘记了快走时，那珠边很鲁莽地就碰在桌边或门缘，她又得急速地改变那走路的姿势，心就去惦记着那珠子总得又碰碎了几颗。

澹明，一个专门学校的图画教员，在她来的第一个晚上便得知这正是一个在学习绘画的女子，并且那明眸，那削肩又给了他许多兴趣，也就清理了几本顶好的是从法国带回来的裸体同风景画给她。她自然非常珍贵地把来放在特为她安置的写字台上，以便无事时翻来看。

白天常常同表嫂陪姑母谈话，当表姊们上学去时。后来又在她们处学会了扑克。倦了就找丽丽（表嫂的三岁的女儿）玩。晚上多半躺在床上把在晓淞处借来的几本小说从头到尾地细看。晓淞又特买了一盏杏黄色小纱灯送她，这是正宜于放在床头小几上的。

时光是箭一般地逝去。梦珂的不安也就随着时光逝去。慢慢也就放心放胆地过活起来。自然是比较又习惯了些这曾使她不敢接近的生活。

晚餐后是一天顶热闹的时候，大家总得齐集在客厅里，那学经济的北方先生便放开嗓子唱起皮黄来。醉心京调的杨小姐和表姊也就打起尖锐的小声跟着那转折处滚。晓淞同澹明常常述说着巴黎的博物馆，公园，戏院，饮食馆……梦珂总是极高兴地听着，有时也插进些问话。自己又存心地靠近那幼小时的同学坐着，希望能又找到一个可以重覆再谈着过去的一些乐事的人，当又没有同匀珍在一块的时候。在第四夜这谈话终于开始了。

"我想你会不很记得了，我是和梦如同班，在酉阳县立高小时。"

"怎么，会不记得你，'丙丙!'"

"早就不叫这个名字了，'雅南'，是在中学时就改了的。"不好意思的笑里又微露出一点被人不忘的得意。"近来梦如她们呢，还好吧?"

"我大姊吗，前年就嫁到秀山，近来二伯母一想起她时就哭。你是几时来的呢?"

"上月才从南京到这里，病了学校不好住。如果我早知道你也在上海，又同他们有亲，那我早就去访你了。亲，如若不是为了也有这芝麻大点亲时，我也不会住在这儿，也不会遇见你……"

于是每夜他们总坐在一张长靠背椅上讲着五六年前的一些故事，但当雅南有点讽刺地影射到这家里某人时，梦珂便把眉头一蹙："呀，九点半，我要去休息了。"或者便惊讶地问着：

"表姊呢？表姊在哪儿呢？"于是站起来离了客厅。雅南微微感
到失意地把头又缩进睡衣点，蜷成一团，默默地听其馀的人谈
音乐，跳舞，戏剧，电影……等到大众要散的时候，他才一步
一步拖回自己的房去。

很明显的，表姊是不喜欢雅南。有一天晚上，当她刚离开
客厅的时候，表姊便也随着她出来。一手附着她的臂膀，两人
并排地踏上楼梯。

"梦妹，怎么你们会说得那样亲热？"语调里似乎含有冷冷
的讥讽。

"他是住在我们对门山上的。小时就同学。"

"老说老说从前，也无味吧。梦妹，你可以去同澹明谈谈，
他真是一个有趣的人。"

"我自然也是喜欢同他谈话的。"

表姊把她送到房门边，依旧又很快乐地向她说着："明
天见。"

过了几天，她听了她们的怂恿，在澹明处拿了许多颜色，
画布，开始学起涂油来。常常整天躲在房子里照着那些自己所
爱的几张画模仿着。或涂着那从窗户里看见的蔚蓝的天空，对
门的竹篱，楼角上耸起的树……末后，费了四个钟头才画好一
张，也是从窗户里望见的景致，是园里的一角，在那丁香花丛
中搬来了屋后那草亭，前面的草坪中，丽丽正在玩一个大球。
自己看后觉得还满意，于是就去送给表姊，杨小姐就抢去给楼
下大众看。澹明第一个便说，"好呀。"晓淞也给她许多鼓励的
话。于是她仿佛也惊异起自己的天分来，从此更努力地作画，

并且也不再像先前只躲在自己房里画画窗外的景致，或又画画
自己的手和脚了。

晓淞又送来许多画具和颜料。还有一个极精致的画架，配
上一个三角小凳。这自然更能加增她出外写生的兴味。晓淞又
欢喜陪她，澹明也常常往学校请假。三个人便坐车到野外去，
有时也画一两张，有时因为谈话谈得太起劲，忘了画，尽把带
去的一些罐头牛肉……水果，面包，酒……吃完就回来了。但
这个小小的旅行却始终很有趣味。澹明既是具有那天生的活泼
和滑稽，表哥又是如此的温雅，体贴周到得像一个慈爱的母
亲，而梦珂真的便显得非常天真非常幼稚，简直像一个小妹妹
的样子了。

如同有一次，她正在晓淞房里帮表哥换金鱼缸里的水，只
听见隔壁房里大嚷大闹。丢了金鱼冲到澹明房里去，看见那学
经济的朱成红着脸在嚷要回棋。澹明呢，紧捻着那颗"车"
笑，硬不给回。后来还是听了她的调停，把"车"还给朱成，
但说定以后是不准再回的了。于是她也坐下去。棋又开始走
了；先走得都很平稳，过后因为澹明想吃将军，把马放过去，
却不知正走进人家的马口。朱成也没看到，还以为自己危险，
想了半天才叹了一口气把"将"偏了一步。澹明还想再去走
"马"。猛不防梦珂伸出一只左手把澹明的手压住，右手便把朱
成的那个"马"吃了。口里直叫"将军，将军！明哥莫动，我
替你走。"朱成知道自己忘记吃人家的"马"，反给人家把马吃
了，并且自己的将军只能又退回来，如果对面的一颗"车"再
逼下来，这盘棋便算完了，于是又嚷着要回。梦珂却已把棋子

和乱了，纵声地笑起来，澹明也附和着这得意，并且很放肆地望着她，还大胆地说了一些平日所不敢说的俏皮话，反使得她有好几天局促地不敢去亲近他。但不久也就又好了，因为她愿意自己再小孩一点；而他呢，也愿意装得更坦白一点，更老成一点。

又是在一个下棋的晚上。她是正坐在澹明的对面，晓淞是斜靠拢她的椅背边坐着，强认地要替她当顾问，时时把手从她的臂上伸出抢棋子。当身躯一向前倾去时，微弱的呼吸便使她后颈感到温温的微痒，于是把脸偏过去。晓淞便又可以看到她那眼睫毛的一排阴影直拖到鼻梁上，于是也偏过脸去，想细看那灯影下的黑眼珠。并把椅子又移拢去。梦珂却一心一意在盘算自己的棋，也没留心到对面还有一双眼睛在审视她纤长的手指，几个修得齐齐的透着嫩红的指甲衬在一双雪白的手上。皮肤也像是透明的一样。莹净的里面，隐隐分辨出许多一丝一丝的紫色脉纹，和细细的几缕青筋。澹明似乎是想到手以外的事了，所以总要人催促才能动子。看样子还以为在过分地用心，而结果是输定了。于是她高兴地掉过脸去："讲的不要你帮！二表哥，是不是我进步了？你看他老输！"表哥照例是表同意的无声的微笑。输的也高兴，又竭力地去夸赞她。

棋还没下完时，杨小姐同表姊手牵手地走了进来。

"看我，梦妹！"杨小姐一进门便嚷。

"呵，美透了！"澹明走去便把右手伸给她。还在那一束鸵鸟毛上嗅起来，这是在那一顶金色软帽上垂下的。嘴里不住地又在赞美那随着进来的香气。

　　梦珂是并不称许那一套漂亮衣服的，尤其是那件大红小坎肩，多么刺戟人的颜色呀！袍子也嫌太花，反不如表姊的那件玄色缎袍，只下边袍缘上一流织就的金色小浪花。但她却不得不慷慨她的赞诔，但又不知应如何说才惬合。过了半天只好也重覆地学着别人："呵，美透了！美透了！"眼睛便又放到那颜色太不调和的脂粉的面孔。

　　"梦妹！这是大哥提议，也是他做东，据他交易所的同事说，那新世界的黑姑娘的梨花大鼓，是如何的了不起。去，快换衣服去，你看他今夜回来得多么早！"

　　"不，"毫不思索地便回答了，这是因为她一听到"新世界"，便连想到过去的一幕：是刚到上海没多久，同着几个同学去玩，受窘于一群挤眉弄眼的男子。

　　懂了梦珂眼光的问询的晓淞，是微微地笑着，退到一张躺椅上去看书，是表示不愿出去的意思。表姊接着再要问时，杨小姐已一手拖着那还在迟疑的澹明折转身子走了："好，他们不去的！我们找'睡虫'去。"

　　大表哥亲自又来一次，但梦珂已上楼去了。

　　朱成已被他们吵醒，在睡眼惺忪地忙着洗脸。

　　从窗子下面传来汽车的喇叭声，知道大众已经走了。梦珂觉得有点烦闷，把袍子脱下，便走到凉台上去吹风。这是二十几里，月亮还没出来，织女星闪闪地在头上发出寒光。天河早已淡到不能揣拟出它的方向。清凉的风，一阵一阵飘起她的头发。这沉寂的夜色，似乎又触着她那无来由的感动，头是慢慢地低下去，手心紧紧地按着额头，身体也便无力地凭靠着石栏。

在这时，表哥无声地走上凉台。

"着凉！梦妹！"手是轻轻地附着她的臂膀。

看见了星光下的两颗亮晶晶东西在那双自己所爱恋的黑眼睛里闪耀，忍不住便紧紧地握住那另外的两只手。

梦珂反更张大起一双大眼望着表哥笑了起来。

两人挟着又走进屋里去。

表哥坐在一个矮凳上看梦珂穿衣。在短短的黑绸衬裙下露出一双圆圆的小腿，从薄丝袜里透出那细白的肉，眼光于是便深深地落在这腿上，好像还另外看见了一些别的东西。既至梦珂穿好了袍子时，他却狠狠地懊悔着适才自己不该催促她穿衣。这件宽袍直把腰间的曲线也给遮住。因为这样倒不能不称许女人的袍子是应当要瘦小点才好。

"我不喜欢这样，你痴痴地在想什么？"

毫不会感到困难，立刻他便想好了回答："梦妹！我是在想你——想你会不会答应同我去看电影。今晚，卡尔登演映《茶花女》……"

三年前梦珂便曾读过这篇杰作的翻译本，那时还曾洒过几次可笑的眼泪，既然现在正有这影片，为什么不去看，高高兴兴地倒催晓淞去换衣。

走到楼梯边时，听见丽丽在哭，跑到丽丽房里，只见表嫂也红起眼睛，丽丽倒在小床头放声地哭，小手小脚不住地在空中蜷缩，表嫂看见梦珂，才抱过丽丽来，说是丽丽有点肚子痛。丽丽睡到了母亲怀里，哭却停止了，但听见母亲扯谎，便又使劲地用拳头捶着母亲的胸脯。梦珂邀她同去看电影，她始终却说为了丽丽的保姆不在家而辞谢了。

梦珂又去找雅南，据听差说，一吃过晚饭南少爷就早走了。

因此只剩了她和表哥，两人便走往飞凤车行去雇车。

到卡尔登时，影片已开映了。由一个小手电灯做引导，梦珂紧携着表哥一只手，随着那尺径大的一块光走去，直到侧面最末的一间包厢才算空着。表哥让她坐好后，自己也就轻轻移动了一下那小软椅才靠紧她坐下。这时幕上正映着一个胖子，穿一件睡衣在飞机上翻来翻去。飞机又一时横过海面，一时又掠过高山，后来便在一座城市上打旋。梦珂心里正在疑惑，这又是什么呢，恰好表哥便凑过头来悄声地说："还好，正片还没开始呢。"梦珂懒得去看那胖子。拿眼睛便去搜索别的可看的东西。几盏小灯隐隐地在那音乐台上的蓝色纱幔里透出。上排和楼下望去尽是模模糊糊的显出密密人头的线条。隔壁包厢不时送过一阵阵的香味。背后有个人发出小小的嘘声，正谐和着那音乐的节奏，还不时用脚尖蹴出那拍子。

当刚映出那拖黑色长裙的女人出现在石阶梯上时，梦珂便专精注神地把眼光紧钉在幕上，一边体会着从前所看的那本小说，一边就真真把那化身的女伶认作茶花女，并且还去分担那悲痛，像自己也是陷在同一命运中似的。

有时也会感到旁边正有一个眼光也紧钉着她时，便伸过手去。

"真动人！看呀，表哥！"

　　"是的，真动人！"这是她不能体会出那言外的意思的一句答语。

　　正是她看得有味的时候，忽的那音乐便停止了，灯球也燃了，强烈的光四射着，这是休息的时候。表哥便问她要喝点咖啡啵，她只默默地摇动一下头，神经里还在晃着那修眉，大眼，瘦腰，那含愁的笑容，舞态……

　　表哥已从拥挤的走廊中走出外面了，因为这电影院中沉闷的，昏热的空气实苦了他，在他那已被激动的感情上加了许多苦痛，他是知道得很清楚，在一个还不很了解风情的女人面前，放肆了是只会偾事的。

　　食堂里挤进许多人和小孩，卖糖果和卖香烟的地方顶热闹。

　　没有走动的一些男人，便从坐位上站起来，伸长起颈项在找他们的朋友，其实眼光却又正在追随一些别的，哪里肯给遗漏掉一个女人的影子呢。

　　女太太们总喜欢几人把头凑在一处，悄声地去评论隔座太太们的装饰，眼光也常常从发边漾过去瞟一下比较漂亮些的男人的面孔。有的又正朝着小镜在搽粉，或拢整颊上的短发。

　　梦珂隔壁包厢里，有一个意大利女人正和几个有须的男人在大声地笑，惹得周围便给吸去了许多眼光。一只大手是放到挨梦珂的厢壁上，指上夹有一枝香烟，并带有一个宝光四射的戒指。

　　表哥走回时，在障着的铜栏边，还在向远远的一个人告别。

继续的又开映了。她竟在伤心处流下泪来，等不到演完，站起来就朝外走。表哥随着她上了汽车。她默默靠在他伸过来的一只手上，腰肢便轻轻地给那只手围住。两人都无言地在咀嚼那，沉醉那各人所感动的。

车刚停住，她就跑上自己的屋里了。

这时小马车也停在台阶前的柏油路上，是姑母刚从李公馆吃寿酒回来。满屋依旧静悄悄的。逛新世界的，怕不是正在劲头上呢。

晓淞去陪着母亲闲坐，讲讲那些拜寿的客人，以及那些铺张，酒，戏……还和今夜的电影。看见母亲的眼皮睁不起时，便退出来，这时自己的神志却很清醒了，想起梦妹只觉得孩气可笑；连自己适才的许多昏迷思想，动作，也只能让自己来暗自发笑，并怀疑，但梦妹的确算得可爱的，于是又细想那自己所赞赏的一些美处。

"……这都是只要我愿意便行的！"

想到这里，不自觉地现出那得意的微笑，脱下衣服，安安稳稳地去睡在那软被里了。

梦珂这时正回想到那电影，简直是爱上那幕上的女伶了。那些剧情和许多别的配置都忽略过去，单单只零星地记牢了那女伶的一颦一笑，还和那仿仿佛佛的一种可悲的身世，这身世也只是那女伶的。于是便又去记忆那女伶的名字，但总记不起，想下楼去问表哥，又怕别人已睡觉，只好留在明天再打听，以便将来一有这可爱人儿的片子便去看。

翻来覆去，老是睡不着，披起一件衣服便又检出骨牌来过

五关，但牌还没有和好时，心似乎又想发气，手一送，许多牌
便跳到地上去了。回头看见圆桌上还有好几个苹果，便又把那
小高脚盘移来书桌上，一边吃，一边像想什么的把眼注视到灯
罩，慢慢等把三个苹果吃完后，从抽屉里拿出一个红色金边的
袖珍本，翻到没有字的一页上，拿钢笔细细地写下去：

> 我淡漠一切荣华，
> 却无能安睡，在这深夜，
> 是为细想到她那可伤的身世。
> ……

　　还要写下去时，但已听到楼梯上的杨小姐的喊"梦妹"的
声音，忙忙乱乱关了灯，溜到床上装睡着。
　　"就睡了吗？梦妹！"
　　这时同表姊两人都已站在她房门口，外面走廊上的灯光正
射到她两人的身上，梦珂眯着眼睛清清楚楚地看见她们。她们
没有听到回声，随手又把门带关走了。梦珂独自好笑，默想若
不如此装睡，恐怕又要惹出许多麻烦呢。
　　隔壁的两人也睡不着，尽谈着那黑姑娘的相貌，声音，还
有那戏，顶有趣的要算那开始的《打花鼓》，那丑角的一些唱
词，并且常常还夹上些英文。于是杨小姐学着那声音唱起来，
什么"Sorry Sorry 真悲伤……"表姊也学着唱："那个 Miss
也不想……"的等等从《打花鼓》中听来的小调。
　　"嘿，姊！听你唱的些什么？多么丑！"

"这是学别人的。"

"其实那里面还有许多都是骂女人的，那丑角也真惹厌！"

两人尽着咕哩咕哝，在梦珂却像催眠一样慢慢地也就睡着了。

天气已一天冷似一天，梦珂看见自己的旧棉袍已不暖和，想另做一件新的，并且那紫花洋绸的面子，和蓝大布罩袍，都有点害羞拿出来得。表姊们出去时都披上斗篷了。自己只想能花五六十元做件皮袍也好，凑巧，父亲在这几天竟一次汇来三百元，是知道她已住在姑母家里，怕她要钱用，特赶忙把谷卖了一大半，凑足了寄来的，并说这必得等第二年菜油出脱时才能有钱来，但决不会多……

她邀表姊同去买衣料，但表姊硬自作主替她买了一件貂皮大氅，两件衣料和些帽子，皮鞋，丝袜零星东西，一共便去了两百四十五元。表姊还在挑剔那些东西的坏处；后来又只得把自己的许多好的手套，香水……送给她。梦珂还有点难过，当想到父亲时。既至一看钱所剩已不多，便请姑母辈吃了一餐大菜。

如此一天一天的玩上来，梦珂竟把匀珍忘了。还是雅南问着她时，才记起已是四五个星期不到民厚里了。要去时又被雅南留住，因为雅南已决定第二天便动身回学校。于是在这晚上，他给了一个深深的印象在这还不很见过世面的女子心上。

当他两人从半淞园出来时，天已黑了，雅南是这样对她说：

"我介绍两个顶有趣的女朋友给你好吗，她们都是中国无政府党员。"

她不懂什么是无政府党，却也答应了。

"她们都很了不起，你可以多亲近点她们，她们将告你许多你不曾知道的事和许多你应做的事。"

"真有这么一回事吗，那我们走吧！"

在一个黑街里趸入，走进一间披满烟尘的后门，从房里传出来一阵又粗，又大，又哑的歌声，厨房里有个十五六岁的小厮在低着头吃饭，爬满桌上灶上的是许多偷油婆。雅南已走进客堂门。梦珂在自来水管边窗前，望清了房里，那儿正有两对男女在，歌声便是从那睡在躺椅上的男人所唱出，他的半身又已被一个穿短裤的女子压着，所以那粗声中还带点喘。书桌前面的那一对，是搂抱住在吸纸烟。梦珂正不知应如何时，雅南已又回转来在等她，一边大声地喊着一个外国名字，这是梦珂所不懂的。于是客堂里的灯光亮了，四个男女从门边跳出来。那穿短裤的女人双手握住了雅南，用力地摇，口里便不断地"同志！同志！"地叫喊。雅南也竭力地回敬，手既不得空，只好扭地脸去接受了另外那个麻脸女人的一个用力的大吻。雅南替她介绍时，她已被这些从未赏鉴过的这样热情，坦直，大胆，粗鲁而又浅薄的表情骇呆了。支持着自己，又只好机械地轮流握着那伸来的手。既至看见了那只遍生黑毛的大掌时，忍不住抬起目光来，啊，这就是那唱歌的人：一对斜眼，看样子，雅南还最钦佩他似的。

堆满一桌子的尽是些传单，报纸，梦珂走拢去假装着看。耳里忽然听得那斜眼人说什么："……明天开会时，自然可以通过。不过，曾做过什么运动没有？"

"有的，学生运动，在酉阳中学时。"是雅南的声音。

梦珂奇怪了，张大起眼睛望着雅南，意思是问："见鬼哟，难道你们说的是我吗？"

雅南回答她一个鬼脸。

斜眼的于是折向她来：

"来上海不久吧？"并不等待别人的答话又接下去："你可以常常来此地谈，这位就是我们所称呼的'中国的苏菲亚女士'。真值得再握一次手的。"有一只眼睛似乎是望到那穿短裤的。那黄毛女子呢，是正缠着雅南，要他替她预备下星期开市民大会时用的演讲稿。听到这里在说"苏菲亚"，跳过来又攀着梦珂说话：

"下星期我准去约你，无论我是怎样的不得空。你看，有许多工作都未曾做，单说传单就有这么多，这还只十分之一呢！"

梦珂不懂雅南的扯谎，以及这几个男女所发出的那些所谓工作的意义，于是当他们几人在清检小旗杆时，偷偷地溜了出来，在鹅石的马路上急急地走着，连头也不敢回过去望一望，是怕雅南来追。

第二天为想躲避雅南，一清早便往民厚里去了。但民厚里已非早先的可留恋！一进门便听了许多似责备的讥讽话。她只好努力地去解释，小心地去体会。但匀珍总不肯转过她的脸色来。单单为那一件大衣，总足够忍受了四五次的犀锐的眼锋和尖利的笑声，因此反使她觉到曾经轻视过和还不曾施用过的许多装饰都是好的。为什么一个人不应当把自己弄得好看点？享受点自己的美，总不该说是不对吧！一个女人想表示自己的高尚，自己的不同侪属，难道就必得拿"乱头粗服"去做商标吗？……她忍不住回报了匀珍几句才回来。

虽说后来匀珍曾向她又修好过，但她一半为负气却没覆信。一个冬天尽陪着这几个漂亮青年听戏，看电影，吃酒，下棋，看小说过去了。

但这也并不很快乐的，尤其是单独同两位小姐在一块时，她们是在肆无忌惮地讥骂日间她们所亲热的人，她们强迫地教给她许多处世，待遇男人的秘诀。梦珂常常要忍耐地去听她们愚弄别人后的笑声，听她们所发表的奇怪的人生哲学的意义。有时固然为了她们的那些近乎天真的顽皮笑过，但看到她们如妖狞般的心术和摆布，会骇得叫了起来，拳头便在暗处伸缩。

澹明也比较大胆了，常常当着她说出许多猥亵的话，她又不能像表姊们拿调皮的样子去处理，只好装出未曾听见的样子，默默地走了开去。

朱成，她是即使同在一桌打牌时，都很少和他说话，因为她是并不像表姊们须要如此的一个能供小奔走的清客。

那么，表哥呢？是的，她只依恋着晓淞，也像从前依恋着匀珍一样。单讲那态度，就够多么动人呀：看见壁炉前的梦珂是在沉思着什么了，便拿过一本书来站在她的椅背边，轻轻地拍她的肩，声音是细细的，怕骇着她似的：

"让我来念首诗吧。"

于是打开书，在一百三十六页上停住，开始念起来。

> 在火苗之焰的隐约里，
> 她如晚霞之馀艳，
> 呵，能倩何物
> 传递我心灵之颤动！

梦珂的心微微地颤抖，一半是由于受惊，一半也是被那低沉的声音所感动，脸便慢慢地藏在那一双纤瘦的手中。晓淞乘势坐在旁边的矮凳上，从那眼皮上拿下那双手来。

"梦——"早已把"梦妹"两字分开了来叫，有时是又只叫"妹"的。这时声音也像是被感动得微微地抖了起来，两道眼光更紧逼到梦珂脸上。

她竟不敢抬起头来。

表哥只是无语地望着，那沉默的动人是更超过用语言。

在不可忍耐时，她便抽身像燕子似的轻飘地跑走了。

于是表哥便倒在她适才起身的软椅上，得意地来称许起自己的智慧，自己审美的方法，并深深地去玩味那被自己所感动的那颗处女的心。这欣赏，这趣味，都是一种"高尚"的，细腻的享乐。

怕人看出自己的羞愧，大半时候都在找丽丽玩，丽丽一见她不说话，便生气，扳着她颈项问，梦姑是在想什么了。

因此表嫂却很同她亲热了起来，常常晚上她便在表嫂房里玩，这时大表哥是不会回来的，表嫂是川西人，说起故事时，总挂念她屋前的西湖，和她八十多岁的祖母，她是在六岁时同年失掉了父母的。表嫂还常常低声向她诉说她为了祖母而忍心把自己让那鲁莽的粗汉蹂躏了的事。

"难道他不爱你吗？"梦珂便问。

"你是不会知道这个的！"表嫂却笑了。"你看，近来是都不常在家了。这是他故意地想怄我，因为他明白了我的藏在衣服里面的那颗心，谁知我却舒服多了。嘿，梦妹，你哪里得知那苦味，当他凑过那酒气的嘴来时，我只想打他。"

"真的便打了他吗？"梦珂又问。

表嫂又笑了。还向她诉说她十七岁来做新娘时所受的许多惊骇，以及祖母三月后知道了她是怎样用惊哭去拒绝了新郎时的抱着她的伤心……原来表嫂还会填词，她从她那几本旧稿中得知了她的许多温柔，蕴藉的心性，以及她的慕才，她的希望，还和她的失意。梦珂心想：如果她那时是同二表哥结婚，那她一定不会自叹命蹇的了。于是便又问：

"你说，二表哥如何？"

表嫂又会错了她的意思，便告诉她，晓淞是如何的细心，如何的会体贴女人……

梦珂喟叹了，这是完全在悼惜表嫂；而表嫂却不能领悟这同情，反以为她想起别的感触，竭力地倒去安慰她。

春天来后，家里反静寂了许多。表姊和杨小姐每天又挟着乐谱上学校去。澹明，朱成，也都有课。晓淞也在一个大学里每星期担任了两个钟头。姑母不时要在外面应酬；表嫂有丽丽作伴；只有她是闲着。于是她便整天地躺在床上，像回忆某种小说一样地去想到她未来的生活，不断地幻想开去，有时竟说是体悟出自己的个性来，生生地认定："无拘无束的流浪，便是我所需要的生命。"有时简直会羡慕起那些巴黎的咖啡店的侍女……但也常把自己幻想成一个英雄，一个伟人，一个革命家；不过一想到"革命家"时，连什么梦想也都将破灭，因为那"中国的苏菲亚女士"把她的心冰得太冷了。

澹明想再提高她已不热心了的画兴，又常常去邀她作画，但她已在那可爱的滑稽外得知了不安的轻浮，所以有时也会拒绝他的。晓淞是早已不提到画上了。

为了巴黎的梦，她又起始在表哥处学法文。

不久，父亲又寄来第二次的钱，并附有一封信：

　　　梦儿，接得你的信，知道你又很需钱用，所以才又凑足两百元给你，虽说为数并不多，但这也足够全家半年的日用。你如果是可能的话，我还是希望你省俭点也好，因为你无能的父亲已渐渐地老了。近来年成又都不好。我怕你在外面一时受窘了又要难过，所以才这样说。不过，你也不必听了这话又伤心，我总会替你设法，不愿使你受苦的。其实，都是你父亲不好……唉，这都不必说了……

　　　从先你喜欢的那匹老牛在二月间死了。但又添了好些小羊。有只顶小的，一身的毛雪白，下巴处又带点肉红色，顶不怕人，一天到晚都听见它小声地"咩咩咩咩"的叫。四儿喜欢它，说它像你，于是就叫它作"小姐小姐"。现在是一家人谁一提"小姐小姐"都会笑的，他们都念你咧。

梦珂沉思了，似乎又看见父亲的那许多温情的仪态，三儿们的顽皮，以及晴天牛羊们在草坪上奔走的情形……还有那小白蚨蝶们……这过去的一些幸福日子，真多么够人回忆呵！

> 如果你还住在姑母家时，你就拿这两百元做路费回来也好。我是足足有两年半没见着你了。你回来后，要出去时，我也可以送你的。梦儿，你要知道，父亲已不年轻，你莫遗给将来一些后悔呵！
>
> 还有一件很可笑的事。前天你姨母来，当面向我要你呢。我自然没有答应，这都是要尽你自己的。不过祖武那孩子也很聪明，你们小时也很合得来，只要你觉得还好，我是没有什么可说的。梦儿你年纪也不小了呢！

信纸一张张从手指间慢慢滑了下去，一种犹豫的为难弥漫着；但想起祖武那粗野样儿，以及家中亲戚中的做媳妇们的规矩，并为避免当面同父亲冲突，于是决定不转家，回信也只说自己在读书时代，不愿议及此等事……

回信上话既说得很宛转，心便又觉得安妥了一样，几天后也便不想到父亲，祖武了。一人玩得无聊时，只想去找表哥，但表哥已三天不在家了。梦珂是如此地感到寂寞，自己也不住地惊诧：难道表哥之于自己竟这样的可念吗？……这天夜里却出乎意料地接到表哥的一封信，原来是为了一件朋友很要紧的事不得空回来，并且也非常之挂念她，还详详细细地问她这三天的生活怎样……她把这封信看了有七八次，好半夜不得安睡。

这几天澹明却老厮守着她，又给了她许多不安和厌烦。

在没有见着表哥的第五天晚上，她正同丽丽剪纸玩，表嫂在旁边修指甲，轻声地向她说话：

"梦妹，你说对不对？"

"什么？"

"昨天在楼下找到的那本旧杂志上说的关于女子许多问题的话，你不是也看过了吗？我说真对，尤其是讲到旧式婚姻中的女子，嫁人也便等于卖淫，只不过是贱价而又整个的……"

"那也不尽然。我看只要两情相悦。新式恋爱，如若是为了金钱，名位，不也是一样吗？并且还是自己出卖自己，连归罪都不好横赖给父母了。"

"阿呀！你看，梦姑！你给小人儿的手也剪掉了。"丽丽着急了，用手去推她，"妈，你等下再和梦姑说话好不好？"

"好，这个不要了，再剪个好姑娘吧，拿一柄洋伞的，你说，还是提一个大钱包的呢？"于是又另外剪，并接下去说："表嫂！你莫神经过敏了吧，遇事便伤心……"

"你不要说什么神经过敏，真可笑，我也是二十多岁的人，并且还有丽丽，自然应当安安分分地过下去，可是有时，我竟会如此无理幻想，真愿意把自己的命运弄得更坏些，更不可收拾些，但现在，一个妓女也比我好！也值得我去羡慕的！……"

梦珂听见了这些从来未听过，如此大胆的，浪漫的表白，又是在一个平日最谦和，温雅，小心的表嫂口中吐出，不禁大骇，丢了剪纸，捉着表嫂的手：

"真的吗？你竟如此想吗？你是在说梦话吧？"

表嫂看见了她那张惶样儿，反笑着拍她：

"这不过是幻想，有什么奇怪！你慢慢就会知道的……"

还要说下去时，杨小姐已闯了进来，抓着梦珂便跑，梦珂一路叫到屋前的台阶边。阶前汽车里的澹明，表姊，朱成三人都嚷了起来。澹明打开车门，杨小姐一推，她便在澹明手腕中了。杨小姐上来后，车慢慢地走了起来，她夹在杨小姐和澹明中间，前面的两人也转过脸来笑，她虽说有点生气，也只好陪着笑脸：

"打劫我做啥子？"

"告你吧，我一见晓淞二哥有四五天不在家，就疑惑，一问他俩人都不知道，心想明哥是同二哥一鼻孔出气的，他一定知道，不过假使他们要安心瞒我们时，问也不肯说的，于是我便使姊去诈他，果然一下就诈出来了。现在我们去安乐宫找二哥。你，若不行抢，你也不肯来，听到'安乐宫'便不快活了。"

"他住在安乐宫做啥子？"

"哈，安乐宫也能住吗？他们今夜要在那儿跳舞。做啥子，他们在大东旅舍'做啥子！'"

大众都放声地大笑。

车走过大东旅舍时，杨小姐忽的喊要停车。澹明争着说不能这样进去，但看见杨小姐似乎要发气的样儿，也便告了她一个住房的号数，除了他一人不肯走外，其馀的都陆续下了车。

当他们走到一百四十三号门外时，杨小姐先从钥匙孔朝里望了一下，忍住笑才又弹门。

"进来！"显然是表哥的声音，她奇怪了。

门开了，表哥弯着腰在擦皮鞋，镜台前坐有一个披粉红大衫的妖娆的妇人，在悠悠闲闲地画眉毛。

"二哥哥，你——好！还不介绍给我们吗，这位二嫂……"朱成和杨小姐最感着有兴趣。

很明显的那两人都骇着了。表哥连耳根都红了，蹬在椅上的那只脚竟不会放下来，口中期期艾艾地不知在说什么。女的呢，把手掩在胸前，不住地说请坐，请坐。

杨小姐们更得意地大笑，满屋里走着去观察所有的陈设。

"你们真岂有此理！这位是章子伍太太，子伍还来信说要我送她转杭州呢。这是舍妹，这是……她们都太小孩气，没等通报就闯进来了，请章太太不要见怪吧！"

这种敷衍自然是没有效力，反更给了人许多以便于说笑的隐射的讽刺话。那善笑的女人这时也镇静了，拖着一双半截鞋，来应酬她所迷恋的人儿的朋友们。

只有澹明不安地坐在汽车里觉得有十二分的对不起晓淞，以后怎好见他，他是那样的嘱咐来！不过一想到如此或许竟于自己还有益处时，又踌躇着不安，要怎的去进行才好呢……

这时他已看见梦珂一人从旅馆里出来，跳下车便跑去迎接。

梦珂无言地随着他上了车。

问了梦珂往哪儿去，车便向家里开了。

他把梦珂的两手握着，梦珂也随他。

他又向她说了许多关于那女人不名誉事。

她哭了。这事是这样地使她伤心，想起自己平日所敬爱，所依恋的表哥，竟会甘心搂抱着那样一个娼妓似的女人时，简直也像连自己也受到侮辱。

澹明倒很高兴地一直挽着她到家。

她拒绝了澹明送她进房，便一人关着门，躺在床上像小孩般地哭了起来。细细地去想到那从前所得的那些体贴，温存，那些动魄的眼光，声音……"呀！他是多么的假情呵！"于是她从枕头底下把前天收到的那封甜情蜜意的信抽出来扯得粉碎，满床尽是纸屑；看见纸屑，心越气了，又把纸屑撒满一地。千怪万怪，只怪自己太老实，信人信得实实的。便吃亏，不是应该的吗……如此的自怨，怨人，哭了又笑，笑了又哭，也不知经过了多少时候，只觉得人已疲倦，头沉沉地作痛，躺在软枕上犹自流泪。

这时门上，有个轻轻的声音在弹着。

她跳起来，用力抵住门。

"梦！一次，最后一次，许可我吧！梦！我要进——来！"

听了这柔和的，求怜的，感伤的声音，心又大跳起来，身躯已无力地靠在门上，用心地去听外面的声息。

"梦，我的梦……你……你误会我了！……"

手已抬起，是去开门，但人在这时却昏倒了。

外面没有听到有回声，以为这次的脾气发得是不算小，一边好笑，一边安慰自己的就下楼去。

　　等梦珂清醒时再去看，门外面只有那头走廊上射过来的灯光，映在粉墙上，现着如死的灰白的颜色。

　　她反身拿了一条手绢便朝外走。

　　然而她走错了，直走上后园的亭子才知道。于是她坐下来，但亭子上灯光，很刺戟那哭后的眼睛，她又走到亭子后面去。那里树丛中正放有一张铁椅，她便躺在那张她曾同表哥坐过的长椅上。眼望着上面，星星是在那繁密的叶子中灿烂着；潮湿的草香，从那蔷薇花，罂粟花……丛中透出。等梦珂感觉到冷时，椅背上早已被露水湿透了。正想站起身来时，忽然听到皮鞋的声音，是有人在向亭子这方面来。梦珂从椅缝中望去，天哪！那正是表哥！还有澹明，迎着灯光来了。于是她又屏声静气地躺着，看他们。

　　表哥带着非常严肃的脸色走上亭子，把电灯关了，然后冷涩地说：

　　"说吧！你有什么说的！"

　　"我想你生我的气了。"

　　"为什么？"

　　"关于梦珂。"

　　"你以为你有希望吗？"接着只听见不住的冷笑。

　　"不敢说……"

　　"哈……哈……"

　　"晓淞！请不必如此，令人难堪。不过，我们七八年的交情，难道还肯为一个女人而生隔阂！我是这样同你开诚布公；若你不爱梦珂，我自然可以进行，万一梦珂竟准许我，那你可不要生气！——你说，你的态度到底如何？"

"哈！你错了！你以为你的机会来了是不是，我告你，章的事，有什么要紧！我自然想得出许多话向梦妹解释。"

"她如果还要信你的那些假劲，那真是她的不幸！"

"好，好假劲！我正在得意我的假劲咧！哈……你想打主意，你就干吧，只要你行，我是不会吃醋的。只是那时惹起小杨来，我却不管，她可不老实。"

梦珂只想跑出去打他俩人，但又把两只手叠着压住嘴唇忍耐着，直到那两人又笑着地走出园子。

人们正在酣睡的时候，她走回房去。澹明又留了一封信在她桌上，她看后便用那打颤的手把来扯了。其实一星期来她就很害怕这事的发生，当每次澹明一人留在她面前时，她便迅速地跑开，因为澹明那局促的，极动火的态度，和一些含糊的表白，举动，都使她觉得受逼得可怕，尤其是那一双常常追赶着女性的眼睛。不过出她意料之外的便是他竟敢写出这样一封不得体的信，像写给一个已同他定情过的风骚的女人。结果，她觉得她像其他的一些女人一样，痛遭了这种被人开玩笑般的侮辱。她不能再加一丝的伤心了！

在第二天吃午饭时，在这所三层楼洋房里，曾发生了一点点不平静。当这屋主人，中年的太太，公布了她侄女的一封告别信时候，她是写得非常委婉，恳挚，说自己是如何辜负了姑母的好意，如何的不得不姑息着自己的乖戾性格的苦衷，她是必得开始她的游荡生涯，她走了。每个人听了都感到无可挽回的叹息。晓淞，澹明，更觉怅然，但这是不久的，因为澹明既有杨小姐可追随，而晓淞是除章太太外还有两个很有希望的女朋友，所以都说不上是一个损失。

三

她本是为了不愿再见那些虚伪的人儿才离开那所住屋，但她便走上光明的大道了吗？她是直向地狱的深渊坠去。她简直疯狂般地毫不曾想到将来，在自己生涯中造下如许不幸的事。但这都能怪她吗？哦，要她去替人民服务，办学校，兴工厂，她哪有这样大的才力。再去进学校念书，她还不够厌倦那些教师，同学们中的周旋吗？还不够痛心那敷衍的所谓的朋友的关系？未必能整个牺牲自己去做那病院看护，那整天的同病人伤者去温存，她哪来这种能耐呵！难道为了自己所喜欢的小孩们去做一个保姆，但敢不敢去尝试那下人的待遇，同一些油脸的厨子，狡笑的听差，偷东西的仆妇们在一块……当然，她是应该回去的，不过，她一看到那仅仅剩下的二三十元便发恨，"呵！为什么我要回去！我还能忍耐到回去吗！……"结果，她决定了，她是有幻想的。她不知道这是更把自己弄到"还不堪收拾"的地方去了。

几天后吧，这女子便出现在那拥挤的马路上，在许多穿尖头鞋围丝围巾的小男人，拖大裤脚的上海女人中跑着，直走到一条比较僻静点街上，在一个有很长的竹篱的大门边站住。那黑漆的竹篱上还可以依稀辨认出几个粉字"圆月剧社"，门内既没有人，大着胆子便朝里走。在二层门里那角上的铜栏柜台后忽的探出一个扁扁的脸。

"喂，啥事体？"

在扁扁的脸后又伸出一个小后生的头，看样子是当差，或是汽车夫吧，两只小眼睛便楞楞地钉住这来访的女客，又拍一下扁脸的肩。

梦珂朝着这正挂有一块演员领薪的日期并规则的牌匾的铜栏走去：

"我是姓林。"摸了一下口袋，"呵，我忘了带名片……"

"你找啥人？"

"张先生？龚先生？……"这是那个小后生在夹着问。

"不，我想会会你们这里的经理……"

"哈，经理！格个辰光弗在此地。"

"哦……什么时候可以……"

"你是伊啥人？"

"我还不认识他……"

"哈……"那小后生的白牙齿露出来了。

"明天来。"

"上午……"

"啥格辰光，阿拉弗晓得，经理来弗来也吭定规。"

"哦……那你们此地还有什么办事人，我很想能见一见……"

"倷到底有啥事体？"

"劳驾，请去问一声，我是姓林。"

"哈哈……"扁脸把脸笑得更扁了，眼睛只剩一条缝："阿宝。倷去问声张先生看，说是有位姓林的小姐要会他。""姓林的小姐"几个字说得分外加劲。又从那肉缝中，挤着两颗黄眼珠，来仔细地再打量一下站在柜台前的林小姐。

一会，那小生一颠一跛地跑出来："呀——请，小姐！"脸还是笑笑的，导引着又朝里面走。

在会客室里等着的，是一位非常整洁的少年，穿一身黑绿色的哗叽洋服，斜躺在锦质的沙发上，悠悠闲闲地望着那边窗台上的花，刚听到门扭响，便很敏快地站起来，姿势还是很从容，闲适得又非常有礼，顺手把那一寸多长的残烟丢到痰盂里，走上两步迎住了这位来客。腰微微地弯着，头也就势有点偏，声音是清晰而柔柔的：

"哦，林小姐，请坐！"

"真冒昧得很，我是有……"

"不要紧；不过经理不在此地。如若有什么事，我们都可商量商量。"接着递上一张名片，头衔是留美戏剧专家，现任圆月剧社的话剧和电影的导演，名字是张寿琛，籍贯是江苏。

梦珂于是向这戏剧专家点了一下头，"对不起，我忘了带名片来，'林瑯'便是我的名字。"

"不要紧，请坐！林小姐今天来，我想是有点儿事，或是对于我们近来公演的少奶奶的扇子有什么批评，或是这次出品的《上海繁华之夜》的影片有什么不好的地方，不妨都请你能不客气地赐教。或者有什么用得着我们公司或我自己，这都非常愿意竭力效劳。"

梦珂却正在憨憨地张着两只大眼审视这生人，在那一张刮得干干净净的脸上，有个很会煽动的鼻孔；在小小的红嘴唇里，说话中不时露出一排雪白的牙齿。左手是那样的细腻，随意地在玩弄着胸前的表链。呵，领结上的那颗撇针，还那样讲究呢！她不转眼地望着这人，心便怀疑到这人以外的一些东西，竟未曾把对面那人所说的一些客套话听清楚，直望见那一道同时也注视到自己脸上的眼光，是现着在期待她说话的神情，于是她才迟迟疑疑地开始来说明她来此地的希望。先是绕着大弯子讲，渐渐也就放大了胆，最后还这样说：

"……现在我当然可以不必多解释我自己，将来你总会明白的，因了我内在的冲动和需要。我相信我不会使你们太失望……"

这事很使这少年的导演吃惊，自然他可以答应下来，但他却向这热心于戏剧的女子解释了许多特殊的情形。又再三盘问了这女子的家庭，经济……状况。最后还使人不得不允许了他如此一个令人不快的要求：当她无声地举起一双手去勒上两鬓及额上的短发，显出那圆圆的额头并两个小小的玲珑的耳垂给人审视的时候，她伤心——不，完全是受逼迫得哭一样。但她却很受欢迎了。他又赞美她，又恭维她，又鼓励她，又愿帮助她，意思是要她知道，他总可以使她在上海成为一个很出众的明星。他并且要她明天来，他将给她介绍石三先生，就是此地的经理。

当她告别时，他又把自己的那双白嫩的手递给她，又给她行礼，又笑笑地送她出了客厅。

扁脸也笑笑地去替她拉开玻璃门："倷去哉，林小姐。"

她出来了，急急地走去，头也不敢再掉过来望一下那黑漆的竹篱。心里昏昏迷迷的，完全被一种嫌厌，或是害怕，或竟是为了喜欢过度了的感情所压迫，所包围，以致走了不很远，四肢便软了。马路上一切静静的，没有车，只间或有两三个工人提着竹篓过去。她只得挣撑着身子在树荫处乱踏着，直到路口才雇得一辆黄包车。继后在车上她忽然想起："为什么我不可以向姑母借债呢？"但一种负气的自尊气概鼓励了她，车子是一直便拖回在一条小街里了。

夜色来了。梦珂从那小板床上起来，轻轻一跳便站在桌子旁边，温温柔柔地去梳理鬓边的短发，从镜中望见自己的柔软的指尖，便又互相拿来在胸前抚摩着，玩弄着。这时她是已被一种希望牵引着，她忘了日间所感得的不快。于是她又向镜里投去一个妩媚的眼光，并一种佚情的微笑，然后开始独自表演了。这表演是并没有设好一种故事或背景的，只是她一人坐在桌子前向着有八寸高的一面镜子做着许多不同的表情。最初她似乎是在装着一个歌女或舞女，所以她尽向着那镜里的人装腔作态，扬眉飘目的。有时又像是一种爵夫人的尊严，华贵……但这爵夫人，这舞女的命运都是极其不幸，所以最后在那一对张大着凝视着前方的眼里，饱饱地含满一眶泪水。真的，并且哭了，然而她却非常得意地笑着拿手绢去擦干她的眼泪："这真出乎意料了，我自己都不知道我竟哭得出来！"

第二天下午，她又高高兴兴去到圆月剧社，并且她已想好了应当用怎样的态度去见经理，并那些导演，那些演员们。

但刚刚走进门时，第一迎着她的，又是那扁脸；那嘲笑的滑稽的笑，开始便无意地触了她一下。

"呵，倷又来哉。张先生在楼上，从这门转过去，楼梯口有阿二，伊会引倷去……"

于是她趑过身去便走，故意又把这笑脸忘掉。当她走进办公室时，真的，她居然很能够安闲的，高贵的，走过去握那少年导演的手，又用那神采飞扬的眼光去照顾一下全室的人。有个瘦子便走拢来，眼睛从那一副大眼镜上面来打量她，一边便向张寿琛探询是否昨晚所说的那人。张寿琛便来介绍，这也是一位导演，并且还是上海有名的文人。可惜她却没听清名字，大约是姓程或姓甄吧。她虽说很不喜欢那眼镜上面的看人法，但她不能不也很大方地谦恭地去接见。正在这当儿，一种太出人意表，而她又确确实实地听见张寿琛正打着上海腔向那瘦子说："阿是？年纪弗大，面孔生来也勿错，倷看阿好？"

那瘦子又向她望了一眼，连忙点着头："满好，满好……"

这真把她骇痴了。她不知道这是不是应该的，当着她面前来评论她的容貌，像商议生意一样，但她不会喊出声来，或任性地申斥几句，只好隐隐忍着那气愤，于是这羞惭竟把她弄得麻木了起来，她不知应如何说话和动作了。

几个吃香烟的妖妖娆娆的妇人走来攀她说话时，她竟不会用她活泼的本能去应付，为怕人纠缠反退到室外的走廊上去。

张寿琛拿来一张合同要她签字，她还没看明里面的意思，糊里糊涂地就签上了。后来还是一位姓朱的穿短汗褂的先生，把他编的《圆月月刊》送过八九本来，和夹上一张名片。她才觉得轻松了许多，道了一声谢，便拿着这几本书，退到一边去独自的假装在翻书。但不久又走来一个形似流氓的洋服少年，

靠在她对面的沙发上看她。这时她真狼狈得不堪了，不知自己
已变成了一个什么东西，一举一动都觉得不好，眼也不敢抬起
去望人，她想："回去吧，我回去吧！"她是这样想回去，不过
她却留住了。张寿琛又走来把她引到间壁的一间房子去，很不
客气地递给她四张十元的纸币。她说她无须乎这个，但这便是
薪水，如她不拿时，便应该挨至十五号在那柜台边用条子向那
扁脸兑取了。于是她还得向人道谢。她并且问是否她已可以回
去了。自然的，她的行止已是不能由自己了。张寿琛说到晚上
的拍影，她可以来看看，并且那位甄（？）先生还想请她今晚
拍一个里面不很重要的人物试一试，还说他已决定为她编一个
剧本。因了她那瘦削，她那善蹙的眉峰，还得请她做个悲剧的
主人公呢，一切的情节他都已想好了。但今晚她却不能拒绝那
甄先生的请求，先做一个不重要的角色。

　　这天，无论在会客室，办公室，餐厅，拍影场，化装室……
凡是她所饱领的，便是那男女演员或导演间的粗鄙的俏皮话，
或是当那大腿上被扭后发出的细小的叫声，以及种种互相传递
的眼光，谁也都是那样自如地，嬉笑地，快乐地谈着，玩着。
只有她，只有她惊诧，怀疑，像自己也变成妓女似的在这儿任
那些毫不尊重的眼光去观览了。

　　她竭力振刷自己，但为了避免受窘，便故意地想起不关紧
要的事。当她想到晚上她便当拍影了，她实在希望有一个人来
告诉她所演的剧情，以及她所配演的角色，所演的地方……于
是她走进去问张寿琛。这位张先生想了一想，才弯腰到桌下，
从乱报纸堆里翻出一张《申报》来给她，那上面是登载着一篇

名叫《真假朋友》的影片的本事。她看了，算是她已模模糊糊
地知道了一点。

吃过饭不久，张寿琛便把她引入化装室。那里面已坐了七
八个对着镜子在搽油的男女。她便坐在第三张凳上，一个受了
导演吩咐的少年男子便走过来请她洗脸，替她涂上那粉红色的
油，又盖上一层厚厚的粉。她看别人时都是那样鲜红的嘴唇，
紫黑色的眼皮，所以她也想到她自己的面孔。她走到大镜子面
前时，她看见她被人打扮出来的那样儿，简直没有什么不同于
那些在四马路的野鸡。但她却不知为什么还隐忍着受那位甄先
生的引导，去扮一个角色。当她随着他走入拍影场时，水银灯
都燃上好久了，所布的景是在一个月影下的花园中，她应当同
一个女演员，像朋友一般地从黑处扭扭捏捏地跑进灯光辉煌地
点，在一张椅上挨挤地坐着，十分高兴地讲着故事，于是，当
另一男演员走拢来时，她便应当带着一种知趣的神色悄悄地避
开：这便完了。甄先生是临时把这三个演员教着，并且做样
子，最后就朝她说："勿要怕，侬试试看好了。"于是她和那女
演员便站在没有亮光处，预备向前；甄先生就坐在一张籐椅
上，大声地向她们喊了一声"跑！"然而，在这一瞬间，出人
意外的，发生了一种响动，原来这个可怜的新演员骇得晕
倒了。

当她清醒来，知道她刚才所做的事，她非常伤心，但她又
强忍着，只把泪水盈溢的眼光去看她的周围。

张寿琛便走拢来低声慰问她：

"受惊么？"

"不。"她回答；"不要紧，这是我旧病……"

甄先生便问她可不可重新来演。

本来，仅仅因了伤心，就已够她去拒绝这逼迫的要求了，可是她却应诺，她也不明白为什么她竟然这样地去委屈她自己，也等于卖身以至于卖灵魂似的。

甄先生于是又开始喊"跑"，拍影机也开始映射。

她忍着，一直忍到走出这圆月剧社的大门，在车上，才放声——但又怕人听见地咽咽地极其伤心地痛哭起来。

以后，依样是隐忍的，继续着到这种纯肉感的社会里面去，自然，那奇怪的情景，见惯了，慢慢地可以不怕，可以从容，但究竟是使她的隐忍力更加强烈，更加伟大，至于能使她忍受到非常的无礼的侮辱了。

现在，大约在某一类的报纸和杂志上，应当有不少的自命为上海的文豪，戏剧家，导演家，批评家，以及为这些人呐喊的可怜的喽啰们，大家用"天香国色"和"闭月羞花"的词藻去捧这个始终是隐忍着的林琅——被命为空前绝后的初现银幕的女明星，以希望能够从她身上，得到各人所以捧的欲望的满足，或只想在这种欲望中得一点浅薄的快意吧。

一九二七年秋天于北京。

莎菲女士的日记

十二月二十四

今天又刮风！天还没亮，就被风刮醒了。伙计又跑进来生炉。我知道，这是怎样都不能再睡得着了的。我也知道，不起来，便会头昏，睡在被窝里是太爱想到一些奇奇怪怪的事上去。医生说顶好能多睡，多吃，莫看书，莫想事，偏这就不能，夜晚总得到两三点才能睡着，天不亮又醒了。像这样刮风天，真不能不令人想到许多使人焦躁的事。并且一刮风，就不能出去玩，关在屋子里没有书看，还能做些什么？一个人能呆呆地坐着，等时间的过去吗？我是每天都在等着，挨着，只想这冬天快点过去；天气一暖和，我咳嗽总可好些，那时候，要回南便回南，要进学校便进学校，但这冬天可太长了。

太阳照到纸窗上时，我是在煨第三次的牛奶。昨天煨了四次。次数虽煨得多，却不定是要吃，这只不过是一个人在刮风天为免除烦恼的养气法子。这固然可以混去一小点时间，但有时却又不能不令人更加生气，所以上星期整整的有七天没玩它，不过在没想出别的法子时，是又不能不借重它来像一个老年人耐心着消磨时间。

报来了，便看报，顺着次序看那大号字标题的国内新闻，然后又看国外要闻，本埠琐闻……把教育界，党化教育，经济界，九六公债盘价……全看完，还要再去温习一次昨天前天已看熟了的那些招男女，编级新生的广告，那些为分家产起诉的启事，连那些什么六○六，百灵机，美容药水，开明戏，真光电影……都熟习了过后才懒懒地丢开报纸。自然，有时是会发现点新的广告，但也除不了是些绸缎铺五年六年纪念的减价，恕讣不周的讣闻之类。

报看完，想不出能找点什么事做，只好一人坐在火炉旁生气。气的事，也是天天气惯了的。天天一听到从窗外走廊上传来的那些住客们喊伙计的声音，便头痛，那声音真是又粗，又大，又嗄，又单调；"伙计，开壶！"或是"脸水，伙计！"这是谁也可以想象出来的一种难听的声音。还有，那楼下电话也是不断地有人在那电机旁大声地说话。没有一些声息时，又会感到寂沉沉的可怕，尤其是那四堵粉垩的墙。它们呆呆地把你眼睛挡住，无论你坐在哪方：逃到床上躺着吧，那同样的白垩的天花板，便沉沉地把你压住。真找不出一件事是能合人不生嫌厌的心的；如同那麻脸伙计，那有抹布味的饭菜，那扫不干净的窗格上的沙土，那洗脸台上的镜子——这是一面可以把你的脸拖到一尺多长的镜子，不过只要你肯稍微一偏你的头，那你的脸又会扁的使你自己也害怕……这都是可以令人生气了又生气。也许这只我一人如是。但我却宁肯能找到些新的不快活，不满足；只是新的，无论好坏，似乎都隔得我太远了。

吃过午饭，苇弟便来了，我一听到他那特有的急遽的皮鞋声已从走廊的那端传来时，我的心似乎便从一种窒息中透出一口气来的感到舒适。但我却不会表示，所以当苇弟进来时，我只能默默地望着他；他反以为我又在烦恼，握紧我一双手，"姊姊，姊姊"那样不断地叫着。我，我自然笑了！我笑的什么呢，我知道！在那两颗只望到我眼睛下面的跳动的眸子中，我准懂得那收藏在眼睑下面，不愿给人知道的是些什么东西！这是有多么久了，你，苇弟，你在爱我！但他捉住过我吗？自然，我是不能负一点责，一个女人是应当这样。其实，我算够忠厚了；我不相信会有第二个女人这样不捉弄他的，并且我还在确确实实地可怜他，竟有时忍不住想去指点他："苇弟，你不可以换个方法吗？这样是只能反使我不高兴的……"对的，假使苇弟能够再聪明一点，我是可以比较喜欢他些，但他却只能如此忠实地去表现他的真挚！

苇弟看见我笑了，便很满足。跳过床头去脱大氅，还脱下他那顶大皮帽来。假使他这时再掉过头来望我一下，我想他一定可以从我的眼睛里得些不快活去。为什么他不可以再多地懂得我些呢？

我总愿意有那么一个人能了解我得清清楚楚的，如若不懂得我，我要那些爱，那些体贴做什么？偏偏我的父亲，我的姊姊，我的朋友都能如此盲目地爱惜我，我真不知他们所爱惜我的是些什么；爱我的骄纵，爱我的脾气，爱我的肺病吗？有时我为这些生气，伤心，但他们却都更容让我，更爱我，说一些错到更能使我想打他们的一些安慰话。我真愿意在这种时候会有人懂得我，便骂我，我也可以快乐而骄傲了。

没有人来理我，看我，我是会想念人家，或恼恨人家，但有人来后，我不觉得又会给人一些难堪，这也是无法的事。近来为要磨练自己，常常话到口边便咽住，怕又在无意中竟刺着了别人的隐处，虽说是开玩笑。因为如此，所以这是可以想象出来的，我是拿一种什么样的心情在陪苇弟坐。但苇弟若站起身来喊走时，我是又会因怕寂寞而感到怅惘而恨起他来。这个，苇弟是早就知道了的，所以他一直到晚上十点钟才回去。不过我却不骗人，并不骗自己，我清白，苇弟不走，不特于他没有益处，反只能让我更觉得他太容易支使，或竟更可怜他的太不会爱的技巧了。

十二月二十八

今天我请毓芳同云霖看电影。毓芳却邀了剑如来。我气得只想哭，但我却纵声地笑了。剑如，她是够多么可以损害我自尊之心的；我因为她的容貌，举止，无一不像我幼时所最投洽的一个朋友，所以我竟不觉地时常在追随她，她又特意给了我许多敢于亲近她的勇气，但后来，我却遭受了一种不可忍耐的待遇，无论什么时候想起，我都会痛恨我那过去的，已不可追悔的无赖行为：在一个星期中我曾足足地给了她八封长信，而未曾给人理睬过。毓芳真不知想得哪一股劲，明知我已不愿再提起从前的事，却故意要邀着她来，像有心要挑逗我的愤恨一样，我真气了。

我的笑，毓芳和云霖是不会留意这有什么变异，但剑如，她是能感觉得；可是她会装，装糊涂，同我毫无芥蒂地说话。我预备骂她几句，不过话只到口边便想到我为自己定下的戒条。并且做得太认真，怕越令人得意。所以我又忍下心去同她们玩。

到真光时，还很早，在门口又遇着一群同乡的小姐们，我真厌恶那些惯做的笑靥，我不去理她们，并且我无缘无故地生气到那许多去看电影的人。我乘毓芳同她们说到热闹中，我丢下我所请的客，悄悄回来了。

除了我自己，是没有人会原谅我的。谁也在批评我，谁也不知道我在人前所忍受的一些人们给我的感触。别人说我怪僻，他们哪里知道我却时常在讨人好，讨人欢喜，不过人们太不肯鼓励我去说那太违我心的话，常常给我机会，让我反省到我自己的行为，让我离人们却更远了。

夜深时，全公寓都静静的，我躺在床上好久了。我清清白白地想透了一些事，我还能伤心什么呢？

十二月二十九

一早毓芳就来电话。毓芳是好人，她不会扯谎，大约剑如是真病。毓芳说，起病是为我，要我去，剑如将向我解释。毓芳错了，剑如也错了，莎菲不是欢喜听人解释的人。根本我就否认宇宙间要解释。朋友们好，便好；合不来时，给别人点苦头吃，也是正大光明的事。我还以为我够大量，太没报复人了。剑如既为我病，我倒快活，我不会拒绝听别人为我而病的消息。并且剑如病，还可以减少点我从前自怨自艾的烦恼。

　　我真不知应怎样才能分析出我自己来。有时为一朵被风吹散了的白云，会感到一种渺茫的，不可捉摸的难过，但看到一个二十多岁的男子（苇弟其实还大我四岁）把眼泪一颗一颗掉到我手背时，却像野人一样地在得意地笑了。苇弟是从东城买了许多信纸信封来我这里玩，为了他很快乐，在笑，我便故意去捉弄，看到他哭了，我却快意起来，并且说："请珍重点你的眼泪吧，不要以为姐姐是像别的女人一样脆弱得受不起一颗眼泪……""还要哭，请你转家去哭，我看见眼泪就讨厌……"自然，他不走，不分辩，不负气，只蜷在椅角边老老实实无声地去流那不知从哪里得来的那么多的眼泪。我，自然，得意够了，是又会惭愧起来，于是用着姐姐的态度去喊他洗脸，抚摩他的头发。他镶着泪珠又笑了。

　　在一个老实人面前，我是已尽自己的残酷天性去磨折了他，但当他走后，我真又想能抓回他来，只请求他一句："我知道自己的罪过，请不要再爱这样一个不配承受那真挚的爱的女人了吧！"

一月一号

　　我不知道那些热闹的人们是怎样的过年法，我是只在牛奶中加了一个鸡子，鸡子还是昨天苇弟拿来的，一共是二十个，昨天煨了七个茶卤蛋，剩下的十三个，大约总够我两星期来吃它。若吃午饭时，苇弟会来，则一定有两个罐头的希望。我真希望他来。因为想到苇弟来，所以我便上单牌楼去买了四盒糖，两包点心，一篓橘子和苹果，是预备他来时给他吃的。我是准断定在今天只有他才能来。

但午饭吃过了，苇弟却没来。

我一共写了五封信，都是用前几天苇弟买来的好纸好笔。但我想能接得几个美丽的画片，却不能。连几个最爱弄这个玩艺儿的姊姊们都把我这应得的一份儿忘了。不得画片，不希罕，单单只忘了我，却是可气的事。不过为了自己从不曾给人拜过一次年，算了，这也是应该的。

晚饭还是我一人独吃，我烦恼透了。

夜晚毓芳云霖却来了，还引来一个高个儿少年，我只想他们才真算幸福；毓芳有云霖爱她，她满意，他也满意。幸福不是在有爱人，是在两人都无更大的欲望，商商量量平平和和地过日子。自然，也有人将不屑于这平庸。但那只是另外那人的，却与我的毓芳无关。

毓芳是好人，因为她有云霖，所以她"愿天下有情人皆成眷属"。她去年曾替玛丽作过一次恋爱婚姻介绍者。她又希望我能同苇弟好。因此她一来便问苇弟。但她却和云霖及那高个儿把我给苇弟买的东西吃完了。

那高个儿可真漂亮，这是我第一次感觉到男人的美上面，从来我是没有留心到。只以为一个男人的本行是在会说话，会看眼色，会小心就够了。今天我看了这高个儿，才懂得男人是另铸有一种高贵的模型，我看出那衬在他面前的云霖显得多么委琐，多么呆拙……我真要可怜云霖，假使他知道了他在这大人前所衬出的不幸时，他将怎样伤心他那些所有的粗丑的眼神、举止。我更不知，当毓芳拿着这一高一矮的男人相比时，是会起一种什么情感!

　　他，这生人，我将怎样去形容他的美呢?固然，他的颀长的身躯，白嫩的面庞，薄薄的小嘴唇，柔软的头发，都足以闪耀人的眼睛，但他却还另外有一种说不出，捉不到的丰仪来煽动你的心。如同，当我请问他的名字时，他是会用那种我想不到的不急遽的态度递过那只擎有名片的手来。我抬起头去，呀，我看见那两个鲜红的，嫩腻的，深深凹进的嘴角了。我能告诉人吗;我是用一种小儿要糖果的心情在望着那惹人的两个小东西。但我知道在这个社会里面是不会准许任我去取得我所要的来满足我的冲动，我的欲望，无论这是于人并不损害的事，所以我只得忍耐着，低下头去，默默地去念那名片上的字:

　　"凌吉士，新加坡……"

　　凌吉士，他是能那样毫无拘束地在我这儿谈笑，像是在一个很熟的朋友处，难道我能说他这是有意来捉弄一个胆小的人，我是为要强迫地去拒绝引诱，从不敢把眼光抬平去一望那可爱慕的火炉的一角。并且害得两只从不知羞惭的破烂拖鞋，也逼着我不准走到桌前的灯光处。我并且生气我自己，怎么我只会那样拘束，不调皮地在应对?平日看不起别人的交际法，今天才知道自己是还只能显得又呆，又傻气。唉，他一定以为我是一个乡下才出来的姑娘了!

　　云霖同毓芳两人看见我木木的，以为我不欢喜这生人，常常去打断他的说话，不久带着他走了。这个我也能感激他们的好意吗?我望着那一高两矮的影子在楼下院子中消失时，我真不愿再回到这留得有那人的靴印，那人的声音，和那人吃剩的饼屑的屋子。

一月三号

这两夜通宵通宵地咳嗽。对于药，简直就不会有信仰，药与病不是已毫无关系吗？我明明已厌烦了那苦水，但却又按时去吃它，假使连药也不吃，我更能拿什么来希望我的病呢？神要人忍耐着生活，便安排许多痛苦在死的前面，使人不敢走拢死去。我呢，我是更为了我这短促的不久的生，所以我越求生得厉害；不是我怕死，是我总觉得我还没享有我生的一切。我要，我要使我快乐。无论在白天，在夜晚，我都是在梦想可以使我没有什么遗憾在我死的时候的一些事情。我想我能睡在一间极精致的卧房的睡榻上，有我的姐姐们跪在榻前的熊皮毡子上为我祈祷，父亲悄悄地朝着窗外叹息，我读着许多封从那些爱我的人儿们寄来的长信，朋友们都纪念我流着忠实的眼泪……我迫切地需要这人间的感情，想占有许多不可能的东西。但人们给我的是什么呢？整整又两天，又一人幽囚在公寓里，没有一个人来，也没有一封信来，我躺在床上咳嗽，坐在火炉旁咳嗽，走到桌子前也咳嗽，还想念这些可恨的人们……其实是还收到一封信的，不过这除了更加我一些不快外，也只不过是加我不快。这是在一年前曾骚扰过我的一个安徽粗壮男人所寄来，我没看完就扯了。我真肉麻那满纸的"爱呀爱的！"我厌恨我不喜欢的人们的苫献……

我，我能说得出我真实的需要是些什么呢？

一月四号

事情不知错到什么地方去了。我为什么会想到搬家，并且在糊里糊涂中欺骗了云霖，好像扯谎也是本能一样，所以在今天能毫不费力地便使用了。假使云霖知道了莎菲也会哄骗他，他不知应如何伤心；莎菲是他们那样爱惜的一个小妹妹。自然我不是安心的，并且我现在在后悔。但我能决定吗，搬呢，还是不搬？

我是不能不向我自己说："你是在想念那高个儿的影子呢！"是的，这几天几夜我是无时不神往到那些足以诱惑我的。为什么他不在这几天中单独来会我呢？他应当知道他是不该让我如此地去思慕他。他应当来看我，说他也想念我才对。假使他来，我是不会拒绝去听他所说的一些爱慕我的话，我还将令他知道我所要的是些什么。但他却不来。我估定这像传奇中的事是难实现了。难道我去找他吗？一个女人这样放肆，是不会得好结果的。何况还要别人能尊敬我呢。我想不出好法子来，只好先去到云霖处试一试，所以吃过午饭，我便冒风向东城去。

云霖是京都大学的学生，他的住房便租在一家间于京都大学一院和二院之间青年胡同里。我到他那里时，幸好他没出去，毓芳也没来。云霖当然很诧异我在大风天出来，我说是到德国医院看病，顺便来这里。他也就毫不疑惑，又来问我的病状，我却把话头故意引到那天晚上。不费一点气力，我便已打探得那人儿是住在第四寄宿舍，位置是在京都大学二院隔壁的。不久，我于是又叹起气来，我用了许多言辞把在西城公寓里的生活，描摹得怎样的寂寞，黯淡。我又扯谎。说我唯一只想能贴近毓芳（我已知道毓芳已预备搬来云霖处）。我要求云霖同我往近处找房。云霖当然高兴这差事，不会迟疑的。

在找房的时候，凑巧竟碰着了凌吉士。他也陪着我们。我真高兴，高兴使我胆大了，我狠狠地望了他几次，他没有觉得，他问我的病，我说全好了，他不信似的在笑。

我看上一间又低，又小，又霉的东房，这是在云霖的隔壁一家叫大元的公寓里。他和云霖都说太湿，我却执意要在第二天便搬来，理由是那边太使我厌倦，而我急切地又要依着毓芳。云霖无法，也就答应了。还说好第二天一早他和毓芳过来替我帮忙。

我能告诉人，我单单选上这房子的用意吗？它是位置在第四寄宿舍和云霖住所之间。

他不曾向我告别，所以我又转到云霖处，我尽所有的大胆在谈笑。我把他什么细小处都审视遍了。我觉得都有我嘴唇放上去的需要。他不会也想到我是在打量他，盘算他吗？后来我特意说我想请他替我补英文，云霖笑，他听后却受窘了，不好意思地在含含糊糊地回答，于是我向心里说，这还不是一个坏蛋呢，那样高大的一个男人却还会红脸？因此我的狂热更炎炽了。但我不愿让人懂得我，看得我太容易，所以我就驱遣我自己，很早地就回来了。

现在仔细一想，我唯恐我的任性，将把我送到更坏的地方去，暂时且住在这有洋炉的房里吧，难道我能说得上我是爱上了那南洋人吗？我还一丝一毫都不知道他呢。什么那嘴唇，那眉梢，那眼角，那指尖……多无意识，这并不是一个人所应需的，我着魔了，会想到那上面。我决计不搬，一心一意来养病。

我决定了。我懊悔，我懊悔我白天所做的一些不是，一个正经女人所做不出来的。

一月六号

都奇怪我，听说我搬了家，南城的金英，西城的江，周，都来到我这低湿的小屋里。我笑着，有时在床上打滚，她们都说我越小孩气了，我更大笑起来，我只想告诉她们我想的是什么。下午苇弟也来了。苇弟最不快活我搬家，因为我未曾同他商量，并且离他更远了。他见着云霖时，竟不理他。云霖摸不着他为什么生气，望着他。他却更板起脸孔。我好笑，我向自己说："可怜，冤枉他了，一个好人！"

毓芳不再向我说剑如。她决定两三天便搬来云霖处，因为她觉得我既这样想傍着她住，她不能让我一人寂寂寞寞地住在这里。她和云霖待我更比以前亲热。

一月十号

这几天我都见着凌吉士，但我从没同他多说过几句话，我是决不先提到补英文事。我看见他一天要两次地往云霖处跑，我发笑，我准断定他以前一定不会同云霖如此亲密的。我没有一次邀请他来我那儿去玩，虽说他问了几次搬了家如何，我都装出不懂的样儿笑一下便算回答。我是把所有的心计都放在这上面用，好像同着什么东西搏斗一样。我要着那样东西，我还不愿去取得，我务必想方设计地让他自己送来。是的，我了解我自己，不过是一个女性十足的女人，女人是只把心思放到她要征服的男人们身上。我要占有他，我要他无条件地献上他的心，跪着求我赐给他的吻呢。我简直癫了，反反覆覆地只想着我所要施行的手段的步骤，我简直癫了！

毓芳云霖看不出我的兴奋来，只说我病快好了。我也正不愿他们知道，说我病好，我就假装着高兴。

一月十二

毓芳已搬来，云霖却又搬走了。宇宙间竟会生出这样一对人来，为怕生小孩，便不肯住在一起。我猜想他们是连自己也不敢断定：当两人抱在一床时是不会另外又干出些别的事来，所以只好预先防范，不给那肉体接触的机会。至于那单独在一房时的拥抱和亲嘴，是不会发生危险，所以悄悄来表演几次，便不在禁止之列。我忍不住嘲笑他们了，这禁欲主义者！为什么会不需要拥抱那爱人的裸露的身体？为什么要压制住这爱的表现？为什么在两人还没睡在一个被窝里以前，会想到那些不相干足以担心的事？我不相信恋爱是如此的理智，如此的科学！

他俩不生气我的嘲笑，他俩还骄傲着他们的纯洁，而笑我小孩气呢。我体会得出他们的心情，但我不能解释宇宙间所发生的许许多多奇怪的事。

　　这夜我在云霖处（现在要说毓芳处了）坐到夜晚十点钟才回来，说了许多关于鬼怪的故事。

　　鬼怪这东西，我是在一点点大的时候，就听惯了，坐在姨妈怀里听姨爹讲《聊斋》是常事，并且一到夜里就爱听。至于怕，又是另外一件不愿告人的。因为一说怕，准就听不成，姨爹便会踱过对面书房去，小孩就不准下床了。到进了学校，又从先生口里得知点科学常识，为了信服我们那位周麻子二先生，所以连书本也信服，从此鬼怪便不屑于害怕了。近来人是更在长高长大，说起来，总是否认有鬼怪的，但鸡粟却不肯因为不信便不出来，寒毛一个个也会竖起的。不过每次同人一说到鬼怪时，别人是不知道我正在想扔开些说到别的闲话上去，为的怕夜里一个人睡在破窝里时想到死去了的姨爹姨妈就伤心。

　　回来时，我看到那黑魆魆的小胡同，真有点胆悸。我想，假使在哪个角落里露出一个大黄脸，或伸来一只毛手，又是在这样像冻住了的冷巷里，我不会以为是意外。但看到身边的这高大汉子（凌吉士）做镖手，大约总可靠，所以当毓芳问我时，我只答应"不怕，不怕"。

　　云霖也同我们出来，他回他的新房子去，他向南，我们向北，所以只走了三四步，便听不清那橡皮的鞋底在泥板上发出的声音。

　　他伸来一只手，拢住了我的腰：

　　"莎菲，你一定怕哟！"

　　我想挣，但挣不掉。

我的头停在他的胁前，我想，如若在亮处，看起来，我会像个什么东西，被挟在比我高一个头还多的人的腕中。

我把身一蹲，便窜出来了，他也松了手陪我站在大门边打门。

小胡同里黑极了，但他的眼睛望到何处，我却能很清楚地看见，心微微有点跳，等着开门。

"莎菲，你怕哟！"

门闩已在响，是伙计在问谁。我朝他说：

"再——"

他猛地却握住我的手，我也无力再说下去。

伙计看到我身旁的大人，露着诧异。

到单独只剩两人在一房时，我的大胆，已经是变得毫无用处了。想故意说几句客套话，也不会，只说："请坐吧！"自己便去洗脸。

鬼怪的事，已不知忘掉到什么地方去了。

"莎菲，你还高兴读英文吗？"他忽然问。

这是他来找我，提头到英文，自然他未必欢喜白白牺牲时间去替人补课，这意思，在一个二十岁的女人面前，怎能瞒过，我笑了（这是只在心里笑）。我说：

"蠢得很，怕读不好，丢人。"

他不说话，把我桌上摆的照片拿来玩弄着，这照片是我姐姐的一个刚满一岁的女儿的。

我洗完脸，坐在桌子那头。

他望望我，便又去望那小女孩，然后又望我。是的，这小女孩长的真像我。于是我问他：

"好玩吗，你说像我不像？"

"她，谁呀！"显然，这声音就表示着非常之认真。

"你说可爱不可爱？"

他只追问着是谁。

忽的，我明白了他意思，我又想扯谎了。

"我的。"于是我把像片抢过来吻着。

他信了。我竟愚弄了他，我得意我的不诚实。

这得意，似乎便能减少他的妩媚，他的英爽。要是不，为什么当他显出那天真的诧愕时，我会忽略了他那眼睛，我会忘掉了他那嘴唇？否则，这得意一定将冷淡下我的热情来。

然而当他走后，我却懊悔了。那不是明明安放着许多机会吗？我只要在他按住我手的当儿，另做出一种眼色，让他懂得他是不会遭拒绝，那他一定可以还做出一些比较大胆的事。这种两性间的大胆，我想只要不厌烦那人，是也会像把肉体来融化了的感到快乐，是无疑。但我为什么要给人一些严厉，一些端庄呢？唉，我搬到这破房子里来，到底为的是些什么呢？

一月十五

近来我是不算寂寞了，白天便在隔壁玩，晚上又有一个新鲜的朋友陪我谈话。但我的病却越深了。这真不能不令我灰心，我要什么呢，什么也于我无益。难道我有所眷恋吗？一切又是多么的可笑，但死却不期然地会让我一想到便伤心。每次看见那克利大夫的脸色，我便想：是的，我懂得，你尽管说吧，是不是我已没希望了？但我却拿笑代替了我的哭。谁能知道我在夜深流出的眼泪的分量！

几夜，凌吉士都接着接着来，他告人说是在替我补英文，云霖问我，我只好不答应。晚上我拿一本 "Poor People" 放在他面前，他真个便教起我来。我只好又把书丢开，我说："以后你不要再向人说在替我补英文吧，我病，谁也不会相信这事的。"他赶忙便说："莎菲，我不可以等你病好些就教你吗？莎菲，只要你喜欢。"

这新朋友似乎是来得如此够人爱，但我却不知怎的，反而懒于注意到这些事。我每夜看到他丝毫得不着高兴地出去，心里总觉得有点歉仄，我只好在他穿大氅的当儿向他说："原谅我吧，我是有病！"他会错了我的意思，以为我同他客气。"病有什么要紧呢，我是不怕传染的。"后来我仔细一想，也许这话是另含得有别的意思，我真不敢断定人的所作所为是像可以想象出来的那样单纯。

一月十六

今天接到蕴姊从上海来的信，更把我引到百无可望的境地。我哪里还能找得几句话去安慰她呢？她信里说："我的生命，我的爱，都于我无益了……"那她是更不必需要我的安慰，我为她而流的眼泪了。唉！但从她信中，我可以揣想得出她婚后的生活，虽说她未肯明明地表白出来。神为什么要去捉弄这些在爱中的人儿？蕴姊是最神经质，最热情的人，自然她是更受不住那渐渐的冷淡，那已遮饰不住的虚情……我想要蕴姊来北京，不过这是做得到的吗？这还是疑问。

苇弟来的时候，我把蕴姊的信给他看：他真难过，因为那使我蕴姊感到生之无趣的人，不幸便是苇弟的哥哥。于是我又向他说了我许多新得的"人生哲学"的意义；他又尽他唯一的本能在哭。我只是很冷静地去看他怎样使眼睛变红，怎样拿手去擦干，并且我在他那些举动中，加上许多残酷的解释。我未曾想到在人世中，他是一个例外的老实人，不久，我一个人悄悄地跑出去了。

为要躲避一切的熟人，深夜我才独自从冷寂寂的公园里转来，我不知怎样地度过那些时间，我只想："多无意义啊！倒不如早死了干净……"

一月十七

我想：也许我是发狂了！假使是真发狂，我倒愿意。我想，能够得到那地步，我总可以不会再感到这人生的麻烦了吧……

足足有半年为病而禁绝了的酒，今天又开始痛饮了。明明看到那吐出来的是比酒还红的血。但我心却像有什么别的东西主宰一样，似乎这酒便可在今晚致死我一样，我是不愿再去细想那些纠纠葛葛的事……

一月十八

现在我还睡在这床上，但不久就将与这屋分别了，也许是永别，我断得定我还有那样能再亲我这枕头，这棉被……的幸福吗？毓芳，云霖，苇弟，金夏都保守着一种沉默围绕着我坐着，焦急地等着天明了好送我进医院去。我是在他们忧愁的低语中醒来的，我不愿说话，我细想昨天上午的事，我闻到屋子中所遗留下来的酒气和腥气，才觉得心是正在剧烈地痛，于是眼泪便汹涌了。因了他们的沉默，因了他们脸上所显现出来的凄惨和黯淡，我似乎感到这便是我死的预兆。假设我便如此长睡不醒了呢，是不是他们也将是如此的沉默地围绕着我僵硬的尸体？他们看见我醒了，便都走拢来问我。这时我真感到了那可怕的死别！我握着他们，仔细望着他们每个的脸，似乎要将这记忆永远保存着。他们便都把眼泪滴到我手上，好像觉得我就要长远地离开他们而走向死之国一样。尤其是苇弟，哭得现出丑的脸。唉，我想：朋友呵，请给我一点快乐吧……于是我反而笑了。我请他们替我清理一下东西，他们便在床铺底下拖出那口大籐箱来，在箱子里有几捆花手绢的小包，我说："这我要的，随着我进协和吧。"他们便递给我，我又给他们看，原来都满满是信札，我又向他们笑："这，你们的也在内！"他们才似乎也快乐些了。苇弟又忙着从抽屉里递给我一本照片，是要我也带去的样子，我更笑了。这里面有七八张是苇弟的单像，我又特容许了苇弟接吻在我手上，并握着我的手在他脸上摩擦，于是这屋子才不至于像真的有个僵尸停着的一样，天光这时也慢慢显出了鱼肚白。他们又忙乱了，慌着在各处找洋车。于是我病院的生活便开始了。

三月四号

接蕴姊死电是二十天以前的事，而我的病却又一天有希望一天了。所以在一号又由送我进院的几人把我送转公寓来，房子已打扫得干干净净。又怕因为我冷，特生了一个小小的洋炉，我真不知应怎样才能表示我的感谢，尤其是苇弟和毓芳。金和周又在我这儿住了两夜才走，都充当我的看护，我是每日都躺着，简直舒服得不像住公寓，同在家里也差不了什么了！毓芳还决定再陪我住几天，等天气暖和点便替我上西山去找房子，我便好专去养病，我也真想能离开北京，可恨阳历三月了，还如是之冷！毓芳硬要住在这儿，我也不好十分拒绝，所以前两天为金和周搭的一个小铺又不能撤了。

近来在病院却把我自己的心又医转了，这实实在在却是这些朋友们的温情把它又重暖了起来，又觉得这宇宙还充满着爱呢。尤其是凌吉士，当他走到医院去看我时，我便觉得很骄傲，我想他那种丰仪才够去看一个在病院女友的病，并且我也懂得，那些看护妇都在羡慕着我呢。有一天，那个很漂亮的密司杨问我：

"那高个儿，是你的什么人呢？"

"朋友！"我是忽略了她问得无礼。

"同乡吗？"

"不，他是南洋的华侨。"

"那么是同学？"

"也不是。"

于是她狡猾地笑了，"就仅是朋友吗？"

自然，我可以不必脸红，并且还可以警诫她几句，但我却惭愧了。她看到我闭着眼装要睡的狼狈样儿，便很得意地笑着走去。后来我一直都恼着她。并且为了躲避麻烦，有人问起苇弟时，我便扯谎说是我的哥哥。有一个同周很好的小伙子，我便说是同乡，或是亲戚的乱扯。

当毓芳上课去后，我一人留在房里时，我就去翻在一月多中所收到的信，我又很快活，很满足，还有许多人在记念我呢。我是需要别人记念的，总觉得能多得点好意就好。父亲是更不必说，又寄了一张像来，只有白头发似乎又多了几根。姊姊们都好，可惜就为小孩们忙得很，不能多替我写信。

信还没看完，凌吉士又来了。我想站起来，但他却把我按住。他握着我的手时，我快活得真想哭了。我说：

"你想没想到我又会回转这屋子呢？"

他只瞅着那侧面的小铺，表示一种不高兴的样子，于是我告诉他从前的那两位客已走了，这是特为毓芳预备的。

他听了便向我说他今晚不愿再来，怕毓芳会厌烦他。于是我的心里更充满乐意了，便说：

"难道你就不怕我厌烦吗？"

他坐在床头更长篇地述说他这一月多中的生活，还怎样和云霖冲突，闹意见，因为他赞成我早些出院，而云霖执着说不能出来．毓芳也附着云霖，他懂得他认识我的时间太少，说话自然不会起影响，所以以后他都不管这事了，并且在院中一和云霖碰见，自己便先回来了。

我懂得他的意思，但我却装着说：

"你还说云霖，不是云霖我还不会出院呢，住在里面真舒服多了。"

于是我又看见他默默地把头掉到一边去，不答应我的话。

他算着毓芳快来时，便走了，还悄悄告诉我说等明天再来。果然，不久毓芳便回来了。毓芳不曾问，我也不告她，并且她为我的病，不愿同我多说话，怕我费神，我更乐得借此可以多去想些另外的小闲事。

三月六号

当毓芳上课去后，把我一人撂在房里时，我便会想起这所谓男女间的怪事；其实，在这上面，不是我爱自夸，我所受的训练，至少也有我几个朋友们的相加或相乘，但近来我却非常之不能了解了。当独自同着那高个儿时，我的心便会跳起来，又是羞惭，又是害怕，而他呢，他只是那样随便地坐着，类乎天真地讲他过去的历史，有时是握着我的手；但这也不过是非常之自然，然而我的手便不会很安静地被握在那大手中，是慢慢地会发烧。并且一当他站起身预备走时，不由的我心便慌张了，好像我将跌入那可怕的不安中，于是我钉着他看，真说不清那眼光是求怜，还是怨恨；但他却忽略了我这眼光，偶尔懂得了，也只说："毓芳要来了哟！"我应当怎样说呢？他是在怕毓芳！自然，我也曾不愿有人知道我暗地一人所想的一些不近情理的事，不过近来我又感得我有别人了解我感情的必要，几次我向毓芳含糊地说起我的心境，她还是只那样忠实地替我盖被子，留心到我的药，我真不能不有点烦闷了。

三月八号

　　毓芳已搬回去，苇弟却又想代替那看护的差事，我知道，如若苇弟来，一定比毓芳还好，夜晚若想茶吃时，总不至于因听到那浓睡中的鼾声而不愿搅扰人而把头缩进被窝点算了；但我自然拒绝他这好意，他又固执着，我只好说："你在这里，我有许多不方便，并且病呢，也好了。"他还要证明间壁的屋子是空着，他可以住间壁，我正在无法时，凌吉士却来了，我以为他们还不认识，而凌吉士已握着苇弟的手，说是在医院已见过两次。苇弟只冷冷地不理他，我笑着向凌吉士说："这是我的弟弟，小孩子，不懂交际，你常来同他玩罢。"苇弟真的变成了小孩子，丧着脸站起身就走了。我因为有人在面前，便感得不快，也只好掩藏住，并且觉得有点对凌吉士不住，但他却毫没介意，反问我："不是他姓白吗，怎会变成你的弟弟？"于是我笑了："那么你是只准姓凌的人叫你做哥哥弟弟的！"于是他也笑了。

　　近来青年人在一处时，便老喜欢研究到这一个"爱"字，虽说有时我也似乎懂得点，不过终究还是不很说得清。至于男女间的一些小动作，似乎我又太看得明白了。也许便是因为我懂得了这些小动作，而于"爱"才反迷糊，才没有勇气鼓吹恋爱，才不敢相信自己还是一个纯粹的够人爱的小女子，并且才会怀疑到世人所谓的"爱"，以及我所接受的"爱"……

　　在我刚稍微有点懂事的时候，便给爱我的人把我苦够了，给许多无事的人以诬蔑我，凌辱我的机会，以至我顶亲密的小伴侣们也疏远了。后来又为了爱的胁迫，使我害怕得离开了我的学校。以后，人虽说一天天大了，但总常常感到那些无味的纠缠，因此有时不特怀疑到所谓"爱"竟会不屑于这种亲密。苇弟他说他爱我，为什么他只会常常给我一些难过呢？譬如今晚，他又来了，来了便哭，并且似乎带了很浓的兴味来哭一样，无论我说："你怎么了，说呀！""我求你，说话呀，苇弟！……"他都不理会。这是从未有的事，我尽我的脑力也猜想不出他所骤遭的这灾祸。我应当把不幸朝哪一方去揣测呢？后来，大约他是哭够了，于是才大声说："我不喜欢他！""这又是谁欺侮了你呢，这样大嚷大闹的？""我不喜欢那高个子！那同你好的！"哦，我这才知道原来还是怄我的气。我不觉得笑了。这种无味的嫉妒，这种自私的占有，便是所谓爱吗？我发笑，而这笑，自然不会安慰到那有野心的男人的。并且因了我不屑的态度，更激起他那不可抑制的怒气。我看着他那放亮的眼光，我以为他要噬人了，我想："来吧！"但他却又低下头去哭了，还揩着眼泪，踉跄地又走出去。

这种表示，也许是稍为狂热的，真率的爱的表现吧，但苇弟却毫不加思索地来便用在我面前，自然是只会失败，并不是我愿意别人虚伪点，做作点在爱上，我只觉得想靠这种小孩般举动来打动我的心，是全无用。或者这因为我的心是生来便如此硬，那我之种种不惬于人意而得来烦恼和伤心，也是应该的。

苇弟一走，自自然然我把我自己的心意去揣摩，去仔细回忆到那一种温柔的，大方的，坦白而又多情的态度上去，光这态度已够人欣赏得像醉一般的感到那融融的蜜意，于是我拿了一张画片，写了几个字，命伙计即刻送到第四寄宿舍去。

三月九号

我看见安安闲闲坐在我房里的凌吉士，不禁又可怜到苇弟，我祝祷世人不要像我一样，忽略了蔑视了那可贵的真诚而把自己陷到那不可拔的渺茫的悲境里；我更愿有那末一个真诚纯洁的女郎去饱领苇弟的爱，并填实苇弟所感得的空虚啊！

三月十三

好几天又不提笔，不知还是因为我心情不好，或是找不出所谓的情绪，我只知道，从昨天来我是更只想哭了。别人看到我哭，便以为我在想家，想到病，看见我笑呢，又以为我快乐了，还欣庆着这健康的光芒……但所谓朋友皆如是，我能告谁以我的不屑流泪，而又无力笑出的痴呆心境？并且因我看清了自己在人间的种种不愿舍弃的热望以及每次追求而得来的懊丧，所以连自己也不愿再同情这未能悟彻所引起的伤心。更哪能捉住一管笔去详细写出自怨和自恨呢！

是的，我好像又在发牢骚了。但这只是隐忍着在心头而反复向自己说，似乎还无碍，因为我并未曾有过那种胆量，给人看我的蹙紧眉头，和听我的叹气，虽说人们早已无条件地赠送过我以"狷傲""怪僻"等等好字眼。其实，我并不是要发牢骚，我只想哭，想有那么一个人来让我倒在他怀里哭，并告诉他："我又糟蹋我自己了！"不过谁能了解我，抱我，抚慰我呢？是以我只能在笑声中咽住"我又糟蹋我自己了"的哭声。

我到底又为了什么呢，这真好难说！自然我是未曾有过一刻私自承认我是爱恋上那高个儿了的，但他之在我的心心念念中怎地又蕴蓄着一种分析不清的意义。虽说他那颀长的身躯，嫩玫瑰般的脸庞，柔软的嘴波，惹人的眼角，是可以诱惑许多爱美的女子，并以他那娇贵的态度倾倒那些还有情爱的。但我岂肯为了这些无意识的引诱而迷恋到一个十足的南洋人！真的，在他最近的谈话中，我懂得了他的可怜的思想；他需要的是什么？是金钱，是在客厅中能应酬他买卖中朋友们的年轻太太，是几个穿得很标致的白胖儿子。他的爱情是什么？是拿金钱在妓院中，去挥霍而得来的一时肉感的享受，和坐在软软的沙发上，拥着香喷喷的肉体，嘴抽着烟卷，同朋友们任意谈笑，还把左腿叠压在右膝上；不高兴时，便拉倒，回到家里老婆那里去。热心于演讲辩论会，网球比赛，留学哈佛，做外交官，公使大臣，或继承父亲的职业，做橡树生意，成资本家……这便是他的志趣！他除了不满于他父亲未曾给他过多的钱以外，便什么都是可使他在一夜不会做梦的睡觉；如有，便也只是嫌北京好看的女人太少，让他有时也会厌腻起游戏园，戏场，电影院，公园来……唉，我能说什么呢？当我明白了那使我爱慕的一个高贵的美型里，是安置着如此的一个卑劣灵魂，并且无缘无故还接受过他的许多亲密。这亲密，自然是还值不了在他从妓院中挥霍里剩馀下的一半多，想起那落在我发际的吻来，真又使我悔恨到想哭了！我岂不是把我献给他任他来玩弄我来比拟到卖笑的姐妹中去！然而这又都只能把责备来加上我自己使我更难受的，因为假设只要我自己肯，肯把严厉的拒绝放到我眸子中去，我敢相信，他不会那样大胆，并且我也敢相信，他之所以不会那样大胆，是由于他还未曾有过那恋爱的火焰燃炽……唉！我应该怎样来诅咒我自己了！

三月十四

这是爱吗，也许要爱才具有如此的魔力，不是，为什么一个人的思想会变幻得如此不可测！当我睡去的时候，我看不起那美人，但刚从梦里醒来，一揉开睡眼，便又思念那市侩了。我想：他今天会来吗？什么时候呢，早晨，过午，晚上？于是我跳下床来，急忙忙地洗脸，铺床，还把昨夜丢在地下的一本大书检起，不住地在边缘处摩挲着，这是凌吉士昨夜遗忘在这儿的一本《威尔逊演讲录》。

三月十四晚上

我是有如此一个美的梦想，这梦想是凌吉士所给我的，然而同时又为他而破灭。所以我因了他才能满饮着青春的醇酒，在爱情的微笑中度过了清晨；但因了他，我认识了"人生"这玩艺，而灰心而又想到死；至于痛恨到自己甘于堕落，所招来的，简直只是最轻的刑罚！真的，有时我为愿保存我所爱的，我竟想到"我有没有力去杀死一个人呢？"

我想遍了，我觉得为了保存我的美梦，为了免除使我生活的力一天天减少，顶好是即刻上西山好，但毓芳告诉我，说她所托找房子的那位住在西山的朋友还没有回信来，我又怎好再去询问或催促呢？不过我决心了，我决心让那高小子来尝一尝我的不柔顺，不近情理的倨傲和侮弄。

三月十七

那天晚上苇弟赌着气回去，今天又小小心心地自己来和解，我不觉笑了，并感到他的可爱。如若一个女人只要能找得一个忠实的男伴，做一身的归宿，我想谁也没有我苇弟可靠。我笑问："苇弟，还恨姊姊不呢？"于是他羞惭地说："不敢。姊姊，你了解我罢！我是除了希冀你不会摈弃我以外不敢有别的念头的。一切只要你好，你快乐就够了！"这还不真挚吗？这还不动人吗？比起那白脸庞红嘴唇的如何？但是后来我说："苇弟，你好，你将来一定是一切都会很满你意的。"他却露出凄然的一笑。"永世也不会——但愿如你所说……"这又是什么呢？又是给我难受一下！我恨不得跪在他面前求他只赐我以弟弟或朋友的爱罢！单单为了我的自私，我愿我少些纠葛，多快乐点。苇弟爱我，并会说那样好听的话，但他忽略了：第一他应当真的减少他的热望，第二他也应该藏起他的爱来。我为了这一个老实的男人，所感到无能的抱歉，真也够受了，

三月十八

我又托夏在替我往西山找房了。

三月十九

凌吉士居然已几日不来我这里了。自然，我不会打扮，不会应酬，不会治理家事，我有肺病，无钱，他来我这里做什么！我本无须乎要他来，但他真的不来了却又更令我伤心，更证实他以前的轻薄。难道他也是如苇弟一样老实，当他看到我写给他的字条"我有病，请不要再来扰我"，就信为是真话，竟不可违背，而果真不来吗？这又使我只想再见他一面，到底审看一下这高大的怪物是怎样地在觑看我。

三月二十

今天我在云霖处跑了三次，都未曾遇见我想见的人，似乎云霖也有点疑惑，所以他问我这几天见着凌吉士没有。我只好又怅怅地跑回来。我实在焦烦得很，我敢自己欺自己说我这几日没有思念到他吗？

晚上七点钟的时候，毓芳和云霖来邀我到京都大学第三院去听英语辩论会，并且乙组的组长便是凌吉士。我一听到这消息，心就立刻砰砰地跳起来，我只得拿病来推辞了这善意的邀请。我这无用的弱者。我没有胆量去承受那激动，我还是希望我能不见着他。不过在他俩走时，我却又请他俩致意到凌吉士，说我问候他。唉，这又是多无意识啊！

三月二十一

在我刚吃过鸡子牛奶，一种熟习的叩门声便响着，在纸格上还印上一个颀长的黑影。我只想跳过去开门，但不知为一种什么情感所支使，我咽着气，低下头去了。

"莎菲，起来没有？"这声音是如此柔嫩，令我一听到会想哭。

为了知道我已坐在椅子上吗？为了知道我无能发气和拒绝吗？他轻轻地托开门便走进来了。我不敢仰起我滋润的眼皮来。

"病好些没有，刚起来吗？"

我答不出一句话。

"你真在生我的气啊。莎菲，你厌烦我，我只好走了，莎菲！"

他走，于我自然很合适，但我又猛然抬起头拿眼光止住了他开门的手。

谁说他不是一个坏蛋呢，他懂得了。他敢于把我的双手握得紧紧的。他说：

"莎菲，你捉弄我了。每天我走你门前过，都不敢进来，不是云霖告诉我说你不会生我气，那我今天还不敢来。你，莎菲，你厌烦我不呢？"

谁都可以体会得出来，假使他这时敢于拥抱住我，狂乱地吻我，我一定会倒在他手腕上哭了出来："我爱你呵！我爱你呵！"但他却如此的冷淡，冷淡得使我又恨他了。然而我心里又在想："来呀，抱我，我要接吻在你脸上咧！"自然，他依旧还握着我的手，把眼光紧钉在我脸上，然而我搜遍了，在他的各种表示中，我得不着我所等待于他的赐与。为什么他仅仅只懂得我的无用，我的可轻侮，而不够了解他之在我心中所占的是一种怎样的地位！我恨不得用脚尖踢出他去，不过我又为了另一种情绪所支配，我向他摇了头，表示是不厌烦他的来到。

于是我又很柔顺地接受了他许多浅薄的情意，听他又说着那些使他津津有回味的卑劣享乐，以及"赚钱和花钱"的人生意义。并承他暗示我许多做女人的本分。这些又使我看不起他，暗骂他，嘲笑他，我拿我的拳头，隐隐痛击我的心，但当他扬扬地走出我房时，我受逼得又想哭了。因为我压制住我那狂热的欲念，我未曾请求他多留一会儿。

唉，他走了！

三月二十一夜

在去年这时候，我过的是一种什么生活！为了有蕴姊千依百顺地疼我，我便装病躺在床上不肯起来。为了想受蕴姊抚摩我，便因那着急无以安慰我而流泪的滋味，我伏在桌上想到一些小不满意的事而哼哼唧唧地哭。便有时因在整日静寂的沉思里得了点哀戚，但这种淡淡的凄凉，却更令我舍不得去扰乱这情调，似乎在这里面我也可以味出一缕甜意一样的。至于在夜深了的法国公园，听躺在草地上的蕴姊唱《牡丹亭》，那又是更不愿想到的事了。假使她不曾被神捉弄般地去爱上那苍白脸气的男人，她一定不会死去地这样快，我当然不会一人漂流到北京，无亲无爱地在病中挣扎。虽说有几个朋友，他们也很体惜我，但在我所感应得出的我和他们的关系能和蕴姊的爱在一个天平上相称吗？想起蕴姊，我是真应当像从前在蕴姊面前撒娇一样地纵声大哭，不过这一年来，因为多懂得了一些事，虽说时时想哭却又咽住了，怕让人知道了厌烦。近来呢，我更是不知为了什么只能焦急。而想得点空闲去思虑一下我所做的，我所想的，关于我的身体，我的名誉，我的前途的好处和歹处的时间也没有，整天把紊乱的脑筋只放到一个我不愿想到的去处，因为便是我想逃避的，所以越把我弄成焦烦苦恼得不堪言说！但是我除了说"死了也活该！"是不能再希望什么了。我能求得一些同情和慰藉吗？然而我们似乎在向人乞怜了。

晚饭一吃过，毓芳便和云霖来我这儿坐，到九点我还不肯放他俩走。我知道，毓芳碍住面子只好又坐下来，云霖借口要预备明天的课，执意一人走回去了。于是我隐隐地向毓芳吐露我近来所感的窘状，我只想她能懂得这事，并且能硬自作主来把我的生活改变一下，做我自己所不能胜任的。但她完全把话听到反面去了，她忠实地告诫我："莎菲，我觉得你太不老实，自然你不是有意，你可太不留心你的眼波了。你要知道，凌吉士他们比不得在上海同我们玩耍的那群孩子，他们很少机会同女人接近，受不起一点好意的，你不要令他将来感到失望和痛苦。我知道，你哪里曾爱到他呢？"这错误是不是又该归到我，假设我不想求助于她而向她饶舌，是不是她不会说出这更令我生气，更令我伤心的话来，我噎着气又笑了："芳姊，不要把我说得太坏了吓！"

毓芳愿意留下住一夜时，我又赶着她走了。

像那些才女们，因为得了一点点不很受用，便能"我是多愁善感呀""悲哀呀我的心……""……"做出许多新旧的诗。

我呢，没出息的，白白被这些诗境困着，连想以哭代替诗句来表现一下我的情感的搏斗都不能。光在这上面，为了不如人，也应撂开一切去努力做人才对，便还退一千步说，为了自己的热闹，为了得一群浅薄眼光之赞颂，我总也不该拿不起笔或枪来。真的便把自己陷到比死还难忍的苦境里，单单为了那男人的柔发，红唇……

我又梦想到欧洲中古的骑士风度，这拿来比拟是不会有错，如其是有人看到凌吉士过的。他又能把那东方特长的温柔保留着，神把什么好的，都慨然赐给他了，但神为什么不再给他一点聪明呢？他还不懂得真的爱情呢，他确是不懂得，虽说他已有了妻（今夜毓芳告我的），虽说他，曾在新加坡乘着脚踏车追赶坐洋车的女人，因而恋爱过一小段时间，虽说他曾在韩家潭住过夜。但他真得到一个女人的爱过么？他爱过一个女人么？我敢说不曾！

一种奇怪的思想又在我脑中燃炽了。我决定来教教这大学生。这宇宙并不是像他所懂的那样简单的啊！

三月二十二

在心的忙乱中，我勉强竟写了这些日记了。早先是因为蕴姊写信来要，再三再四的，我只好开始来写。现在是蕴姊又死了好久，我还舍不得不继续下去，心想便为了蕴姊在世时所谆谆向我说的一些话而便永远写下去做纪念蕴姊也好。所以无论我那样不愿提笔，也只得胡乱画下一页半页的字来。本来是睡了的，但望到挂在壁上蕴姊的像，忍不住又爬起。为免掉想念

蕴姊的难受而提笔了。自然，这日记，我总是觉得除了蕴姊我
不愿给任何人看。第一是因为这是特为了蕴姊要知道我的生活
而记下的一些琐琐碎碎的事，二来我也怕别人给一些理智的面
孔给我看，好更刺透我的心；似乎我自己也会因了别人所尊崇
的道德而真的也感到像犯下罪一样的难受。所以这黑皮的小本
子我是许久以来都安放在枕头底下的垫被的下层。今天不幸我
却违背我的初意了，然而也是不得已，虽说似乎是出于毫未思
考。原因是苇弟近来非常误解我，以致常常使得他自己不安，
而又常常波及我，我相信在我平日的一举一动中，我都很能表
示出我的态度来。为什么他懂不了我的意思呢？难道我能直捷
地说明，和阻止他的爱吗？我常常想，假设这不是苇弟而是另
外一人，我将会知道应怎样处置是最合法的。偏偏又是如此能
令我忍不下心去的一个好人，我无法了，我只好把我的日记给
他看。让他知道他之在我的心里是怎样的无希望，并知道我是
如何凉薄的反反覆覆的不足爱的女人。假设苇弟知道我，我自
然是会将他当做我唯一可诉心肺的朋友，我会热诚地拥着他同
他接吻。我将替他愿望那世界上最可爱，最美的女人……日
记，苇弟是看过一遍，又一遍了，虽说他曾经哭过，但态度非
常镇静，是出我意料之外的。我说：

"懂得了姊姊吗？"

他点头。

"相信姊姊吗？"

"关于那方面的？"

于是我懂得那点头的意义。谁能懂得我呢，便能懂得了这

只能表现我万分之一的日记，也只能令我看到这有限的而伤心哟！何况，希求人了解，而以想方设计用文字来反复说明的日记给人看，已够是多么可伤心的事！并且，后来苇弟还怕我以为他未曾懂得我，于是不住地说：

"你爱他！你爱他！我不配你！"

我真想一赌气扯了这日记。我能说我没有糟蹋这日记吗？我只好向苇弟说："我要睡了，明天再来罢。"

在人里面，真不必求什么！这不是顶可怕的吗？假设蕴姊在，看见我这日记，我知道，她是会抱着我哭："莎菲，我的莎菲！我为什么不再变得伟大点，让我的莎菲不至于这样苦啊……"但蕴姊已死了，我拿着这日记应怎样地来痛哭才对！

三月二十三

凌吉士向我说："莎菲！你真是一个奇怪的女子。"我了解这并不是懂得了我的什么而说出的一句赞叹。他所以为奇怪的，无非是看见我的破烂了的手套，搜不出香水的抽屉，无缘无故扯碎了的新棉袍，保存着一些旧的小玩具……还有什么？听见些不常的笑声，至于别的，他便无能去体会了，我也从未向他说过一句我自己的话。譬如他说"我以后要努力赚钱呀"，我便笑；他说到邀起几个朋友在公园追着女学生时，"莎菲那真有趣"，我也笑。自然，他所说的奇怪，只是一种在他生活习惯上不常见的奇怪。并且我也很伤心，我无能使他了解我而敬重我。我是什么也不希求了，除了往西山去。我想到我过去的一切妄想，我好笑！

三月二十四

当他单独在我面前时，我觑着那脸庞，聆着那音乐般的声音，我心便在忍受那感情的鞭打！为什么不扑过去吻住他的嘴唇，他的眉梢，他的……无论什么地方？真的，有时话都到口边了："我的王！准许我亲一下吧！"但又受理智，不，我就从没有过理智，是受另一种自尊的情感所裁制而又咽住了。唉！无论他的思想是怎样坏，而他使我如此癫狂的感情，是曾有过而无疑，那我为什么不承认我是爱上了他咧？并且，我敢断定，假使他能把我紧紧地拥抱着，让我吻遍他全身，然后他把我丢下海去，丢下火去，我都会快乐地闭着眼等待那可以永久保藏我那爱情的死的来到。唉！我竟爱他了，我要他给我一个好好的死就够了……

三月二十四夜深

我决心了。我为拯救我自己被一种色的诱惑而堕落，我明早便会到夏那儿去，以免看见了凌吉士又痛苦，这痛苦已缠缚我如是之久了！

三月二十六

为了一种纠缠而去，但又遭逢着另一种纠缠，使我不得不又急速地转来了。在我去夏那儿的第二天，梦如便也去了。虽说她是看另一人去的，但使我很感到不快活。夜晚，她大发其对感情的一种新近所获得的议论，隐隐地含着讥刺向我，我默然。为不愿让她更得意，我睁着眼，睡在夏的床上等到了天明，我才又忍着气转来……

毓芳告诉我，说西山房子已找好了，并且又另外替我邀了一个女伴，也是养病的，而这女伴同毓芳又算是一个很好的朋友。听到这消息，应该是很欢喜吧，但我刚刚在眉头舒展了一点喜色，而一种黯然的凄凉便罩上了。虽说我从小便离开家，在外面混，但都有我的亲戚朋友随着我。这次上西山，固然说起来离城只有几十里，但在我，一个活了二十岁的人，开始一人跑到陌生的地方去，还是第一次，假使我竟无声无息地死在那山上，谁是第一个发现我死尸的？我能担保我不会死在那里吗？也许别人会笑我担忧到这些小事，而我却真的哭过，当我问毓芳舍不舍得我时，而毓芳却笑，笑我问小孩话，说是这一点点路有什么舍不得，直到毓芳准许了我每礼拜上山一次，我才不好意思地揩干眼泪。

下午我到苇弟那儿去了，苇弟也说他一礼拜上山一次，填毓芳不去的空日。

回来已夜了，我一人寂寂寞寞地在收拾东西，想到我要离开北京的这些朋友们，我又哭了。但一想到朋友们都未曾向我流泪，我又擦去我脸上的泪痕。我是将一人寂寂寞寞地又离开这古城了。

在寂寞里，我又想到凌吉士了，其实，话不是这样说，凌吉士简直不能说"想起""又想起"，完全是整天都在系念到他，只能说："又来讲我的凌吉士吧。"这几天我故意造成的离别，在我是不可计的损失，我本想放松了他，而我把他捏得更紧了。我既不能把他从我心里压根儿拔去，我为什么要躲避着不见他的面呢？这真使我懊恼，我不能便如此同他离别，这样寂寂寞寞地走上西山……

三月二十七

一早毓芳便上西山去了，去替我布置房子，说好明天我便去。我为她这番盛情，我应怎样去找得那些没有的字来表示我的感谢？我本想再呆一天在城里，便也不好说出了。

我正焦急的时候，凌吉士才来，我握紧他双手，他说：

"莎菲！几天没见你了！"

我很愿意在这时我能哭得出来，抱着他哭，但眼泪只能噙在眼里，我只好又笑了。他听见明天我要上山时，他显出的那惊诧和一种嗟叹，又很安慰到我，于是我真的笑了。他见到我笑，便把我的手反捏得紧紧的，紧得使我生痛。他怨恨似的说：

"你笑，你笑！"

这痛，是我从未有过的舒适，好像心里也正锥下去一个什么东西，我很想倒下他的手腕去，而这时苇弟却来了。

苇弟知道我恨他来，而他偏不走。我向着凌吉士使眼色，我说："这点钟有课吧？"于是我送凌吉士出来。他问我明早什么时候走，我告他；我问他还来不来呢，他说回头便来；于是我望着他快乐了，我忘了他是怎样可鄙的人格，和美的相貌了，这时他在我的眼里，是一个传奇中的情人。哈，莎菲有一个情人了！……

三月二十七晚

自从我赶走苇弟到这时已是整整五个钟头了。在这五点钟里，我应怎样才想得出一个恰合的名字来称呼它？像热锅上的蚂蚁在这小房子里不安地坐下，又站起，又跑到门缝边瞧，但是——他一定不来了，他一定不来了，于是我又想哭，哭我走得这样凄凉，北京城就没有一个人陪我一哭吗？是的，我是应该离开这冷酷的北京的，为什么我要舍不得这板床，这油腻的书桌，这三条腿的椅子……是的，明早我就要走了，北京的朋友们不会再腻烦莎菲的病。为了朋友们轻快的舒适，莎菲便为朋友们死在西山也是该的！但都能如此的让莎菲一人看不着一点热情孤孤寂寂地上山去，想来莎菲便不死，也不会有损害或激动于人心吧……不想了！不想！有什么可想的，假使莎菲不如此贪心在攫取感情，那莎菲不是便很可满足于那些眉目间的同情了吗？……

关于朋友，我不说了。我知道永世也不会使莎菲感到满足这人间的友谊的！

但我能满足些什么呢？凌吉士答应我来，而这时已晚上九点了。纵是他来了，我便会很快乐吗？他会给我所需要的吗？……

想起他不来，我又该痛恨我自己了！在很早的从前，我懂得对付哪一种男人便应用哪一种态度，而到现在反蠢了。当我问他还来不来时，我怎能显露出那希求的眼光，在一个漂亮人面前是不应老实，让人瞧不起……但我爱他，为什么我要使用技巧？我不能直接向他表明我的爱吗？并且我觉得只要于人无损，便吻人一百下，为什么便不可以被准许呢？

他既答应来，而又失信，显见得是在戏弄我。朋友，留点好意在莎菲走时，总不至于像是一种损失吧。

今夜我简直狂了。语言，文字是怎样在这时显得无用！我心像被许多小老鼠啃着一样，又像一盆火在心里燃烧。我想把什么东西都摔破，又想冒着夜气在外面乱跑去，我无法制止我狂热的感情的激荡，我便躺在这热情的针毡上，反过去也刺着，翻过来也刺着，似乎我又是在油锅里听到那油沸的响声，感到浑身的灼热……为什么我不跑出去呢？我等着一重渺茫的无意义的希望到来！哈……想到那红唇，我又癫了！假使这希望是可能的话——我独自又忍不住笑，我再三再四反复问我自己："爱他吗？"我更笑了。莎菲不会傻到如此地步去爱上那南洋人。难道因了我不承认我的爱，便不可以被人准许做一点儿于人也无损的事？

假使今夜他竟不来，我怎能甘心便恝然上西山去……

唉！九点半了！

九点四十分！

三月二十八晨三时

莎菲生活在世上，所要人们的了解她体会她的心太热烈太恳切了，所以长远地沉溺在失望的苦恼中，但除了自己，谁能够知道她所流出的眼泪的分量？

在这本日记里，与其说是莎菲生活的一段记录，不如直接算为莎菲眼泪的每一个点滴，是在莎菲心上，才觉得更切实。
然而这本日记现在是要收束了，因为莎菲已无需乎此——用眼
泪来泄愤和安慰，这原因是对于一切都觉得无意识，流泪更是
这无意识的极深的表白。可是在这最后一页的日记上，莎菲应
该用快乐的心情来庆祝，她是从最大的那失望中，蓦然得到了
满足，这满足似乎要使人快乐得到死才对。但是我，我只从那
满足中感到胜利，从这胜利中得到凄凉，而更深的认识我自己
的可怜处，可笑处，因此把我这几月来所萦萦于梦想的一点
"美"反缥缈了，——这个美便是那高个儿的丰仪！

　　我应该怎样来解释呢？一个完全癫狂于男人仪表上的女人
的心理！自然我不会爱他，这不会爱，很容易说明，就是在他
丰仪的里面是躲着一个何等卑丑的灵魂！可是我又倾慕他，思
念他，甚至于没有他，我就失掉一切生活意义的保障了；并且
我常常想，假使有那么一日，我和他的嘴唇合拢来，密密的，
那我的身体就从这心的狂笑中瓦解去，也愿意。其实，单单能
获得骑士一般的那人儿的温柔的一抚摩，随便他的手尖触到我
身上的任何部分，因此就牺牲一切，我也肯。

　　我应当发癫，因为这些幻想中的异迹，梦似的，终于毫无
困难的都给我得到了。但是从这中间，我所感得的是我所想象
的那些会醉我灵魂的幸福么！不啊！

　　当他——凌吉士——在晚间十点钟来到时候，开始向我嗫
嚅地表白，说他是如何地在想我……还使我心动过好几次；但
不久我看到他那被情欲在燃烧的眼睛，我就害怕了。于是从他
那卑劣的思想中所发出的更丑的誓语，又振起我的自尊心来！

假使他把这串浅薄肉麻的情话去对别个女人说，一定是很动听的，可以得一个所谓的爱的心吧。但他却向我，就由这些话语的力，把我推得隔他更远了。唉，可怜的男子！神既然赋与你这样的一副美形，却又暗暗地捉弄你，把那样一个毫不相称的灵魂放到你人生的顶上！你以为我所希望的是"家庭"吗？我所欢喜的是"金钱"吗，我所骄傲的是"地位"吗？"你，在我面前，是显得多么可怜的一个男子啊！"我真要为他不幸而痛哭，然而他依样把眼光镇住我脸上，是被情欲之火燃烧得如何的怕人！倘若他只限于肉感的满足，那么他倒可以用他的色来摧残我的心；但他却哭声地向我说："莎菲，你信我，我是不会负你的！"啊，可怜的人！他还不知道在他面前的这女人，是用如何地轻蔑去可怜他的使用这些做作，这些话！我竟忍不住而笑出声来，说他也知道爱，会爱我，这只是近于开玩笑！那情欲之火的巢穴——那两只灼闪的眼睛，不正在宣布他除了可鄙的浅薄的需要，别的一切都不知道吗？

"喂，聪明一点，走开吧，韩家潭那个地方才是你寻乐的场所！"我既然认清他，我就应该这样说，教这个人类中最劣种的人儿滚出去。然而，虽说我暗暗地在嘲笑他，但当他大胆地贸然伸开手臂来拥我时，我竟又忘记了一切，我临时失掉了我所有的一些自尊和骄傲，我是完全被那仅有的一副好丰仪迷住了，在我心中，我只想，"紧些！多抱我一会儿吧，明早我便走了！"假使我那时还有一点自制力，我该会想到他的美形以外的那东西，而把他像一块石头般，丢到房外去。

唉！我能用什么言语或心情来痛悔，他，凌吉士，这样一个可鄙的人，吻了我！我静静默默地承受着！但那时，在一个温润的软热的东西放到我脸上，我心中得到的是些什么呢？我不能像别的女人一样会晕倒在她那爱人的臂膀里！我是张大着眼睛望他，我想："我胜利了！我胜利了！"因为他所以使我迷恋的那东西，在吻我时，我已知道是如何的滋味——我同时鄙夷我自己了！于是我忽然伤心起来，我把他用力推开，我哭了。

他也许忽略了我的眼泪，以为他的嘴唇是给我如何的温软，如何的嫩腻，是把我的心融醉到发迷的状态里吧，所以他又挨我坐着，继续地说了许多所谓爱情表白的肉麻话。

"何必把你那令人惋惜处暴露得无馀呢？"我真这样地又可怜起他来。

我说："不要乱想吧，说不定明天我便死去了！"

他听着，谁知道他对于这话是得到怎样的感触？他又吻我，但我躲开了，于是那嘴唇便落到我手上……

我决心了，因为这时我有的是充足的清晰的脑力，我要他走，他带点抱怨颜色，缠着我。我想，"为什么你也是这样傻劲呢？"他于是直挨到夜十二点半钟才走。

他走后，我想起适间的事情。我就用所有的力量，来痛击我的心！为什么呢，给一个如此我看不起的男人接吻？既不爱他，还嘲笑他，又让他来拥抱？真的，单凭了一种骑士般的风度，就能使我堕落到如此地步吗？

总之，我是给我自己糟塌了，凡一个人的仇敌就是自己，我的天，这有什么法子去报复而偿还一切的损失？

好在在这宇宙间，我的生命只是我自己的玩品，我已浪费得尽够了，那么因这一番经历而使我更陷到极深的悲境里去，似乎也不成一个重大的事件。

但是我不愿留在北京，西山更不愿去了，我决计搭车南下，在无人认识的地方，浪费我生命的馀剩，因此我的心从伤痛中又兴奋起来，我狂笑地怜惜自己：

"悄悄地活下来，悄悄地死去，啊！我可怜你，莎菲！"

庆云里中的一间小房里

"今晚早些来呵!"阿英迷迷糊糊地在向要走的人说。

要走的人,还站在床头,一手扣衣,一手就又拉帐子。帐子是白竹布的,已变成灰色的了。

"唉,冷呢,人!"阿英用劲地将手摔脱了缩进被窝里去,眼仍然闭着,又装出一个迷人的音调:"你今晚不来时,以后可莫想我怎样好!"

在大腿上又被捻了一下,于是那穿黑大布长褂的瘦长男子,才从床后的小门躄了出去。阿英仿佛听见阿姆在客堂中送着客,然而这有什么关系呢,瞌睡是多么可恋的东西,所以翻过身去,把被压紧了一点,又呼呼地睡熟了。

在梦中,她已回到家了,陈老三抱着她,陈老三变得异常有劲,她觉得他比一切男人都好,都能使她舒服,这是她从前在家时所感不出的。她给了他许多钞票,都是十块一张的,有一部分是客人给她的,有一部分是打花会赢的。她现在都给他了。她要同他两人安安静静地在家乡过一生。

在梦中,他很快乐的,她握住两条粗壮的手膀,她的心都要跳了。但不知怎的,她觉得陈老三慢慢地走远了去,而阿姆

的骂人的声音，却传了来，娘姨也在大声吵嘴，于是她第二次
又被吵醒了。

　　阿姆骂的话，大都极难听。娘姨也旗鼓相当，毫不让人。
好在阿英一切都惯了，也不觉得那些话，会怎样该只有为他人
而卖身体的自己来难过。她只觉得厌烦，她恨她们扰了她，她
在心里也不忘要骂她们一句娘，翻转身来又想睡。

　　但间壁房里也发出很粗鲁的声音来，她知道间壁的客人还
没走，她想："阿姊这样老实，总有一天会死去的。"她想叫一
声阿姊，又怕等下阿姊起了疑心，反骂她不好，所以她又把被
盖齐顶，还想睡去。

　　娘姨的声浪越大了。说阿姆欠她好多钱。本说定五块里要
拿一块的，怎么只给十只小洋；三块的是应给六毛的，又只给
四毛。她总不能通宵通宵地在马路上白站？

　　阿姆更咬定不欠她，说她既然这样要钱，怎么又不拉个客
人去卖一次呢？后来几乎要动武了，于是相帮的，大阿姊……
都又夹杂在里面劝和；她们骂的话，越痛快，相劝的笑声就
更高。

　　阿英虽说把被蒙了头，却也并不遗漏地都听清了，几次还
也随着笑了的。间壁的人呢，又仿佛是在另一世界。相骂却不
与他们相干，所以也仍然凶凶闹着。阿英想：无论怎样也不能
再睡着去了。于是又把头伸出来，掀开了帐子看：房子是黑黑
的，有一缕光从半扇玻璃窗射进来，半截落在红漆的小桌上，
其馀的一块就变成灰色的嵌在黑地板上了。而且有一大口浓痰
正在那亮处。阿英看不出时间的早晏来，于是大声喊：

"什么时候了呢？吵，吵死人呀！"

没有人回答，也没有人听见。

于是阿英又放下帐子，大睁着眼躺着。她看见帐顶上又加了两块新的痕迹，有茶杯大，还是湿的。她又发现枕头上也多了一块痕迹，已快干了。她想把枕头翻个边，又觉手无力，懒得动弹，而且那边也一样脏，所以也就算了。她奇怪为什么这些男人都不好干净。只有一次，是两点多钟了，她只想转家来睡时，却忽然遇见了一个穿洋服的后生趔趔趄趄地在她后面，于是她走慢了一步去牵他，他就无声地跟着她来了，娘姨也笑他傻子，阿姆也笑他，自己也觉得好笑。在夜里，他抱了她，他把嘴去吻她全身，她拒绝了。她握着他手时，只觉得那手又尖，又瘦，又薄，他衣服穿得多干净呵。他出气多么细小呵。说了以后来，但到今都不见。不过她又觉得，不来也好，人虽说干净，又斯文，只是多么闷气啊！她又想到这毛手人，一月来了，总是如此，闲三四天总来一次的，人是丑，但有铜钱呀，而且……阿英笑了。她把手放在自己胸上摸着，于是越觉得疲倦了。

这时阿姆又在客堂中大喊着：

"阿英懒鬼，挺尸呀，一点了，还不起来！"

大阿姊已跳到床前，用一个指头在脸上划着羞她。她伸手一扳，大阿姊就伏下身来了，刚刚压在她身上，大阿姊简直叫了起来："哎，死鬼！"而且接着就笑了："亲热得呢！"。

阿英搂着她的头，在她耳边悄悄地说："间壁……"

于是两人都笑了。

大阿姊更来打趣她，定要到被窝里来。

娘姨也在喊："不喝稀饭，就没有的了。"

这时间壁房里的阿姊走了过来，她两人都又笑了。

阿姊坐在床边前，握着她两人的手，像有许多话要说。阿英于是又腾出一块地方来，要她睡。她不愿，只无声地坐着，并看她两人。两人都是各具有一张快活的脸。

阿姊说："我真决不定，还是嫁人好呢，还是做生意好。"

陈老三的影子，不觉地又涌上了阿英的心；阿英很想得嫁陈老三那样的人，所以阿英说："既然可以嫁人，为什么不好呢？"而阿姊的那客人，矮矮胖胖的身体，扁扁麻麻的脸孔也就显了出来。心里又觉得好笑，若要自己去嫁他，是不高兴的。因此她又把话变了方向："只要人过得去。"

阿英叹息了："唉，好人还来讨我们吗？"

大阿姊还仍旧笑着别的，她却想到刚才的梦去了。

直到阿姆又跑近来骂，她才懒懒地抬起了身子。并且特意要放一点刁，她请阿姆把靠椅上的一件花布旗袍递给她。阿姆因为她做生意很贴力，有些地方总还特别地宽容了她。但递衣给她时，却做了一个极难看的脸子给阿姊。

当她走到客堂时，娘姨已早不是先骂架时的气概了，一边剥胡豆，一边同相帮作鬼脸，故意地摇曳着声音说：

"我俚小姐干净呢，我俚小姐格米汤交关好末哉……"

相帮拿起那极轻薄的眼光来望着她笑。她扑到娘姨身上去不依。娘姨反更"阿哟哟"地笑了起来。她咯吱娘姨，娘姨因怕痒，才赔了礼。她饶了她，坐在旁边也来剥胡豆。而陈老三又来扰着她了。她别了家乡三年多了，陈老三是不是已变得像梦中那样呢？假使他晓得她在上海是干这等生涯，他未必还肯同她像从前那样好吧，或且他早已忘了她，他定早已接亲了。于是她决定明天早些起来去请对门的那老拆字人写封信去问问。她又后悔怎么不早写信去；她又想起都是因为早先太缺少钱了。想到钱，所以又在暗暗计算近来所藏积起来的家私。原存六十一元，加昨夜毛手人给的五元和这三天来打花会赢的八元是一共七十三。那戒指不值什么，可是那珠子却很好呀，至少总值二十元吧，再加上那小金丝链，十六元，又是三十六元了。而且过几天，总可以再向冤桶要点的。假使陈老三真肯来，就又从别处再想点法。他有一百多，两百，也就够了。只是……

她想了许多可怕的事，于是她把早晨做的梦全打碎了。她还好笑她蠢得很，怎么会想到陈老三来？陈老三就不是个可以拿得出钱赎她的人！而且她真个能吗，想想看，那是什么生活，一个种田的人，能养得起一个老婆么？纵是，他愿意拼了夜晚当白天，而那寂寞的耿耿的长天和黑夜，她一人将如何去度过？她不觉地笑出声来。

阿姆正经过，看见她老呆着，就问她，又喊她去梳头。

她拿出梳头匣，就把发髻解开来，发是又长，又多，又黑，像水蛇一样，从手上一滑就滑下来了。而一股发的气息，又夹杂得有劣等的桂花油气，便四散来。她好难梳，因为虽说油搽得多，但又异常滞。阿姆看得无法，只好过来替她梳。她越觉得她想嫁陈老三的不该了。阿姆不打她，又不骂她，纵然是有时没有客，阿姆总还笑着说："也好，你也歇歇吧。"她从镜中看见阿姆的脸正在她头上，脸是尖形的，眼皮上有个大疤。眉头是在很少的情形中微微蹙着了。她想问一声早上娘姨吵架的事，又觉得怕惹是非，娘姨是说不定什么时候都可以跳进来再吵的。于是她只问：

"阿姆，昨夜你赢了吗，我要吃红的！"

"吃黑呢，只除了人没输去，什么都精光了。背了三个满贯，五个清一色。见了大头鬼，一夜也没睡，早饭也没吃，刚散场，那娼妇娘姨真不识相，她还问我要钱呢。"

阿英仿佛倒觉得阿姆很可怜起来。她想她实在可以一人站在马路上不需要娘姨陪，不是阿姆还可省去一人的开销吗？

她很安慰了阿姆，阿姆也耐心耐烦地替她梳头，她愿意把头发剪去，但是阿姆总说剪了不好看。

是吃夜饭的时候了，算是这一家顶热闹的时候，大家都在一团。一张桌，四面围起，她们姐妹是三人。阿姆同娘姨及相帮，相帮就是阿姆的侄子，是三满碗菜，很丰盛的，有胡豆雪里蕻汤，有青菜，有豆腐。她是三年来了，每天只有这顿饭吃，中午时能起得早，则可以吃一碗用炒黄豆咽稀饭。到夜里是哪怕就站到天亮，阿姆也不能管这些。自己去设法吧，有许多人就专门替她们预备得有各种宵夜的在，只要有几个私下积的钱。或者有相熟的朋友，虽无力来住夜，然而这小东道也舍得请客的，因为在这之中，他们也可以从别的揩油方法中，去取回那宵夜的代价的。阿英喜欢吃青菜，筷筷往碗里夹，两个阿姊也喜欢吃，说是像肥肉，阿姆不给她们肉吃的，说是对门

的小婵子胖就是因为从前在家里吃多了肉，不过每夜阿姆都要
吃六毛钱一个的蹄膀，却不知为什么只见更瘦下来了。

把饭一吃完，几人便忙着去打扮，灯又不亮，粉又粗，镜
子又坏，粉老拍不匀，你替我看，我替你看，才慢慢弄妥贴
了。各人都换上一套新衣服，像要走人家去吃喜酒一样。第一
是大阿姊先同娘姨走了。阿姊是不肯去，说她那客人八点就会
来的，但阿姆不准，说客人来了，会去叫她的，为什么做生意
这样不起劲，所以阿姊苦着脸也走了。她看见阿姆生了气，就
也跑出房去追阿姊，而阿姆却喊住了她。她笑着说：

"我想也早点出去去看看。"

"蠢东西，且等一会儿吧。"阿姆声音很柔和，她想她比起
阿姊来，她应当感激。阿姆教了她许多米汤，阿姆说昨晚来的
这毛手客是个土客。她想该同阿姆一条心来对付这很喜欢她的
人。在这时阿姆爱她只有超过一个母亲去爱她女儿的。她很觉
得有趣，她不会想到去骗一个人有什么不该。是阿姆喜欢这
样呀！

早上的梦。她全忘了。那于她无益。她为什么定要嫁人
呢？说吃饭穿衣，她现在并不愁什么，一切都由阿姆负担了。
说缺少了一个丈夫，然而她夜夜并不虚过呀！而且这只有更能
觉得有趣的……她什么事都可以不做，除了去陪一个男人睡，
但这事并不难，她很惯于这个了。她不会害羞，当她陪着笑脸
去拉每位不认识的人时。她现在是颠倒怕过她从前曾有过，又
曾渴想过的一个安分的妇人的生活。她同阿姆两人坐在客堂的
桌旁，灯光虽黯淡，谈话却异常投机，所以不觉的就又是十点

的夜间了。

客是仍不来，钟又敲过十一点。

她很疲倦，她几次这样问阿姆：

"阿姆，你看呢，他一定不来了。他从没有连夜地来过的。他的话信不得呢！"阿姆总说再等等看吧。

后来，阿姊回来了，且带来那有意娶她的客，矮矮胖胖的身体，扁扁麻麻的面孔。她不觉心急了。她不会欢喜那矮男人的，然而，她很怕，她们住得太邻近了，当中只隔一层薄板，而他们又太不知顾忌，她怕他们将扰得她不能睡去，所以她又说：

"阿姆，我还是到外面去看看吧。"

但阿姆却不知为什么会这样痛惜她，说时候已不早了，未见得会有客人，就歇一晚也算了。

她终究要出去，说是纵然已找不到能出五元一夜的，就三元或两元也成，免得白过一晚。这话是替阿姆说的，阿姆觉得这孩子太好了。又懂事，很欢喜，也就答应了，只叮咛太撒烂污了的还是不要，宁肯少赚两个钱。

外面很冷，她走了，她一点也不觉得，先时的疲倦已变为很紧张很热烈的兴奋了。当她一想到间壁的阿姊时，她便固执地说，她总不能白听别人一整夜的戏。这是精灵的阿姆所还未能了解的另外一节。

马路上的人异常多，简直认不出是什么时候。姊妹们见她来了，就都笑脸相迎。她在转角处碰见了娘姨和大阿姊，她们正在吃莲子稀饭。于是她也买了一碗，站在墙跟边吃。稀饭很甜，又热，她两手捧着，然而也并不忘去用两颗活泼的眸子钉打过路的行人。

一九二九，上海。

过　年

时分还不到春天，小菡便总有点觉得日子长了。

一清早，还不等天亮，在一张快有五尺宽的朱红漆的大床上，小菡就圆圆睁着两颗大眼了。窗户纸上微微透着乳白，夜来的残灯还照出讨厌的红光。小菡很茫然，想睡去，又睡不着，终于把头也缩进被窝里了。眼闭着，于是许多大的，小的，五颜六色的花纹便在眼中闪去闪来，她很高兴，她不敢张开眼来，经验告诉她，不闭着眼是看不见这异景的。但不久，眼就很疲倦地胀痛了，她又把小手托着脸颊，又去睡，却仍睡不着。她再钻出被窝时，天却大亮了。她照那光度的审查，她断定阳光已照到墙上了，而且也快落到瓦上了。她不觉地一翻身就爬了起来，拉开那淡绿色的半旧的湖绉帐子，她看见了她的书包，石榴花布的书包，乱糟糟地放在春凳上，那精致的，大红洋纱细带就垂了下来，带端系的一枚银质的有眼的小钱，是平放在地板上了，她才恍然想起学校是已放了假，她无需乎早早就起来了。于是她悄然地站在踏板上，跂着脚捻熄了那矮座洋油灯。玻璃罩上都有许多黑烟了。

她没有穿衣，她又睡下了，一家人都还没有一点声音呢。

在被窝里，她没有事做，她尽静静地互玩弄着两只小手。

好久了。如意才起来，如意是睡在她后房里的一个十五六岁的丫头，又胖，脾气又不好，是常常要吃蓝竹笋子炒肉丝的一个丫头；蓝竹笋子炒肉丝，就是说她常常要挨篾板子打的。但小菡从不打她，小菡的妈也不打她，打她的是小菡顶怕的舅妈，和待小菡很好的表姊们。如意虽说常挨打，她却更健实，又贪吃，又贪睡，陪着小菡玩时，总得把小菡丢弃到一边，她不管小菡怕不怕，寂寞不寂寞，她总垂着头，呼呼地睡着了。

如意把后房弄完，就来小菡房里扫地。小菡说要起来，如意却拦阻她：

"都没起来，你起来做什么？几多冷！"

"我睡不得了，如意！"

"等会儿吧，等我把事做完，烧了烘笼再起来吧。"这是如意待她好的时候才这样，要不是，说话的声音就得给小菡恨，恨得只想她又做错了别的事好挨打。小菡一觉得她好时，又关心到她了：

"如意！昨天晚上你又到厨房里推牌九了的啰！我告诉你，毛弟看见过。我听见毛弟在倒厅里大声骂，说要告舅妈搣你呢。顺香，荷花都在场，要挨打，恐怕今天三个人都躲不掉呢。"

"哼！告，告就是的，我不怕。"

如意又到前房里去抹灰了。前房是小菡的妈的房。有小菡睡的这板房两个大还不止。好久来都空着了。小菡常常总听见老鼠在那房里叫，担心妈床上的帐子被窝会让老鼠占着，做起窝来，白天走去看，都还好，只盼望妈快回来就好，听到如意在抹床上的描金雕花板了，忍不住又问：

"昨天我又听见一些大老鼠小老鼠在那里叫，你看看，看老鼠生儿没有。"

如意不答她，只将抹布角塞进许多不同的床板眼里去，一往一来地拉着。

如意不答她，她也不生气，几年来了，都是如意服侍她一切的，她有时还很亲热她呢，虽说如意待她也不见得特别好。所以她又说：

"唉，如意！我们学校，假都放了三四天了，怎么妈的学校里还不放假呢？你说，妈今天会回来不会回来？等下了，要三喜去接弟弟就好。"

"想得好，三喜会去替你接弟弟，三喜的事多得很呢，这几天，总还有足足几天得陪老爷去打牌，押宝，昨天他就得了挨边二十来吊的酒钱……"如意不说下去了，她想到三喜的钱，她还欠三喜两吊多，三喜却拿那钱为他自己买了一双药水皮底缎鞋，又给顺香买了两条片绒扎辫子，一大块生发胶。大约今天顺香的前刘海，更梳得整齐了……

小菡却想到妈和弟弟去了。早先多好，妈总在家，睡在前头房里几多热闹，晚上一醒了，就可以叫"妈！妈！"妈也总是和声地答应："小菡！不怕啊，妈没有睡呢。"后来，妈到学校去了，但弟弟还同奶妈睡在前面横床上，她可以常常去摸弟弟睡着了的脸，她又常常同弟弟在妈的大床上玩。她伏着，把自己当成马让弟弟骑，虽说腿跪得疼了，但看见弟弟笑，自己也就异常高兴。现在呢，有三四个月了，她都只一人住这两间大房，在半夜醒来，除了听见后房里的如意的鼾声，就只听见老鼠的吱吱吱的叫声了。是因为舅妈说奶妈不好，奶妈就回去了，妈又说让如意带弟弟放不下心，因为有两次如意都把弟弟的头摔破了，所以妈就把弟弟也带到学校去，一个礼拜回来一次，最近是快两个礼拜不见到和蔼的妈的面和可爱的弟弟了。她心里有点儿惨，只回回旋旋想："妈今天该会回来了吧？"

看见如意已在替她生那细篾小烘笼的火时，她就站在床上为自己扣棉袍的钮子了。

在打辫子时，她就已听到对面屋里的表哥和表弟也起来了，两人在后房门口小声地争吵，一个说爹像奶奶，一个说爹像爷爷。因为快过年了，在十五，影像就都挂出来了的，她以为说舅舅像外公，还不如说妈像些，她想答一声白，又怕闹着别人，她只喊一声："强哥！毛弟！"

于是两个都涌进来了。

"啊哟！一个人才起来哟！"

"天没亮就醒来了的，听到了几次鸡叫，那大白公鸡叫得顶响。"

"那不算，那不算，我点心都吃过了。嘿，你总没有吃啰，莲子，加了冰糖的……"毛弟是常常这样好在她面前来夸耀。

"哼，他偷的。明天我们大家都有得吃。明天过小年，过小年，就是小孩子过年。嘿，明天还得放炮竹，杀鸡，磕头。昨天妈说你已经快八岁了，得改装，同姐姐一块磕头才好。哈，那就是要打拜拜不准作揖……"强哥边说边来弄她的辫子。辫子有四个，前面的合在右边的一块了，只剩三个垂着。头发很细，又齐，用花线也扎得住，一天不会散。打辫子是苦差事，因为有四个，根根辫子都细细的，拿不上手，加以强哥一动手，如意就更不好编了。半天半天才算编完。

三个人又吃了一碗米汤泡的炒米。强哥又逼迫顺香去拿了一小碟豆豉姜。

小菡虽说同他们玩得很热闹，但一听到前面腰门响，就要偏着头拉开棉门帘瞧，她时时都要想到妈去了。

唉，妈若不回来，怎么好？明天怎么好过小年？未必妈不回来，弟弟就连小年也不过了吗？

在吃饭的时候，舅舅也仿佛想起了一样，望了她一眼，就向舅妈说："呀，怎么五姑太太还没有回来，未必学校还没有放假，等下要三喜去接看看，三喜不得空，就要老余去。"

她觉得表姊，强哥，毛弟，连站在桌子边的丫头们都在望她了，她很难过，但又非常高兴，她拿感激的眼光去望舅舅和舅妈．只觉得舅舅仍然很尊严，很大，高不可及，只呼吸都像表示出有与凡人不一样的权威。舅妈呢，则也仍然是好看，笑脸，能干，和气，却又永藏不住那使小菡害怕的冷淡的神情。小菡不懂得这些，但她生来，因了环境，已早使她变得不像其馀小孩了。神经非常纤细，别人以为她不够懂的事，她早已放在心上不快活了。她从小就很被舅妈客气地款待着，但她总觉得她难得亲近，许多人都欢喜她，夸她聪明，夸她好看，夸她懂事，夸她性格好……但她也总不能讨好舅妈。于是她又赶忙闭下眼皮了。

她无心再吃饭了，虽说排满了桌上的都是好菜，她又不好剩饭，她只得慢慢地爬着饭粒。表姊注意到她那无精打采的样儿，赶忙用肘子碰了她一下，又将自己碗里的一片又红又香又薄的腊肉给她了，并问她要不要那香油辣椒，因为辣椒碟子是放在舅舅面前的，表姊可以够得着，而且已有了十一岁的表姊，是稍稍有点自由夹菜的权利的。她觉得表姊待她太好了，好得有点难过起来，本想不要的，又怕拂了表姊的意，不知怎样才好，头要颔不颔的。

正好，一个声音突如其来，这声音就正救了她。

这声音是从腰门边传来，充满了喜悦。柔嫩的尖脆的音波组成两个可爱的字。

"姊姊！"

于是空气全变更了。第一个是舅妈离了座位，毛弟便嚷起："五姑妈刚来了！"她狂乱地跳下来，从风门边冲到天井里去。在廊上她看见她妈了。穿的黑呢衣，手携着弟弟；她扑拢去，她只叫得一声："妈！"不知为什么，眼泪却涌出来了，她怕她妈骂她又哭，隐忍着，又笑着，便去抱弟弟，弟弟也来抱她。她看见了妈给她的笑容。妈也喊了她一声："小菡！"她快乐得使全身都发痛了.

妈虽说已经吃过饭，却也坐在饭桌上，同舅妈，舅舅闲谈。她站在旁边很高兴地听着。末后，舅妈便如此说：

"正说要去接你呢。这几天只把小菡急坏了，时刻跑来问，妈怎么还不回来呢。我宽她，总是说明天一定回来，她不信，等下又来问了，问到底明天会不会回来。我真怕她了，只好要强儿和毛儿去和她玩。不知怎样，她却变得越小起来了，大约要吃汁儿了吧。"

　　小菡听到，有点害羞起来，而且又有点怏怏的。因为妈没有同情她，妈只淡淡地答："总是不中用，弱得很，还是从小就常常离开着呢。"于是话题便转到她两岁时离了家，到三十多里路伯娘处玩的事。又是三岁多时，爹病了，家里无人，她就同幺妈到七爷爷家去拜寿，一住就一礼拜，俨然像个大人，谁都要夸奖她的事……

　　小菡已知道过这些旧事了的，她仿佛也觉得那是一定好，但现在她不耐烦再听了。她把弟弟牵到房里去，俩小姐弟说不尽她们的话。

　　妈带回来的篮子，如意已早从轿子里拿进来了。弟弟要去拿东西，她就帮着翻。有一个小手风琴，一张画，上面画的是一个带高帽的人坐在东洋车上，被另外一个拉着跑。还有一个小叫子。都是弟弟新近得来的礼物，妈学堂里的教员们送他的。又有一个大皮球，一盒积木，是妈给弟弟买的。还有许多旧玩物，弟弟都把来拿出来了。表示着这东西是属于两个人的神情。

　　她也搬出许多东西来。如意帮她做的小人，有手，有脚，还抹得有挑花兜肚。表姊给她的一面小镜子。她又有个绣花的毽儿，上面的黑缎子毛，是同学吴克强给她的，花是顺香绣的，表姊也喜欢这个，因为表姊的那个没有她的好看，毛是家里阉鸡的。她也有许多旧玩具，又都同弟弟相熟过，所以弟弟也特别爱这些，这多半是些手工很精致的东西。一个八寸长的白磁观音，是前年二舅舅走云南回来，过上海时买给她的。一个挖空了花的小葫芦。据说还是爹在的时候特意买给小菡玩的。还有许多银朱漆的小碗，小杯，小坛，小罐……平日妈同弟弟不在家时，这些东西是安慰她多少寂寞的晚上过的。

两人玩了半天。她把强哥和毛弟都忘掉了。

第二天便是过小年了。她同表哥们放了许多花炮。下午妈一人到舅妈屋里打牌去了。打牌的是四个人，住在前面的吴家舅妈和五姨。表姊强哥都在看牌，她知道妈的脾气的，所以她只看了一小会儿就过来和弟弟玩。意妹也同着奶妈过来了。还有吴家的岫妹。四个人围住一张大方凳编香棍签，岫妹编了一个摇篮给意妹。她用一根长的和两根短的，做成一根小水烟袋。又像，又能点火，她给弟弟，意妹却硬要去了。后来意妹又拿一副小骨牌来玩。用香棍签当筹码，来推牌九，奶妈帮意妹看，如意帮弟弟。她自己会看，但顺香硬要帮她，且同奶妈用真的票子押。岫妹没有人帮，便哭着跑到对角房里看她妈打牌去了。小菡心里也有点过意不去，跑到对角去看，岫妹却不理她。她回来，顺香已把她的筹码输完了。而顺香却反赢了奶妈好几百钱。她又同弟弟玩别的去了。……

这些日子中，小菡的心的确有了许多新的意味。

不过她也常常感到不快乐的。譬如二十八那天，陈家表弟却当面笑弟弟的黑细羽绫风帽。又笑她的衣……她当时哭了，她一人躲在丫头房里哭，她怕别人看见了更笑她。到晚上她就向妈说：

"妈！到过年时，弟弟还该带这顶风帽吗？"

妈答应的是自然这样。

"妈怎么不做顶像意妹的一样大红缎子绣花的给弟弟呢，那就不会给人笑了。"

妈说弟弟有服，不能穿红戴绿。

于是她想起了许多漂亮的，尽是摹本缎的袍子和马褂。又想起自己的灰竹布的罩袍和黑呢的短褂，罩袍虽是新缝的，却没有缎子好看。她又想起一些骄矜的脸，她觉得很气愤，又寒伧，她忍不住又问：

"妈，我也有服吗？"

她的妈已把这意思明白透了，便告诉她，一个人只穿得好，就活像一个绣花枕头，外面虽好看，里面还是一团稻草。妈只希望她书读得好，有学问，是比有一切财富都值得骄傲的。妈又夸奖她，又勉励她。她反而兴奋了。她要表示她是一个好学生，一个将来有学问的人，她把她喜欢带的一副小金戒指也从小手上退下来还给妈了。

她再也看不起好衣服好首饰了。毛弟穿起紫色花缎袍走过时，她便喊他"绣花枕头！"

这月月大，到三十，才算把年等到。年是来了，仍与往日一样，大人在打牌，小孩子聚在一块玩。在堂屋里，把红毡打开，铺在蒲团上，大家互相磕头作揖来拜年。强哥和毛弟在毡上大显好身手，说是从孙悟空那里学来的跟斗，一下可以打过十万八千里。她又和弟弟去赏鉴那椅帔上的金花，又躲在桌围后要意妹来找，大家都时时得到东西吃。

直到快二更天了，才真的热闹起来。舅舅刚从罗家赶回来，赢了三百多吊现钱。一家人都更笑脸相逢了。十斤的大蜡烛点起时，香炉里的檀香也燃起来了。影像前，观音菩萨前，天井角，所有的地方都为蜡烛光辉煌着，八盏吊灯也燃起来了。堂屋当中放得有一大盆炭火。铜的盆缘更闪起刺目的光。舅妈又从香几屉子里取出一大包东西来，是有一万响声的炮仗。又拿出许多顶品放在一处，归老余来管这事。蒲团前面放的钱纸上，也由老大把那割了喉管的红公鸡，来滴满了血。小孩，大人，底下人，都站满一堂屋，大家都静静的，满面放光。互相给与会意的笑。等到一切都预备妥贴了，舅舅就做了一个手式给强哥，于是强哥和毛弟就排排站在红毡前了。连同在前面的舅舅是刚成一品字。穿着水红百褶裙的舅妈就款步走到香几旁边，去举起那黄杨木的罄锤来。锵的一下击着那钿罄时，老余手上的炮仗便劈劈拍拍地放起来。强哥们也已跪下了，在慢慢地叩首。小菡经了这热闹的，严肃的景象，她分析不出她的郁郁来。她望到舅舅舅妈，心里就难过，她望到默然站在房门口的妈，她简直想哭了。这年又并不属于她，那为什么她要陪人过年呢？她悄悄地走回自己的房，把头靠在床柱上只伤心。炮仗震天价响，她只想在炮仗声中来大喊，大叫。一颗小小无愁的心，不知为什么却有点欲狂的情绪存在了。

　　祖宗拜完了，神也敬完了，才又大家真的来拜年。于是才发现了小菡不在。妈喊了几声，都不见回答。妈又四处来找，才从她房里把她牵出来。她看见妈不抱她，又不难过，她简直在恨妈了。但当她替妈跪下去时，听见妈柔声说：

　　"小菡！听到啊，你又大一岁了呢。百事莫还要妈来为你担心才好。为了妈，放懂事些啊！"

　　眼泪又流出来了。她只想拉过她妈来，倒在妈脚边哭，告诉妈，小菡一切都懂得，不要妈操心，小菡要发愤读书，要争气。但她又懂得，若真的这样，妈一定会骂她的，说她糊涂，所以她又隐忍着，磕下第二个头去，是给舅舅舅妈拜年。舅妈说："恭喜你呵！"她简直不知道是什么意思。

　　大家把年拜完后，就吃桂丸莲子，又吃元宝。小孩丫头们都得了好多压岁钱。后来吴家的一家人也进来了，因此更加热闹。

　　舅舅吼着快摆大桌子。于是在堂屋里就将两张红木方桌拼上了。上面搭一床红毡子。舅舅往上一坐，从怀里抓出一大捆钞票来说，有本事的，今晚就把这赢了去。于是就推起庄来。从吴家外婆起，到顶小的意妹谁都要来，不来的，是瞧不起舅舅，舅舅就要骂人。两边坐的是舅妈，妈，五姨，吴家舅妈，下面坐的是吴家好外婆。每个大人两边都挤着小孩的头。四个丫头，同奶妈围着小主人看热闹，大家一条心，只想瓜分了那三百多吊钱。厨子，听差，看门的，仆妇，都蹲在炊前开单双去了。

　　还没有到四更，舅舅就推说倦了，要去睡。他还只输得六十多吊呢。妈也要去睡，于是大人都退了。只剩一部分小孩子守夜。他们是七个。六个色子在碗里滚，看谁赢，只准用铜子押。其中吴家铁牛哥哥顶大，十三岁；毛弟顶小，是七岁。小菡把在舅舅处赢来的两吊多钱输一半了。没有大人，她简直不愿来，后来她就同岫妹到岫妹房里喝酒去了。酒是用茶当的。

菜是岫妹的妈特意为岫妹预备的真菜，一小碟金钩虾，一小碟腊豆腐干，还有花生和核桃。岫妹同她差不多大小，岫妹却比她幸福多了。生来便不离过妈的。妈又爱她得很。什么都依她，疼她，白天陪她玩，晚上抱她睡。她也就除了撒娇撒赖使她妈欢喜，便不知其他了。说是为什么她一人单独不上学，也是因为舍不得离开妈的原故。小菡坐在那里玩了好久，又看了半天画。觉得很快乐，都没有瞌睡了。转来时，堂屋里又在押宝了，他们都是要守岁的。

妈和弟弟都睡熟了。小菡把帐子掀开看了一会，觉得弟弟也好得很，像岫妹一样，可以同妈睡。她一人懒得睡，如意又没有替她打被窝。她一人静悄悄地坐在床前的踏板上，把舅妈给她的四块墨，两枝笔取出来玩。墨和笔并不稀奇，她就爱那装墨的盒儿，五彩花绸做成的；又有一块大玻璃。玩了一会，觉得有点无聊起来；又不愿睡。想再到前面去，又怕岫妹已睡了。她只好又到堂屋去。毛弟的眼睛都睁不开了，还在嚷"我买！我买！"强哥已赢了不少钱了。她稍微站了一会儿，就又走了。在倒厅里，荷花在打瞌睡。从墙门也没有关，厨房里传来很热闹的声音，厨子老大也顶嚷得凶。时时都听见顺香笑。

她又走回来，一切仍如旧。妈房里火盆里的火，没人加，都快熄了。一只乌云盖雪的猫，在火盆底下打呼。

她想去睡，却找不出一点瞌睡来。幸好，鸡在叫起来了。天色也渐渐发亮了。一家人又要预备起来出行。于是又从新点蜡烛，从新放炮仗。而且大家都跟着炮仗走到大门外去。别的人家也打开了门，街上尽是火药气。

　　这天，正月初一，她和表姐，强哥，毛弟，四人坐一乘绿呢大轿，沿城跑了十多家，挨家挨户去拜年。到下午三点才回家，都得了不少钱，尽是湖南银行的新票子。可是一到家，几人都嚷着睡去，夜饭也没有吃。

　　正月里头几天又同舅舅们推了好几次牌九。她总赢时多。后来舅舅不得空在家里玩了。她们小孩就做一伙玩。大家都不准吵架，大人也不骂小孩了，气象俨然不同。小菡很高兴，每天按着课程，早上要写十二个大字和温两课书。弟弟也要提起笔写碗大的字，那是随意写，写一个也不要紧，妈不限定他的。但每天得认三个字，由小菡教，妈旁听。吃过饭就同大家玩。如若妈出去了，或打牌去了，小菡就只准同弟弟在房里玩。如意陪着。晚上妈就又为小菡和弟弟讲许多好听的故事。总是弟弟先睡。弟弟睡好后，妈才送小菡到小菡屋里看她睡好后才走。夜晚醒时，她照例又要喊一声"妈！"妈总答应她。早晨呢，她还可以到妈床前同醒了的弟弟玩。

　　小菡生活像这样，真快乐。日子在她又似乎是短了。她只想永远如此就好。如果是因为要过年才能如此和熙，那她就希望天天都要过年。但不觉的，年就过完了。元宵节也来了。一到十六，所有的灯彩……都要撤了。而且……啊！这于小菡多么凄惨呵！妈和弟弟就又得到学校去了。去预备开学。到十八，她也就得上学了。她不怕上学，她实在不愿让弟弟同妈都又离了开去。她终日怅怅的。这节好无意思！妈越叮咛她，她就越伤心。她恨不能把日子拉回来，再过一次年！晚饭她也不吃，只说是肚子痛。如意就来替她揉肚子，她同如意说：

"如意！明天晚上，这一边屋里，又只剩我们两个了呢。"

如意也黯然，且同时算出对面舅舅屋里，是十一个人。

她尽着说肚子痛得厉害。妈无法，只好把她安置在妈的床上睡在脚头了。

她听到弟弟的小小的鼾声，她又常听到妈叹息。她用手摸着妈的脚，她不觉低低哭起来了。这年里的日子过得太好，妈几多爱她，弟弟又太可爱了！唉！谁还能讲故事给她听，谁还能像妈一样的什么事都顾到她，她再也莫想过一个有火盆，有明灯，有笑声，有谈话声的热闹的夜了。她只好遥遥听着舅妈房里传来骄傲的笑。白天呢，小孩还常在一块玩，一到夜里，就都到自己的妈面前去了，她呢，她就只能想在妈面前的弟弟的一切了。她一人坐在灯面前，静悄悄的，如意在椅子上打瞌睡。她听老鼠叫。她又去想老鼠，不是妈在家时，都不听到老鼠叫吗，大约是老鼠也知道妈去了，就来欺负她。如意服侍得也不尽心了。她越想越难过。她哭得也越凶了。

妈会意地坐起身来，轻轻把她从脚头抱到这头来，她睡到妈怀里时，她更哭了。她好像她就从没有享过这福的。妈不说话，也不骂她，只抱着她，轻轻地拍。直到看不过去了，才说一句："小菡！你要听话才好呀！啊！莫哭！你再哭时，妈也就会哭起来呢。"于是小菡停住声，把头贴在妈的胸前，反过手去，抓住弟弟的一只小手，又温，又软。慢慢地，在妈拍着中，睡着去了。

在梦里，她大约还想着这年吧。

一九二九，上海。

一九三〇年春上海（之一）

一

电梯降到了最下层，在长的甬道上，蓦然暴乱地响着庞杂的皮鞋声。七八个青年跨着兴奋的大步，向那高大的玻璃门走出去，目光飞扬地，互相给与会意的流盼，唇吻时时张起，像还有许多不尽的新的意见，欲得一倾泻的机会。但是都少言地一道走到街上，是应该分途的地方了。

他们是刚刚出席在一个青年的，属于文学团体的大会。

其中的一个又瘦又黑的，名字叫若泉。正在信步地向北走去。他脑里没有次序地浮泛起适才的一切情形，那些演说，那些激辩，那些红了的脸，那些和蔼的诚恳的笑，还有一些可笑的提议和固执的成见……他不觉微笑了，他实在觉得那还是能合人满意的。于是他脚步就更其轻松，一会儿便走到拥挤的大马路了。

"喂，哪儿去？"

从后面跑来一个人，抓着了他臂膀。

"哦，是你，肖云。"

他仿佛有点吃惊的样子。

"你有事么？"

"没有。"

两人便又掉转身，在人堆里溜着。不时悄声地说一些关于适才大会上的事。后来肖云邀他到一个饮茶的地方去，他拒绝了，他说想回来，不过他突然又说想去看一个朋友，而且问肖云也去不去。肖云一知道了那朋友是子彬，他便摇头说：

"不去，不去，我近来都有点怕见他了，他是太爱嘲笑人了，我劝你也莫去吧，他家里没有多大趣味的。"

若泉还是同肖云分了手，跳上了到静安寺去的电车，车身摆动得厉害，他一只手握住籐圈，任身体荡个不住，眼望着窗外的整齐的建筑物，而一切大会中的情形及子彬的飘飘然的仪容都纷乱地揉起又纷乱地消逝了。

二

子彬也刚从大马路回来，在先施公司买了一件葱绿色的女旗袍料，是预备他爱人做夹袍的。又为自己买了几本稿纸和笔头，是预备要在这年春季做一点惊人的成绩，他是永远不断地有着颇大的野心，要给点证明给那些可怜的，常常为广告所蒙混的读者，和再给那些时下的二三流滥竽作家以羞辱。那是些什么东西，即使仅仅在文字上，他也认为还有再进到大学去，好好地念几年书，只是因了时尚，为了只知图利的商贾，竟使这些人也俨然地做起了作家，这事是常常使子彬气愤的，而且他气愤的事是从不见减少，实实在在他是一个很容易发气的人。

他是一个还为一部分少年读者所爱戴的颇有一点名望的作家。在文字上，是很显现了一些聪明，也大致为人称许的。不过在一部分，站在另一种立场上的批评家们，却不免有所苛求，而常常非议到他作品上的内容的空虚，和社会观念之缺乏是事实。他因此不时有着说不出理由的苦闷，也从不愿向人说，既使是他爱人，也并不知道这精神的秘密。

爱人是一个年轻活泼的女人，因为对于他的作品有着极端的爱好，和同时对于他的历史，又极端地同情，所以在一年前便同居在一块了。虽然两人的性格实在并不相同，但也从不龃龉地过下来了。子彬是年龄稍长，而又异常爱她的娇憨。女人虽说好动，又天真，以她的年龄和趣味，都缺少为一个忧郁作家伴侣的条件，但是他爱她，体贴她，而她爱他，崇拜他，所以虽说常常为人议论到不相称，而他们却是自己很相得地生活了这么久了。

在社会和时代的优容之下，既然得了一个比较不坏的地位，而又能在少数的知识分子的女人之中，检选了一个在容貌上，仪态上，艺术的修养上都很过得去的年轻的女人，那当然在经济的条件上，是也有相当的机运。他们住在静安寺路一个很干净，安静的街里，是一个两层楼的单间。他们有一个卧房和一个客厅，还有一个小小的书房，他们用了一个女仆，自己烧饭，可以吃得比较好。不怕还有许多读者，还为他的文字所欺，同情着他的穷愁，实在他不特生活得很好，还常常去看电影，吃冰果子，买很贵的糖，而且有时更浪费地花掉。

这时两人都在客厅里看衣料，若泉便由后门进来了。因为很长久缺了访问，两个主人都微微有点诧异，他是怕有两个星期没有来这里玩了，这在过去，真是少有的事。

美琳睁起两个大眼睛望着他：

"为什么这么久都不来看我们？"

"因为有点事……"

他还想说下去，望着又瘦了些的子彬，便停住了。他只向子彬说：

"怎么你瘦了？"

子彬回答的是他对于朋友的感觉也一样。

美琳只举起衣料叫着，要他肯定说好不好。

他在这里吃的晚饭。他觉得他应该有许多话向他向来便很要好的朋友说，但是他总觉得不知怎么说起，他是知道他朋友的脾气。他抽了许多烟，也简直觉得自己坐在这里太久了。而且这时间是耗费得无意义。他想走，但是子彬却问他：

"有多的稿子没有？"

"没有，好久不提笔了，像忘记了这回事一样的。"

"那怎么成！现在北京有人要出副刊，问我们要稿，稿费大约是千字四元，不过我们或者还可多拿点。你可以去写点来，我寄去。我总觉得同北方的读者显得亲切些一样。"

若泉望了望他，又望了望美琳，便做到感慨似的说道：

"对于文字的写作，我有时觉得便是完全放弃了也在所不惜，我们写，有一些人看，时间是过去了，一点影响也没有。那我们除了换得一笔稿费外，还找得到什么意义吗？纵说有些读者是曾被某一段的情节或文字感动过，但那读者是些什么样的人呢，是刚刚踏到青春期，最容易烦愁的一些小资产阶级的中等以上的学生们。他们觉得这文章正合了他们的脾胃，说出了一些他们可以感到而不能体味的苦闷。或者这情节正是他们的理想，这里面描写的人物，他们觉得是太可爱了，有一部分像他们自己，他们又相信这大概便是作者的化身。于是他们爱了作者，写一些天真的崇拜的信；于是我们这些接信的人，便不觉很感动，仿佛我们的艺术是有了成效。我们更用心地为这些青年们回信……可是结果呢，我现在是明白了，我们只做了一桩害人的事，我们将这些青年拖到我们的旧路上来了。一些感伤主义，个人主义，没有出路的牢骚和悲哀！……他们的出路在哪里，只能一天一天更深地掉在自己的愤懑里，认不清社会与各种苦痛的关系，他们纵也能将文字训练好起来，写一点文章和诗词，得几句老作家的赞颂，你说，这于他们有什么益？这于社会有什么益？所以我现在对于文章这东西，我个人是愿意放弃了。而对于我们的一些同行者，我是希望都能注意一点，变一点方向，虽说眼前是难有希望产生成功的作品，不过或许有一点意义，在将来文学的历史上。"

　　他希望子彬会回答他，即使是反对的也好。因为他希望这谈话是能继续下去的，他们辩驳，终于可以得一个结论的。不怕又使子彬生气，红脸。他们在过去是常常为一点小事，子彬也要急得生气的。

可是子彬只很平静地笑了一笑说：

"呵，你这又是一套时髦的话了！他们现在又在那里摇旗呐喊，高呼什么普鲁文学……普鲁文学家是一批又一批地产生了。然而成绩呢？除了自己的朋友的批评家们，在一次两次不惮其烦地大吹特捧，影响又在哪里？问一问那些读者，还是中国的普鲁群众，还是他们自己？好，我们现在不讲这些吧，不管这时代是属于哪一个，努力干下去，总不会有错的。"

"那不然……"

若泉的话被打断了。子彬将手向美琳做了一个样式说道：

"换衣去，我们看电影去。你好久不来了，不管你的思想是怎么进步了也好，我们还是去玩玩吧。现在身上还有几块钱，地方随你拣，卡尔登，大光明……都可以。"

他检出报纸来放在若泉的面前。

若泉答说他不去。

子彬有点要变脸的样子，很生气地望着他，但随即便笑了起来，很嘲讽似的！

"对了，电影你也不看了！"

美琳站在房门边楞着他们，不知怎么好，她局促地问：

"到底还去不去？"

"为什么不去？"子彬显得很发怒似的。

"若泉！你也去吧！"美琳用柔媚和恳求的眼光望着他。

他觉得使朋友这样生气，也有点抱歉似的很想点头。可是子彬冷隽地说道；

"不要他去，他是不去的！"

　　若泉真也有点忍不住要生气，但是他耐住了，他装着若无其事地去看报纸。

　　美琳打扮得花似的下楼来了，他们三人同走到弄口。美琳傍着若泉很近，悄声地请他还是去。若泉斜眼望了他朋友烦恼的脸色一下，觉得很无聊，他大声地向他们说了"再会"，便向东飞快地跑去了。

三

　　电影看得不算愉快，两人很少说话，各想各的心事。美琳不懂为什么子彬会那么生气，她实在觉得若泉的话很有理由。她爱子彬，她喜欢子彬的每一篇作品，那实在每篇里面她都找得到一些顶美丽的句子和雅隽的风格。她佩服他的才分。但无论如何她不承认若泉的话有错，有使人生气的理由。她望望他，虽说他眼睛是注视在银幕上，她还是觉得正有着很大的烦闷在袭扰着他。她想："唉，这真是不必的！何苦定要来看戏？"她用肘子去碰他，他握着她的手，悄声地说：

　　"不是吗，今夜的影戏很好，美，我真爱你！"于是他仿佛又很专心地去看电影了。

　　是的，他是很生气，说不出是谁得罪了他。只有若泉的话，不断地缠绕在他耳际，仿佛每句话都是向他放送过来的，这真使他难过。果真他创作的结果是如若泉所说的一般吗？他不能那么相信！那些批评者所对于他的微言，只不过是一种嫉妒。若泉完全不知受了某种暗示，便真的认真起来。他又去想

到若泉的那黑瘦的脸，慢慢地竟有点觉得不像起来。又想起过
去的刚同若泉认识时的情形，他真感慨地叹息起来：

"唉，远了，朋友！"

远了！若泉是跑到他不能理解的地步了。无论他将他朋友
做一种什么样的观察，即便觉得是极坏，沦于罪恶，而朋友还
是站在很稳固的地位，充实的，有把握地大踏步地向着时代踏
去，他不会彷徨，他不能等什么了。

他去望美琳，看见美琳白嫩的脸上，还有显着很恬静的
光，表示那从没有被烦愁所扰过的平和。他觉得她真可爱，但
仿佛在这可爱中忽然起着些微的不满足的意识。他望了她半
天，对于她的无忧的态度真不免有点嫉妒起来。他掉转头来微
嘘着气。

是的，"远了！"这女人就从来不能了解他。他们一向来就
是隔离得很远的，虽说他们很亲密地生活了一年多，而他却从
不来度量一下这距离，实在只能证明了他这聪明人的错误。

现在呢，这女人虽说外形还是保留着她的淳朴的娇美，像
无事般地看着电影。而她心中却也萦怀着若泉的话去了。

这些话是与她素来所崇拜的人显着很大的矛盾的。

他们回去得很迟，互相只说了些极少的话。都惟恐对方提
到电影，因为怕自己答不上来，关于那情节，实在是很模糊，
很模糊。

四

　　时间是过去了，一天，一天。两个星期又过去了。若泉是很忙，他参加了好几个新的团体，他又被分派了一些工作；同时他又感觉得自己知识的贫弱，很刻苦地在读着许多书。人是在瘦起来了。脸上很深地也在刻划着坚强的纹路。但是精神却异常愉快，充满着生气，正像来到了春天一样。这天他正在一个类似住家的办公处里。一间异常破旧的一所旧式的街堂房子，内部很大，又空虚，下面住了一位同志和这同志的妻子（一个没有进过学校而思想颇能透彻的女人），还有两个小孩，楼上便暂时做了某个机关。若泉正在看着几份小报，在找着那惯常用了几个化名，而其实便是一人的每天要骂着这起文坛上的劣种的文章。所谓文坛上的劣种，便是若泉近来所认识，而且都是在相同不远的目标上努力的人。在若泉当然都是觉得有着相当的尊敬和亲善的，然而骂的是把一部分成名的作家归为世故者的投机，而另一部分无法成名的便投降在这某种旗帜底下，做一名小兵，竭力奉承上司，和竭力攻讦上司们所恶的。于是机会便来了。杂志上可以常常见到这般人的名字，终于他们便也成了一个某翼的作家。还有另外一部分，始终是流氓，是投机者，始终在培养他们的喽啰，和吹捧他们的靠山。他们在文艺界混了许久了，骗过了一些钱。他们而且常常会和他们的靠山火并，又和敌人携手……若泉很讨厌这作者，虽说这人于文坛的掌故还熟习一部分，但是他的观点根本是错误的，而

行为也是极卑劣的。若泉常常想要从头至尾清清楚楚地做一篇
文章，来全体推翻那一些欺人的证辩，尤其是那错误，荒谬的
文艺的理论。不过他却没有时间，总没有时间提笔，而他又没
有忘记这桩事，所以每天总是很匆忙地去翻一翻，看有没有新
的文章产生。

这时楼梯上响着很杂乱的声音，鱼贯地进来三个人。第一
个是每天必来的肖云。第二个是一个在工联会里有点职务的超
生，是楼上住的那女人的表兄。第三便是那女人了，她的名字
叫秀英。

超生极热烈地和他握着手，因为他们又有好久不遇见了。
他们的工作的不同和忙迫，隔离了他们，而他们是从相见后便
互相都建立了很亲切而又诚恳的友谊。他们稍稍很自然地问
了几句起居上的话，便很快乐地谈到最近某棉织厂罢工的事。
若泉对于这方面极感到兴趣，他常常希望能从这知识阶级运动
跳到工人运动的区域里去。超生已答应为他找机会，所以他们
一见面总是大半谈的工人一方面的事。到后来，超生忽然
问道：

"你还在写文章吗？"

"没有。"他答着，仿佛有点惭愧似的，但又很骄傲，因为
他的理由是："没有时间。"

超生便告诉他，他们报纸上有一栏俱乐部，现在觉得很需
要一点文艺的东西，他希望若泉能答应这事，或者还由若泉去
邀几个同志，不过他又再三担忧，他说若泉他们的艺术不行，
他们看不懂。他要若泉顶好能运用得浅一点，短一点。他还发

表了一点文艺大众化问题的理论，当然他是站在工人的立场上的。

不久，他走了，他是太忙，他说过几天他还要来一次，来讨论一下他适才所提议的事。他要肖云也想一想，因为他要一个好的具体的办法。

房里只剩了若泉和肖云两人时，肖云从怀里抽出一伤报纸递给他。并且说：

"我真不知子彬为什么要这样？"

若泉稍稍吃了一惊。近来他仿佛已忘记了这朋友，但是那过去的，七八年的友谊，却不能不令他常常要关心到他。近来常常不难有机会听到一些关于子彬的微言，他虽说不能用感情做袒护，但他却总是希望他朋友会不太固执，应该稍稍有点转变，一种思想上的诚实的转变。他看见肖云那神气，觉得很不安，他问道：

"怎么回事，关于子彬的？"他接过报纸来。

"你看看，自然会知道的。"报纸是张副刊，题目用了大号字标题：

"我们文坛的另一种运动者！"署名是一个字"辛"。

"这文章是子彬做的吗？"若泉又问。

"不是他，还是谁，他在《流星》月刊上发表小说不都是署名'辛人'吗？而且那文章，是什么人一看便知道除了他没有人做得出。而且你看看这副刊，这便是××的走狗李桢编的。他竟将稿子拿到这种地方去，又这般无理地嘲讽人，我觉得真使我们做朋友的人为难了。也许他现在是只觉得《流星》

派的绅士是好人，是朋友，而我们却也只是些可笑的，不过我总为他难过。"

若泉又望了他一眼，才将文章看下去。

文章做得极调皮，是篇好文章，像作者的其他文章一样。像流水一样地自自然然便跟着看下去了。文句练得好，又曲折，又短劲，只是还是犯着老毛病，不像论文，不像批评，通篇只是一些轻松的漂亮的空话而已。说是嘲讽，不错，可以说满篇都是嘲讽，然而这嘲讽是没有找到一个对象的。人名呢，所谓"文坛上另一种运动者"们是陆续举出了一些，还有一些其馀的人。不过也只仿佛是列举而已，并没有处在一个敌对的地位，作正面的攻击。或是站在客观的批评者的席上，下一句评判。虽说从文章上是看得出作者是已达到一部分痛快，发泄了一些个人的不平和牢骚，而且也可以使极少数的读者（一，二人）起着不快之感，然而这文章终究是无力的，不值得注意的，因为作者没有立场，没有目标，就是没有作用，仿佛是朝天放枪，徒然出出气罢了。

若泉默了一会，他想到他朋友了，他慢慢地向着肖云说：

"我觉得没有什么。"

肖云做了一个不愉快的样子叹着气：

"总之，这态度是不对，好多人都在讲着呢，我不能为他辩护一句话。"

"那你就让别人讲他好了，他自己不怕，你何必担心呢？"

"不是的。你不知道。他真何苦这样，我断定他自己这时也正说不出的在后悔，他并不是一个勇敢的战士，我知道他，所以我恨他，又为他难过，否则我便站在那些攻击他的队伍里去了。"

若泉也点着头：

"我何尝不知道他呢，他是太聪明了，然而他却是一个另一时代的人物，我们拉他不转来，我常常想着他难过。我想他近来一定很烦闷。今晚我们去看看他好吗？"

"去也是枉然的。只能谈一点饮食起居的话，或者便是娱乐的话。若稍说到正题，他不是冷着脸不答辩，便是避开正面的话锋，做侧面的嘲讽了。我总不想见他的面。"

"那有什么要紧呢，我们就说一点无聊的话，我只希望他能快乐一点就好，快乐使人有生活的勇气呢。我们还是今晚去看看他吧。你有空吗？"

肖云不愿意地答应了。

五

他们到子彬家的时候，已晚上八点了，可是子彬的客堂里还很热闹。除开他们夫妇外，还有三个穿西装的青年。子彬看见他们，稍稍有一点惊诧，但随即很高兴地将他们介绍给那三位青年了。有两个是上海某艺术大学的学生，一个比较不漂亮点的是刚从北平来的学生，他们都是些愿意献身给文艺的求成名的少年诗人，所以听到若泉和肖云的名字时，便极欢欣地又谨慎地送过手来，说一些仰慕的话。

在子彬脸上是找不到一丝不愉快的痕迹。他虽然瘦，但却不像从前的苍白，映着一层兴奋的红光。他像精神异常好地极力使谈话不要停顿。他讲了许多关于北平生活的话。又讲一些美国的建筑。他取出了一二十张他的一个朋友从美国寄回来的画片。后来他又讲到日本的国画了，说他一个朋友在日本卖画得了好多钱。

娘姨拿了许多糖和水果进来。子彬特别吃得多。他拿起一种有名的可可糖，极力称赞着，劝客人们多吃，而且说："美琳是太喜欢这个了。不是吗，美琳？"他又望美琳。

肖云心中想：

"是的，她喜欢吃，那是你特意要养成她的这种嗜好的。因为那是一种高贵的嗜好呵，若是她只喜欢吃大饼油条，那恐怕你只有不高兴，而不会向人夸说了吧。"

美琳却反抗了他：

"不喜欢，现在不喜欢了，我吃腻了它，只有你的嗜好才不更改。"

子彬微微蹙了一下眉，又同他的客人说到别的去了。

若泉觉得美琳比平日少说了许多话，只默默坐在那里观察人。他走过去搭讪着问道：

"近来看电影没有？"

"看的，看的真多，只是我很反感，因为得不到快乐。"她仿佛很气愤似的。

子彬望了她一眼，便仍然装着若无其事的。

"为什么，为什么会不快乐？"若泉钉着她。

"不知道为什么，生活总没有兴趣……"她望了她的丈夫一眼。

"找点事做吧，有事做就好了。"

肖云也奇怪地望美琳，从来就没有听见过她说不快乐的话。

"做什么事好呢？有时还想进学校去。"

"哈，美，你又说想进什么学校了，你以前不是很厌倦学生生活吗，在家里，天天要你念英文，又不肯，要你写文章，你也懒，还说什么做事？"子彬岔着说，而且故意又说到别方面了。

美琳抱怨地横斜了他一眼，像自语似的：

"你喜欢，我不喜欢……"

到九点钟的时候，有个学生要告辞回住处了，他是住在闸北近天通庵的地方，晚了不方便。于是其馀两个学生也只好告辞。有一个问了几次若泉的住处，他说以后好去拜访他，顺便领教。子彬殷勤地送着他们出去。

但这两个客人却还不肯走。

子彬转身时，很疲倦地望了他们两眼，颓然地倒下椅子去，他自己摸了一下两颊，觉得很发烧，他无力地又拿起一个橘子来吃着。

"你的客真多！"肖云早就想说了的一句话，这时才自然地进出。

"对了！无法的事！我不能拒绝他们，他们常常妨害我的工作和精神。有好些人坐在这里好像是不预备走似的。我简直陪不过来。"

"那是因为'主贤客来勤'。"肖云几乎说出这句俗语来。不过他咽住了，他怕子彬多心去，以为他是有意识讥讽他。近来，他觉得在这位朋友前是应比在其他地方需要留心些。

"为什么不可以拒绝呢，你可以的。我相信有许多也只是些无聊的晤会。"若泉很诚恳地说。

子彬不愿意这么承认，便不做声。

美琳觉得都是不必需的，不过她也不说出，她只这么说：

"假使没有人来，我以为一定也会很难过。"

大家都对她望了一眼，只有若泉答应她：

"当然，那是很寂寞的。不过我们可以另外想法，我们可以常常大家在一块，讨论点具体的问题，或是读几本书，因为要一个人读书也是又没有趣味，又得不到多少印象和益处，还不是走马看花地过去了。我们现在不是不要晤会，是要减少那些无聊的，而且还要多多和人接近。"

"……"美琳把一双大眼闪着，像沉思着什么似的，过一会正想说话：

"她是不适宜于你所说的那些的！"子彬抢着便下了这断语，他不愿意这成为一个讨论的目标，接着他便又说到别的去了。

谈话到十点钟，越谈越不精彩，因为题目不能集中，大家都感觉得精神上隔了一座墙，都不愿意尽量地发挥自己的意见，也不给别人发挥的机会。这是太明显了，一发挥，破裂便开始了。跟着，呵欠也来了，都觉得倦。然而互相都又仿佛不愿意这谈话停止了下来。但纵然还是又继续了下去，而每人都只有更深地感到这脆弱的友谊是太没有保障，彼此是更距离得远了，而且无法迁就。

最后还是若泉站了起来，取了一个决然的姿式，望了肖云一眼，于是肖云也同意了。他们没有表示有一点遗憾地告辞着出来。子彬虽说还是很殷勤地送着，但他也不愿有一点挽留的意思。

一直送到后门外。若泉回头望，像同小孩子说似的大声说：

"好，你们进去吧！"

美琳忽然锐声叫道：

"过几天请再来呀！"这声音很抖战，大家都感觉到。

"是的，会再来的！"若泉说了。肖云也跟着说。

六

但是子彬却很生气，他骂着她：

"你疯了！这样大声地叫！"

他从来没有这么厉声厉色地呵叱过她。这是第一次他露出了他的凶暴，不知道为什么他竟这样忍耐不住他对于美琳所起的嫌厌之心。而且他也不知他所恨于她的到底是什么。只觉得一切都不如意，都说不出的不痛快。而美琳偏更要作梗，像有意似的要使他爆发。她不特没有尽一点她做爱人的责任，给他一点精神的安慰，和生活的勇气——她是不会了解这生活的苦斗的——而且反更加添他的恼怒。照理他纵骂了她，也没有什么过分，不过他素来都是太娇纵了她，所以马上他便后悔了，虽说心里越加在难过。他又柔和地向她说道：

"不早了，上楼睡去吧。"

美琳不做声，顺从地上了楼。

子彬好言地哄着她，又去拿了两个顶大的苹果来给她。她心里想："你老把我当小孩！"

不久，她睡了，乖乖地。他吻了她，他是太爱她了，但他没有睡，他兴奋得很，他说还要做点事，他一人逃到亭子间，他的小书房去了。

她并不能睡着去，她在想她的一切。她是幸福的，她不否认，因为有他爱她。但是不知为什么她忽然感到不满足起来，她很诧异，过去是那么久她都是糊糊涂涂地过着。以前她读他的小说，崇拜他，后来他爱她，她便也爱他了。他要求她同居，她自然答应了他。然而她该知道她一住在他这里，便失去了她在社会上一切的地位。现在她一样一样地想着。她才觉得她除了他自己一无所有了。过去呢，她读过许多古典主义浪漫主义的小说，她理想只要有爱情，便什么都可以捐弃。她自从爱了他，便真的离了一切而投在他怀里了，而且糊糊涂涂自以为是幸福的快乐的过了这么久。但是现在不然了。她还要别的！她要在社会上占一个地位，她要同其他的人，许许多多的人发生关系。她不能只关在一间房子里，为一个人工作后之娱乐。虽然他们是相爱的人！是的，她还是爱他，她肯定自己不至于有背弃他的一天，但是她仿佛觉得他无形地处处在压制她。他不准她一点自由，比一个旧式的家庭还厉害。他哄她，逗她，给她以物质上各种的满足。但是在思想上他只要她爱他的一种观念，还要她爱他所爱的。她尽着想。为什么呢？他那么温柔，又那么专制。

她睡不着，她不能不想那关在亭子间里的人，他不是快乐的，她现在才知道。以前他到底真的快乐不快乐，她不很明了，她疏忽过去了。只以为在笑，在唱赞美歌，在不断地告诉她满足，感谢她无上的赐与，那一定是快乐的，或是为了一点小事，他生气了，他为了许多牢骚的文章，她很不安，不知所措，但一会儿他便仍然好了。他说他忘记那些了，他脾气不好，以致使她难过，于是这小的不愉快，便像东风吹散了白云，毫不留痕迹地过去了。而现在呢，她已经觉到了，他是常常很烦扰，虽说他装得仍是与从前一样，他常常把自己关在亭子间里，逃避她的晤面。一个人在里面做些什么呢？总是很迟很迟才来睡，说写文章去了。她替他算，他近来的成绩，是很惭愧的。而且他饭也吃得太少！但他还不肯承认，他在她面前总说是吃得太多了。这一切到底是为了什么呢？他不信任她吗？他从没有同她讲一句关于这上面的话。而且他从没有对一个朋友说到他的苦闷，虽说文章还是特别多牢骚，而给远地的认识或不认识的朋友的信，也特别勤而且长，总是抑郁满纸，不过那是多么陈旧的一些牢骚呵！他几年来了，都是欢喜那么说法的。他决不是单独为那些不快乐。那么，为什么呢？

她又想，她想到若泉了，若泉和她认识，还是在她与子彬认识之前。以前他们很生疏，后来便很熟识了，那是完全因为子彬和若泉友谊的关系，也间接地将她视为一家人的亲切了起

来。她从来就很随便，她对他没有好感，也没有坏感，然而她
在好几次的子彬和他冲突之后，她用她有限的一点理智，她判
断了全是子彬有意的固执。若泉很诚恳，很虚心，他说的并不
是无理的。而子彬则完全是乖僻的，他嘲笑他，冷淡他，躲避
他，这又是为什么呢？他们从前是多么忘形的亲热过来。她看
得出子彬是很想弃掉这友人了。没有一次他同她说到过他。这
不是从前的情形，没有一次他提议过，说是去看看他当若泉好
久未曾来时，这也决不是从前的情形，而且不止若泉，他是还
在同许多从前的朋友都有意地疏远起来。为什么呢，他要
这样？

她越想越不解，她几次预备到亭子间里去，她希望得一个
明白的解释。但是她又想得到的，他不会向她说一句什么，除
了安慰她，用好话哄她，轻轻地拍着她要她睡，他不会吐露一
句他的真真的烦闷的。他永远是只把她当一个小孩看，像她所
感觉到的。

钟敲过两点了，他还没有来，她是更坠在深思里了，她又
等他等得有点心焦。

他在做什么呢？

他在头痛，发烧，还有点点咳嗽。他照例坐到写字桌时，
要在一面小小的圆的镜子里照一照，看到自己又瘦了，心里就
难过。从前常常要将镜子摔到墙角去，摔得粉碎，但自从家里
多了一个女人后，便只发恨地摔到抽屉里了，是怕女人看见了
会盘问，自己不好答复。这天仍然是这样，把镜子摔后还在心
里发了誓：

"以后再不看镜子了！"

坐下来，依习惯是先抽一枝美丽牌。青的烟丝袅袅地往上飘，忽然又散了。他的心情也正像烟丝的无主，空空的，纷纷的，轻飘飘的，但又重重地压在心上。心是沉闷得很。然而子彬虽说在如此的身体的苦痛之下，却还是挣扎着，他不愿睡。他像赌气似的要这么挨着，他要在这夜写出一篇惊人的作品来。他屈指算，若是《创作》月报还延期半月，简直是有两个月他没有与读者见面，而《流星》月刊他仿佛记得他没有存什么稿子在那里了。读者们是太善忘了，而批评者们是万分苛刻的。他很伤心这点，为什么这些人不能给有天才的人以一种并不过分的优容呢？不过同时他只好刻苦下去，他怕别人会误会他的创作力的贫弱。他是能干的，他写了不少，而且总比别人好，至少他自己相信，终有一天，他的伟大的作品，将骇倒这一时的文坛的。不过现在生活太使他烦闷，他缺少长的思索的时间，简直便是连极短的东西，也难得写完。

他翻起几篇未完的旧稿来，大约又看了一遍，觉得都是些不忍弃置的好东因，但是现在，无论如何，他还不能续下去，他缺少那一贯的情绪。他又将这些稿子堆积在一边，留待以后心情比较闲暇时慢慢去补。他再拿过一本白纸来，却不知为什么，总写不下去，后来他简直是焦躁了。他的希望是那样，而情形却是只能这样，他又决不相信阻碍着的便是他的才力。看看时间慢慢过去了，他的身体越支持不来，而心情越激奋了，他把稿子丢开，一人躺在椅子上生气，他恨起他的朋友来了！

他的心本是平静的，而创作是正需要这平静的心，他禀性异常的聪明，他可以去想，想得很深又广，但他却受不了刺激；若泉来，总带了不快活来给他，使他心里有说不出的不安。他带了一些消息来，带了一些他不能理解的另一个社会情形给他看，他惶惑了，他却憎恨着，这损伤了他的骄傲。而且若泉的那种稳定，那种对生活的把握，很使他见了不舒服，一种不能分析的嫉妒。他鄙视他（从来他就不能尊视他的创作的！），他骂他浅薄，骂他盲从。他故意百般地使自己生起对于朋友的不敬，但是他不能忘记他，他无理地恨他，他越诚恳，越定心地工作着，他就越对于那刻苦更生厌恶，更不能忘。至于其他的一些类似若泉的人，或者比若泉更勤恳，更不动摇的人，他虽说也感着同一的不快，但是仿佛隔了好远，只是淡淡的，他数得出这些可嘲笑的人的名字，不过却不像若泉常常刻在他心上，使他难过。而且对于许多他不知名的一些真真在干着的人，他是永远保持他的尊敬，不过像他所认识的这一群，他却永不能给他们以相信，他们都只是些糊涂浅薄的投机者呀！

时间到了两点，他听到美琳在咳嗽，他也咳得更凶，他实在应该去睡了，但是他想起近日美琳的一些无言的倔强，和今晚对于若泉的亲近，他觉得美琳也离他很远，他只是孤独的一人站在苦恼而又需要斗争的地位。他又赌气不睡，他写了两封长信，是覆给两个不认识的远地的读者的。在这时，他还只能对他们觉得是比较亲切的。两封信内容都差不多，他写着这信时，觉得心里慢慢地在轻松，所以到四点钟的时候，人是倦极地伏倒在书桌上，昏昏地睡着了。

七

美琳说的"不知为什么，生活总没有起色？"真的，他们是毫不愉快，又无希望地生活到春浓了，这个时候是上海最显得有起色，忙碌得厉害的时候，许多大腹的商贾，和为算盘的辛苦而且瘪干了的吃血鬼们，都更振起了精神在不稳定的金融风潮之下去投机，去操纵，去增加对于劳苦群众做无厌的剥削，为涨满他们那不能计算的钱库。而且几十种报纸满市喧腾地叫卖着，大号的字登载着各方战事的消息，都是些不可靠的矛盾的消息。一些漂亮的王孙小姐，都换了春季的美服，脸上放着红光，眼睛分外亮了，满马路地游行着，各游戏场地拥挤着，还分散到四郊，到近的一些名胜区去，为他们那常常享福的身体和不必忧愁的心情更找到些愉快。这些娱乐是只更会使得他们年轻美貌，更会使得他们对于他们的生活满足，而且肯定。而一些工人们呢，虽说逃过了严冷的寒冬，可是生活的压迫却也同着长日的春天一起来了，米粮长了价，房租也加租，工作的时间也延长了，他们更辛苦，更努力，然而更赢瘦了。衰老的不是减了工资，便是被开除了，那些小孩们，从来就难于吃饱的小孩们，只好去补了那些缺，他们的年龄和体质都是不够法定的。他们是太苦了，他们需要反抗，于是斗争开始了，罢工的消息，打杀工人的消息，每天的新的消息不断地传着。于是许多革命的青年，学生，××党，都异常忙碌起来，他们同情他们，援助他们，在某种指挥之下，奔走，流汗，兴

奋……春是深了，软的风，醉人的天气！然而一切的罪恶，苦
痛，挣扎和斗争都在这和煦的晴天之下活动。

美琳每天穿了新衫，绿的，红的，常常也同着子彬在外面
玩，但是心里总不愉快，总不满足，她看满街的人，觉得谁都
比她有生存的意义。她并不想死，她只想好好地活，活得高
兴，现在她是找不到一条好的路，她需要引导的人，她非常希
望子彬能了解她这点，而且子彬也是与她一样，那他们便可以
商商量量地同走上一条生活的大道。不过她每一观察子彬，她
就难过，这个她所崇拜的人，现在是在她看起来成了一个不可
解的人了。他仿佛正与她相反，他糟蹋生活，然而又并不像出
于衷心，他思想得很多，却不说一句，他讨厌人，却又爱敷衍
（从前是并没有现在这么在人面前感到苦痛的），发了牢骚，又
恨自己。他有时更爱她，有时又极冷淡。种种的行为矛盾着，
苦痛着自己。美琳有时也同他说一两句关于生活方面的话，不
过这只证明了她的失望，因为他不答她，只无声地笑，笑得使
美琳心痛，她感觉到那笑的苦味，她了解他又在烦恼了。直到
有一天夜晚，八点多钟的时候，家里没有客，他因为白天在外
面跑了好久，人很倦，躺在床上看一本书词，美琳坐在床头的
椅上，看一本新出的杂志。床头的小几上，放着红绸罩子的
灯，泡了一壶茶，这在往日，真是一个甜蜜的夜。这时子彬很
无聊，一页一页地翻着书，不时斜着眼睛去望美琳。美琳也时
时望着，两人又都像故意地不愿使眼光碰着，其实两人心里都
很希望对方会给一点安慰，都很可怜似的，不过他更感伤一
点，她还有点焦躁，末后美琳实在忍不住了，她把杂志用力的

摔开说道：

"你不觉得吗，我们是太沉默了，彬，我们说点话吧。"

"好……"子彬无力地答着，也把书向床里掼去。

然而沉默还是继续着，都不知说什么好。

五分钟过后，美琳才抖战地说道：

"我以为你近来是太苦痛了。为什么呢？我很难过！"她用眼紧望着他。

"没有的事……"子彬又照例露出虚伪笑容，不过只笑了一半，便侧过脸去，长长地叹了一声气。

美琳很感动地走了拢来握着他的手，恳求的，焦急而又柔顺地叫道：

"告诉我，你所想的一切！你烦恼的一切！告诉我！"

子彬好久不做声，他又被许多纷乱的不愉快的杂念缠绕住了。他很希望能倒在美琳怀里大哭一场，像小时在母亲怀里一样，于是一切的重大的苦恼都云似的消去，他将再从新活泼泼地为她活着，将生活想法再慢慢地弄好。但是他明白，他咬紧牙齿想，的确的，那是无用，这女人就比他更脆弱，她受不起这激动的，他一定会骇着她。而且他即使大哭，把眼泪流尽了又有什么用呢？一切实际的纠纷的冲突与苦闷，仍然存在着，仍然临迫着他。他除了死，除了离去这相熟的人间，他不能解脱这一切。于是他不做声，他忍受着更大的苦痛，他紧紧握着她的手，而且显出一副极丑的拘挛着的脸。

那样子真怕人，像一个熬受着惨刑的凶野的兽物，美琳不解地注视着他，终于叫起来，快快地锐声的：

"为什么呢？你做出这么一副样子，是我鞭打了你吗？你说呀，唉，啊呀！我真忍耐不了！你如再不说，我就……"

她摇着他的头，望着他。于是他又侧过脸来，眼泪流在颊上了，他挽着她的颈，他把脸凑上去，断续地说：

"美，不要怕，爱我的人，听我慢慢地说吧！唉！我的美！唉，我的美！只要你莫丢弃我，我就都好了。"

他紧紧地偎着她，他又说：

"唉！没有什么……是的，我近来太难过，我说不出……我知道，总之，我身体太不行，一切都是因为我身体，我实在需要修养……"

后来他又说：

"我厌恶一切人，一切世俗纠纷，我只要爱情，你。我只想我们离开这里，离开一切熟识的，到一个孤岛上去，一个无人的乡村去，什么文章，什么名，都是狗屁！只有你，只有我们的爱情的生活，才是存在的呵！"

他又说，又说，说了好多。

于是美琳也动摇了，将她对于生活的一种积极的求进展的心抛弃了。她为了他的爱，他的那些话语，她可怜他，她要成全他，他总是一个有天才的人，她爱他，她终于也哭了。她不知安慰了他多少，她要他相信，她永远是他的。而且为了他的身体和精神的修养，她希望他们暂时离开上海，他们旅行去，在山明水秀鸟语花香的环境之中，度过一个美丽的春天。他们省俭一点，去在流星书店设法再卖一本书，也就够了，物质上稍微有点缺乏有什么要紧呢？他们计算，把没有收在集子中的零碎短篇再集拢来，要七八万字，也差不多了。这旅行是并不难办，美琳想到那些自然的美景，又想到自己能终日与子彬遨游其中，反觉得很高兴了。子彬觉得能离开一下这都市也好，这里一切的新的刺激，他受不了。而且他身体也真的需要一次旅行，或是长久的乡居。于是在这夜，他们决定了，预备到西湖去，因为西湖比较近，而美琳还没有去过的。

这夜两人都又比较快乐了，是近来没有过的幸福的一夜，因为都朦朦地有一线希望，对着未来的时日。

八

第二天拿到了一部分稿费，买了许多东西，只等拿到其馀的钱就动身。可是第三天便落起雨来了，一阵大，一阵小，天气阴得很，人心也阴了起来，盖满了灰色的云。美琳直睡了一天，时时抱怨。子彬也不高兴，又在书铺跑了一趟空，钱还要过几天。雨也就接连几天都萧萧地落着，像没有晴的希望。两人在家里都无心做事，日子长得很，又无聊，先前子彬还常常为她重复一点西湖的景致，后来又都厌烦起来了。等钱等得真心急。不过在第六天拿到全部的稿费之后，子彬没有露出一线快乐的神气，而且只淡淡向美琳说："怎么样呢，天还是在下雨，我看再等两天动身吧。"

这决不能成理由，雨下得很小，而且西湖很近，若是真想去得厉害，是可以马上动身。

美琳没有生气，也不惊诧，仿佛不动身，又再挨下来倒是

很自然，既然去西湖并不是什么必需的要紧的事。这时日的拖
延是将两人的心都怠惰起来了。而且又都重复沉在各人的过去
曾被痛苦着的思想中去了。子彬时时还是可以听到一些使他难
过的消息。许多朋友，许多熟悉的人，都忙着一些书房以外的
事去了，都没有过问他，而且都忘记他了。这些消息最使他难
过，他鄙视他们，他恨他们，但是他觉得他不应该逃避，他要
留在上海，在看着他们，等着他们，而且他要努力，给他们
看。假设他到西湖去，他能得个什么，暂时的安宁，暂时的与
世隔绝，但是他能不能忘怀一切地得着安闲，还在不可知之
间，而世界则真的将他隔绝了是容易的。朋友们听到了这消
息，一定地总要嘲笑他，说他是怕了他们，怕了这新的时代，
他躲避了。后来大家便真的忘了他，连他的名字都会生疏起
来。再呢，他的那些崇拜他的人，那些年轻的学生，和那些赞
赏他的人，那些硕学的有名的人物，都隔绝了他的消息，也慢
慢会将他所给与他们的一些好的印象，淡了起来，模糊了起
来……这真是可怕的事。他不能像过去的一些隐逸之士能逃掉
一切，他要许多，他不能失去他已有的这一些。他简直觉得到
西湖去只是件愚蠢的事。他惟恐美琳固执着成见，他想即使美
琳要去，也只好拂一次她的意，或是他陪她去玩两三天，立刻
便转来，要住下是办不到的事。他看见美琳不像以前着急了，
倒放一点心，后来是到非再做一次正式商量不可了，他只好向
她说他的意见，理由是他有一篇文章要写，现在没有空，他觉
得把行期再迟一个月也很好。他说得真娓婉，是还怕美琳不答
应，或至少也要鼓着小嘴生气的。他还预备好许多温柔的，对

付一个可爱的娇纵女人所必需的话。他说完的时候，是将头俯
在她的椅背上，嘴唇离那白的颈项不很远，气息微微嘘着她。
他软声地问：

"你以为怎样呢？我还是愿意随你，依你的意思。"

美琳只懒懒答应了一句，于是事情便通过了，毫无问题。
以后只应该安心地照自己所希望的去努力进行，这是说单对于
子彬的一面。既然自己是一个写文章的人，又对于自己极有把
握。生来性格又不相宜于做别的争斗的勾当，而且留在上海，
原意便是为要达到自己的野心的完成，若是还要这么一个人关
在小屋子发气，写点牢骚满纸的信，让时间过去了，别人越发
随着时间向前迈进了，而自己真的便只有永远和牢骚同住，终
一生在无聊的苦痛中，毫无成就可言，纵有绝世的聪明也无
用。至于美琳，她是不甘再闲住了，她本能地需要活动，她要
到人众中去，去了解社会，去为社会劳动。她生来便不是一个
能幽居的女人。她已住得太久了，做一个比她大八岁的沉郁的
人的妻子。她已经觉得安静了许多，已经会忧愁烦闷了一些，
虽说她还是不能到了解她丈夫的程度。不过这终究于她是不相
宜的。自从春天来，自从她丈夫开始了新的苦痛来，她就不安
起来了的。不安于这太太的生活，爱人的生活．她常常想动，
但是她缺少机会，缺少领导的人，她不知应该怎么做才好，所
以她烦恼，她又明白这烦恼是不会博得子彬的同情的，于是更
不快乐。前几天还能一下会想到西湖去，当然还比较好，慢慢
时间拖下来，倒又觉得别的许多人都忙着工作，而自己拿了别
人的钱去陪一个人去玩，去消遣时日，仿佛是很不对，很应该

羞惭的事。现在既然子彬已不愿去了，当然很合适，不过子彬
说他不能去的理由，是因为没有空，因为要写文章，而自己则
无论去留与否，在事实上看来，都是无关紧要，因为自己好像
是一个没有事可做的人，她更加觉得羞耻。她要自己去找事
做，她想总该有把握找得到，但是她想她应该不同子彬商量，
而且暂时瞒着他。

九

　　出于意料之外的若泉接到一封短笺，是辗转经过了好几个
朋友的手转交了来，而是在信面上便大大署了美琳两个字的。
若泉不胜诧异地去打开它，满心疑惑到子彬身上，他八分断定
他朋友是又病倒了。他心里有点很难过，他想起他朋友的时候
总是如此。可是信上只潦草地歪歪斜斜涂了不多几个字，像电
报似的横着：

　　　　星期日早上有空吧，千万请你到兆丰公园来一
　　下，有要事。我等你。美琳。

　　这不像是子彬有病了的口气，然而是什么事呢，两人吵了
架，但又从没有看见过他们有口角的事，若泉真怀疑，他还是
觉得这至少是于子彬有关的，因为他想美琳决不会有事来找
他，因为虽说是与她相熟了两年，还始终没有同她生过一次比
较友谊的关系，他也不十分知道她的历史，也从没有特别注意

过，只觉得她还天真，很娇，而且决不是难看的一个年轻女人。他想到朋友，他决定第二天早上跑那么远，到上海的极西边去。

七点钟的时候，他预备动身，拿了一把铜子，两角洋钱，拍了一下身上旧洋服的灰尘，于是便匆匆地离了住处，他计算着到兆丰公园时，大约是七点四十分，美琳她们是起身很迟的人，不见得就会到，但他无妨去等她的。他有大半年不来这里了，趁这次机会来走走，呼吸点新鲜空气，也很好，他近来觉得他的肺部常常是不舒服。

转乘了三次电车才到公园门首，他买了票，踏到门里去，一阵柔软的风迎着吹来，带着一种春日的芳香。若泉挺着胸脯，兜开上衣，深深地吸了一口气，立刻便觉得舒适了起来，平日的紧张和劳顿，都无形地滑走了。人一到了这绿茵的草地上，离开了尘嚣，披靡着春风，亲炙着朝晖，便一概都会松懈了，忘记了一切，解除了一切，只任自己的身体纵横在这自然中，散着四肢，让这宁静的四周享乐自己，一直到忘我的境界。

园里人不多，几个西洋人和几部小儿车，疏疏朗朗地散在四方。四方都是绿荫荫的，参差着新旧的绿叶。大块的蓝天静静地覆在上面，有几团絮似的白云，耀着刺目的阳光，轻轻地裊着，变幻着。若泉踏着起伏不平，波样的草地，懒然地走了好远，他几乎忘记他是为什么才来到这里了，只觉得舒适得很，这空气正于他相宜。在这时他听到近处他背后的草地上有着窸窣窸窣的响声，他掉头望时，他看见美琳站在他背后，穿一件白底灰条纹的罩旗袍，上单一件大红的绒坎肩。他不觉地说道：

"啊，我不知道你来了，啊，你真早啊!"

美琳脸上很平静，微微有点高兴和发红，她娇声地说："我等了你许久!"但立即便尊重地说道：

"你不觉得无聊吗，我想同你谈谈，所以才特地约了你来，我们找个地方去坐坐吧。"

于是他随着她朝东走，看见她高跟的黄漆皮鞋，一步一步地踏着，穿的是肉色的丝袜，脚非常薄，又小，现得瘦伶伶可怜似的。他不知道还是她的脚特别小，还是脚一放在那匠心的鞋中才显得那么女性那么可怜。他搭讪地问道：

"子彬近来怎么样，身体好么?"

她淡淡地回答：

"好，他在开始写文章了。"

他又继续问：

"你呢，也在写文章了。"

"不。"

他看见她脸扭了一下，做了一个极不愿意的表情。

在一个树丛边的红漆的长椅上坐了下来。靠左边又有一大丛草本的绣球花，开得正茂盛，大朵大朵的，吐着清香，放着粉红的光。他不知怎么先开口，他还是关在闷葫芦里，不知她到底要谈什么，而且到底不知子彬近来怎么了，或是同她的关系。

她先望着他茫然的脸笑了一下，然后说：

"你奇怪吧，当你接到信后，一直到这时？"

"没有，我不觉得奇怪。"

"那你知道我要你来这里的缘由了。"

他踌躇地答：

"不很知道。"

于是她又笑了一下说：

"我想你不会知道的，但是我必需告你，原因便是我很久来了都异常苦闷……"她停顿了一下，又望了他一下，他无言地低着头望草地。于是她又再续下去，她说了很多，又常常停顿，又有点害羞似的，不能说得很直截痛快。但他始终不做声，不望她，让她慢慢地说完，她把她近来所有的一些思想，一些希望，都零碎地说了一个大略，她觉得可以停止了，而且她要听他的意见，她结束着说道：

"你以为怎样呢，你不会觉得我是很可笑吧。我相信我是很幼稚的。"

若泉有一会没有做声，望着那嫩腻的脸，微微含着尊严与谦卑的脸好久。他没有料想这女人会这么坦率地在他面前公开她对于现实的不满，和她的大胆的愿意向社会跨进的决心。他非常快乐，因为这意外的同志所表示的态度，更鼓舞了他。隔了好一会，他才伸过手去，同她热烈地握着，他说：

"美琳！你真好！我到现在才了解你！"

她快乐得脸也发红了。

于是他们都又更不隐饰地谈了一些近来所得的知识与感觉。他们都更高兴，尤其是美琳。她在这里能自由发挥，而他又听她，又了解她，而且还帮助她。她看见光辉就在她前面。
她急急地愿意知道她马上应怎样开始。他又踌躇了一会儿，他
答应过两天再来看她，或者可以介绍她去见几个人，决定她的
工作。

一〇

美琳回到家来，时时露着快乐的笑，她掩藏不住那喜悦，
有几次她几乎要说出来了，她仿佛觉得应该告诉子彬，但是她
又忍耐住了，她怕他会阻止她，破坏她。子彬没有觉察出，他
在想一篇小说，在想一些非常调皮嘲讽的字句去描写这篇的主
人翁，一个中国的吉诃德先生。他要他的文章动人，他文章的
嘲讽动人，他想如果这篇文章不受什么意外的打击，就是说他
不再受什么刺激，能够安安静静地坐下来写两星期，那一个十
万字的长篇，便将在这一九三〇年的夏季，惊人地出现了。谁
不会惊绝地叫着他的名字，这作者的名字。他暂时忘去能苦恼
他的一些事实，他要廓清他的脑府，那原来聪明的脑府，他把
自己离开了人众，关在家里几天了。

可是美琳却不然，她在第三天下午便出席在一个××文艺
研究会上了。到会的有五十几个人，一半是工人，另外一半是
极少数的青年作家和好些活泼的学生。美琳从没有经历过这种
生活，她只觉得兴奋，同时用着极可亲的眼光遍望着这所有的
人，只想同每个人都握一次热烈的握手，和做一次恳切的谈
话，这里她除掉若泉以外，便都是不认识的人，但是她一点也

不感觉拘束，她觉得很融洽，很了解，她和他们都是"同志"。
她除了对于自己那合体的虽不华美却还是美观的衣服微微感到
歉仄外，便全是倾心的热忱了。这是一次大会，所以到的人数
很多，除了少数的工人为时间限制着不能来，几乎全体都到
了。开始的时候，由主席临时推举了一个穿香港布洋服的少年
做政治的报告，大家都很肃静，美琳望着他，没有一动，她用
心地吸进了那些从没有听过的话语，那些简单的话语，然而却
将世界的政治和经济的情形很明显地暴露了出来，而且他批判
得真准确。这人很年轻，决不是一个二十五岁以上的人，后来
若泉告诉她，这年轻人还是一个印刷工人呢，不过是也曾在大
学念过两年书的，美琳说不出的惭愧，而且她觉得所有的人对
于政治的眼光都比她好，也比她能干，在她听了其馀许多人的
工作报告之后，他们又讨论了许多关于社务的事。这在美琳都
是不知应怎样加入那争论之中去的，因为她都还不熟悉，而那
主席却常常用眼光望着她，征求她的意见。这使她真难过，她
又坚决地相信，在不久以后，她一定可以被训练得比较好些，
不致这样完全不懂。最后他们又讨论到××怎样行动的事。这
里又有人站起来报告，是另外一个指导××××的团体的代
表。于是决定了，在五一的那天，要全体动员到大马路去，占
领马路，×××，××，这时大家都正情绪更紧张激昂的时
候，而会便完了，在分别的时候，大家都互相叮咛地道：

"记着：后天，九点钟，到大马路去！"

美琳还留在那里一会儿，同适才的主席，便是那在工联会
工作的超生和若泉，还有其他两三个人谈了一会，他们对她都

非常亲切和尊重，尤其是一个纱厂的女工特别向她表示好感。她向她说：

"我们呢是要革命，但是也想学一点我们能懂的文艺，你们文学家呢是也需要革命，所以我们联合起来了。不过我们真没有时间，恐怕总弄不好，过几天我把我写的一点东西给你看看吧，我听超生说，你是个女文学家呢。我也是刚刚学动笔，完全是超生给我的勇气，心里是想得很多，就是写不出来，下星期一能抽空，我还想写一篇工厂通信，因为若泉说他们要有用呢。"

美琳说她也不会文学。她还说她也想进工厂去。

于是那女工便描写着那工厂里的各种苦痛，和列举着一些惨闻，她又说如果美琳真的愿意，她可以想法，不过她担忧若果美琳进去，怕那劳顿和不洁的空气，将马上使她得病。超生也说，进去是容易，而且他希望这社里的一部分知识分子都要进厂去，去了解无产阶级，还要无产阶级化，这样，将来才有真的普罗文艺产生。不过他也说恐怕美琳的身体不行。美琳则力辩她可以练习好的。

因为美琳比较有空闲，她被派定了每天应到机关上去做两个钟头的工，他们留给了她一个地址。还说以后工作时间怕还要加多，因为五月来了，工作要加紧，而且内部马上便要扩大，有许多工人都自愿参加进来，这里需要训练得很。她刚刚跨进来，便负了好重的担子了，她想她应该好好努力。

——

是五月一日的一天了。

子彬从八点钟失了美琳的时候起便深深地不安着，他问娘姨，娘姨也不知道，他想不出她是到什么地方去了，他开始发觉近来她是常常地不在家，而且她没有告诉过他她是到什么地方去，他并且想起她是同他太说得少了。他等了她好久，都不见回来，他生着很大的气，他冲到他书房去，他决定不想这女人的一切了，他要继续他的文章，那已写好了一小部分的文章。他坐到桌边，心总不定得很，他去翻抽屉，蓦然地却现出美琳留给他的一封信。他急急看下去，像恨不得立即便吞灭进去似的看，信是这样清清楚楚地写着：

子彬：

我真不能再隐瞒你了。当你看到这信的时候，我大约已在大马路上了，这是受了团体的派定，到大马路做××运动去。我想你听了这消息，是不会怎样快乐的，但是我觉得我应该告诉你，而且向你解释，因为我原来是很爱你的，一直到现在还是希望你不致对我有误解，所以我现在先作这样一个报告，千万望你想一想，我回来后，我们便可作一次很理性的谈话，我们应该互相很诚恳很深切地批判一下。我确实有许多话要向你说，一半是关于我自己，一半也是关于你

　　的。现在不多说了。

美琳晨留

　　子彬呆了半天，连气也叹不出一口来。这不是他的希望，这太出他的意表了。他想起许多不快的消息，他想起许多熟悉的人，他想美琳……唉，这女人，多么温柔的啊，现在也弃掉了他，随着大众跑去了。他呢，空有自负的心，空有自负的才能，但他不能跑去，他成了孤零零的了。他难过，想哭也哭不出，他惨惨地幻想着这时的大马路，他看见许多恐怖和危险，他说不出的彷徨和不安，然而他却不希望美琳会转来，他不愿见她，她带回了许多痛苦给他，还无止地加多，他真不能忍受有这么一个人在同一个屋中呼吸。他发气地将信扯碎了。他最后看见那还只写了薄薄几张的稿纸本大张着口，他无言地，痛恨地却百般悼惜地用力将它关拢了，使劲地摔到抽屉里。他叹出了一口长长的叹息。

一九三〇年

田家冲

一

太阳刚刚走下对门的山，天为彩霞染着，对门山上的树丛，都变成深暗色了，浓重的，分明地刻划在那透明的，绯红的天上。幺妹，她今年刚刚走到十四岁了，这时站在禾场上的一株桃树下，脸也映得微红的，和花瓣差不多。她望着一切快要消逝去的景色，她的心永远是，时时为快乐胀得饱饱的。这时她却为一声焦急的叹息惊骇着了，她急速地转过脸来，看见一个四十多岁的麻利妇人站在离她不远的另一株杨柳树下，柔嫩的柳条不时拂着她的肩。幺妹不安地问道：

"妈！你又叹息了！为什么呢？"

妈随便地望了她一眼，仍然将眼睛望着远处，像自语地说：

"我担心呢。"

幺妹看到妈望着的地方，在稍远的田坎上，两个人影慢慢地走了远去，后面的那个较高，较壮实的，她认得出是她爹。

田坎只一线，非常窄，但纵横得非常多而且美，近处的平的水田，大块地睡着，映着微紫的颜色。于是她又问：

"那前面走着是谁呢？他穿得有长的棉袍。"

"是大老爷家里的高升，没有事故他是不会来的。我很怕，这是下种的时候呵！"

幺妹不很相信她妈的忧虑，她还是抱着愉快的心情去望那些美的田坎。这些美的田坎，都是她爹和她哥哥们的匠心的完成。她望着爹和高升慢慢走下冲下面去了。她想起高升的样子，斯文得像个少老爷，有着一双白瘦的手，他的无光的眼睛，常常是很讨厌地望人，她不觉对她妈说：

"高升这人一点也不惹人喜欢，可是你们总爱恭维他，爹一定又请他喝酒去了，姊姊告诉我过，说他是大老爷的当差，底下人，比我们还不如！"

"但是，你不懂得，大老爷喜欢他，听他的话，他要害我们是很容易的，不过他人还好，肯受恭维，不像三喜，你姊姊好说别人坏话，你怎好拿来讲呢？"

"她并不好说人坏话，不过，我觉得她只有点不喜欢大老爷家里的人罢了。"

时候是更暮了，凉的风阵阵吹来，妈便转身走回屋去，而且叫道：

"幺妹！到屋里去吧，外边很冷了。去看姊姊的饭怎样了，你应该帮她才是。"

幺妹向左边厨房跳着跑去。她开始觉得自己饿了。小哥在厨房外小板凳上洗脚，一手拦着跑过来的幺妹，吆喝着：

"哪里去？"

她挣着："不要你管。我看饭。"

"饭已摆好在堂屋上了，只等爹回来。"姊姊从厨房高声说。

"爹不回来吃饭了。"她退回身便朝堂屋跑，"呵！姊姊！快些！不要等小哥。"

"你这鬼丫头！又不穿罩衫。"他望着她的绿布棉袄喊。他急速地举起那强壮的脚来，拿一块蓝布去擦它。一盏小美孚灯在饭桌上摆着。奶奶坐在灯边，灯光映着奶奶的白发。妈在大声告诉奶奶，说高升来过的事。奶奶咭哩咕噜着：

"高升这痨病小鬼头，我真看不上眼……老太爷当日几多好……假如又来麻烦，明天老大背我进城去，我会同老太太讲理。老大不肯背，我便走起去，路我还认得……我是快有十五年没进城了。"

大哥笑着说：

"好，明天我就背奶奶进城，我们看他妈的半天戏吧，毛机匠昨天从城里来，说这一阵多热闹，一天好多班子唱戏，他娘的说是女学生们也唱呢，还脱光了衣服，他娘的冻死她们！"

"就不准你同毛机匠在一块，这家伙常进城去，丢了田不种，布不织，一定不是好家伙。毛老三却是好人，老老实实，本本分分，你怎么又不同他相交呢。"

"他昨天还来我们这冲里，我们只在冲口边说了一阵话，你说他老实，哼，不呢，他才有道理，以后，看吧，有讲究呢。他机匠哥哥哪里比得上他，机匠只有一副空机子呢。"

幺妹想起机匠家里的一副大的黑的织布机。

奶奶问妈妈道："老大是什么年生的，呵，属猴，今年二十二岁了呢。唉，应该讨个媳妇才是。"

"媳妇我不要的，我养不活。我们家里来不得吃闲饭的人了。"

小哥进来嚷道："有什么要紧，把幺妹嫁了，两相抵便成了。"

幺妹扑过去，要打他，他跳到桌子那边，得意地嚷着：

"偏偏要嫁了你！偏偏要嫁了你！不嫁姊姊。"

姊姊正在这时捧了一碗粥进来，她挡住了幺妹，她问道：

"老二！你说什么？"

小哥安静地无力地答道：

"我说幺妹。"

"他也说你。"

"不要理他，他不敢。"姊姊把粥放到桌子上，大家便开始晚餐了。姊姊是一个使一家人都害怕的人，可是都爱她，因为她爱一家人，她比什么人都勤劳，为着一家老老小小甘心地操劳着。

晚饭很简单，只有两样菜，一碗绿的是油菜，一碗黑的是萝卜酶菜，可是都好吃。饭香得很，大家吃得更香甜。尤其是大哥，可怕的那么将饭塞进肚皮去。姐姐吃得最少，只三小碗。奶奶牙齿不好了，总爱喝粥，这是幺妹她们一家人都不肯吃的。因为硬饭才能饱肚。

饭还没吃完，爹便悄然走回来了，他坐到桌子边，喊小哥替他盛了一大碗饭。妈特别担心地问：

"有什么事吗？怎么你没有在外边吃晚饭？"

"高升还要赶夜路，他想明早便能到家。"

"有什么事吗？这样急。"

爹的绛色的脸上，微微露出一线不安的神色。他说道：

"说是明天要送三小姐下乡来住几天。是老爷的命令。"

这一家人都为这消息诧住了。这不是常有的事。妈想了一会说道：

"一定城里又在打仗了。"

幺妹想起好多年前的事，那时她还小，三小姐曾和两个姊姊一个嫂嫂来躲过兵，她是多么体面，多么温柔的一个姑娘。她同姊姊几多要好，又几多喜欢她，全乡的人，只要看见她过的人，都称赞着她的呵！她有一个好看的，可爱的面孔，和一条人人都羡慕的发辫。她悄悄去碰姊姊的肘子，悄悄地说：

"打仗并不坏呢。"

姊姊也露出快乐的颜色问着：

"明天一定来吗？"

"我没有听见毛机匠说又在打仗呢。"大哥仿佛心里也在笑。

"仗已经打过了。"爹不说下去，又添了第二碗饭。

"三小姐，她快二十岁了吧。她一定长得更好看了，怎么赵家还不接过去，她一个人来住吗？"妈奇怪地问。

"一个人，可是，担子可重呢。老爷再三地要高升嘱咐我。唉，我真不懂得，这小姐是……"爹的脸色阴沉了。

"是什么呢?"人人都想听的答话。

"以后再说吧。"爹望着妈说:"唯愿不要在我们家里出岔子。老大,老二,不准向外人说起什么,懂得么?记住!"

二

幺妹跟着姊姊走到池塘边,在一块大的石头上蹲下来,几个鸭子轻轻地游到那边去了。太阳晒在树顶上,从微微绉着的水里看见蓝色的天,天上又飞着淡淡的白云。姊姊从篮子里拿出许多要洗的衣服来,幺妹便望着她将水里的天空搅乱。今天她不做自己的事,随着姊姊跑了半天了。她觉得她有许多话要向她说,可是姊姊太忙,没有时间听。现在她觉得时机到了,她便望着姊姊的脸说:

"我实在快乐,是不是今夜我们家里多了一个人。"

俯着的姊姊,微微动了一下,"我也非常高兴,恐怕她不认得我们了。"

"我想不会不认得,你并没有变像,好些人都说你比从前好看了。说不定她忘记了我,她从前原来只是你的朋友。"

"什么朋友,不要说了吧,也许她不再理我们了,她是小姐,以前我们是小孩,胡闹,不过现在我也不想同一个小姐做朋友。"

幺妹不懂姊姊的话,她望着岸上的桃花,继续地说:

"我记得她白得很,又嫩,别人一赞她,她的脸就红了。大家都说这更好看。"

"是的，她很白嫩，城里的小姐们都是那样的。"

"可是你很好看。"幺妹望着姊姊的特为太阳晒成微赤又微赭的整齐的面孔和两条圆的壮健的手臂。姊姊有很大的眼和眉，有严肃的神采。姊姊听了幺妹的赞美，只微笑地说：

"不要说蠢话了。"

木杵不住地敲着石上的衣服，两人暂时默着了，远处隐隐传来断续的歌声：

> ……二月菜花香又黄，
> 姐儿偷偷去看郎。……

"唉，你听这是大哥的声音呢。"幺妹跳到堤岸上四处望，右手放在额头上，四处都露出嫩绿的新叶，在一些苍绿的树丛中。她不知为什么高兴起来，她大声说：

"他在冲子外边呢，他这么大声唱，他一定疯了。我要去找他。"

她朝外边跳着跑去，在一条小路上，一边傍着低低的山，一边临着大块的田，山上的新草都在抽芽了，一根有刺的枝条，伸到路上来了，绊住了她。她便随身坐在山坡边，弄着好些蔓延开了有刺的东西，而不觉地唱道：

> 蔷薇花，
> 朵朵红，
> 幺妹爱你……

五五五五五五五五五五五五五五五五五五五

"幺妹来呵？"妈在禾场上喊起来了。

她又跳着跳转去，她是从来很少规规矩矩走路的。

"到厢房里去，拿一块腊肉，那块用过了的，洗干净，要姊姊去煨上。"妈坐在矮凳上在补爹的旧夹衣。

她心里几乎笑出声来了。因为她又想起了今晚将要来的客。这客是那么美好，许多人都常常拿在口里赞扬着的。唉，到底她好看到什么样子？大约是奶奶讲的故事中的田螺精吧，也许就像个狐狸精。她一定会迷人，她的头发一定更黑更光，那发辫……唉！"她反来捉着自己的短辫，难过地摸着。

"一个仙女似的她，小姐，她会吃这个么？"她站在一张凳上去取那块又黑又脏的肉。"这一定是蠢事。"她跳了下来，她又想："不知道她穿什么衣服，我记得她从前是穿绣花鞋的。"

幺妹架起了许多幻想，这些幻想的根据，又紧紧贴着她日常生活和一些不伦的神怪故事上，她简直给她幻想中的主人公，涂上了一层奇怪的颜色，然而在她自己，却觉得非常满意。姊姊更忙碌了，她要整理一间房间，为这来客预备的房。幺妹知道了她是住在她们一块，她更高兴了。那夜间常常咳嗽的奶奶便移到哥哥们房里去了。不过姊姊说不一定，也许三小姐不愿意她们作伴，那么她们便也移到哥哥们房里去，或者到厢房去，睡在那些醃菜醃肉旁边。

等人等了一整天，天又黑下来了。幺妹一人朝着冲口走去，想着家里的晚饭，想着爹的隐隐的忧愁，想着她幻想中的主人公。远近都没有一点声音。树影在暮色中慢慢模糊下去了。她还是抱着微微有点焦躁和惆怅的心朝离家的路上走去。

家里射出黄色的灯光，好远都还看得见。她不时转身去望，她
仿佛看见奶奶仍旧坐在灯旁边，爹在吸旱烟，妈在捺鞋底，也
许在折衣裳……她又望前面，她才知道她已走到土地的小屋子
后边了。她跳过一个缺口，小小的水声在她脚底下流，于是她
便站在那株大榆树底下，这树遮着土地屋，遮着一丛金银花和
胭脂花，遮着这小块的地，和一角田，现在又把她盖着了。围
着这树和土地的，是大大小小很好看的田，有些田放了水，静
静地流着，有些刚刚耕过，翻着，排着湿润的土块。幺妹瞪着
眼睛四处望，她心想：

"为什么还不来呢！"

忽然她看见土地屋前有一个黑影动了一下，她骇得几乎叫
出来，她跑了几步，便又立住大声喝道："是哪个？坐在那
里的！"

那黑影又动了一下，才说道："是我，不要怕，老幺！是
我呵！"

"呀！"她的心由紧张的急跳里松了下来，她笑着跑拢去：
"呀！是你呀！你几乎把我骇死了！"她紧紧地挤到她哥哥的身
边去。

大哥没有说话，只抱着她的腰。她觉得她的心还有点跳，
她悄悄望了背后一下，悄悄地说道：

"我以为土地公公走出来了呢。"

"嘿，"大哥把手又搅紧了一点，"以后不准你乱跑了，你
的胆子太小呢。你常常要妈替你收吓叫魂。"

于是她想起曾经有过的，他的妈和姊姊因为她的发烧，说

梦话，急得无法，两人在夜里打着灯笼，拿着她的衣服，到外边去，她曾玩过的一些地方，去喊她的名字，还一路喊了转来。她可以听见这喊声总是从远到近，总是妈的惨惨的声音起头："幺妹回来了！幺妹回来没有？"姊姊就庄重地答："幺妹回来了！"于是两人又喊着："幺妹回来！……"这样闹过后，第二天她竟好了。她想来觉得好笑。她问道：

"为什么妈喜欢那样？"

"因为妈相信你吓掉了什么。妈是顶喜欢老幺的。"她想起老幺是被一家人都最喜欢的，她便更挤紧着那少年男人身边。她望着他的脸，她觉得应该向他表示亲热点，她抓他的手，凑拢去问道：

"你为什么一个人坐在这里？"

她觉得他的手松了，于是她又说：

"我要你答应！"

哥哥的眼睛望在很远的地方吧，他答道：

"没有什么，我觉得坐在这里很舒服。你回去，你跑来作什么？"

"不，我不回去，你不走，我也不走。"她也把眼睛望到远处，远处成了一片黑色了。她自语般说："我是来接三小姐的。爹讲她今晚一定来。"

静寂开始了，哥不再同她说什么，动也不动地坐着，她觉得又有点惆怅起来，她仿佛为她哥哥很难过，她不懂什么，但她觉得他一定被什么苦恼着了。她求助似的又去扳他，她叫着："哥哥！"

静寂仍旧保守着，她等了好一会，她竟有点怕起来，心也像黑夜一样，慢慢地模糊，慢慢地空洞了，当她实在不能忍耐的时候，她觉得他陡的又动了一下，她不觉叫道：

"为什么，说呀!"

他又平静了，"不为什么，你回去!"

"不，……"她还没有说完，她已经看见冲外边的山上，露出一个亮光来，有时亮光隐了去，大约被树遮住了吧，不过一会又露了出来，闪闪灼灼的，她觉得她的幻想快实现了，她快乐地叫着："哈，她来了。她的轿子一定就在那灯后面。"

哥哥没有理会她，口里打着胡哨，低低地吹着什么。

亮光慢慢地近了，已经下了山，没有什么东西可以遮住她了。

幺妹不安地喊着："是的，她来了! 我们回去! 告妈去!"

但是她身边的人却还是很安静地吹着哨子。

她相信她已听见了什么声音，是在讲话吧，风送来的，假如这夜是有月亮，她一定能看清人影了，她发疯地去拖他。

可是他只将身体靠得更适意些，他吼道：

"走! 你回去! 不准拖我! 我要留在这里的!"于是他又继续吹下去。

她果真一人跳着跑回去了，因为灯光是更近了，她确实听到走路的声音。

一到禾场上，她就喊起来：

"妈……"

"你这丫头跑到什么地方去了?"小哥从家里跳出来捉她。

她仍旧喊道："妈！爹！她来了！三小姐来了！"

立刻都涌出屋来，她攒到妈身边去，妈握着她说："冰冷的手，你这东西！"

姐姐另外又点了一盏灯走出来！三条黄狗随着人走到桂树下，幺妹看到他们已走到土地屋旁了，仿佛那矮矮的白墙在灯光中了一下。爹大声地喊着：

"是高升么？"

"赵得胜怎么样，你们等急了吧。"是高升的声音。爹便又说道：

"为什么才到？"

"唉……"

三条黄狗都汪汪地吠着，跑到前面迎接去了。幺妹紧紧挤到妈的膝下，不安地望着。妈一面叱着狗，一面也往前走。她看见高升走了进来，他提着灯笼在前面走。他后面走着一个小身架的穿袍的人。在这人的背后，便只有赤着脚扛着东西的大汉子。她不觉失望起来，她拉着妈叫道："问他，问高升，她没有来！"

妈还没有做声，那小身架的人便快走了拢来，说道：

"是赵大妈吧，你人好么？"

都为这声音吓着了，妈叫道：

"呀，是你，三小姐，怎么走来的？"

姐姐也走了拢来，灯光照在三小姐的脸上，有两个黑眼在闪，短发覆在她额上。她握住姐姐的手，她笑起来了！"呵！桂姊！"

幺妹不敢伸出头来，挤在妈背后，随着又走进去。好些人都在说话，听不清，她心里也乱得很，说不清。哈，这不是她所想象的，完全不是，她穿着男人的衣裳！

三

天亮了。鸡还在笼里叫。是什么人在堂屋里走，呵，是大哥在开朝门，爹也起来了，吃着烟的是他吧。幺妹醒来半天了，悄悄地踡在被窝里不做声。姊姊在穿衣服，又轻轻地溜下床去，她看见幺妹大张着眼，她不觉笑了，低低地说："不准闹，懂得吧，我到厨房去了。"于是幺妹便望了对门床上一眼，有一缕微细的呼吸从那里传了出来。唉，过去的，全是梦，全是幻想，她哪里知道她是这么一个样子，一个更使她奇怪的样子。她一点不骄矜，不华贵，而且不美好。她不像一个小姐，或是一个女仙，但是她却有点迷人。幺妹觉得她是太可爱了，比她想象中的更可爱，容易亲近。幺妹觉得妈也喜欢她，姊姊也喜欢她，而且爹也不像有那么忧愁了。他很高兴同她讲着一些城里的事。大家都不受一点拘束，都忘记了她的小姐的身份。真像是熟朋友呢。

有人走进房里来了，拿了什么东西又出去了，是妈吧，不，好像是小哥。这家伙要讨骂了。他为什么跑进来，他应该知道他会吵醒人，她昨夜自己告诉我说她疲倦得不能睡了。我听见她好久好久才睡熟，她翻身得真怕人，为什么呢？一定臭虫咬着她，这个日子又哪里有臭虫呢？……

太阳出来了。这天又是好天气。幺妹探头往外望，她忍不住便跳下了床，急急忙忙地穿着衣服。正在要往外跑时，一个声音却止住了她：

"等我一块走，幺妹领我到厨房去洗脸。"

她回过身来看，三小姐已撩开帐子，露出半截身子了。她笑着又说："我想我起身得太迟了。是不是？"她看着手上戴的一个什么东西。

"不，妈说你应该多睡一会儿，你昨天坐了半天轿子，又走了二十里路，又睡得太晏了，总是三更过后，你自己也说你累得很。"

她跳下了床，她赤着脚的，唉，她真奇怪！

她们从穿堂走向厨房去，哥哥们房里还有人在打鼾，幺妹偏过脸去瞧，哼，这该死的高升，还大开着嘴呢，样子真难看。姊姊已热好一大锅水了。另一个锅里在煮饭。她们看见她低着头在烟雾中捆草把。她的发显然还没理好，有点蓬松。三小姐四面望着，她说道：

"告诉我，怎样做，我好帮你。"

"你不会的，这里脏得很，你转去吧，我要幺妹送水来。我想你昨夜睡得不够。"

"哪里，这里空气太好了。我觉得太舒服。"她从门边望着外边的田野，露出一副小孩的神气，她向着姊姊踌躇地说道：

"我不想洗脸了，我要在外边去玩一会儿，好不好？你们什么时候吃早饭？"

姊姊笑着说道："当然好的。幺妹你陪着她。"

她很快地便朝外跑，幺妹紧紧跟着她，她们跑到池塘边，又跑到山坡边，又跑到昨天来的路上，又跑到一些窄的田坎上，她贪婪地望着四周，她用力地呼吸，她望着幺妹的天真的脸叫道：

"你真幸福呵！"

幺妹不懂这话的意义，便傻笑起来。于是她握住她慢慢地向冲口走去。远处山上有一片红的东西在太阳下映着。她柔声地说："唉，你们这里的花真多，我记得从前我来这里也是春天。唉，那一段的快乐生活时时使我怀念呢。现在我是又来到这里了，多么奇怪的事实！哈，幺妹，你那时真小呢，我常常抱你，六年，七年了！你们这里一点也没有变呵！"她掉转身去望，她只觉得这屋子有点旧了。当然这在另一种看法上，这是这景色中一种最好的衬托，那显得静的古老的黑的瓦和壁，那美的茅草的偏屋，那低低的一段土墙，黄泥的，是一种干净的耀目的颜色呵！大的树丛抱着它，不险峻的山伸着温柔的四肢轻轻地抱着它。而且美的田野，像画幅似的便伸在它的前面，这在她看来，是多么好的一个桃源仙境。

"叱，叱。"幺妹看见她爹了。他站在犁耙上，正在转弯，她大声地喊着：

"喂！喂！"

爹将鞭向她们扬了一扬，又赶着牛困难地走去了，在一些不平的土块之中颠簸地走着，土便在他脚站着的耙下松散了，幺妹快乐地告诉她：

"那是我的爹呵！"

两人都停了下来，都望着那大的牯牛引着那壮健的人。那人又驱赶着牛，不住地喊"叱，叱"。

"唉，你有一个这么好的爹！你有这么好的一个家庭！"

幺妹想起一家人，她真的更快乐了。

她们都舍不得离开去，她们站了好一会。后来还是幺妹说：

"我们找个坐处吧。"

于是她们向旁边走去，走到一株大榆树下了，这就是昨夜幺妹在这里等她的地点呵。幺妹想起昨夜来，想起她的幻想，她不觉又出神地去望她。她比昨夜看来，又美好一些，她确实有点白，不过她不应该把她那黑油油的发辫截去，而且她不该穿着这么一件蓝布的男人们的袍子。她的鞋子也不好……"呵，这地方我记得的，我们在这里玩过，好多次，我躲在这里，当捉迷藏的时候，那时我们真热闹。"她跳到土地屋前，她端详着两个一尺多高的泥菩萨，她笑着向幺妹说："她们还是同从前一样呢。"接着她又在墙上去找，找了半天，她有点失望的样子："什么人将这个抹去了，像刚刚才抹过一样，我相信这不错，我从前在这里写过字的。"

一个老鸦从树枝上飞走了，树枝便轻轻摇摆了一下，幺妹笑着向她说：

"过两天这树便要落下一些钱来了，你相信吗？"

"我相信的。"

她们便坐在昨夜幺妹和大哥坐的地方，她忘情地望着远方，幺妹又望着她，带点爱好和神秘。

背后有些声音传了来，是湿的泥溅着水的声音，幺妹侧着头看了一下，她轻轻地触了她旁边的那人，轻轻地说道：

"看呵！这是他！他是我的大哥。"

完全不能认识了，那顽皮看牛的孩子就是这卷着袖子，赤着腿，健实的少年农人吗？好多次她骑过他的牛，和他骑在一块，她上去下来都要人抱，然而他只要一纵便都解决了。她又想到了过去，过去的好多琐琐碎碎的游戏，她又想起了那牛，她不觉问道：

"现在是哪个去管理那牛呢？他还在管吗？"

"不，他大了，他帮爹种田，爹讲他比两条牛还得力。爹喜欢他。他实在比爹还能干，小哥也能够在田里做事了。牛没有人管，多半是我带着牛去玩，可是妈不准我们跑远，妈说大哥小时候常常把牛带得太远了，有几次被恶狗咬过。"

于是她们又去望他，他正弯着腰在修理一条田坎，他不知道他旁边不远正有人。

幺妹便喊起来。

他诧异地抬了一下头，可是又俯下去了，他不愿意答应她们，他答应不出来。

"呵，我还认得他的。他的脸貌和神气都没有变，他只大了。为什么我昨夜没有看见他，我相信我确实没有看见他。"

"他昨夜……"

姊姊在那株屋口的桂树下大喊着。幺妹跳起来道：

"好，快回去，吃早饭了。"

"我们同大哥一块儿走吧。"

"好，大哥，来呵！我们一块回去。"

大哥没有理她，还低着头。

她们走过去，站在一条刚刚修好，窄得怕人的田坎上，这时大哥才抬起头来，他急急地说：

"不要来，留心摔着。"

"赵金龙！"

两手全是泥，脚陷在水中。他没有做声地走到她们面前来。她说道：

"你不认得我了。"

他望了她披着短发的脸一下，他还是没有做声，他走在她们前面。湿的脚沿路留下一些泥印，白布的单裤卷得很高，黑布的夹衣，也裸露着两条臂膀，都是红的颜色。幺妹看见他不说话，对他有点不满起来，她骂他："呆子！"可是她又接说道："他实在都很好的。"

三小姐只笑了一笑。

接着他便快走了起来，他没有等她们，他一直朝厨房走去了。

吃饭的时候，她没有看见他们。后来她才知道他们父子就坐在灶门前早餐的。因为他们都脏不过，怕小姐不喜欢，所以不进来，而且以后都不要他们进来吃饭，她们说那两弟兄都粗野得怕人，不懂理的。

高升也走。走时说过几天当再来，小姐如要什么吃的东西，或者穿的，他就好带来，可是她没有说要什么，她对他非常冷淡。她没有露一丝想家的样子。显然他又同爹讲了一些什么，所以当中午爹再回来时，爹又像隐隐地藏着什么似的，他恳求地对他小的女主人说：

"三小姐！你当然是懂得好多的。你就只在这冲里玩玩，老么侍候你。乡下也比不了从前，人心不古，哪里没有坏人！"

她坦然地答他：

"老赵！你放心！我懂得的！高升这东西就不是一个好人，你不要听他。"

么妹不懂得这是些什么意思，她也不求懂，她成天陪她玩就完了，妈说的不必做什么事了，唯一的事就是守着她。

可是事实使一家人都没有什么不安，而且更快乐起来。她一点不拿身份，她非常随便，她同他们一家人玩得像同兄弟姊妹一般。她淘气得真怕人，她不准他们再在厨房吃饭。而且在吃饭的时候，她总还要讲点使人笑的故事。开头赵得胜还有点觉得不很好，他常常要做得恭敬点在这小姐面前，后来也就惯了。他可爱地望着她，觉得她还是同么妹差不多大的小孩，虽说她能说许多故事，许多道理，使人忘倦。她又常常帮着他们做事，譬如打谷，填鞋底，她都做得来，她举起那些大鞋底来笑，抛着，那些是她整理好的东西。她也并不讨厌奶奶，城里姑娘不讨厌一个乡下老太婆，真是少有的事。

"高升这东西有点鬼……"赵得胜终于这样想了。不过马上他又放弃了这想头，因为他觉得无需再怀疑什么，再想什么，她若能住下去，也是很自然很好的事。

四

天气像凑趣一样，一天好似一天。在夜晚常常要下一阵一阵的细雨，可是天一亮，又是大太阳了，风微微有点清凉，有点湿，有点嫩草的香气。还有那些山，那些树，那些田地，都更分明地显着那清翠的颜色。天也更清澈，更透明，更蓝粉粉的了。人在这里工作，虽然劳苦，也是容易忘记忧愁的一种境地呀！这家是觉得比往年还平和一点的生活下来了。第一，高升又从城里来过一趟，带了些熏腊的鱼肉，他们托做小姐的人的福，常常有点荤菜吃。菜园里小菜也多了些，幺妹和三小姐都能帮一点忙。第二，种多下地了，他们精神上没有拖累，天气又好，不会担心到那些天灾。而且，他们热闹了许多。他们可以找到一个人来听他们的家常，听他们一生的劳苦，听他们可怜的享乐。这人不但听了，还要答应他，还要追问下去，还要替他们解释，解释这劳苦而得不到酬报的原由，而且她给他们理想和希望，这可能的实现。她教导了他们，她鼓舞了他们。可是他们仍然将她看做一个可爱的小孩。因为她不会忘记常常特意淘点气使他们失笑，使他们忘记了她的身份，只想能打她一下，或者摸她一下，甚至于抱她一下。幺妹成天陪着她，时时摆出一副高兴的脸，家里所有的琐碎事都是她们做了。一早就同着大众起了床，三个男人背着一些沉重的东西出去了。姐姐在烧饭。妈在整理房间。她们便去打开鸡笼，点着数，有七只，还有五只鸭，她们照管得很好，并没有被黄鼠狼吃掉。她们又去看猪，都养得好，这都是不要本钱的家伙，牛有时牵出去了，有时还在栏里，她们总爱看着它睡在地上吃草。她们还要到菜园里去采些要吃的菜蔬下来，她们不仅要泼点做肥料的水，还要细心地去找虫：幺妹告诉她做这许多工作，有时还要指挥她，她们都没有觉得什么不相宜。她们一得闲，便跑到池塘边去搅水玩，或者跑到冲口边看插田。近来大哥总爱在离家最近的田里做活，有时就在屋外边。他们在做事的时候，时时都可以互相看见。她们喊他，他答应。他一唱歌，幺妹就接声了。幺妹还告她唱歌，她笑；她告幺妹唱，幺妹也笑。多么奇怪的歌辞！幺妹又把这些告诉她大哥和小哥，两兄弟就常常不怕羞地在做事的时候唱起来，有时是在走路的时候，有时是在洗脚的时候，多么雄壮和激动人的歌呀！

他们都快乐，都兴奋，忘记了一切的生活着，不觉地她来到这里已经快十天了。这天她和幺妹牵着牛，到对门山上去吃草，她们两人都躺在草地上，离牛不远，幺妹同她讲着野人婆婆的故事，幺妹不曾留心她这时有点异样，她时时坐起来又躺下去。幺妹偶也望她一下，可是她装做无事的地道：

"说下去呀！后来怎样了呢？"

于是幺妹又接下去，眼望着天，天上有几团白云在变幻。

后来她爬到一株树杈上去了。她还向躺在草地上的幺妹说：

"我听得见，我喜欢你讲，我要晓得这结局的。"

幺妹被太阳晒得有些疲倦，闭着眼答道：

"不是姊姊在树上用绳子将她摔死了吗？"

"呵！对了！对了！"

牛在嚼着草，有几个蜜蜂飞了来。幺妹把眼张了一张，老躺在地上不愿起来。她忽然向幺妹说道：

"我看见那边有一大丛映山红，你等着，我去采点来吧。"

一翻身幺妹坐了起来。她望着四处。

"哪里？我们一块去吧。那里没有的。"

"有的，你没有看见，我跑拢去看了，你就在这里等我，你看着牛，有没有我马上就转来，然后我们转家去，姊姊一定在望我们了。"

幺妹迟疑了一下，牛仍在低着头扯草，她一翻身又躺下了。

"好，快去吧，有就喊我，我牵着牛来。"

她从树上溜下来，很快地喊着跑走了，她叫着说道：

"等着我，我马上就转来的。"

幺妹看她下山坡了，转到一丛大树下，树完全遮住了她，幺妹心里想："那里决不会有映山红的，她要空跑了，我们后山上才有许多呢。"于是她又把眼望天，云已经不知跑到什么地方去了。只剩一个广阔无涯的大海，罩在那上面。牛在拼命的扯断那些嫩草，好一会她没有转来，幺妹耐心地等着。

可是时间过去了。幺妹听见大哥在喊她，她才开始有点急起来，她四处找她，没有看见她影子，她试着喊她，也没有一点声音，她牵牛不知怎样好，她边找边走了回去，在屋外田里她遇见了大哥。

"你看见她没有？"

"谁？我没有看见。"

"她骗我说去采映山红，就不来了，现在还不知在什么地方？"

大哥说道：

"我去找她吧。"

可是他接着又笑了。他说她也许在家里，她特意骗着幺妹玩，他要幺妹快回家去，他又继续做他自己的事。

一到家，幺妹便满屋搜了起来，家里也仍然没有影子。姊姊和妈都说她们并没有看见她转来，她们又骂她。大家都急惶惶地跑到屋外去，大声地喊，大哥便大声告着她们：

"我讲的她是在逗幺妹玩，我刚才看见她在后山上跑，不信，回去她一定先到家。"

大哥又再三说他决没有看错，她在树丛里乱跑得真好笑。于是她们赶快又走回去，果然她在厨房里洗脸，脸红红的，气喘嘘嘘的，她望着她们傻笑着，不说什么，幺妹跳拢去抱怨道：

"你为什么骗我？骇死我了，什么地方都找到，你没有听见我喊你吗?"

于是她大笑起来：

"我听见的，我看着你走回来的。我特意逗你玩玩。"

"你不该。你丢开我太久了。"

妈看见她手上被刺拉破两条口，还冒着血，赶快替她来捆。妈心痛地说道：

"你看你，你太小孩气了。"

"我以后都不乱跑了，好不好？"她婉媚地望了妈。大家都笑了。果真她有好几天没有走到外边去。

可是到第四天，幺妹去把猪食的时候又失掉了她。幺妹以为她到菜园里去了，菜园里没有，妈坐在大门边太阳底下捺鞋底。妈没有看见她。姊姊在池塘边洗衣裳，她也没有留心。奶奶说家里总不会有的，她好久都没有听见一点声音了。幺妹走到她们常玩的地方去，一些大树下，一些花丛中，什么地方都没有。她又沿着路朝外走，大哥骂她傻子。他们都没有看见她，她并没有走出去。她又跑转家去，家里还是没有。姊姊也同着她来找。她们走到后山，许多新竹子都长得好高了。可是也没有看见她。于是她们又惶急了起来，她们将这事告诉爹了。爹是更出乎意外地慌张，他大声骂着她：

"打死你这不中用的东西！不是叮嘱过你吗？你怎能让她一个人走开？"

他又大声吼着："回去不准做声，等在家里做你的事，到田里去，我看看就来！"他披上丢在田坎上的夹衣，拿起旱烟管，就走了。她们没有法，只好静静地等着。

终于他们一块儿回来了。爹重重地罩着一层忧愁，他一句话也没有说，他又到田里去了。她自己一人笑着，她说她失错走迷了路，找不回来，打了许多空圈子。她还特别和气，因为她知道她给了这家庭一些不安。幺妹为她受了抱怨，挨了骂不特不生她的气，还觉得非常同情她。她对她父亲公然的不快乐，觉得有点反感，觉得使她对她有点抱歉。她悄悄问她：

"你到底跑到一些什么地方去了？以后你要出去，你喊我陪你。远近二十里的路，我都认得。"

"唉，我太倦了，你让我歇歇吧！以后我不再跑了。你要他们放心，这值什么呢？有什么要紧！"

晚上，吃过晚饭（饭吃得不好，因为爹总不快乐，大约因为白天的事），爹把哥哥们喊去睡了，又喊幺妹去睡。幺妹有点不愿意，可是也只得躲在床上，她好久都没有睡着。她听见三小姐在说话，在笑，笑得很寂寞，仿佛她是在说她走错路了的事。姊姊和妈哼哼唧唧地答应她。他们慢慢将话扯到别的好远的事去了。后夹她听见爹在说话了，声音极低，她听不清，只听见三小姐接着说道：

"那信不得。高升不是好人。你们看我，我有什么不好……"

幺妹想："这是对的，她有什么不好？谁还讲她不好？"

爹又说，还是听不清。三小姐又抢着答道：

"大老爷你知道的，他成天躺在烟灯边，他知道什么，一切全听这起小人的话……"

"……"

"他们都是公子少爷，他们不干好事的。他们这么看守我，城门边把守人，不准我进城，不给我一个钱，这是他们的不对。我到这里这么久了，你们应该知道我，我到底是像他们讲的那么可怕的人么？"

事情使幺妹不懂了，谁说她可怕，她的爹，她的哥们，她的底下人？为什么他们要将她送下乡来？为什么高升要骇爹。他一定同爹讲了一些什么……

"……"爹又说了，后来他的声音也比较大了一点，他说：

"总之，你应该知道你的危险，他们要你呢！而这干系，也太重了，我们一家人老老小小吃饭都在这上面，你是懂得的，只要你们家里有一个主子喊我们滚，我们就死无葬身之地了！你看，我上有老娘，下有……"他说不下去了。

堂屋里没有一点声音，幺妹觉得鼻孔辣辣的。

好久才听见她答道：

"你们不能老靠着我家里，这是靠不住的，你们应该觉悟，你们应该想法，其实你们还吃了亏呢。不过，好，你放心我，我决不跑远了。其实在近处走走，没有什么要紧。"

后来他们又讲了些别的。幺妹无心再听，便睡着了。

五

现在幺妹更不肯离开她了，当然因为她爱她，也实在因为妈又再三的叮嘱。幺妹虽说成天跟着她，但一当她稍稍露出有点倦的时候，幺妹就觉得有些抱歉，有点对父亲起反感，她只想让她跑远点玩去，有几次她向她说：

"我想你讨厌这地方了，这里真不好玩。"

"我喜欢这里，我实在并不想城里，实在都一样。不过……"

"今天引你到一个你没去过的地方吧。那里有好些鸟，有好些菌子，石缝边还长满兰花，一个山都香了。好不好我们悄悄去？"

她拒绝了她，她笑道：

"不，你真好，幺妹，我不会忘记你的。你知道么？爹知道了会骂你的，或者他会把我送到城去。我一到城，家里就会把我关起来。假如不是我会威吓他们，我还不会下乡来呢。"

"为什么他们对你不好？"

"那就因为他们要作恶，你不知道他们，他们真是些虎狼呢！只我母亲除外，可是她太懦弱，她没有办法，我非常可怜她……"

"虎狼，"幺妹心里想，"为什么她要将他们比做虎狼；虎狼是吃人的呀。"

"爹说你们家里阔得很，房子几多大，哪里会有虎狼呢？住在那里面的人，当然都异常和气，不会凶野的。"

她笑了起来，她拉着幺妹的手，笑着解释道：

"你还小，世界上的事你懂不了那么多。你又没有到过城里，你们虽然穷，可是你们一家人勤俭，靠天，靠运气，你们将就生活下来了。你没有离开你这爱你的家过，他们人又都好，都本分，都安命，不怨天尤人，你自然觉得很幸福了，你实在算幸福，因为你还没有看见罪恶，你不懂呢。你哪里晓得惟有虎狼才住在高大的房子里呢？"

幺妹想了半天，她还是不很懂，后来她说道：

"姊姊也不喜欢你们一家人，她常常无缘无故恨他们，她说不出理由，妈常常骂她。奶奶也说她刻薄，奶奶说我们三代人了，都靠在你们家里，你们老太爷很对我们好过，我们应该知道恩典，不过近年来奶奶也有点咭咭咕咕了。去年夏天我们整整吃了两个月蚕豆和包谷，因为高升硬派人将谷子抢走了。爹气得什么似的。妈只哭，不过后来也就好了，都做事去了，便忘记了这事。实在因为爹说这谷子本是你们家里的，不过高升他们太狠了一点，不该不替我们留一点，我们都是好几十年的人了，我们从爷爷起，我们从来没坏过一点良心。我想那时一定你们也没有谷子吃，爹说去年的米都运走了，远处都没有收成。"

"唉，那不稀奇。这就是我告你为什么他们是虎狼的道理了。他们去年不仅抢走了你们的粮食，替我们家里种田的多着呢，别人还是大块大块地包着的呢。他们四方四处都抢了来，我们两排仓屋都塞满了，后来又大批地卖出去，那时米价涨到三倍了呢。你们哪里晓得。你爹太好了，那么驯良，不是活该？不走到这种地方，哪里会相信世界上有好人，实在你们这些乡下人都太良善了。为什么安心啃蚕豆同包谷？"

"不，爹不会的。爹连高升都恭维，姊姊顶瞧不起他。高升派人来抢谷子，爹动也不敢动，当然是因为打不赢的原故，实在谷子要那么多也没有用处。"

"怎么会打不赢，你们有那么多的人？从这里望过去，再走，再望过去，无止境的远，所有的冒烟的地方，那些草屋里的，那些土坑里的，那些牛栏边的，所有的强壮有力的，都是你们的人呀！"

她还说了许多，她又耐烦些解释，幺妹都听痴了。听得高兴了起来，她跑去找哥哥们，她要她再讲给他们听。他们常常都为她鼓动了，可是谁也不敢讲一个字。赵得胜是看管儿子们很周到的。他常常对他的儿子们说道：

"不要听她的。她当然有道理。可是，她是一个小姐，她不知道艰难，她把事情看得不同，事情不容易呢，你们知道吗？从盘古开天辟地到现在多少万年了，人也才到这样儿，我们现在要把这世界打一个转，可能吗？我们祖宗都是这么活下来了，我们为什么要不安分？知道吗，我有娘，你们也有娘，而且你们还得讨亲生儿子的。现在懂得了吧，为什么他们家里将她送到我们这里来。她在城里也是这么煽惑着人。别人要抓她呢！高升说她厉害……不过，她却是个好姑娘，她的德行几多好。她实在也是有理的，不过不准你们听她的！"

赵得胜的话，使儿子们都觉得对的，他们有个完好的家，他们将就还过得去，为什么他们要不安分？假使只要他们家里有一个人肯稍微动一下，那家便要为这人而毁了。他们还不到那种起来的程度，那种时候还没有来。

可是她有点迷人，一家人都同她更亲近了起来。妈总喜欢握着她的手腕说：

"为什么你不像那些人一样？都能像你，这世界就好了！"

她笑着拍妈，做出一副调笑而威吓的神气：

"你又忘记了！不准希望别人，你们得靠自己呀！"

家里常常生活在一种兴奋里面，一种不知所以然的兴奋，因为大家现在都有了思虑，一种新的比较复杂的思虑。

她还是常常要讲点可笑的故事，她还是不忘记做得非常顽皮地惹他们快乐。他们是太劳苦了，他们须要一点愉乐。从早到晚他们不敢懈怠一点，也不能懈怠，只有觉得事情是太多

了，而时间总不够。他们得她在这里，真是太好的事，每个人
都觉得她是最不可少的了，因此他们更爱她而保护得更周到，
他们时时替她留心着一切，她们都知道为什么他们要留心这
些，都知道怎么保护她了，不过幺妹还是不很知道，她实在太
小而且不留心了。大哥常常暗里监护着她，他不让她走到外边
去。他自己也好久没有出去了，他从前是常常爱在黄昏时节在
外边跑跑的。有一次，他看见一个人影在他们后山上的树丛中
走着，大哥骂了几句娘，才走了回来，不过他心里有点奇怪，
为什么那后影有点像毛老三呢，他跑到这里来做什么？他走回
家来，他看见姊姊一人坐在石磴上望天，身上穿着一件白布单
褂，外罩青布围裙，围裙上面又用白线挑满了花。他仿佛想到
什么，他笑道：

"你这丫头，坐在这里想什么，还不做事去？"

姊姊掉转头来道：

"我刚刚才来呢。我应该歇一下了。爹昨夜还在场上领了
鞋样来，说在月底要送十双捺好的底去，我们娘儿们还够
赶呢。"

她又去望天了。可是他笑道：

"哼，你刚刚才来，你到什么地方去了？你说呀！你
这鬼！"

姊姊奇怪地，不懂地望了他一下，她不愿理他，她冲进
屋了。

大哥总以为他的猜想是对的，便有所得地笑了。后来他嘱
咐幺妹道：

"留心姊姊,不准她乱跑。"

"她从没有乱跑过呀。"

"不要多说,悄悄留心就是,有趣的事呀!"

幺妹真的又常常跟着姊姊跑起来。不过却一点也没有什么趣味。她成天料理着三顿饭,一大篮衣,闲了便帮忙捺鞋底。三小姐也帮着她们赶工。姊姊最爱同三小姐说一些梦话,姊姊说她若是男人,她早就丢开家一人走了。幺妹问她走到哪里去,她就笑:

"你不懂得的,我也不知道。总之,我要轰轰烈烈做桩事出来大家看。"

三小姐便也望着她笑,她说道:

"我相信你,你是能干的。你应该做呀!男人女人都一样。"

姊姊便又摇头,说三小姐不懂这个。她又说她不懂,两人争起来,幺妹真不懂得了,常常总是姊姊输了,她说得她没有一句话说。可是姊姊最后还是摇头,她心里像装满许多无办法的事。

姊姊实在是一个最有思想的人,近来她的思想更加发展,连奶奶都觉得了,她说她痴。

六

有一天,她们,幺妹和三小姐,又不觉地走到离家稍远的地方,她又支吾着,想离开她一会儿,可是幺妹知道了,她笑着说道：

"不行的，我总会跟牢着你。爹假如真发了气，我会挨打的。"

她先不肯承认，可是她后来却尽哄着她，又央求了她，她说：

"真是一个女同学，她就住在鱼肚坡，她尽想我去玩玩，也许过几天她病好些了，她可以来我们这里的。下次我可以带你去，今天你非等着我不可，我一定转来得非常快，我只看她一下就回来，我担心她的病呢。"

幺妹还想不准许，她心里不很痛快她，可是这人样子做得太可怜了：

"你是好人，你依我一次吧，不然我心里很难过，你想，假如她病重呢？"

"告了爹再去，你不用瞒他的。"

"一定要瞒着他，他不会准我去，非是我硬要去一次不可，你答应我吧，我求你帮我忙，我喜欢你，你也喜欢我，这点儿事你都不能答应吗？幺妹素来是好人呢。"

她看着她，心软了下来，她靠在树干上，眼望着远方，她说道：

"随你便。早些回来呵！"

"好的，你莫动，就在这儿等我吧。"

于是她迅速地跳了开去。

幺妹一人在树林子里行着，日子很无聊，很慢很长地度着，她不免有点抱怨她，为什么她要将她一人丢在这里，而且还为她担着心。幸好她回来还不算太迟，红着脸，流着汗一跑到幺妹跟前便躺在地上了，她气喘得说不出一句话。幺妹骇了，问她，她只摇头，她说：

"没有什么，我跑快了一点，我怕你等不得我回家去了。"

她并没有歇够。她反催着幺妹一同转家去。她们都怕这事会被人知道。

接着她这样做了好几回。幺妹因为爱她，和她要好。她永远为她秘密着。

有一次，是又只剩幺妹一人在树林里的时候，而天却忽然变阴沉起来，鹁鸪不住地叫着，远远的天边，有闪电在闪，风也微微叫着，这使幺妹害怕了。她预料她不会转来得这么快，她焦愁地望着灰色的天空，大片的乌云在乱跑，她也在林子里乱跑起来，这怎么得了，假如她不马上就转来。她四方望着，远近都没有一个人，这林子是在一个最僻静的山谷里，四围都是低低的山坡，离家也有一个山。她惶惑着，她又不敢回家，她决计一定要等她，她便又坐在一个树根上，数着时间的过去。不久，一阵窣窣沙沙的响声起了，细雨落在那些树叶上，她还不见有回来的希望。林子里时时有小的虫鸟在爬，天色阴沉得怕人。幺妹又走了起来，没有用，雨是慢慢地大了。她的衣服也在湿，头发也在湿，她想到家里，想到一定又很慌张的情形，她不敢一人回去，也不愿一人回去，她非等她不可。于是她便又换了一个比较适当的地方。

远远有什么人在喊，风送了过来，又被风将声音打断了。她张着耳注意地听，唉，是大哥，他在山那边大声地喊着老幺，幺妹不敢答应，却有点难过起来。身上只觉得一阵一阵的冷。

还不见她回来。

大哥的喊声近了，他已翻过了山。幺妹看见他，但是她不敢做声。大哥已走了下来，衣服全湿了。他发气地喊着，又骂着，他已走到离她不远，可是他没有看见她，他又折到别一方去。幺妹看见他只穿两件单褂，没有穿棕衣，也忘记带笠帽，是刚刚从田里回去，便慌忙地跑了出来的样子。衣服都湿透了，紧紧贴在身上，眼睛也为雨水蒙住，他时时在用手去拭它。幺妹看见他这样子，说不出的不忍和难过，她不住地叫了起来：

"哥哥！不要跑了，我在这里。"

他一折转身，她就冲到他的怀里了，他骂了她一句粗话，便诧异地问道：

"你一个人在这里吗?"

"是的，她去看一个女同学，那女同学病得要死，你莫讲，我答应她了的这事不能让爹知道。"

"哼！我偏要去告，让爹打死你。"他恶狠狠地望着她。

她仍旧贴在他怀里，她抖着声音叹息，后来她说道：

"好，打死也算了，你回去吧，我在这里等她。"

他半天没有做声。好久，他才抱着他妹妹走到一株最大的树底下，横着的大树干和浓密的枝叶遮着，他们在这里没有什么大的雨点了。他们同坐在一根树根上，他靠着树身，她紧挨着他湿的身躯，她眼泪流出来了，他不耐地说道：

"哭什么？你这东西！我不怪你就是。"

她更嘤嘤地哭泣了起来。他便又凶凶地道：

"不准哭了，说吧，不准扯谎，这事怎么开头的？照直说，我不会告爹的。"

于是她都告诉了他，她再三说她不能不允她的理由。

他没有一句话，他们两人静静地坐着在等她。树上还是不时滴下一些雨点来，而且林子外有着不大的雷声在颤响，幺妹这时有哥哥在身边，倒不觉得什么了，不过她却为她哥哥的沉默和愁郁有点不安。她紧紧傍着他，她的衣服也湿了。

他们又听见有人在叫幺妹了，幺妹恐怕是姊姊或者是小哥，她紧躲在他身边，她悄悄央告道：

"不要做声。"

"我去看看吧。"他站了起来。

她揪住他，不让他走。可是立即证明了，三小姐头上蒙着一件短衣，水淋淋的，从背后树林子转了出来，她又喊了幺妹。

他们走去迎接她，她微微露着诧异地望着这沉郁的男人。她搂着幺妹说：

"我担心你极了。不然我就不回来了．那张家小姐硬不肯放我走。你看，唉，你一定急死了，你看你的衣服已经湿到这样儿……我们回去吧。"

"雨更大了起来，怎么走，这里还好点……"幺妹望着哥哥。他们又坐到原来的地方。

她身上有好几处泥，两脚也完全被泥染黄了。她一定跌倒

过，因为包头的那件短衣也有好些黄泥，手上也是。幺妹问她
什么时候动身的，她便详细地述说着一些事。大哥静静地望着
她。幺妹简直觉得他有点可怕了，后来他说道：

"好，你骗着她吧，可是我知道你是到什么地方去了。前
两天我在村子外听到有人讲起了你呢。只是我不知道应当怎么
办才好。你上了名字的呢。假使说我爹再晓得你这么，他一定
会搁了田不种，将你送到老爷家里去……"

"我不会回去的。我会设法脱离你们。"

"我相信你是对的。我不说话，可是你得留心。我们这里
有好几个坏人，你又不认识他们，他们容易认识你。"

"我知道。"她忽然跳了起来，她再说："你真好。我相信
你很同情我的，同情我们。以后你还会了解更坚决起来，你是
我们的呵！我早就料到了。你们一家人都好呵！"

他没有做声，望着她，像想着什么似的。

雨已经小了起来，他们慢慢走回去。大哥果断地望着幺
妹说：

"回去了，不准乱说，懂得吧。"

"知道。"

她挽着他们兄妹跳着回去。在滑的山坡上翻上又翻下。

七

现在她的出外已成为半公开了。姊姊和妈都知道。她每次
出门，她们总要送她一段，又叮咛一阵。幺妹不必再一人担心

地躲在林子里等她，她穿着姊姊的短衣，用帕子裹着头，离远看也只相信是一个拣茅草的女人了。她笑着跑去了，而她们便开始谈论她，谈论她的品貌和身材，谈论她的德行，这一个最使她们满意，而且她们最后便谈论到她的思想，她所发挥的一切，她教导她们的那一些当然她们是信仰她的，怎么她一个小姐会能知得那么多？知道他们种田人家的苦处，还和世界上所有的种种苦痛，这世界是不好，她们决不能苟安下去，她们已经苦得够长久了。这世界是应该想个法，她在做那些事，为了大众：正因为她是这么，她们才越觉得她可敬。所以她们不反对她，替她想着比较安全的法子，替她瞒着爹。等她一回来了，她们便急急地想知道许多，她就告诉她这天所做的一些，她是非常关心那些事的。

大哥也清清楚楚知道近来家中所生的变化，他知道这些女人们是常常在讲着一些什么，他也知道她的出外，和那些同谋者。但他不会告诉的。他是比家中任何人都更爱她和同情她。而且向往着那些工作。他比家里人稍稍知道得多点。毛老三曾经和他谈论过好多次，不过他怕爹。在爹的监视之下，他不敢有一点动作。好多次当他在田里作完生活的时候，便感觉着无聊起来。他对她有点惭愧，他觉得有许多话要向她吐出，可是又缺乏机会，又缺乏勇气。

又是一个晚饭之后，他郁郁地离开了大众，一人走到屋外去。月光铺满了山野。夜静静地躺着。他打着胡哨，忍着烦闷，他来到土地屋前了。一个多么亲切的所在呵！可是不久，他听到路上有人走了近来。他转头去望有两个人影，慢慢从他不远的身边走到前面去了。是姊姊和她，只听见姊姊说道：

"先使狗莫叫。你转到后面，我不拴那小门，我不会睡的。路上留心些，早些回来。"

他被这稀奇的事骇住了。他用心听她们再说些什么，可是听不清，她说话的声音太小了。

她们又走了好远，在冲口边分了手。姊姊又转来，他很想跳出来抓着问她，但她飞快地朝家里跑去。他望见冲外边的那人影，也在迅速地在跑去。

他不觉地便一下跳起来追着去了。他真为她担心，看看他已走到离她不远了，她似乎已经听到后面的声音，她慢走了起来。他便随着她走，他不知应该说什么。走了一段路，她却向旁边一条小路上走去，站在那里，似乎要让他走到前面去。于是他也就站住，在月亮底下，他看清她那躲在包头布下的一双眼睛。她也忽然地悄声叫了起来：

"呵！我当是谁，原来是你，你做什么走了来？"

"没有什么，我送你一段吧！"他嗫嚅地吐着不清的话。

"好，我们走吧。"她便在头里走着。

他们好久没有说话。后来他忍不住了，他不安问道：

"怎么弄到这时候呢？"

"对了，现在改了，白天都不得空，田里忙得很。"

"我很担心你怕，你没有走过夜路的。"

"不要紧，现在近些了，这都是些熟路。"

他们又走了一段，她忽然停下来，她掉头望着他说：

"你也去，好不好？他们几次讲到过你，你应该去。"

一种冲动来到他心里。他只想答应，可是他犹豫了一下，他答道：

"今夜不成，过两天再说吧，爹很讨厌的。"

"不要紧。再过一阵，他一定会明了的。你很有用。你还是去吧！"

他在想，她却说道：

"也好，你现在回去吧，我不要你送了。"

他又踌躇起来。他问道：

"你回来呢？"

"不要紧，或者有伴同一段路，我不要你再送了。"

她很快地便又跑走了。他站着望她，觉得心里很难过。又失悔，他应该同去的。他站了好久才打转。

家里大门已经关了好久，想必都睡了。他不敢走回去，他一直等到她转来后才一同去走那没有上拴的小门，听着姊姊在咳嗽。

他又这样地送了她两次。在第三次的路上，他向她这么说：

"我决定了，我觉得我不应该怕什么！"

"我早知道。"她笑着回头望了他一下。

在心上他觉得有个东西跳了一下，他说道：

"你快乐吗？"

她又笑了起来，她再望了一下，她说：

"为什么不呢？我当然快乐，想着幼小时的玩伴，居然又在一条线上，同挽着手向前走，那是多使人高兴的事。看呵！

那么一个顽皮的孩子，现在也懂得人应当怎样生活了。你想想看，你想我的小时，你一定也觉得奇怪的，我那时大约很骄纵的吧！"

他半天不做声，好久才说：

"你从来就不拿大，我们那时也就只敢同你玩，不过你现在更好了，你做的事使人佩服。"

"不，你还不懂得，是因为我们现在更接近了，我们是'同志'。"

她又友好地望了他，他觉到很高兴，这"同志"两个字，给了他一些新的可尊敬的意义。

于是她又同他低声地谈了一些关于他们工作的话，她又解释了许多他还怀疑的地方，他们走了好一段路，已经超过他们每次分手的地方了。她又站住同他说道：

"记住，明天吃过中饭的时候，你借故离开田里一会儿，到后面林子里去，你可以遇到找你的人。关于爹，你放心，我已观察得清楚，他是不成问题。"

他又预感着一种快乐。他说：

"我还是等着你，我可以就在这一带。"

"不，我恐怕今夜要稍微迟回来一点。有隔山住的张大炮同着，到冲口才分路。你明天还得起早，你回去睡吧。"

他听她的话，站住，望她走，她走了几步又回转来，她笑着说道：

"我忘记庆祝了，我应该同你握一次手的。"

她握住他的一只强有力的大手摇着，她再说一次，"好，你回去睡吧！"他才真的很快地跑走了。

他快乐得了不得，觉得身上轻松了好些，想着明天饭后在林子里去的事。他真的没有等她，他走回家去。在路上，他看见不远有个人影蹿了过去，夜色很黑，他没有看清，也没有留心，他依着她的话，他一到家，就好好地睡了。

可是她这夜没有回来。

时间过去了，幺妹已经不再为爱她，教导她的人而哭了。她现在似乎大了许多，她要懂得一切，她要做许多事，那些她能做而应该做的事。家里又重返到镇静，生活入了轨道，新的轨道，他们不再做无益的惊慌，不悲悼，也不愤慨，事实使他们更深入的了解。他们已看到了远一些的事，他们不再苟安了，他们更刻苦了起来，现在是全家开的会，讨论着一切，而且还常常引一些别的人来，每次当散的时候，赵得胜曾附和着他的儿子说：

"好，看吧！到秋天再说。"

这家是比从前更热闹，更有生气的存在了。在这美丽的冲里，这属于别人的肥美的土地，不过，他们相信，这不会再长久的了，因为新的局面马上就要展开在他们眼前了，这些属于他们自己创造出来的新局面。

一九三一年

水

一

　　家里的人，和着一些仓促搬来的亲戚，静静地坐在黑下来了的堂屋里。有着一点点淡青色的月光照到茅屋的门前，是初八九里的月亮。小到五岁的老幺也在这里，把剃了不久的光头，靠在她妈刘二妈的怀里，宁静地张着小小的耳朵听着，他并不知道要听些什么，他不过学着其他的人，所有的人，那么听着就是的。远远似乎有狗在叫。风在送一些使人不安的声音，不过是一些不确定的声音，或许就是风自己走过丛密的树梢吧。

　　"听呀，听见没有？你们听呀！"小小的声音从屋角发出。

　　"是有人在喊着什么罢。"

　　"是的，像是从东边渡口那里传来的。"

　　"见神见鬼的，老子什么也没有听见。"

　　"真像是有点响声呢，不要做声，听罢！"

　　絮絮的语声没有停下去好久，刚刚有点使人听得不耐的时候，那老外婆，缺了牙，聋着耳朵的，头发脱光了的老外婆，又战战地用着那干了的声音自语起来：

"唉，怎样得了！老天爷！算命的说我今年是个关口。水不要赶来就好。我一辈子经了多少灾难，都逃过了。这关口晓得怎么样。我并不怕死，我就怕这样死，子子孙孙这么一大群，我的尸骨不要紧，我怎么能放心他们……"

"大数一到，什么也管不了的，管他娘，管他子子孙孙……"

"你声音不好小点吗？你这没良心的杂种！你要让她听见了的！"

"叫她睡去。毛妹！你招呼你奶奶去睡在三姑妈床上。她今天一定累了。她走了不少路呢。"

"奶奶！奶奶！睡觉去！睡觉去！"

"你这丫头！我要坐在这里，我要等他们，他们要到什么时候才回来呢？"

"大妈！真的一点声音也没有了。他们不知在什么地方？你说怎么样，今夜不要紧罢？我们家里……唉……"

"鬼晓得这些事！现在求菩萨也没有用了！"

"菩萨，我不信他就这么要和我们做对头，过一年涨一次水，真的只是菩萨做鬼，我们一定要将菩萨打下来，管他龙王也好，阎王也好，哪吒三太子还抽过龙王的筋呢。我们这些人，这些插田的人，这些受灾的人，还怕打不过一个菩萨吗？救什么堤，守什么夜，让他妈的水淹进来好了！我们只去打菩萨，那个和我们做对头的人……"

"大福，你这小子懂什么！菩萨又看不见，你尽瞎说八道……"

"真是过一年涨一次水……"

"哼，你们看吧，今年可不比往年……"

这些坚实的妇人的声音，平素是不常说话的，没有这么好的机会集在一块，手脚忙着的这些妇人，现在都陆续地说了起来，忘记了适才的寂静。

夹在这些纷乱的抢着说的语声之中，那几个被做母亲的人压住不准出去的稍大的男孩子，时时吐着瞧不起的忿忿的声音；还和那咒语似的老外婆的自语：

"几十年了，我小的时候，龙儿那样大，七岁，我吃过树皮，吃过观音土，走过许多地方，跟着家里人，一大群，先是很多，后来一天天少了下来，饥荒，瘟疫，尸首四处八方地留着，哪个去葬呢，喂乌鸦，喂野狗，死得太多了。我的姊姊，小的弟弟，吃着奶的弟弟死在她前头，伯妈死在她后头，跟着是满叔，我们那地方是叫满叔的……我那时是七岁，命却不算小，我拖到了这里，做了好久的小叫化子，后来卖到张家做丫头，天天挨打也没有死去。事情过去六十年，六十五年了，想起来就如同在眼前一样，我正是龙儿这样大，七岁，我有一条小辫子，像麻雀尾巴，那是我第一次看见水，水……后来是……"

龙儿不欢喜听外婆提他的名字，他听着那干着的声音断断续续地诉说，有点怕起来，有点感觉得在同不祥的事要接近了，他轻轻地向着哥哥们的身边移去。

张着耳朵听的老幺，带着微睡的瞌睡，又张着眼睛在从模糊的一些人影上，望了这个又望那个，望到外婆的影子时，想起她那瘪着的嘴，那么艰难的一瘪一瘪，顽皮又在那聪明的小脑中爬，他只想笑，可是今夜不知为什么，沉沉的空气压着他，他总笑不出来。

"砰"的一下，不知什么人在这时碰落了什么东西，大约是茶杯之类从桌上掉下来，在泥土上碰碎了。话在这时都停住。人心里骇了一跳。也并没有人追究。不安的寂静又蹿了进来。

风真的送来了一些小的声音。

外婆还在继续着她的话，那些像咒语似的东西。

"我是不晓得怪谁才好，死了的老伴是结实的，儿子是结实的，我们都没有懒过，天老爷真不公平，日子不得完，饥饿也不得完，我是不要紧，算隔死不远，可是一代又一代，还不是一样。从前年纪轻的时候，还只望有那么一天，世界会翻一个身，也轮到我们穷人身上来。到老了才知道那是些傻想头，一辈子忠厚，一辈子傻。到明儿，我死了，世界还不知怎么呢？一定更苦，更苦……"

"讨厌死了，唠唠叨叨有什么用？更苦，更苦，苦到尽头就好翻身了，怕什么苦……"

这个有点尖锐，有点愤慨的声音被一阵陡起的狗的狂吠吞噬了下去。人的视线便都集中了透过那青色的，暗灰色的夜，从大开着的门里，望着那笼罩在烟雾中，望不清，消失了轮廓的苍茫茫的远处。在那巍然立在屋前边，池塘边，路边的大桂花树下，走出一个人影来，"叱，叱"的他吼叫了两声，在屋外的广漠的夜色里。于是停了吠声，用鼻子嗅着的两条狗，跟在影子的身后走进了屋来。

"呵，是三爷。"

"怎么样了，从堤上来的罢？"

"该会退了一点……"

"二哥呢？……"

"怎么灯也不点一个，就打算天要坍下来，不想过日子
了么？"

"没有油了呀。还剩两枝小蜡烛。就不留着急时候用吗？"

"到底怎么了，一些声音也没有听见，退了些么？"

"退哈欠（退些什么），人都到下头去了，下头打锣没有听
见么？汤家阙一带有点不稳当，那里堤松些。屎到了门口才来
挖毛厕。见他娘的鬼！我不信救得了个什么！管它什么汤家
阙，李家阙，明儿看罢，一概成湖！"

"我们这里呢？……"

"三爷，底下还好吧，明天我们好回去么？来的时候，忘
记了那两只小猪呢。"

"有茶罢？说不定，汤家阙要是坏了，我们就不怕，水会
往那里流，这里势子就松一口劲。不过，那边，那望不尽的一
片田，实在冲了这里还好点，我们里边赶不上那边一半多。这
才大家都去了。死到临头还分什么彼此！只是这里留的人也少
了一点，我来叫人的，大福二福都跟我去吧，只要有一个小孔
冒水迟一点看见，就会完场的。这真不是玩艺儿！"

"还有那只乌云盖雪的猫……"

"救了下头，那我们家就要完了呀，我们能够住在这里一

辈子么？"

"水要再大了，这里也靠不住呢。……"

"下半年怎么得了呢？……"

"眼前就得了么？"

"枕头底下还有一个蝈蝈儿呀，我不该把它放在枕头底下的，水来了，它一定跑不了呀！……"

三爷的那影子，从影子上也可以看见那有着壮大的胸脯和臂膀的，又立了起来，站到门边去，沉沉地说道：

"安静点吧，不要慌，事情来了急是不中用的。我们走罢，二毛三毛也好去的，小孩子眼尖，去帮着看看也好。么表弟人不好就不要去。"

都是巴不得要去的，坐在家里听女人们叽叽咕咕真急死人。水要来也要看着它来，几个精灵的影子，跳动着，摸摸索索去找短裤。今年真是个凉快的夏天，露天打赤膊就有点不行。

"到底怎么样了，不看见总不放心……"

"看见了也放不了心呢，你去罢，什么也不看见，模模糊糊一片望不见头的大水，吼着声音激流了来，又激流下去了。夜晚上听着，任你心硬的人也有点怕。"

这个大汉子的三爷，强壮的，充实的农民，平素天不怕，地不怕，绰号叫张飞的三爷，有使人信赖的胆量和身躯的人，也在一些女人们面前说了怕，是无形添重了人心里的负担。

"是什么时候了呢？我一定要跟你们去。我不愿留在家里，今天家里有鬼。唉，真怕人呢！"

"放屁，不准你跟去，你有什么用，在家里管着龙儿同菊姐，家里有鬼，外头才更有鬼呢。"

站了起来的三姆，又怂怂地坐下去了。菊姐就走到他面前。

大福他们轻轻地跳到了屋外了。外面风凉许多，天上有朦朦的月亮，还有密密的星。天河斜斜地拖着。

"天河里也涨水的罢？……"

"那织女牛郎也要逃荒啰……"

"什么时候好回来？……"

"哪有一定，大约天亮罢。"

"我是不怕的，我活了七十多岁了，我看得真多，瘟疫跟着饥饿跑，死又跑在那后面。我是没有什么死不得，世界是这样。我们这样的人太好了，太好了，死到阴间不知怎么样，总该公平一点罢……"

三爷带着几个孩子，快步地遂向桂花树的那边去了。两条黄狗跟在他们后面，跑了好远又跑了回来。

一些眼睛从黑暗里也送了他们远去，大家都不知想到什么地方去了。

龙儿悄悄地把手放在刚才大福坐的长凳上摸着，本来想喊他爸一声的，又想跟着哥哥们跑去的，都没有做到。现在看见他们都走得不见了，他们一定是走到白天的那堤上。他白天在堤上看见过那黄色的滚滚的大水，水上飘着些桌子，床，红漆的箱和柜，还有鸡有狗有人蹲在那上面的屋椽，他不懂得大人们指点着心的怜悯，他只感着新鲜有趣，眺望着那些在急流之中飘去的东西，连饭也不想吃。可是在现在的空气底下，压得很紧的，他虽说还在想那些有趣的发现，那小小的摇篮也在许多东西之中飘着的，却不能生出一点点快乐的心肠，转而有的黯黯的情绪，为那些在黑夜里也不能停下不飘的东西，担着很大的心事。

"我晓得的，有钱的人不会怕水的，这些东西都只欺侮我们这些良善的狗。我在张家做丫头的时候也涨过水，那年不知有几多叫化子，全是逃荒的人。哼，那才不关他们的事，少爷们还跑到魁星阁去吃酒，说是好景致呢。老爷就在那年发了更大的财，谷价涨了六七倍，他还舍不得卖，看见野外的尸身一天一天多了起来……唉，讲起来都不信，有钱人的心像不是肉做的，天老爷的眼睛，我敬了一辈子神，他是连看我们一下也没有的，他就只养在有钱的人家吧……"

有个老鼠从里房跑了出来，又跑到对过那间去了，很响的声音，碰着了一些东西，把刚刚有点要睡的老么又骇了醒来。

"有些事情是奇怪的，这老鼠就有点灵，水还没有来，他就懂得搬家，家里一到忽然不见这东西，就一定有祸事，你们不信，你们听我说罢，从前……"

好说一点故事的大妈，无意中抓到了这一个题材，不等别人问便开始了她一半听来，一半加花的像是神话的东西。只有几个女孩用着惕惕的心情听着，假使在平常，这一定是一个很热闹的谈话，但因为大家，虽说也是欢喜听点闲话的这些女人们，在这时，心里悬着大的黑暗的时候，却一点也表示不出有听这些话的需要和趣味。所以故事说不到几句，便停下来了。

在突然的停下之后，屋子里便又加紧了空虚和不安的空气。

风从远远的吹来。一直往屋子里飞，带来了潮湿的泥土气，又带来了一些听不清，却实在有点嘈杂的人语声，远远的，模模糊糊一些男人们的说话。接着，便隐隐约约在树叶之中，现出闪闪的火光，一群人，围着火把的向堤那边走下去了，火光里晃动着那些宽阔的臂膀，那些使她们熟悉的爱着的一些厚道的农人的臂膀，他们这时还是保持着那农人特有的镇静去做着防御那大的灾难的到来，无论在什么时候，他们都是他们妻儿们最可信赖的人。她们都将希望随着火光走了远去。

堤是横在这屋子的左边两三里的地方的，所以一转身，那火把便不能看见了。只听见远方有人在大声喊。黯淡的月光映在黯淡人的脸上。风在树丛里不断地飕飕杀杀地响。人心里布满了恐怖，巨大的黑暗平伸在脚前面，只等踏下去了。

狗又在桂花树的前边突然地大吠起来。不断地，一声比一声凶地吠着；一个，两个，四个影子，高高矮矮地又现了出来。狗没有停止它的吠，屋里便发出紧张的声音：

"是什么人？"

"唉，可怜，可怜一点，是牛毛滩逃来的人……"

朦朦的弱的月光下，认得出是两个妇人和两个小孩。

"呀，牛毛滩！牛毛滩，是前天夜里坏的事吧……"

"离五六十里远的地方呢……"

"那里比我们这里低些罢……"

"喂，近来些罢，你们那里是怎么坏的事？"

有些人走到屋门边，那两个牛毛滩的妇人也走了进来。小孩就倦得一点力也没有地蹲在门跟边了。

"是前天夜里，前夜天黑黑，下着小雨，我们什么也没有抢得，全淹了，屋都冲走了。我们的那种小屋算什么，抵不住一个浪，我们隔壁人家，连人带屋一块冲走的哪，只迟了一步，他们想抢一点东西哪。昨天一个人只吃得半碗稀饭，今天还没吃东西……"

"好，我去替你们找点来，大约还有点饭剩下的。"

"你们的男人们呢？……"

"你们到哪里去呢？……"

"牛毛滩还在水里吗？"

"真是多谢，有一点点给孩子们，也就好了。男人留在牛毛滩上面……"

有个女人把鼻子不住地缩着，像是在哭。

"住的没有了，吃的没有了，穿的也没有了，连作工也没有地方了，还留在那里做什么？……"

"怎么能走呢，等水退呀，水就把稻淹坏，把泥土泡涨，还得守着它呀，我们是靠在这上面，总不能不做这行事……"

"你们到哪里去呢？"

"先是想同她回娘家去住两天，还有哥子在，今天又听见讲到乌鸦山去的路断了呀，内河里的水更大，那里淹得更怕人，我是不知道要到哪里去才好，她又不是这里的人，她是我兄弟的媳妇，我们是妯娌呀。男人还只想到我们是去乌鸦山呢……"

哭的那个女人更忍不住大声地抽咽起来，是个年轻的女人，在微弱的光下，也看得出是个具有乡下人朴实的女人。

"明天还是想转去看看……"

"转到牛毛滩去吗？……"

"是的，只有再转去，只要这里不来水。转去还有路……"

"这里也靠不住，我们的人都出去了。不晓得明天又是个什么世界呢？……"

"真的我们这里也靠不住吗？……"

"那我们家里是只好打算丢了……"

"那我们到什么地方住家呢？……"

"路断了怎么得了呢？……"

"老板还只以为到乌鸦山去呢。"

一些哽着的，忍着哭的女人的声音都很尖锐地叫着，老外婆望着她们，不安地问：

"外面坏了吗？你们动一些什么？"

没有人理她。各人的心都被一条绳捆紧了。又像吹涨了的气球，它们预感着自己的心要炸裂。她们眼望着远方，不敢祈求，也不敢设想，她们互相安慰，自己向自己安慰地说道：

"大概不要紧吧……"

就在这个时候，从堤那边传来了铜锣的声音，虽说是从远远的传来，声音并不闹耳，可是听得出那是正在惶急之中乱敲着响的，在静的夜里，风把它四散地飘去，每一个槌都重重地打在每一个人的心上，锣的声，那惊人的颤响充满了这辽阔的村落，村落里的人，畜，睡熟了的小鸟，还和那树林，便都打着战跳起来了，整个的宇宙像一条拉紧了的弦，触一下就要断了。

"我的天呀！你们听见吗！……"

从屋里跳出了一个人，他发疯地冲到屋外去了。

没有人还来辨别，都不自主地随在那后面。不说话的时候比说起来更可怕。

除了老外婆都涌到桂花树的外边。小孩叫着在人群中挤。狗又挤在那中间。

近些的地方也敲起大锣来，人在那里面叫着：

"到堤上去，带你们的锄头，要救住，男人们不准躲在家里，不准赶先逃走，我们要救堤……"

"带锄头去，带火把去……"

远近都有狗在吠，鸡也叫起来了，堤那边有着小的火球在闪。风又送来远方的叫声，一定有许多人在无次序地喊……

"要求老天爷保护。保护呀，地藏王菩萨，龙王菩萨……我们这里水来不得的呀！水来不得的呀！……"

不知什么人跪下去了，哭着叫起来。

邻近的人家，也一堆一堆站在屋外边，同样的发着惊人的绝叫和哭声。

小孩们都无主地哇地大哭起来。身边的狗便响应着别方，无所顾忌地吠了又吠。

在远远近近惊惶的女人们的叫声之中，又响起了更加响烈的锣，大的火把现出来了。嗄的声音拼命地在叫：

"伙计们！都来呀，到堤上去！"

"救住，救住我们的堤，我们的家在这儿，我们的妻儿……"

"快跑，快来呀，伙计！……"

"火把举高些……"

人群的团，火把的团，向堤边飞速地滚去了。

另外的地方又滚去另外的团，另外的火把，喊的声音从那里又滚了开去。

沸腾了的这旷野，还是吹着微微的风。月亮照在树梢上，照在草地上，还照在那在太阳底下会放映点绿油油的光辉的一片无涯的稻田，那些肥满的，在微风里噫噫的软语着的爱人的稻田。

喊了的，哭了的，在不知所措，失了力量的那些可怜的妇女，在喊了哭了之后，又痴痴呆呆地噤住了，但一听到了什么，那些一阵比一阵紧的铜锣和叫喊，便又绝望地压着爆裂了的心痛，放声地喊，哭起来了。极端的恐怖和紧张，主宰了这可怜的一群，这充满了可怜无知的世界！

火把都滚向堤边去了，可是锣声一点也没有停止，这些女人便也冲到屋外去，挂着眼泪，嘶起声音跑。

"三姆！你不能去的！……"

"妈呀！……"

"不要管我，我要去，我待不得了呀！……"

"我也要去！……"

"妈呀！……"

"弟弟呀！……"

一群人跑着，疯狂地朝坡下跑去，头发披在肩上，后面又跟着一群，留着焦急的喊声和哭声在家里，还和那在急乱之中哄着小儿的声音。

　　隔壁家里又跟着跑去一些人，隔壁的隔壁家里也跑去许多……于是堤上响着男人们的喊叫和命令，锄锹在碎石上碰着，锣不住地敲着，旷野里那些田埂边，全是女人的影子在蠕动，也有一些无人管的小孩在后面拖着，她们都向堤边奔去，也有的带上短耙和短锄，吼叫着，歇斯底里地向堤边滚去了。

　　天空还是宁静，淡青色的，初八九里的月亮，洒在茅屋上，星星眨着眼睛，天河斜挂着，有微风在穿过这凉快的夏的夜。

　　老的外婆，战战抖抖，摸到了屋外，唇儿更艰难地动着，像无所感受地望到一切，她自语地喃喃地说：

　　"算命的说我今年是个关口……"

二

　　飞速地伸着怕人的长脚的水，在夜晚看不清颜色。成了不见底的黑色的巨流，吼着雷样的叫喊，凶猛地冲击了来。失去了理智，发狂的人群，更吼着要把这宇宙也震碎的绝叫，在几十里，四方八面的火光中，也成潮地涌到这铜锣搥得最紧最急的堤边来。无数的火把照耀着，数不清，看不清的人头在这里攒动，慌急地跑去又跑来。有几十个人来回地运着土块和碎石，更有些就近将脚边田里的湿泥，连肥沃的稻苗，大块地锄起，不断地掩在那新有的一个盆大的洞口上，黄色的水流，像山涧里的瀑布似的，从洞口上激冲下来。土块不住地倾上去，

几十个锄头便随着土块去搥打。水有时一停住，人心里刚才出
一口气，可是，在不远的地方，又发现了另一个小孔，水便又
哗哗拉拉地流出来，转一下眼，孔又在放大，于是土又朝那里
倾上去，锄的声音也随着水流，随着土块转了地方。焦急更填
满了人心。有人在骂起来了：

"他娘的屁！这堤就要不得！……"

有人在大声喊：

"骂你娘的，看是什么时候！只准有一条心，死守住这条
堤！我们不能放松一点呀！"

命令地声音也在嘈杂的叫喊里喊叫着：

"不准围在这一块！上面！下面！分些人去呀！留心看着！……"

"喊那些堂客们回去！喊她们逃走！跑来寻死！"

那些女人，都拖着跑掉了鞋的赤脚，披散了长发，歇斯底
里地嘶着声音哭号，喊着上天的名字，喊着爸妈，喊着她们的
丈夫，喊着她们的儿子，她们走到堤边，想挤了进去，又被一
些男人们的巨掌推了开来：

"妈的！你这些鬼婊子有什么用！"

有些男人也向着黑暗处，那些涌来的女人的群里，送着惨
痛的声音：

"大姐！桂儿的娘！赶快带着桂儿逃吧！不要管我！"

水还是朝着这不坚固的堤无情地冲来，人们还是不能舍掉
这堤走。因为时间已不准他们能逃得脱了。除了死守着这堤，
等水退，等水流得慢下来没有别的法子。锣尽管不住地敲，火
把尽管照得更亮，人尽管密密层层地守着，而新的小孔还是不

断地发现。在这夜晚，在这无知的，无感觉的天空之中，加重了黑暗，加重了彷徨，加重了兴奋。在那些不知道疲倦的强壮的农人身上，加重了绝望，加重了广大的彻天彻地的号叫。那使鬼神也不忍听，也要流出眼泪来的号叫。时间在这里停住，空间压紧了下来，甚至那些无人管的畜群，那些不能睡，拍着翼四方飞走的禽鸟，都预感着将要开演的惨剧而发着狂，而不知所以地喧闹起来了！

围着这几十里的远处，渐渐高上去的地方，四方几百里地的人，也从深夜里惊醒了起来，在黑暗里，呆呆地透视着这方，倾听着断断续续从风里送去的这方的惨叫。他们不住地走去走来，不住地要叹气，心被不安和怜悯冻住。他们祈祷着上天，他们怕那水跨过了堤，而淹死下面的人，而跑到他们脚下来。他们经受不了，他们怕看这巨大的惨剧，他们希望在命运里得到饶赦，唉，这稀有的，这非人间的灾祸，是怎样的铸成的呵！

半圆的月亮，远远地要落下去了，像切开了的瓜形，吐着怕人的红色，照着水，照着旷野，照着噔噔地响的稻田，照着茅屋的墙垣，照着那些在死的边缘上挣扎着的人群，于是在这些上面，反映着黯淡的陈旧的血的颜色。

人还是在忙得不知措手足的当儿，从下面，他们早就担了心事的汤家阙的那方，也猛然响起了紧急的锣声，接着便是同样的号叫响应着这方，风一阵一阵地送来，加强起来的喧闹，送到这些麻木了在叫喊着的人群里了。都不觉地住了声来听，在惊诧之后便又叫喊了起来。

"唉！只怕那边还要危险呢！……"

又有人在大声喊：

"不要管！留心看着！不要放松！住不得手呀！"

"再燃几个火把！"

"喊那些堂客们滚开！"

下面的锣声好像更紧更急了起来。

拖着，拖着，那些有能耐的男人，不肯放松一点，紧张地，谨慎地填好一个小孔又一个小孔，抵死地守着这段堤，算是又挨过一段时间了。天上已换了一批星斗，月亮沉下去了。女人们还是越聚越多，像热锅上的蚂蚁，有些跑回了家又跑了出去，在田原里跑着，喃喃着，也有不多的几个大半是没有丈夫在堤上的，带着儿子，也有祖母们带着孙子，四散地朝高处跑，磕磕撞撞，不平的路常常把她们带倒，牵着小孩的摔倒了又爬起来，摸摸索索地再往前跑去，而她们哭得还更厉害。

突然地，远处的锣声一下便沉寂起来了，沉下去的锣声，同响起来的锣声一样地骇了人一跳，有人喊着：

"你们听听呵！……"

只听见比什么还使人伤心，还使人害怕的惨厉的哭叫，虽然远到刚刚只能使人听到，然而这里为自己在惶急之中的人，都猛然打起战来了。

"天呀！可不是汤家阙就坏了！……"是个男人哭着声音喊。

好些火把从堤上伸到河里去。

"低了下去了！低了下去了！好了！好了！"

于是旷野里传递着这福音：

"低了下去了，低了下去了！好了！好了！"

人的心在这时间都松了一下劲，都才叹出一口气来。然而却又为别一种痛着，那渐渐减少，渐渐消灭了的远地方的哭声。个个人心里都来回只有一个思想。

"唉，汤家阙，汤家阙……"

小孔立刻便少了下来，水势也比较轻了一点。女人们的哭声和号叫，也像消去的浪潮，逐渐地低弱了下来。而新的嘈杂的喧闹又普遍了开去。她们记起了什么似的，喊着名字，四处来寻找她们的亲人。远远近近地呼应着，可是什么也听不清，人在人里面挤着。有些男人便也退了出来，在外面的挤着的黑影里，开始寻找着老婆。那些操作了整一夜没有停一下手脚，没有进一点饮食的人，也突然感觉到疲倦，垂头地坐在堤边，为一种过分的软弱，又为一种侥幸而颤着。有的在百忙之中，忽然想起一件难过的事，拍着大腿，骂了起来.

"妈的！我说什么这样难过，是鬼把我的烟管抢去了！……"

在这些不定的嚷声之中，又有个更大更坚实的声音在吼着骂：

"猪猡！你们闹些什么！快活吗！死还在眼面前呢！妈的臭屁，这纸扎的堤！你们就打算不怕了么？……"

另外也有声音在喊：

"伸火把再看看，水到底低了多少呀？……"

"没有多少，两尺，顶多三尺吧！……"

"不相干，再低也不相干，这全是窟窿的捞什子堤，终究是保不住，迟早要被冲去的，各人还是赶紧逃命吧。……"

"逃命，那么容易！水比你跑得快多了！……"

"管他娘，好生看住，今晚总不会怕了的；喊那些堂客们带着小鬼们跑，坏了，让她们活着，守住，让她们回来……"

"上面的来头还大得很呢，这不是一两天可以退去的水，知道是什么鬼作怪……"

"好吧，先喊她们滚……"

于是旷野又沸腾了起来，新的不安，新的恐怖，新的号哭占据着。各个男人都发气地吼，赶着那群无知，无理性的女人们跑，女人又发狂地跳着，又不知所以，便拼命地嘶叫起来。

"妈的，你们这些臭堂客，你们滚呀，留在这里送死！……"

"打着她们走！……"

"啊哟！怎么得了呀，阿毛的爹呀！……"

"我的亲人呢，你在这里我是不走的呀！要死死在一块吧……"

"妈的，动不动就哭，老子膼你娘！……"

"告诉她们，要她们先走，天亮了，我们再跑，就打算真的没有救了么？明天会好好地筑起来，一处一处修好。不怕了，她们再回来。告诉她们，求她们，妈的，真要人命的女人！……"

"要你们走呀，堤明天会修得好起来的……"

于是那些被骂着的女人，一批又一批的，在无可奈何之中，含着眼泪，含着一线的希望，扶老携幼向着相反的方向跑去了，带着哭和叫，带着骚扰和不安，向原野的四方伸张去，到一些高阜上，到一些远的山上去，那些原来是睡在宁静中的，于是那里的一切，连小小的草儿便都张着耳朵起来了，睁着眼睛去望天空，那无感觉，那似乎又为地下悲惨着的天空；望树叶，那萧萧响着的，那似乎在哭泣着的茂叶。接着，那些不知高低，惶急地跑着的赤脚，在哭声之中，无情地在小草上面大踏步地踏过去了。昂不起头来的小草，便也叹息起来。

留下的，也还是不堪的惶急和吵闹。急怒的骂詈随着小孔在增加。一种男性在死的前面成为兽性的凶狂，比那要淹来的洪水更怕人的生长起来。有一些为几阵又汹涌着的水而失去了镇静，为远远近近的女人的号哭而心乱，而暴跳起来，振着全身的力，压制着抖战，咬着牙，吐着十几年被压迫，被剥削，而在平时不敢出声的怨恨来。有一些还含着希望，鼓励着，督促着他们的同伴：

"不怕了！好了！这儿好了！留心那边！……"

"快天亮了！天亮了，县里会派人来修堤，那就不怕了！……"

"不准看着，都要动手呀。急，中什么用，拿出臂膀来呀！"

"不要怨天尤人，等好了咱们再算账；他妈，有他们赚的，年年的捐，左捐右捐，到他们的鸟那儿去了。可是，现在不要骂，我们把堤救住了再说……"

远远鸡在叫了，近处的鸡也在叫，东方的云脚上，有一抹青色的东西，是快天亮了吧。

可是时间在这里忽略了，因为有几个地方奔溃得比较大了起来，人都朝这里使劲，没有拿锄拿耙的便用喉咙来帮忙，他们不知道他们自己所造成的空气会怎样地使人心跳。

一个地方忽然被冲毁了一个缺口，他们来不及掩上，水滚滚地流了进来，水流的声响，像山奔地裂似的振耳地随着水流冲了进来。巨大的，像野兽的嘶叫的声音吼了起来：

"天呀！完场了呀！咱们活不成了……"

"快些，把土掩上去，不准怕死！"

有些人发疯的，本能地朝四下跑去；大喊道：

"救命呀！救命呀！天老爷……"

有些人还挑着土块，走到缺口的地方，把土倾上去，土又被水冲了开去，人也落在那当中。

缺口渐渐地大，田原边已溃了好深的水，人在水里用力地朝外面跳，男人们也动人地惨厉地叫起来了：

"救命呀！呀！我的妈呀！我要死了咧……"

不管有人还在喊不准闹，还在喊要救堤。可是人都不再听这些话了，充满着的是绝望，是凄惨，是与死在搏斗的挣扎，是在死的唇吻中发出的求援的呼号。所有的男人的声音和女人的声音混合着，和忘记了一切，都只有一个意念，都要活，都要逃去死。

天在这时微微在发亮，慌乱的人影朦朦糊糊可以看见一点了。可是人像失去了知觉似的，辨不出方向地乱跑着。水发亮地朝这里冲来，挟着骇人的声响，而且猛然一下，像霹雳似的，堤被冲溃了几十丈，水便像天上倾倒下来地卷来，几百个人，连叫一声也来不及地便被卷走了。还有几千个人在水的四周无歇止地锐声地叫。水更无情地朝着这些有人的地方，有畜的地方，有房屋的地方，带着死亡涌去，于是，慢慢的，声音消灭下来，和水占领了这大片的原野，埋在那下面的，是无数的农人的辛勤和农人自己，还和他们的家属。

天慢慢地亮了。没有太阳，愁惨地照着黄色的滔滔的大水，那一夜淹了汤家阙，又淹了一渡口的一片汪洋的大水，都吞灭了一切的怕人的大水，那还是逞着野性，在向周围的斜斜的山坡示着威的大水。而且还照着稀稀残留下的几个可怜的人类，无力的，颜色憔悴的皮肤，用着痴呆的眼光，向四方爬去。

三

经了那么一个夜晚的一渡口，也还逃出了一些人，赵三爷和着侄儿大福也踉踉跄跄逃了出来，又在一个路口遇着了。还遇着了一群又一群已经逃散了，又集合了的那些邻近茅篷里的人。也有一些女人，也有一些小孩。大家看见了都抱头大哭，都为过分的悲痛和恐慌压着说不出一句话来。大家都更觉得亲切了，都不愿分开，都集在一团，慢慢地向长岭岗走去，是失去了精神，失去了勇气，剩着饥饿的肚皮的一群。

水在他们后面，有的房屋还半睡在水里，大树的梢也从水里伸出来映在太阳底下，摇摆着茂叶，而且还有一些人的声音从那里传出来，一些求援的声音。他们也涉过几处渍有浅水的地方，一群人这么慢慢地走去。

沿路也有一些人家，都走出来担心地絮絮叨叨地问。也有一些不说话，只沉重地将怜悯的眼光落在他们身上。他们走了一回，因为几个女人和孩子都嚷着走不动，于是便停了下来，坐在一块有坟的乱岗上。唉，女人们真颓丧得异常难看了。

天空没有云，蓝粉粉的，无尽止地延展开去。下面是水，黄滚滚的，无穷尽地涌了来。剩下的地方，剩下的人，拖着残留的生命，无力地爬着又爬着。

这坐在乱坟岗上的一群，约莫有三十多个人，一半女人和小孩，一半是男人。坐了一会又向前走，沉默的时候比说话的时候多，女人们啜泣的时候是更多，小的小孩不懂事地时时吵饿：

"妈呀！肚子饿！……"

"要走到什么地方才有东西吃呢？……"

"我走不动了呀……"

做娘的人，有些是没有了娘，被亲戚或隔壁婶婶带着的那些亲戚，又有一些离开了儿子的女人，都找不出一句话来安慰他们，于是那些男人便哄着他们，又抱着他们走：

"到快了！没有好远了！到了买馍馍给毛毛吃……"

吵饿的被哄住了，又有一些哭着要妈要爹的，这些情景真能使一个强壮的人听着也伤心，何况这都是些失去了家，失去了亲人从死的唇吻上逃去的一些男人。他们心痛，却又得忍着，而且有几个还得用希望鼓着大家的勇气：

"狗狗！妈妈在前边，妈妈替狗狗买粑粑去了。乖的狗狗不要哭……"

"张大哥！你抱抱王和尚吧，他妈抱不起他了……"

"唉，三爷！到了长岭岗又怎么办呢？你放宽心些吧。我看见你家三姆早就带着龙儿走了的，她们一定朝她娘家走去了，是朝太阳山那边去的。我还不是以为他完了，还好，不知怎么过了一阵又遇着他了……”陈大嫂拖在他老板和赵三爷的后边，看见赵三爷那么一个强壮的农人会一句话也不说，只悄悄不断地叹气和揩眼泪，不觉忘去了自己也离去家里其他的人而安慰着别人起来了。

“唉，不会活的，她这几天总是见神见鬼，我料到兆头就不好，奶奶成天说今年是个关口，唉，她七十多岁了，一生吃过多少苦，还得这么一个结果！唉，龙儿……我们那么多一家人，就只剩得我和大福两个人了！”望着大福的三爷，在一双迟钝的眼里又挤出两颗眼泪来。

活泼的大福，也为大家的消沉在悲感里的空气压着，觉得说不出什么话来，想着爸和妈，想着弟弟妹妹家里一些的人，只有用怜悯又要别人怜悯的眼光回答他的三爷。

亏着这里面有一个年轻的汉子王大保，和一个四十多岁在三富庄上做了二十年的长工的李塌鼻。他们没有失去一点勇气，也没有失去理智，平时并不能得人信仰，这时却自自然然都依着他们的话起来了。

“哭有什么用，死的死去了，哭得转来吗？不死的总得鼓着气想法，未必也让他死去么？”

“不要哭，跟着我来，到了长岭岗愁他们不给我们吃，这几个，吃得起的，那里有三条街，有一百多家铺子，三富庄，马鞍山的大户都有人在那里，有县里派来的镇长，有分局长，有兵警，有学堂。哼，老子们的家破人亡了，老子们就得留下这条命，这得算算账呢？……哭什么，不要哭了，男子汉！日子还长呢，哭成得个什么事……"

"住在长岭岗，吃在长岭岗，等老婆来，等儿子来，只要没有死，慢慢地他们也得逃来的。水总有天会退的。屋子冲走了，地总在啦，那屋子值个什么钱，值钱的是老子们自己，两条毛腿，两张臂膀，今年算完了。就苦一点，世上哪有饿死的人，明年再来，有的是力气，还怕什么……"

"别处我不晓得，三富庄我就清楚，打开他们的仓，够我们一渡口的人吃几年呢。看他们就真的不拿出一点来，忍心让我们饿死。……"

"塌鼻！你莫吹，你有本领，你不会连条不破的裤子都没有，你做了二十年长工，插田，种地，打杂，抬轿，还没有饿死，已经算你的运气，你还把你的东家当好人，你这猪猡！"

"肏你的娘，怎的骂我，你才是猪猡，我做奴才，是没有法，混一碗饭，也是没法，你以为我是甘心的？别人不起来，我一个人有什么用？现在我们是一伙了，没有法，家被水冲了，又不是懒，又不是抢，为什么他们不给我们吃？他们拿了我们的捐，不修堤，去赌，去讨小老婆，让水毁了我们的家，死了我们多少人，他们好不给我们吃吗？又不是我们情愿这样，又不是我们装着这样。我们怕什么，逃水荒的人多得很，只要我们在一块，想法，不愁饿死的，你们放心，包在我塌鼻身上……"

"我们一定不要哭，快点走，到了长岭岗我们去找他们的局长，或是团上的人，有人问话，塌鼻你答应……"

　　慢慢地讲着一些以后的计划，大家心里都活动一些起来了。到望见那长岭岗的炊烟的时候，是快吃午饭的时候了。他们又遇着从汤家阙逃来的一伙人。于是合在一块向前进。

　　长岭岗的镇外上，已经挤满了一群群的携儿带女的家族，饥饿把他们都弄瘦了，有的靠在树根上，疲乏的，有的蹲在石块上，望着来的一群新的逃来的人。

　　"你们从什么地方来的！……"

　　"从一渡口吗？先也来过一些了……"

　　"呀！有个穿蓝布衣的女人么？要幺妹在里面就好了！……"

　　"我的天呀，该会我的妈还活着！……"

　　"你们是哪里的，来了好久了么？"

　　"唉，他们饿得真不像样了……"

　　"塌鼻！世上哪里没有饿死的人，以后你看吧……"

　　他们再往前进，朝镇里走去。

　　越去越看见那越黄瘦的人，那些与他们同运命的人越多了。从脸上的颜色辨别来到的新旧，来得越久的，就越憔悴。

　　展在眼面前的情形，大家心里又预感着失望，可是空的肚子里为一种火燃烧着，他们只得又鼓着力往前走。

　　"喂，你们往哪里去？"憔悴了的群里有人在问了。

　　"到镇上去，想找镇长，局长也好，先给我们一些吃的，我们是昨夜晚上遇难的。"

　　"他该管你么？我们的人都不准上街，他们比防土匪还怕我们呢！"

　　"真的吗？那我们怎么得了呢？……"

小孩吵着，女人们又哭起来了。

街的两头站了许多刚刚从县城里添来的荷枪的兵士。也有一些是镇上团防临时加的团丁。

墙上贴了碗大的字的告示。有认得字的人便解释着给其他的人听：说是已经上呈文到县里去了，不久就有好消息来，要这些人安分地等着，如有不逞之徒，想趁机捣乱，就杀头不赦……

他们没有法，便只好留在镇外，走到几家镇外的人家去敲门，想讨一些东西吃，但是门总喊不开。也有一些茅篷，这里总又住满了人，还是他们拿出了一点粗粝的荞麦粑粑来，和着水，大家贪馋地一下就吞光了。也有一些庵观，庵观里也住满了人，他们找不到可以住宿的地方，只好也和其他的许多人一样，就一团团地守在几棵大树下。接着，一批，一批的又来了，三个五个一群，十个八个一群，几十几十的一群都来了。又遇着家里的人了，又遇着了亲戚，邻近的人，欢喜和着悲哀，笑和着哭……

太阳从东边上来，又从西边下去，时间在痛苦，挣扎，饥饿，惶惶无希望里爬去又爬去了，水还霸占着所有的低凹的地方，有些人与畜的尸身，飘着，飘着，又沉下去了。有些比较高的地方，成了岛屿，稀微的烟从那里冒出，还留有待救的人。附近的农民，有的给冲去了，有的没有工作做。便坐了用树干做成的小船，划到低的岛屿上去，带出那些声音都叫嘶了，在死边把脸色变成苍白了的人。这些被救出的人，又成群地走向长岭岗去，也有些又走到另外的村子去。总之，无论他们走到哪里，不安便也带着去，连那些稍稍有些积蓄的人家，也收藏好了他们的家财，都装出贫穷的样子，都不安地用恐惧的眼光来观察这些善良的人群。

淹灭了一渡口、汤家阙的水，又示着威扩大了它的地盘，沿堤更奔溃了许多地方。长岭岗上，其他的许多的村镇，都更不断地增加了流离失所，饥饿的群。日夜沸腾着叫号和啜泣。哭着亲人，哭着命运又喊着饿的声音，同着时日添加了阔度和长度，而不安更增加了。到县城去的路已经断了，但是用帆船却又带来了一些军火，并没有带救济来。装满了帆船又向着县城去的，是长岭岗上的几家大店铺的老板和家眷。马鞍山，三富庄……的人也全去了。逃来的人也有些又走到别处去，别处的又转到这里来，处处都是一样，一样的无希望。

骇着的，带着不安躲到城里去的长岭岗上的一些人，到了城里，才知道城里也还是充满着不安，不过这里又从省里领来了更多的军火，而且又有了厚的城墙围着，到底也就放心得多了。虽说城外的附近乡下，是麇集得有更多的灾民。然而，那些城里的比长岭岗更有钱的人，又坐了小火轮，怀里扎上珠宝，逃到省里去。留下了些绅董，慈善家，在进行着一些打电报的事，等赈济的米粮来。他们也设了一两个粥厂，先到的人还可以领到一碗薄粥，后来的就得不到什么了。于是打架的事，因为不平而被枪托和刺刀打的人也实在不少。

长岭岗上的王大保带了几个汉子和几个女人几个小孩悄悄地也跑到县城里去了。临走的时候和他们约好的，是那边若一有办法，便会带信来叫他们也去。李塌鼻和赵三爷，陈大叔，张大哥们还留在这里，等城里的信。

农民们的忍耐的精神，和着施舍来的糠，野地的果子，树叶，支持着他们的肚皮，一天一天地又挨了过去。弥漫着的还是无底的恐慌和巨大的饥饿。

虽说是在悲痛里，饥饿里，然而到底是一群，大的一群，他们互相都了解，都亲切，所以除了那些可以挨延着他们的生命的东西以外，还有一种强厚的，互相给与的对于生命进展的鼓舞，做成了希望，在这群中，这新有的力，跟着群众的增加而在雄厚了。

"你们吵些什么呀，不怕的，等着吧，真的不想办法，好让我们这多人饿死么？"

慢慢地他们也已经有了组织了。一个小村都举出一个头脑来，头脑聚在一块，商量着一些事，到镇上去，镇上便又跟来了好些人，也带过一些苞谷粉来。又带了一些安慰来：

"这都是没法的事，天灾……"

"镇里只有这一点，不是不想法，人太多了，分不过来……"

"镇长亲身上县里替你们请米粮去了，你们应该安心地等着……"

"这水太大了，别处比我们这里还大，几百年没有的事，真是菩萨发气……"

"现在替你们带了这些苞谷粉来，出了大价钱买的呢，以后这些还得大涨价。……"

"你们放心，县长也是爱民的，总有办法来的。镇长太太前天夜里还替你们上城隍庙烧香来呢。"

"县里，省里都在募捐呀，说还要募到京里去，外国人那里也要募捐……"

"募捐是什么！"

"募捐就是化缘呀……"

"……"

果真发生了效力，多量的作为安慰的话，和着少量的苞谷粉，又把这些生命养活着，而且梦想着起来了。

"京里，京官们才真阔呢，他们肯拔一根寒毛，我们也都要肥起来了。……"

"外国人是些什么人呢，也化缘去，大约都是些好人吧。……"

"镇长总算好，县里的知事，大约也是清官吧，为民父母，不爱百姓是不好的呢。……"

"说别处的水还大，真是天灾，唉，不讲不见过，连听也没有听过的大水……"

也有一些不平的叫声，塌鼻就和着一些别处的年轻的农人常常在群众中讲着这些话：

"说镇长好，知事好，他们为什么不把他们的仓打开，分给我们一点呢？……"

"募捐，等他们募捐，等他娘的屄，老子们的鸟要饥死了！……"

"烧她的鬼夜香，烧到她的野老公怀里去了，那堂客，老子看见过的，颠着屁股，花狐狸精似的，是县里的一个三等土娼，哪个不知道！"

"土娼还不懂，你这猪猡，是卖屄的，听说要一吊钱一夜呢。……"

"呸！要命！……"

"动不动天灾，菩萨发气，就真是菩萨发气，可不应该发我们的气！为什么他们那些拿了钱不管事，刮尽了地皮，成年打仗杀人的人又不倒霉呢？……"

群众又摇动了，可是那些头脑压着，这些做头脑的人，多半是些家里原本好些，认得字，在本乡就是做着头脑的角色。他们常常骂他们：

"妈的，你们这群饿不死的王八！你们嚼些什么，想不安分么，骂他们……你们要连累大众的！假如他们不管了。我们才真不得了！……"

"不要听这起王八龟子的话，他要害你们的！再还敢这么胡说八道，捆起来送上镇去！……"

头脑们虽说这么骂了他们，却也不敢捆他们。饥饿的群里，相信着塌鼻们的话，却愿意依赖着头脑。镇长们，不好；有钱的，也不好，实在他们是不好，可是怎么样呢？难道真的好造起反来么，那是杀头的罪呀！

过了一阵，镇长在许多焦急和希望的怀念中，从县里回到镇上来了。没有带米粮来，也没有再带军火。群众又鼓噪了起来，压也压不下去的，不安胀遍了原野。吵的声音，骂的声音，抱怨的声音，叹息的声音，竟至有许多人暴跳得发狂了，饥饿和绝望填满了人心，于是头脑们又走到镇上去。镇长惨白着颜色，不是为了没有米，是为了没有请下军火来，使他这么不安的。镇长说：

"喊那起流氓安静些，我自然得替你们想法呀，要闹是没有用的。县里请米请什么都没有用，城外面挤满了都是灾民。别处的捐谷又没有到，难道我还情愿你们挨饿吗？你们回去，明天再来，我有办法的。要嚷可不行，哼，要闹就只好给卫生丸他们尝……"

办法是这个样子，可以让几个头脑带一批人出去，到一些很远的地方，那些没有水，而有米粮的地方，那里有许多大财主，大善人，去好些人都吃不穷的地方，留在那里，等水退了；等到可以做活了再回来。

于是好些头脑就活动起来。群众走到他们的面前，做出可怜的神气，软着声音说：

"我想跟着你，随你到那儿去，唉……"

"好的！你肯安分吗？你有几口人？出去可不比在本乡，得听我的话！……"

"哼！你是什么地方人，我怎么不认识你！你当是耍吗，我带起人出去，是担着身家性命的险呢！我还要找保的，你们就想走就走？……"

"这个是不公平的，我们就该死在这里吗？……"

"这么多的人，总不能全走呀！……"

于是陆续有几个领了证书的头脑，带了五六十人一批，或七八十人一批，坐着船走了。陈大嫂夫妇也被带走了，他们同他们的那头脑，总算有点远亲。塌鼻没有人要他，骂这长工是个坏蛋。赵三爷，大福，还和以后又遇着了的二妈和老幺，这残馀的一家人，也很想能出去混混，却碰了大钉子。这穷农人真不懂世情。

别的地方，各处乡村以及县里也是这样办，邻县也是这样办，可是灾民太多了，送出去的不过百分之一。这些似乎是到了一些好的地方去了，一些可以羡慕的地方去了。剩下的呢，用空的肚皮装着幻想和欺骗，等着巨大的捐款，米粮和钱财，会从远方远方送来。这可惊的大的无数饥饿的群！

四

时间慢慢地爬走。水也慢慢地在有些地方悄悄走去了，露出好些大的潮湿的泥潭来。这里全是无边被蹂躏后惊人的凄惨，四处狼藉着没有飘走的，或是飘来的糜烂了的尸体。腐蚀了的人的，畜的肢体上，叮满了的苍蝇，不断地又有成群的乌鸦在盘旋。热的太阳照着又照着。夏天的和风，吹去又吹来，带着一切从死人身上蒸发出来的各种气息，向四方飘送。于是瘟疫在水的后面，在饥饿的后面又赶着人们了。

人们还留在那些地方，从各方各处聚拢来的，一天一天在增多的大的群里，又不觉地在减少了。因为死亡在这里停住。先是一些吃着奶的，在含着了瘪的奶头，枯了的母亲的胸怀死去了。接着一些老了的侥幸从水的唇吻里逃了出来的，也慢慢死去。而女人们，没有了力，脏着脸面和身体，流着仅有的泪哼着又哭着。残馀下来的一些家属，是又一天一天地破碎起来了。有一些男人，那些将肌肉从强壮里消失了的男人们，有着坚强的忍耐的求生的欲望的人，同饥饿斗争着，同瘟疫斗争着，同女人的眼泪斗争着，同一切凄凉的使人心伤的情景斗争着，他们还留着一线希望，这希望使他们一天一天地瘦了起来，然而却一天一天地清白起来了。

在太阳地里，在蓝的天空下，在被人蚕食着没有了缀叶的大树下，在不能使人充饥的大石上，常常便聚满了大群大群的怕人的人类。破的衫裤在脏出的骨上挂着。头发长了起来。黑的脸上露出大的饥饿的像兽的眼睛。他们曾经被一些告示，被一些甜蜜的话，被一些希望，被一些和着糠的树叶安慰过的。现在呢，他们了解了，了解的是无希望。假若他们还要在这里呆着，那呆在那后面的，便是不绝的死亡！于是他们在无处可用他们的劳苦的时候，他们便在这些地方，在一些饿得半死的人旁边，吐着他们的不平。

这时又从城里来过了一些人，镇长杀鸡杀鸭地款待着。是一些调查的人，是一些参观的人，还有一些搽脂抹粉的太太们在当中。他们用着好奇而有点怯的眼光在这群中探视。他们先给他们一些装出而又无用的同情的惊诧的叹息。他们又从怀里掏出一个黑的东西来向着他们不知做些什么。他们向他们解释，要将他们的这使人骇怕的水灾的情形，照在相片上，拿到外边去，好募一些捐来。可是这些应该使人欢喜的话，已经失了作用。在这群农人的，受了许多欺骗的心中，已经填满了坚决的自信，不再在这些寄生于他们的人们身上，露出乞怜的颜色，和被骗后所起的欢容了。

从城里又传来了些更不好的消息，别的地方也有一样的消息传来，便是那些不为饥俄和瘟疫逼死的一些人中，有一些却为许多枪托和刺刀大批大批地赶到不知叫着什么名字的地方去了。那里本来就是烟火弥漫着的地方，本来就是广大的屠场，于是这些饿着的，不死于水的人，便在炮火之下被牺牲了。从这里逃了出来的，带回更大的恐慌，超过了水，超过了饥饿，使人们在战抖里发着狂起来了。于是许多消极的怨天尤人的诅咒慢慢便又变成了有力的话语了。

现在在长岭岗上，极目所见的，是饥饿的群连着饥饿的群。在人群的头上浮动着男人们的噪杂的嘎声，和女人们无力的而强着嘶出来的锐叫，无次序地传递着：

"一定要死了，路在哪里呢？……"

"不要做梦了。决没有人来救我们的，活着像猪一样地活着，死去像猪一样地死去吧。……"

"什么募捐，傻子等着去吧！哼，他妈的屁，到手的肥肉还肯放手吗？还不是赈在他们的腰包里去了……"

"你们，肏你的娘的这群饿不死的王八蛋，饿死了同他们有什么相干……"

"真是，不如一块做死了干净，好免掉许多手脚呀……"

在大树的枝丫上，有个黑脸，裸着半身的农民，他大着声音吼着：

"乱吵一些什么鬼，杂种们！想法子呀！不准闹！听我来讲！……"

大家的头都转到这一方了。人群里又有人在喊：

"是呀！我们要想法子呀！就听他说……"

"张大哥呢，你也应该替我们想想法呀……"

"我也要说呢，我一辈子怄的气简直会把我的空肚皮炸破呢！……"

"不准吵，吵些什么鸡巴！就让他先说。你姓什么？……"

对面树上也爬上了一些张着饥饿和忿怒的眼睛的人。那裸着半身的汉子便又大声说：

"现在明白了吧，杂种！我们，鼓起眼睛看去，凡是看得见的地方，再走再看去，只要是有着田的地方，只要有着土地，就全有我们在。告诉你，就全有我们胼手胝足，挨冻挨饿的在。老子走过好几省，年轻的时候，抬过轿，吃过粮，看得多了，处处的老鸦一般黑，哪里抬田的人有好日子过？水要淹死你，旱要干死你，土地就是我们的命呀！好容易这年的谷子收到了，他妈的衙门里的人来了；老子一股儿种了他妈的三斗六升田，喝稀饭还不够，哪里容得他们左捐右捐？再不是，东家老板来了，他们一动也不动，不出种谷，不出肥料，坐在高房子里拿一半现成的还不够，还要恃凶来讹诈，哼，你敢哼一声吗？有牢给你坐的！你坐了牢，你的娘，你的老婆也是死呀！哼！老子现在是明白了的，饿鬼，告诉你们吧，老子们不好生想个长久的法子，终归是要饿死的。而且还要留下些儿子们孙子们跟着饿死呢？……"

"是呀！哼，他讲得不错！……"

"二姊，真的是这样呢，唉，我们太可怜了……"

原野沸腾了起来，都喊着：

"我们得打算一打算好！……"

对面的树上也有一个人喊起来：

"为什么不打算呢，讲什么空话，眼前比什么还要紧呢。我们的人死去又死去了，我们的肚子空着，我们吃死人也不够呀！我们的皮肉是硬的，我们的心总还是人的，我们总不能吃活人呀！……"

"呸，臊你的娘，你去吃活人吧！……"

"吃活人，有什么稀奇？"那裸身的人又说："老子们不就在被人吃着？你想想，他们坐在衙门里拿捐款的人，坐在高房子里收谷子的人，他们吃的什么，吃的我们力气和精血呀！真是杂种！老子们被人吃得这样瘦了，把娘老子也吃了去，还糊涂，还把别人当好人，等别人来施恩，还打算有人来救我们？哼！等着吧，把肠子也饿了出来，你看有不有米会送来？告诉你，我们的人这么多，饿死几千几万不算什么，还愁不剩下一些来再做奴隶么！……"

"啊呀！真是怕人得很！我们被人吃得怕人呀……"

"怕什么人？起来！拼它一拼，全不过是死呀……"

"对呀！全不过是死呀……"

然而，这时镇上已骇疯了。家家都紧紧地把门关上。从街的两头，冲出一些带枪背刀的兵士。他们赶散着人，大声地呼叱：

"你们这些饿鬼！吵些什么！敢再闹，老子们把点颜色给你们看，才知道，老子又没有开米行，堆在那里的；镇长法子也想完了呀！又不比往年，今年涨水的地方，你们怎么会知道，可大得很呢。打仗就是你们么？你们这几个值个什么！……"

赶散了的人们在兵士走过后又聚了起来，而且更嘈杂地嘶着声音不断地在叫着。

镇上又派人到县城去请办法，到底应该怎么样来解决这些叫化和流氓呢？县里不愿管他们的事，他们只留下大批的军火，在县的四周守卫着。不准他们进来。而且常常有枪的响声。他们是依照着省城的办法的。

所有地方的那些在死的线上挣扎的人，谁说得定不都会一天比一天更明白更团结起来呢？

他们到了晚上，等那些兵士全退入了镇上去后，在月亮底下，他们更多地聚在一处了。那裸身的汉子便又爬上了一棵大树，大声地吼着：

"傻子们，不要再上当，再听他们的话了。他们今天说想法，明天说想法，到底法子在什么地方？说募捐，说赈济，他妈，日子这么久了，募到他们的鸡巴那里去了！他们没有开米行，哪个见过的？那些米行的米呢，他们藏起来了，他们要有好价钱才肯卖呢！我们的东家老板呢，他们的谷子不是装满了仓么，怎么不拿点出来给我们吃，从他们的祖宗就都是靠我们过活的呢！……"

"他们仓里多得很，别处我不晓得，三富庄我是清楚的，只要他们肯打开，够我们大家好久吃呢。……"塌鼻也吼了起来。

"肯打开，你做梦！他们锁得紧紧的呢，他们恨不得再加上铁墙，恨不得能悄悄运起走呢。莫说三富庄，什么地方不有好些在那里，可是我们只有树叶吃！告诉你们，杂种！要我们自己动手去打闹呢！放在那里不去吃，却要饿死，真是杂种，现在，起来呀！起来！……"

"起来！走，他妈的，拼上一拼吧，左不过是一死！现存的放在那里，为什么不抢呢！……"

"起来！走呀！……"

"走到什么地方去！猪猡，乱吵些什么！好好再商量呀！……"

"伙计，你有道理，你再说呀！……"

"蠢东西！真是杂种！你们要抢些什么！老子是不抢的，老子们又不是叫化，又不是流氓，是老老实实安分的农民。现在被水冲了，留在这里挨饿，等了他妈的这么久的救济，一批一批地死去了，明儿我们都会死去，比狗不如！告诉你，起来是要起来的，可是不是抢，是拿回我们的心血，告诉你，杂种，只要是谷子！都是我们的血汗换来的。我们只要我们自己的东西，那是我们自己的呀！……"

"是的，那是我们的呀！……"

"走，去拿回我们自己的东西！……"

"到三富庄去，那里有我几十年的血汗……。"

"李老板家里去吧，我们几代人都做着他们的牛马的……"

"猪猡，又乱起来了，不准吵！我们不能乱来的。我们要在一块。我们要一条心！听他说呀，他比我们有道理呀！他说的都不错呀！伙计，你有本领，你再说！"

"对的，我们都听你的话，我们要怎么样呢？……"

"杂种！怕什么，老子们有这么多，还怕个什么，大家一条心，把这条命交给大家，走，去干，老子们就成了。我告诉你们……"

　　这嘶着的沉痛的声音带着雄厚的力从近处传到远处，把一些饿着的心都鼓动起来了。而且他的每一句话语，都唤醒了他们，都是他们意识到而还没有找到恰当的字眼说出来的话语，他们在这个时候，甘心地听着他的指挥，他们是一条心，把这条命交给大家，充满在他们心上的，是无限大的光明。

　　于是天将朦朦亮的时候，这队人，这队饥饿的奴隶，男人走在前面，女人也跟着跑，吼着生命的奔放，比水还凶猛的，朝镇上扑过去。

一九三一年

某　夜

"叱——叹——叱叱，叹叹……"

一团数不清的人影从那有着青色的电灯光的厅子里走向外边的广场去。靴子的声音，鞋子的声音，重重地踏在厚的雪地上。冬夜的狂风，迎着他们的面，用力地抨击过去，还裹着那细碎的，下了半个多月的雨点，和大块的雪团。人心里都被这突然侵击了来的冷风不觉地打了一个战。可是，"叱叱，叹叹"的，还是走去了。

第二个，吼着大的叫声的风，又无情地接着扫来，在这群人的脸上和身上，又做了一次凶狠的鞭挞。于是在这个里面的，在被许多人围着，押着，赶着的里面的一个，一个小身个的年轻的，漂亮而又带点憔悴的男人，便像骇着似的一下清醒了。那过去的，那适才所发生的一切，就都像是很远很远地那么明明白白地摆在当前；那张狡猾的脸，含着恶意和自得，是一张圆的脸，是蓄得有讨厌的帝国主义式的胡须的脸，那声音，那压制着笑声的刁恶的声音，他是那么骄傲的，无所顾忌的望着他们说，他是坐在那高台上的，他说，"还有什么话说没有呢？你们是被判决了，就在这时要执行。"他，这年轻人记起了这个，一团可以烧死他自己的火焰在他的心上燃烧起来。他要扯碎那面孔，也要捣毁那声音！他狂乱地，有点想从人丛中挤出去地，用力地快走了起来，然而在适才，在他突然地，并没有经过审判，而被宣告死刑的时候，他是没有像另外的一批同志们能保持镇静，而被一阵剧烈的忿怒和心痛以致失去了知觉的。

他是一个热情的诗人，忠实而又努力。

"嘭，"枪托用力地打在他胸上；那更瘦了的胸，因为有二十天不给他吃饱，在暗无天日的牢狱之中饿得更瘦了的胸。

"肏你的娘！急什么！阎王老子等着，有你的！"有个凶横的兵士，打了他，冲破了沉默，这么骂起来了。

"铿铿——锵锵——"铁的镣铐在他的手上和脚上讨厌地响着，也在另外的一些手上和脚上响着。还有更多的杂乱的声音响在他周围，钉了铁掌的皮靴，更重地踏着厚的雪："叱——叹——叱叱，叹叹……"

他又明白了一些，他意识到他是正向着什么地方走去。一个奇怪的思想来到他脑中，他在他自己的眼睛上看到另一双眼睛，那永远是，常常是看到他灵魂的一双可爱的难忘的眼睛。他清清楚楚地觉得有一个什么东西，来在他心的深处，刺着，又连肉带血的撕了开去，一寸一寸地那么痛着。

天空是黑的，无止境的黑暗，从那黑暗里洒落着雨点和云团，从那黑暗里，吼着北风的狂啸。大地是灰的，雾般的，积雪在夜里反映着死的灰色。人影是黑的，静静地在雪地上移动。押的，被押的，响着镣铐的声音，响着刺刀的声音，没有人说话，没有人哼，没有人叹息或哭泣，他们朝着广场那边，那密密着，临时做为刑场的广场的一角不停地走去。

"妈的！狗！要把我们带到什么地方去才好割头！……"有人心里这么想。

走在第二排的一个女同志，有时用力地像生气似的摇摆着她多发的头，因为风总把她的短发吹覆在她的额上，她的眼上了。

他，这个年轻的人，强忍住欲狂的，将要破裂的绝叫，牙齿用力咬着嘴唇，在一种不能发泄的盛怒之下，禁不住地打着战，凝住了那被恨火烧得发痛的眼光，四方地望着，要吞噬了一切地去找着什么，望了这个，又望那个。

雪光，黯黯的，照在他邻近的人的脸上，一个横眉怒目的兵士，又一个蠢的，大张着鼻孔和嘴唇的兵士，又一个……忽然，他找到一个熟识的，亲切的面孔了，那面孔给了他一个极平静温和的表情，一个在说着超千超万的话语的表情。一个只有同志给同志在殉难的时候所能给与的慰藉和鼓舞的表情。于是，所有的愤恨和怀念，都无形地消去了大半。亲爱，还和另一种东西，只有"生命"两个字可以形容的那东西，填满了他伤痛的胸怀。他只想拥过那面孔来，紧紧地抱吻他，他回答那表情的，是一个勇气百倍的，坚决的颔首。

"叱——叹——叱叱，叹叹"——这个在暗夜之中庞乱的响着的杂沓的声音，像得胜的铜鼓，没有节奏地奏着，在他们的周围，拥着他们，二十五个人向前进，头上有风的叫啸，嘶嘶的，像红色的大纛，在上面招摇。

“停住，就在这里！过往哪里跑！狗禽的！”

监斩的官，武装的，死劲地拍着盒子炮，威风十足地喊出他那坚实的声音来。

“到了！”在好多人心上这么重重地响着。

“把犯人排好！捆好！”这讨厌的，使人憎恨的凶的号令又从那监斩官的口中喷出。穿着棉大衣的兵士，便蠢然地用力地推着他们，用枪托打着他们，还用了绳子从他们的胸前缠绕到身后的木棍上去。皮靴和鞋子在雪地上更无秩序地乱响起来。

他们一句话也不说，都捏紧了大的愤恨和沉默，因为已经找不到什么可以表达出他们这时对于敌人的仇恨。他们已经被铐着手脚，又被紧紧的，捆在一根在前几天便打好了桩的木棍上的，是已经被逼迫到死的边边上来的了。

眼前平伸着黑暗，风和雨和雪团不住地飘来，刺骨的冷是毫不容情地像鞭似的在抽打，在这二十五个适才在大厅上被剥去了长袍和大衣的身上。然而他们已经没有冷的感觉了。

他们密密地站成了一排。

“这里，过来一点！瞄准些！……”

在夜的黑色里，模模糊糊可以看见在前面正有着一团人影，在抬着，在移着一架重的东西。

“好了，就放在这里，把犯人数一数！”

“一，二，三……”一个兵士走拢来数着。

监斩的官，一脸的横肉，也跟在兵士后面，在这排人的面前，用指头点着，数了起来。

看见了那脸，那凶横的脸，像代表了整个统治者对被压迫者的残酷。愤怒的火又烧到了心上，烧痛了眼睛和全身。恨不得打过一拳去，扑杀了这只恶狗，但人已被紧紧地缚住，手是反剪着的。所以只是恨恨地咬着牙，任身体在寒风里打着抖，完全为怒气抖着。

"同志！勇敢些呀！"右手边的一个同志这样对他说了。

他歪过脸去望，正是那个相熟的脸，那个在晚饭时还同他谈了许多话的。

"不，我实在有点兴奋。"

"……二十三，二十四，二十五，不错。好……"

数着数的声音，吼叫了起来，又重重地在雪地上踩着，走回那架东西的面前去。

无边的空漠，无边的风和雪，无边的灰色，无边的黑暗……

人的影，在死色的灰白中反映出的人的影，是大，是沉重。

"好，预备，听我的叫子！"

监斩的官又这样吼着。

心都紧了起来，像拉紧了的弓弦。那架重的东西，死样地竖在眼前，几个兵士兢兢业业地把守着。天就要压下来了，黑暗要压倒他们，压倒在这二十五个人身上。

然而却有人大声地吼叫了起来：

"同志们，起来，不要忘记，现在我们虽说是要死去了，可是在另外一个地方，就在今天正开着盛大的代表会，我们的政府就在今天成立了，我们要庆祝我们的政府，我们的政府万岁！……"

于是，疯狂了似的，大家都跟着喊了起来。本来有许多东西装在心上的，忘记了说，忘记了表现，适时才突然明白了起来，所以都大声地喊着自己要喊出来的口号。

于是黑暗逃走了，展在眼前的是一片灿烂的光明，是新的国家的建立。

口笛凄厉地惨叫着，而雄壮的，有二十五个声音在一块的雄壮的声音，唱起歌来了：

　　　　起来，饥寒交迫……
　　　　…………

"噼拍，噼拍噼拍噼……"

那架重的东西，向这一排人这么横扫了一排。约莫放了几十颗子弹。

歌声低弱了一些，可是有些声音更大了起来：

　　　　……这是最后的斗争……

口笛又凄厉地叫着。

"噼拍，噼拍噼拍噼……"

又横扫了第二次。子弹又放射了几十颗。

歌声也就随着子弹的增多而减少了。只有几个声音还在喊：

……音特那……

第三次的口笛又叫了。第三次的扫射也开始。于是歌声便
在这最后一次的子弹声中消灭了。

"妈的屄，这狗王八，你唱去呀!"

监斩官得意地骂着，便朝适才来的地方走去，而且吩
咐着：

"收拾枪，早点归队，尸首明晨再掩埋，怕鬼会跑走么?"

于是他走向厅子去了。

几十个兵，也重覆又踏着雪，叽叽叹叹地走回去了。

夜是沉默着，肃静，庄严，飘着大块的雪团和细碎的雨
点。冬夜的狂风叫着飞去，又叫着飞来。云块积到那垂着的头
上，但风又把它吹走了。每个人都无言的，平静地被缚在那
里。在一些地方，一个，两个，三个……地方流出一些血来
了，滴在黑暗里的雪上面。

天不知什么时候才会亮。

一九三二年

消　息

一

　　"老太婆，厨房里去吧！"她的小儿子阿福爬完了吊梯在那门洞里钻了进来。跟在他后面爬进来的，又是那个穿灰短衫，胁里夹着一件卷着的长袍的人。

　　老太婆正坐在靠街的壁洞边，有横竖两尺大的木板可以拉开，一片天光在那里射进来，她在那里替她的孙子补一条裤。

　　儿子望也没有望她，便脱下蓝布褂，坐在床上了，一边让着那人坐。

　　老太婆懂得又是那回事了。自从有了这回事以来，儿子就变得高了一点似的，更不把娘看得起。于是在她的心上，悄悄地罩上了一层被漠视的悲哀。她卷起那堆破布，望了望那人，便弯着腰走出去了。可是她并没有到厨房去，却在吊梯边又爬进另外一个门洞，一间小到只能睡一个人的搁楼。这里是即使在白天，也是魅黑的。隔前楼只一层稀稀的薄板，前面的说话，可以听得清清楚楚。

接着又来了几个阿福的同厂的，都在老太婆的眼前边，在那个摇摇欲堕的吊梯上爬上了前楼。

老太婆听着他们已经开始，便屏住气用力地听着，不肯放过一个字。

因为是黄昏的时候，巷前巷后都添了许多人，好些人光着赤膊在门外抹身。好些人坐在矮板凳上，拿一把破蒲扇赶蚊子。大家戏谑着。而且又有人在哼着一些不同的小调，声音唱得大声了，常常妨碍老太婆的听觉。可是她还是一点也不心躁地耐心地只注意在前楼上。

天色黑了下来，家家都在弄夜饭，柴的烟，劣等的油烟，在每家飞腾，氤氲在几条弄里，又慢慢向上升，飘去了。可是那小的搁楼，却没有通气的地方，旧的烟塞在这里，新的烟还要窜了来。老太婆便忍不住地不断地呛了起来。

"咳咳咳咳咳咳……啊——呛……"

呛得太厉害了。便听见前面房子里有什么人说：

"你娘病了么？咳得这样狠！"

于是阿福便又大声说：

"老太婆！叫你下去！这样热！躲在那里做什么？"

她晓得他们在嫌着她了，却偏不肯下去。用一块布抵着嘴，让眼泪鼻涕流满脸上。因为她还要听他们说一些什么。

媳妇同孙子已经在后门口吃饭了，叫她，她不应。

蚊子成群结阵地来袭击，她轻轻撵着，在那枯老了的没有血的一双手上，也咬了许多口，好些地方，都小块小块地坟起了。

过了好一阵时间，那几个人才走了。阿福也走到厨房里找冷饭。老太婆便也从那黑洞里爬了出来。

"老太婆，你病了么？"坐在后门口，抱着小狗子的媳妇，和正在装饭的阿福都同时问了。

"哪里，我满好的呀！"写明在她满脸的皱纹里的，说明在她的声音里的，是从心上漾出来的一些满足的高兴。不过她儿子和媳妇却没有觉得。

二

儿子和媳妇都上厂去，小狗子也在弄里同隔壁的一些小孩玩去了。她一人又坐在那原地方替楼上住的得发补短褂。得发衣服都破得不像样了，他老婆总分不出时间替他补一补。她白天在厂里，清晨夜晚忙烧饭忙洗衣服还忙不过来，哪里有时间替他补衣服呢？她一边补着，一边却有点觉得不安起来，有一些话，总想找个人谈谈，而且总想做一点什么才好。可是找什么人呢，连儿子都看不起她的？究竟要说点什么，做个什么，她自己也搅不清。一个人很苦闷地又坐了半天。不过心里面是总没有把这事放下的。到后来连自己也不觉得怎么就走到后街的王婆婆家了。王婆婆在一个木盆里洗衣服。她站了半天，同她说了几句闲话之后，便忍不住地并没有想地问了：

"你还记得前一晌到恒丰里去吃饭的事么？"

"哪里会忘记，大伙儿烧，大伙儿吃，只要是穷人都有份，我说要长远那样就好了。"王婆婆为这个记忆有点兴奋起来，把洗的衣服不管，站了起来，两只水淋淋的手，使在两边衣服上擦着。

王婆婆隔壁的李老娘，这时正走了来，听到了这话，也兴致洋洋地插嘴了：

"嘿，起头还不信，阿三跑来报信的时候，都说他扯谎，世界上哪里会有那样好的事？到后一去看，才晓得是真的。不是那边那些人叫吃，还不敢吃呢，可惜就不长，那起短命的巡捕和东洋包探来赶跑了啦。唉，真可惜，大灶大锅全打坏了。"

"吃饭也犯法么，这批死对头，真容不得我们，不知道关他们什么事？"

"你们知道那是什么人拿出钱来的么？"老太婆故意认真地问着。

"怎么不晓得？都说是一个姓刘的拿出来的，后来被赶跑了啦！"

"姓刘的，他哪里有钱？有钱的人肯做这种好事么？那不晓得就多给我们几个工钱还好些。这个钱是……"老太婆说到这里，便慎重地把声音放低了慢慢地说了出来。

"哦！……"王婆婆同李老娘都惊诧起来了："那这是个什么人呢？"

"不是一个人，是好些，说是有一百万个人大家拼拢来的一笔大款子，特为我们汇来的。因为东洋人打上海，我们不替东洋人做工，饿饭，所以才说是烧饭大家吃啦！帮穷人的。"

"难怪！这样才讲得过，穷人帮穷人，我说呢，那姓刘的又不是傻子。你这个老太婆，从什么地方听来的？"

老太婆的常常在被漠视的难过，已经完全跑走了。只觉得非常高兴，而且非常大胆地说了起来，她好像自己已经懂得了好些东西。

"从前也睡在鼓里的。可是我听见了啦，说是他们打了胜仗，在商量送东西……"

"这个是应该的，他们既然帮我们，我们也就得帮他们……"李老娘自以为是地这样说。

"就不晓得几时来上海？"王婆婆望着老太婆，希望她能给她一个满意的答复。

"来总得来的，迟早就得看我们，我们告诉他们要他们来得很，送一些东西，还打什么电给他们，那他们就来得快些，因为他们怕我们望得很。还要告诉他们，我们苦得很，那也一定得先来这里。……"老太婆很有把握地说了。这些话并不是听来的，而是她意识着的，她相信自己并没有扯谎，那一定是真的。

"我看，我们也想个什么法子送一点什么东西，东西不怕粗，是一点意思，不会笑我们的。你们说呢？"

李老娘的这个主意真不错，把老太婆的心说开了。王婆婆也赞成。大家就商量买什么东西。只是都只能拿出几个铜板，买什么都不够，于是又愁倒了。后来还是李老娘主意多，她说再邀几个老太婆就容易了啦。

这几个老太婆一想好了主见，便高兴得孩子们似的，咧着缺了的瘪嘴，分头找另外的一些老太婆去了。

三

现在有了新鲜事做啦。三个老太婆去买布，两个老太婆去买线，线贵啦，要三个铜板一条。家里媳妇还有几根的，不够再跟别人讨几根，不用买了罢。于是又包着几个铜板回来了。买布的几个老太婆，老站在布店里打圈子，决不定买哪种，眼睛望着好些的，手在口袋里数铜板，真难啦，买得太不像样丢人的。

"我看，就这个也算了，马虎点吧，这个也要三百六十钱一尺呢。"

铺子里的店员问她买了做什么用的，她们肚子里好笑，说不出口。

"算了，就买这个吧。两尺够不够？"

"够的，要他多放点吧。"

"哼，好贵，三百六十个钱一尺的红布！"

红布放在怀里，像宝贝似的捧着回来了。

什么都安排好了，十几个老太婆围在一块，可是又有人说要钉花，她看过别人的，也是钉了花的。是的，既然东西是送人的，就总得合式，于是又拼了钱，派人再去买黑布。

东西做成了。针线并不高明，花样也钉歪了。可是个个老太婆心里都欢喜，像舍不得这礼物地老望着。这是一件大礼物。把东西卷好了，她们大家又说到一些希望来了。说得忘了神，就像真的上海的世界变了一样，一天只做七个钟头工，加了工资，礼拜天还有戏看呢，坐包厢，不花钱……

　　之后，东西就交把老太婆了，她答应一定交到，可是大家都想："唉，不晓得要我们老婆子的东西不要……"

四

　　儿子同着那人又来到了。老太婆听到他们的脚步声，心就跳了起来，在补着衣服拿了针的手，也微微制止不住地抖着了。她故意不看他们，仍旧坐着不动。

　　"老太婆！你到厨房去坐！"阿福又这样说了。

　　她想答应她儿子一句话，可是说不出来，于是便去卷那堆破布。

　　手指触到了那包东西，心又猛地跳了起来。她抬头去望那人，那人正望着她，非常和气的。她好像又有了一些勇气似的，拿起了那卷破布，也拿起了那包东西。她走到梯口时，又踌躇了起来。

　　"老太婆！你要什么呢！"阿福看见她那尴尬样子，便问了她。

　　于是她又走回来，回到那人身边，很决然地从怀里把那包东西拿出来递过去，她说道：

　　"这个是送他们的，请你转交去……"

　　"哪个？……"那人接过去了东西。

　　"他们！你们常常讲的，我们晓得的……"

　　"哦！……"那人有点觉得了。

"十四个老太婆拼拢来的，一点意思……"

纸包在那人手里打开来。他欢喜得笑了。阿福也惊奇地叫着：

"老太婆！是你们自己做的吗？……"

"是的……"她欢喜和着骄傲，她有点抖起来了。她忍不住地又咧开了嘴。

"呀！你们真好，我一定替你们交去，还告诉他们这里的老太婆都自动地送东西，爱护他们，希望他们胜利……"

"要他们早些来！"老太婆替他补充着。

"老太婆！你怎么晓得的呢？"阿福问她。

"我听得的呀！"这时她得意地笑了。

"哈哈哈……"都真的高兴地笑着。

可是老太婆又忸怩了起来，她望着他们两人，好半天才鼓起勇气慢慢地问道：

"你们，那个会，也要老婆子么？……"

"什么会？"那人故意逗着她说。他觉得这老太婆很有趣的。

"晓得的。你以为我不懂么，我都听得清清楚楚的。"

"这老太婆倒坏呢！"那人心里笑着。于是又赶忙点了头，告诉她也要老婆子们。

"那就好办，只要你把上头的意思告诉我，她们都肯照着做的。二三十个人一邀就拢来了。"

"好的，好的……"

另外几个人这时候也从梯口爬进来了，都问着什么一回事。

老太婆脸红红的，不过在那又黄又黑的老脸上却看不出，她夹起破布走下楼来。

"呀，真好！老太婆们也组织起来了呀！"几个年轻的人同时快乐地说着。

老太婆心里也满怀着愉快，在梯口边掉过头来看，她们那东西，铺在板凳上的，红的上面又钉了黑花的，放着无限的光辉。

一九三二年

诗人亚洛夫

一

又是馒头和菜汤！

诗人亚洛夫和着他的老婆安尼，还和着那七岁的女儿小安尼在吃晚饭。

十六枝的电灯光照在安尼的脸上，有着一个大鼻子的脸上，她今天的粉，似乎又搽得多了些。已经过了中年在发胖的胸脯，很大的肿似的一对奶子高高地铺着。两条粗胳膊从短袖管里胀了出来。哼，她今天又修了指甲啦！

亚洛夫望着他那打扮得并不怎样好看的老婆，又望着那吝啬的晚餐，想着他老婆的鼓得满满的钱包，忍不住要怨恨了起来：

"你是养得那么胖胖的，你全不想我和小安尼，你天天在丽莎那里吃牛排，吃糖果，吃中国梨子，可是你却只把馒头和菜汤给我们吃。看你的钱包啦，你天天和着那婊子，学得看不起丈夫啦，你全变了，把一个贵妇人的美德全忘啦！……"

安尼听着听着，就把一双因为胖而细小了的眼睛鼓了起来，非常快地也就抢着说了：

"别放屁吧！你配骂丽莎！马得洛夫大佐，屠鲁加将军都称赞着呢？她接待美国水兵，法国水兵，连中国人也接待，可是你以为她的钱就浪费了么，她还给了许多给大佐，是给了俄罗斯呀！她的情人，她的弟弟，她都把他们赶到满洲去了。前天在欢送会上，她唱国歌唱得真动人，全激动了，美国领事还敬她酒呢！大佐说，为了丽莎的歌喉，也要把布尔塞维克赶走呢！你才没有出息，也不去投效，振起精神呀！多好的机会，恢复我们的帝国，恢复我们旧日的荣华……"

她说得高兴了，泰山似的举着一个公爵夫人的样子坐在那里，像真的把布尔塞维克已经赶跑，围着她的全是奴隶啦！

"我怎么能去当兵，大家看不起我就算了吧！我是大学生出身。在圣彼得堡大学的时候，我还不是穿着贵胄的衣服，在卓琴诺夫伯爵夫人的夜会上，读我的诗吗？多少人都鼓掌。我并不是陆军出身，那时还不到年限，我并不怕死，我并不是不爱祖国，是我不懂呀！我为什么不想那时候呢，那时又年轻，嘿……"亚洛夫又感伤了起来，讲不下去，那过去的时代，黄金的，浪漫的，酒呀，音乐呀，女人呀……

小安尼是生在上海的一间灶披间里的，她从没有享过荣华，她不懂他们的话，但是她从他们那里，从好些俄罗斯人那里，她晓得有一种怨恨，就是布尔塞维克那东西和着那些贱种，一些工人和农民都是该杀的。她另外还晓得的，就是在马路上怎样去骗中国太太们的钱，和怎样去踢中国的穷孩子。她留在家里的时候很少，老是和着一些大的孩子在街上讨钱，偷东西，买糖果吃，买甘蔗吃，她会赌钱，会骂人，还爱在暗角里同尼古拉，或者格里沙亲嘴，干一些丢脸的事。

吃完了晚饭，安尼把盘子一推，用纸头揩揩嘴，朝着镜子弄头发。她对着镜子要笑不笑地望着，得意极了；哼，丽莎不过穿得漂亮，他们没有看见过年轻的安尼呢！她又侧了一下头，斜眼再对自己一望，那种真真是贵族式的使人讨厌的侧头，她现在做了一个婊子的仆妇，已经胖得很丑了，还不愿意忘掉。于是她满意地耸了耸肩，便去拿钱包了。她连晚上也还要到丽莎那里去，替她铺陈那华美的，淫猥的睡榻。

"给我两毛钱吧！"亚洛夫诗人把垂着的头仰了起来。

"没有。你应该找职业！在中国还抢不到一碗饭吃，你，真丢人！"她动着那双大脚，穿了一双丽莎的旧的小缎鞋，挺着肚子一拐一拐地从灶披间走到街上去了。

小安尼也从凳子上溜了下来，想跟着出去，却被她父亲叫住了：

"小坏坏子！走来！"他捻着她的鼻子。

于是他在她的坎肩口袋里，搜出一个铜戒指和十几个铜板，还和一个坏了的夜光表。

"好，小娼妇！你也会得赚钱啦，给爸爸去喝酒吧。等爸爸找着了职业，会好生打扮你的……"他又捻了她的小面孔，便抬起身，扯了扯脏衬衫，也走出去了。

"你妈的！"小安尼一面抹着眼泪，一面就朝她爸爸的后影骂了起来。她跺着脚，做许多怪样子。直到听见尼古拉在窗下吹哨子，才又高高兴兴地跳着跑去了。

亚洛夫捻着胡子，在晚凉的马路上慢慢地踱着。含着轻蔑的眼光，去看一些裹着单纱长旗袍的女人的屁股。铺子里的留声机，正唱着淫荡的外国歌曲。他走了过去，又转过一个花铺，在一个饭店的外边站了一会。又看看汽车，汽车里全是些染有红唇的白种女人，一些大肚皮商人，风吹着那柔软的金黄的卷发。他眼前又映着过去的欢乐影子，便捻紧了拳头，朝一条黑街里走了进去。

一间小小的白俄的酒吧间在这里，门外全坐满了丛生胡子的人，洋溢着烧酒的辣味和哗笑，每天都要闹到三四点钟才安静的。还常常有穿了大裙子的女人来跳舞呢。把一些邻居，全是在白天要做工的中国人闹得不安，一个街里没有一家不恨他们。

"啊……哈！亚洛夫！"

"诗人来了！"

亚洛夫虽说背了一个诗人头衔，实际是好久没有拿过笔了，不过这个好听的高贵头衔，却常常能够安慰他一下的。

亚洛夫还捻紧拳头，不做声地走了进去，从口袋里把他从他女儿怀里抢夺来的一切放在柜台上，便坐了下来。

光头的老板看见那铜戒指，很想打趣他一下，却望着他不说话的脸咽住了，赶忙倒了一大杯烧酒送了过去。

对面坐着的伊凡诺夫，一个中尉的儿子，现在却是个流氓，便朝他举起酒杯大声喊道：

"为我们的诗人，为我们的北满的军队，为我们的尼古拉……"酒把他呛住了。

隔壁桌上的几个人，也杂乱地嚷了起来：

"亚洛夫万岁！"

"……"

而且他们又唱起歌来了。亚洛夫也和着。

喝酒，嚷闹，一直到了一点钟。

亚洛夫才从那小酒吧间跟跟跄跄地走了出来，他一手搭在一个流氓身上，踏着虚飘飘的大步，在夜的马路上呵呵呵地笑着，而且，还在唱着。

二

第二天，亚洛夫没有从小安尼那里抢到钱，那小东西坏得很，她全买桃子吃了。于是他趁着房东女人的不注意，把房东的一把铅壶带到小酒吧间去了。老板在另外一条街上开了一家黑货店，所以什么东西都收买，常常也有很好的衣裳和首饰。

玛丽亚也来了。她让老板搂着嗅了半天，得了两片香肠，蹬着高跟鞋，快活得什么似的。她又来嬲着亚洛夫，讨了一根香烟。亚洛夫也就在她肥腿上捻了几下。而且他们便对酌起来了。

亚洛夫是把所有的时间都放在怨恨里，他一想起他父亲给自己的奴隶们用了镣铐来打，他就打战。再想起了祖国，这更是经年使他睡不着的，只有一到了这酒吧间，便把一切恨毒都放下了。

"吻我一下吧，宝贝！我明天也得上满洲去了！"玛丽亚歪过头来，眼里放着光辉。

"真的吗？"

"哪个骗你！马得洛夫大佐说前线要看护，我想我还是去好了，我要早些回到莫斯科去。你不知道我妈还是皇家大戏院的戏子呢。她是被他们杀了的。我那时太小了，跟着外祖母逃出来的。你莫说我妈是戏子，她却也像个公主似的，哪个皇亲贵戚不喜欢她。我明天一定要去的。我还有个从兄弟在哈尔滨，他来信也加入了军队呢……"

"哦，真的吗？……"亚洛夫想到自己了，他应该怎么样呢？还是到满洲去，还是留在上海？……

这时那个流氓伊凡诺夫，把衬衫敞开，一路冲了进来，快乐得发狂似的说道：

"哼！这些中国猪，长还没有长大，也做了布尔塞维克呢！魔鬼叫他住在我姐姐的公寓里，我一看他们那样子，就知道了一半，我装不懂中国话去同他们接近，哈……"

"伊凡诺夫！说下去呀……"

"怎样了呢？……"

"关在牢里去了呢！"

"从头再讲呀！"

伊凡诺夫一口把亚洛夫剩在杯子里的酒喝干了，便又说下去：

"他们一点不提防我，在房子里常常骂国民党，骂国民党的还会有好家伙么？于是有一天等他们不在房子里的时候，我就跑进去翻了一翻，翻着许多印刷品和书籍，大概总不是好东西。好，好得很，他们今天又是三四个人在房子里大说大闹，我就告诉了我姐姐，到隔壁茶馆打一了个电话，哈……于是囚车就来了。我装着不懂地站在门口看他们上车，哼，年纪那么轻，也就做布尔塞维克，他们一走，我才笑出声啦，肚子也笑痛了。哈……"

"哈哈哈……"

"伊凡诺夫！你干得真好呀！喝一杯吧！……"

"大家喝呀！"

于是所有的人都站了起来举着杯：

　　　　日月辉煌，照我旧邦。重整王朝，重建宫房。笑
　　彼阿奴，重归我有。笑彼……

"嘿，别唱了！我忘了大事情啦，听我讲吧！"伊凡诺夫又大声地嚷，嚷了半天，才把这些人安静了下来。于是他接着说下去：

"波尔今天告诉我的，他说大家明天都到公共汽车公司那里去呀！那里又在闹罢工呢？"

"对了，我晓得的，今天上午没有开车子出来，下午才开得几部呢。他们要公司实行加工资的约，公司从前是答应过的。"

"那好啦，管他公司有约不有约，我们的运气又来啦！用得着多少？"

"波尔说，公司预备同他们硬干，全要换啦。卖票两百多，查票几十个，三百来人呢。上年他们罢工，我们也挤去二十几个，这次一定更多了。公司同波尔说，这次要帮他们忙，明天一定要多去些人才对呢。"

"一定邀人去，总得帮他们忙，我们的军队还要向英国要子弹的呢。他帮助我们，我们也就得帮助他们……"

"工人们全不是好种，世界上的工人都一样，这里闹罢工，那里闹罢工，一些捣乱的家伙！明天去，把这些捣乱家伙的饭瓢子拿来吧！"

"嘿，六七十块饯一月呢！比中国工人加了两倍！波尔说，他们老是罢工，所以公司要开除他们，宁肯多加工价喊我们去……"

"公共汽车公司万岁！"不知什么人喊了一声，于是在这些醉鬼中，便疯也似的又有好些人接着喊了。又是闹成一团糟。

三

三四十个人在总公司的一个单子上签了字，便坐了公司的汽车驶到厂里去。那英国人穿得真干净，又高贵，又和气，看在眼里，满舒服的。他的衣服，烫得真平，白帆布鞋，一点灰也没有，亚洛夫用着不文雅的态度笑了起来。他过去也曾这么干净过，有过风采，可是现在却太脏了，没有人把他当做一个绅士看，他也就懒散多了，不过在这英国人面前，却又记起了礼貌，所以在分别的时候，便好好地举了一下手。

在车子里，三四十人都高兴地笑着，不止是因为找着了职业而高兴，大半还是为了马上会有一批穷苦的人，因了他们而不得不失业了的缘故。他们并不认识他们，私人间一点怨恨也未曾有过；可是他们总是这样仇恨着的。

汽车一直开到厂里面。他们跟着波尔走了下来。他们站成了一排。另外一个俄国人在一个英国人的指使之下，走了过来，用他的那双大手，从浓的红胡子里喷着唾沫，用力地吼叫了起来。他告诉他们在工作上应该晓得的一切。他说了三遍，他问：

"懂得了么？"像一个将军似的望着他的部属。

"知道的！"诗人亚洛夫便显得聪明似的抢着回答了。

大部分还痴痴地站着。心里不明白，口里又不敢说出来。

"好，记着！现在就分班出发罢！"

车子一部一部地陆续从厂里又开了出来。厂门口站了好几十个巡警，马路上似乎有零落着的工人。车子飞快地掠着冲去，喇叭骄傲地叫着，这些第一次卖票的俄国卖票员，心里浮着得意，眼里射着光辉。站在空的车子里，像站在冲入敌人防线的铁甲车上一样。

也还有好些乘客，都穿着干净的衣着。女人用鸟毛的扇子盖在胸上，轻轻地响着假珠假宝的项练。

每个车子上都跟有巡捕，每个站台上也站有巡捕，罢工的工人开会去了。

这些新卖票员蠢得要命，曾经做过大学生，而且在卓琴诺夫伯爵夫人的夜会上念过诗的亚洛夫，也把一个开车的气得嘟着嘴。他总不记得关车门，或者按铃。而且一瞥车子震动得厉害时，虽说他已经叉好了腿站着，也常常要把不住，倾倒在一些乘客身上，太太们都皱起眉头了，轻轻地骂着"俄国猪"。

车过了新世界，他忘记了换票子，又过了外滩，他看看那几个美国人，日本人，那些老早就坐在那里了的，可是他们把脸扬着，不理他。他有点怕，不敢要他们再买票，那些人懂得规矩，却欺侮他，一直乘车到底。一站路的票子却偏要乘两站。暗笑着他，高兴着揩了十五个铜板的油，跳着跑走了。当然他们都是很有钱，至少也有一两百块钱一个月的薪水。

吉诺也来乘车，他是他的邻人，他拍着他的肩，庆祝他，鼓舞他。他一路不断地同他说话，平日他是不大同亚洛夫打招呼的：

"亚洛夫！你也干起来了吗？我们一定要对付他们一下！……亚洛夫！好好地干吧，好职业呢！……亚洛夫！你应该学会揩油呀！……"揩油两个字是小声说的，因为他怕有美国人或法国人懂得他的话。

他说了半天话，也许是忘了，他没有买票子。

亚洛夫在车上昏头昏脑地站了几个钟头，他觉得很不舒服，早上所有的高兴全跑走了。一拐一拐地走了回去。穿了那件黄色的卖票员的制服。

安尼一看见他便叫了起来：

"啊……哈！我的亲爱的！你看你变得多漂亮了呀！……"她刚在洗脸，头发上夹了好些夹子，丑陋更显了出来，可是她装得那么娇媚。

小安尼也从街头走回来摸那件黄色的，已经脱了一颗钮扣的卖票员制服。

安尼这晚上还特意给了他两毛钱和一些铜子，她说他一定可以慢慢做一个好的人了。

他走到酒吧间去时，他们更欢迎了他，像对待一个战士。伊凡诺夫也在那里，玛丽亚还没有走，要等船期。她靠在他身上唱一首赞美大彼得的诗。

老板知道他是一个好主顾了，也陪着他喝酒，老板说：

"祝福我们的诗人卖票员！"

"祝福罢工！"

于是他的精神恢复了过来，他吹起牛来了。他骂那些罢工的工人，骂他们忘恩负义，骂那些还没有罢工的工人是狗，是卑劣小人，他说他要建议公司减低那些中国狗的工资。不能再有二十元钱。他在这上面，表现了一点诗人的聪明，把大家都说得打喷嚏，流眼泪。

四

从大会上退了下来的一大群卖票员，还张着眼睛，鼓着兴奋的脸，吐着忿怒的谩骂：

"妈的！这样剥削老子们，不是想把咱们弄死吗？……"

"操他娘！不管哪里罢工，总是那群不死的罗宋人来破坏，老子不打死他几个不是人！……"

人群像溃下来的潮水，惊动了全个街市，那些卖小菜的，上工厂去的，都伸着头问：

"什么事？……"

"罢工的！他妈，帝国主义资本家一定要打倒！……"

慢慢地人群也就又走散了，分头去干一些事。

有几个人便朝戈登路的静安寺路走来。

"呜……呜……"刚好那大的黄色的汽车驶了过来。亚洛夫站在那上面。

"妈的，老子总抓着你了！"在汽车门刚一拉开的时候，便伸进一只大手来把亚洛夫拉了下来！

"啊……啊……"亚洛夫叫了起来，不知说一些什么。

"你同老子们有什么仇，要来破坏咱们！"一个拳头打在他脸上。

"咱们这个饭瓢子，是好抢的么？"另一拳又打了下来。

"剥掉他号衣！……"

车里全乱了，一些先生太太们都慌忙地挤着跑了。

一个巡捕赶来朝工人们挥着棍，有一个腿上吃了一下。

马路上挤了许多看热闹的人，口里不说，心里叫着痛快，他们是同情中国工人的。

一阵哨子一吹，从两头都跑来了巡捕。

打了亚洛夫，同时也挨了打的工人们，丢开手赶紧跑了。

有几个巡捕追去，到新闸路转弯的当儿，终究抓着了一个，一路打着他踢着他，抓到捕房去了。

有两个巡捕叫了车来，把受了伤的亚洛夫送到医院去。

车子开回去了。可是又开走了。换了另外一个俄国人的卖票员。

五

亚洛夫睡在医院里。穿着雪白的睡衣睡在铺有雪白被单的床上。他的伤并不重，公司答应替他出医药费。他用手指摸着那个鸭毛的枕头，心里浮着高兴，多少年了，他没有这么一人干干净净地睡过，这有点像他童年的生活，那个中学校的寄宿舍。可是他总有些不舒服，因为他的左眼肿得很厉害，敷了好些药，又用纱布包住了。他时时去摸它，一摸着它，就想起那几个工人来，于是他又捻紧了拳头，朝空中挥着。

安尼穿了一件花纱衣，没有袖子的，带着女儿也来看他了。

"呀……什么恶魔，打成这样子了！"她一看见那些绷带就叫了起来。并且在胸前画着十字。

"怎么弄的，你这蠢才！"她又问他。

小安尼一声也不做，她走到那茶几边去，那上面放了一些她觉得好玩的杯子瓶子。

于是他说了起来，他还做出一副骄傲样子，他说虽说他打伤了，可是那几个工人也被他打得很厉害，他看见有一个因为他一拳打去，马上便喷了鲜红的血。

"该死的工人！"安尼喃喃骂着。

"不怕他们的，公司总不会再用他们，饿死他们吧！……"

"同你打架的一个，听说已经关在牢里了。"

"好，好极了，关死他吧！……"亚洛夫又捻紧了拳头，这回才是真的得意。

亚洛夫睡在医院里有一个星期，他现在天天都有牛排吃，安尼也常常带点中国梨子来。伊凡诺夫也来看过他一次，告诉了他许多消息。玛丽亚已经动身了，马得洛夫大佐也许要走。公共汽车的罢工工人还在闹，挨打的人很多，可是公司无论如何是不会再要那些工人的了。他又告诉他每年都要罢工，都要换一批工人的。他又安慰了亚洛夫，说在中国总不愁没有饭吃，他好了后仍然可以去的。

丽莎也晓得了这回事，为了表示她恨中国工人，同情亚洛夫，她送了亚洛夫一把小刀。

亚洛夫于是在摸着那些好了的伤痕的时候，便要摸那小刀。

日子过去了，罢工虽说仍旧没有解决，而亚洛夫却不能不出院了，他虽说很舍不得那安适生活，却因为复仇的心，也不准自己留恋，而脱掉了那白衣，走出医院了。

他带着疤又走到厂里去。他又穿着那制服，昂昂地站在车厢里，他现在已经熟练多了。而且一到了站，便赶紧去摸小刀。他不止很稳固地得了一个卖票员的位置，还听了伊凡诺夫的话，加入到一个团体里去了。这个团体是很厉害的，专门对付上海工人的一个团体。

一九三二年

给孩子们

幼稚园

　　爱若正骑在娜娜的身上。娜娜怎么变成真的大黄狗了。他们俩在一片大竹林里面跑，娜娜会把他带到什么地方去呢？跑着，跑着，忽然叮当叮当地响起来了，吓的一下，怎么从娜娜身上就跌下来了？怎么那个胖河马太太就站在面前，鼓着眼睛，沙着声音说：

　　"乖！你起来了！"

　　起来就起来。抬着头一望，好些小绅士也都在穿衣裳了。窗子外边的树叶上，有一大片黄黄的清晨的阳光，从那里流进来好些鸟儿的清脆的歌唱，流进来软软的柔风，带着草的香，花的香，爱若高兴极了，一跳就从被窝里跳了出来，望着走了过去的河马太太的后脑发笑，只想在那剪短了头发，白的凸出的后脑上开个玩笑。可是河马太太却走出去了。爱若一面跋鞋子，一面向大宝提议，悄悄地到水池边去采一朵紫色的小花回来，一朵最先开的小紫花，他敢打赌说。大宝先有点怕河马太太，后来也高兴了，小宝也哼着要去，珍儿也哼着要去。要去就跟着走吧，哼哼唧唧干什么？可是回来的时候，河马太太真的就发气了，孩子们都站在房门口了，排着队去洗脸。河马太太一发气，珍儿就哭了，大宝小宝也把脸骇白了。赶忙说是爱若要他们去的，爱若就爱若，爱若不怕河马太太，什么一定要洗脸在一块儿？……河马太太不知道把他们当什么东西管着？河马太太一睡去了，长颈鹿太太又来了。这个长颈鹿太太更使爱若讨厌。这两个都是幼稚园的。保姆河马和长颈鹿的浑名都是爱若加上去的，爱若听过河马太太的《幼稚园》的故事。爱若自己有时是虎儿，有时是象儿，可是这些小鸡小狗都太无用了。爱若讲那些顽皮的有趣味的故事给他们听，他们都高兴，不过爱若一说"走吧！小兔子！"他们就都不做声了，或者英儿，或者美儿就会说："别听他的，要挨骂的，不要出去，就坐在地板上，做好孩子。"坐得太长久，就睡去了，做梦梦到妈妈给糕吃。爱若看不起这些梦，爱若不要糕吃，也不要河马太太，也不要长颈鹿太太做着丑样子来摸他，喊他乖孩子好孩子……

这个幼稚园是一个有名的幼稚园，常常有坐汽车的老爷太太们来参观，把河马太太同长颈鹿太太忙死了，天天管着孩子们不准把衣服弄脏。外边汽车一响，一个跑到外边去招待，一个就悄悄顿着足，喊着孩子们说：

"唱！唱鸽子飞来！唱花园里！不准望外边？有参观的！……"

　　　　鸽子飞来，鸽子飞来，快！快！快！飞到这里

来！……

　　她提着头先唱了，于是孩子们便跟着唱了起来，都坐着不
动，眼望着外边，于是参观的来了：一个漂亮的绅士陪着一个
美丽的太太。绅士说：

　　"玛丽！你看这群小天使才乖，又干净，又聪明，唱得真
动人，把小玛丽也送来吧！"

　　太太也笑了，走了进来，用她带手套的手摸珍儿的头发，
她问她：

　　"你唱什么歌，可爱的孩子？"

　　珍儿不敢答应她，还是不停地唱。

　　参观了游戏场，参观了寝室，浴室，小的白洁的床，小的
白洁的澡室，小的白洁的厕所，小的白洁的……一切都太干净
了，管小孩子也管得好，都听话，规矩，将来一定可以成乖乖
的人，成一个绅士，乖乖地坐在办公处，打字，算数目字，洗
干净手了才吃饭，按月领薪水，养孩子，又把孩子送在幼稚
园，或者就做河马太太，做长颈鹿太太。于是小玛丽就送来
了，于是小玛丽的爸爸又把财产算了一次，捐了一笔款子给幼
稚园了。河马太太更胖了，长颈鹿太太的长颈也更长了。两个
人还是成天忙着，管着孩子们坐在亮的地板上玩着，唱鸽子飞
来。又在唱小麻雀了。

　　有一天绅士和太太又来了，不是小玛丽的爸爸和妈妈，好
几个，都走进来摸孩子们的头，摸下巴。有个长女人，涂了很

厚的粉的女人，也走到爱若的面前，摸爱若的脸庞。爱若真不惯极了，怎么女人这么讨厌，动不动就在你脸上身上来摸。爱若讨厌这个厚粉女人来摸他，就躲开，撅着嘴，于是长颈鹿太太远远地便伸过脖子来说道：

"爱若！乖！握握李小姐的手！她喜欢爱若的。"

"喔，你叫爱若吗？这个名字漂亮得很，你几岁了？密司特张？你看这个孩子长得真美丽，有趣极了，像彼得潘。"她就把爱若的手拿在她手中。爱若闻到她身上有一股味道，不知是什么气味，他就定定地望着她。她血也似的红嘴唇里有两颗放亮的黄牙齿，不晓得她要不要咬人。

长颈鹿太太又伸长脖子说：

"爱若！你跳一个却尔斯登，这孩子跳得真好。"

于是小姐又拍着他，要他跳，让出一块地方来，围着他看，把他放在一个圈子当中，像看猴戏似的，绅士们也围了拢来，把他当一个玩把戏的猴子看着。

"跳呀！你真乖！爱若跳得最好了！……"

爱若鼓着眼睛望大家，他不动，要跳大家跳，先得出主意的长颈鹿太太跳。

河马太太也急了，咻咻地催着：

"爱若乖乖，你跳给绅士们太太们看呀！……"

爱若望见河马太太在流汗了，他忽然想起那个故事上的河马太太来，常常为顽皮的孩子们弄得流汗的，于是他忍不住地却说了：

"我不叫爱若，我是虎儿，她是河马太太，她是长颈鹿太太，长颈鹿本来也是幼稚生，不知怎么又是太太了。太太也好，让她做太太去吧，我不喜欢她。"

"什么话，什么话……"绅士们，太太们都有趣地笑起来了。

"真的，我不撒谎的，一样的幼稚园，我去拿来给你们看吧。"他一说完便跳着跑出去了。河马太太喊他也不应，她摇着大肚皮追出去了。河马太太一定跟着他在房子里打了好些圈，浑身都是汗。绅士们，太太们都喜欢看有趣的事，都不肯走。看了半天他和河马太太在几间房里赛跑，后来河马太太的头发也跑散了，衣服也撕破了，走不出来，便坐在隔壁房角上哭起来了。于是爱若就把一页藏在床垫下的画报拿了出来，绅士们，太太们一看就都哈哈大笑，眼泪也笑出来了，用一块大手绢放在鼻子上用力地揿，原来画报上画的那个河马太太同这个坐在屋角上的河马太太真像，长颈鹿太太脸也红了，当着绅士们又不敢做声。孩子们看见别人笑，也就都大笑起来了，爱若高兴地说着：

"鹦鹉应该说：'快躲起来吧，到寝室里去。'……"

可是绅士们带着太太们却走出去了，他们假装出一副严肃的脸，同长颈鹿太太说："这个野孩子要好好管着他。什么人家的，危险人物呀！"

这次的丑丢得太厉害了，河马太太把一副胖的脸在长颈鹿的脸项上擦眼泪，两个人伤心地哭了半天，怕没有人给幼稚园捐钱了，怕都把孩子们带回家去，换了幼稚园了，到晚上才想好了一个主意，就是写封信把爱若的妈妈，要她把爱若带回家去。爱若的妈妈抱着迈克儿就来了。妈妈是喜欢把爱若放在幼稚园里的。妈妈又是极喜欢爱若的，河马太太骗着妈妈说：

"幼稚园的地方太小了，现在不能寄宿了。孩子是可以来的，不过要住在家里，来去要有看护送，妈妈最好请个看护送孩子。"

妈妈讲了一些好话都不成，只好带着孩子回家去，妈妈说：

"要有一个娜娜也好了。"

爱若说：

"迈克儿有个娜娜。"

妈妈笑着说：

"迈克儿的娜娜是真的娜娜就好了，就好送爱若上幼稚园了。妈妈明日替爱若找个娜娜吧。"

于是爱若就离开了那个幼稚园了。

有趣的妈妈

现在爱若住在家里了。

爱若喜欢假装着摇铃，"咠，咠，咠，啊，迈克儿！起来了！"于是他又望着弯了腰在扫地的妈妈说：

"妈妈要说，'孩子，乖，你起来了！'妈妈怎么不学河马太太鼓着大眼睛呢。"

妈妈拿了开水和烧饼来，爱若也一定要洗了手才吃，还要说这是最好的牛奶呢。

爱若很喜欢妈妈，妈妈比河马太太，比长颈鹿太太都可爱，虽说河马太太和长颈鹿太太都做得更像爱小孩。爱若有几次想替妈妈另外取一个名字，总想不好，妈妈不像虎儿，又不像象儿，妈妈又没有翅膀，不是就叫她做仙女，妈妈最好是叫妈妈了，于是爱若也就不再想替妈妈取名字了。

爸爸是一个使爱若奇怪的东西，绅士不像绅士，衣服是穿得同这些来参观的绅士们一样的。可是他不带手套，不拿棍子，不叫爱若跳却尔斯登。他有时候同爱若玩起来也像一个小白兔子，像一个小黄狼，可是有时候又凶起来，他常常同妈妈说：

"都是你不好，进什么幼稚园，把孩子反弄坏了，那只是鬼族幼稚园。你看，他懂得这样多事情了。"

鬼族，真有点鬼族，看那些小绅士，小太太，就真怄气了，都没有迈克儿好玩，迈克儿比哪个都小，可是跌了跟斗，他不哭，拍拍手，望着爱若笑笑，又玩他自己的去了。

妈妈一做事去了，爱若就同迈克儿玩，要迈克儿扮河马太太，挺着肚子；扮青蛙请酒，也挺着肚子。迈克儿喜欢扮蜜蜂，嗡嗡嗡嗡，迈克儿就装作飞出去了。到了花园里，花园里的花，都紧紧地排着队，站着不动，歪了头望着迈克儿。迈克儿说：

"小红花，小紫花，你笑一个吧。妈妈喜欢你。"

迈克儿就站在她们的肩头上。

她们不懂迈克儿的话，假如是真的蜜蜂的话，她们是懂得的。她们都奇怪地望着他。迈克儿也明白了，他就学着真的蜜蜂的话嗡嗡了起来：

"同迈克儿到草坪上去跳却尔斯登吧，爱若告诉迈克儿的，去呀，去呀，小花儿！"于是迈克儿就从花的肩头上先飞了。

可是花儿都皱着眉，花儿不能够去。园丁刚刚灌了许多臭水把花儿的脚都淹着了，又把她们紧紧地绑在一根柱子上的。她们走不动，等下又会有小绅士们的大皮球来压她们。迈克儿飞回来一看，真的她们都是绑着的，迈克儿走拢去替她们去解绳子，总是解不下来。后来迈克儿才明白他是一个蜜蜂，蜜蜂解不开绳子的，于是他不肯扮蜜蜂了，他还是要做迈克儿，于是他一下又就是迈克儿了。他还是坐在爱若脸前，爱若又要他扮爸爸，自己扮妈妈，要迈克儿坐在凳子前边学爸爸写字。迈克儿也不想怎么不是蜜蜂，怎么又没有花园，他笑了一笑真的便去学爸爸了，本来迈克儿是长得真像爸爸的。

一吃过了晚饭，妈妈就抱着迈克儿坐在矮椅上，爱若坐在妈妈对面小凳上，妈妈就开始说：

"从前有个孩子……"

爱若就张着眼睛，心里想："妈妈，这孩子不会是爱若吧？"

"是一个聪明的可爱的孩子，他很小就送到了幼稚园里……"

"幼稚园里有紫的小花，有一个小池塘，还有一个河马太太……"爱若这样想。

可是妈妈却是这样讲的："这个幼稚园是世界上最好的一个幼稚园，鬼族的小孩子们都不准进来，住在这里的小孩的父母，都是一些创造这个世界的人。他们在半空里，在地下室流着汗，不停地要创造出一个真正好的世界来，所以才为他们的孩子建立了一个又大，又美丽的幼稚园。"

"比河马太太的幼稚园还好吗？"爱若担心地问。

"好得多了，只要孩子们一到了那里面，就更聪明了，不只会唱许多歌，还会修房子，做织布机，连飞机也会做！飞机，爱若看见过的吧，坐了飞机就可以去打强盗……"

强盗是什么，强盗一定是强盗，是要打的东西吧。

妈妈的故事总是讲不完的，爱若和迈克儿就又睡着了，就又坐了飞机去打强盗了。

于是第二天又来了，妈妈又要同爱若讲幼稚园，讲小朋友，讲一个大兵，还要讲彼得潘，讲永无岛，讲鲛人，讲胡克。胡克是一个大海盗，他的右手一个铁钩，凶残到极点了，没有人不怕他，但是他打不过彼得，他怕彼得，后来是彼得把他推到海里喂鳄鱼了。彼得是一个永远的孩子，不会长大，不会穿绅士的衣服，到写字间去打字，不会长胡子。爱若听得有趣极了。有时候学着彼得向迈克儿说："这回我和胡克分个死活。"

可是爸爸是不喜欢彼得的，爸爸也不喜欢胡克，有时爸爸抓着假的彼得，像河马太太，不，像达林先生，也不，像一个爸爸似的吼着说：

"要不得，要不得，赶走彼得，赶走胡克，鬼话！你要把孩子往什么地方送呀！送到永无岛上去么？"

妈妈却笑着答应："你要我讲你翻的偷鸡（突击）队么？"于是妈妈不讲彼得了，又去讲小黑猫变仙女了。

妈妈大约一定也会同着爱若，迈克儿去看鲛人，也会飞，常常是住在有野花的山上，有小屋的永无岛，有青蛙，有小鱼，有睡莲的池旁，或者是荷叶上吧。

弄假成真

爸爸一早起来，等不到吃最好的"牛奶"，就是妈妈从后门边提进来的开水，便到前屋里去抹桌子了。妈妈也赶忙走过去，妈妈说：

"有几个啰？"

"五个六个吧。"

六个什么呢？还是六个河马太太，六个蜜蜂，六个胡克……

"我想是要预备午饭的了，假如吃饭只是像彼得他们那样装着吃，倒是好办的。"妈妈等不到爸爸笑出声便又走过来了。

果然，一点也不用担心，一个，两个就来了。来的不是河马太太，不是蜜蜂，也不是胡克……是像爸爸那样的。他们都躲在爸爸的房里，讲故事，是讲的一些骡子话吧，爱若总是听不懂。爱若时时跑过去，躲起来看他们都装出一副正经的面孔，爸爸不是爸爸，不是小白兔，不是小黄狼。后来忽然就看见一个什么的眼睛了，是像妈妈的那样的眼睛吧，后来她就走出来了。她握着他的手，便问道：

"你是哪个？"

"我是爱若。"他想起也应该问一问别人，所以他也庄重地问道：

"你叫什么名字呢？"

"我叫铃铃。"

"铃铃。"爱若望着她，铃铃是一个什么东西呢，是一个有趣的东西吧，管他，是铃铃就好了。

迈克儿显见得是同铃铃很熟的，他一下就把她抓着了。铃铃就同他们坐在一张长的沙发上，他们扯她的头发，她也就扯他们的头发。

"铃铃有个叮克钟儿，是你的本家么？"

"什么，叮克钟儿，啊。那个小仙女么，我不认得她。"

爱若的小嘴撅着了，看得出他一定有点失望。

"我想妈妈同她很熟的，是妈妈告诉你的吧。"铃铃只是为着想安慰爱若才那么说的吧。

这时妈妈也走了过来。妈妈却这样地说：

"是的，铃铃不认得叮克钟儿，但是她认得许多胡克，认得许多彼得潘，她同胡克打过仗，她还晓得胡克在什么地方，你们要她引去吧，她认得路的，她不知多少回引小平去看过。"妈妈真好开玩笑，她不过想使铃铃在孩子们面前受点窘。

孩子们真的就嚷起来了，先是爱若说：

"铃铃带我们去吧！"

"我是要去的。"迈克儿也说。

这个玩笑真开得不小，孩子们太认真了。铃铃抱怨着妈妈说：

"我只好不管了，我要走了，我还有许多事情，你自己真太小孩子气了，我想你应该先学会变戏法才好。不是你骗不好孩子们的，你看他们都真的相信了。"

看铃铃的样子，她的确像不认得彼得潘，不过妈妈还是要顽皮地说：

"不要信她，她是真的可以同你们去的，爱若，她是要你向她行一个海军礼，迈克儿就给她一个'顶针'，她就可以真的同你们去了。"

爱若以为还是相信铃铃可以带他去好些，他就同迈克儿照了妈妈的意思抱着铃铃吵起来了。

铃铃晓得再埋怨妈妈也没有用了，真是好捣乱的妈妈。铃铃只好说：

"要走就走吧，可是爱若以为应该怎样去呢？"

想来是应该飞的吧，飞一定比坐黄包车有趣，爱若在梦里是常常飞的，爱若就主张也学文黛她们一样，是从窗户里飞出去。

当然迈克儿也是赞成这样的，他以为有翅膀是好玩得多了。

于是妈妈便把不要的《申报》纸拿来，剪了几个翅膀，有两个大的是给铃铃的。

一瓶明星浆糊都贴完了，还加了一些米汤，才算是贴好。他们就试着来飞。铃铃只以为是骗骗小孩子玩的，哪个晓得真的就飞起来了。当然飞得最好的是爱若，因为迈克儿太小，太顽皮了，他常常乱踢着脚，所以常常在屋子中翻跟斗。铃铃飞了一个圈又掉下来了，她实在有点吃力，看见过铃铃的，就会知道她一定不是一个好的飞行家，她只是一个胖胖的铃铃。铃铃掉在地下了，她仰望着浮在上面的爱若说：

"好，我不去了，我飞不起来了，你们自己去吧。我要开会去了，真是太胡闹，我假如还要耽搁一会儿，我就又要受批评了。"

她反转手去，要扯下那翅膀来，还好，迈克儿一下就把那只手抓住了，爱若也把另外那只手抓住了，两个人一抬，于是铃铃又飞在空中了。

"赶快走吧，不是铃铃又要开会去了。"爱若同迈克儿说。

于是两个小家伙不管三七二十一便拉着铃铃朝窗子外边飞去。屋子上面搭凉棚的竹篙子还把铃铃的肩头打了一下。

这个玩笑怎么弄成真的了，妈妈这才焦急起来，赶忙跑到窗子边，喊着爱若，喊着迈克儿，又喊着铃铃，问他们什么时候好飞回来。

爸爸他们也跑来看了，这时他们已经飞得很高，只像一个小鸟儿了，铃铃这天不应该穿长旗袍的，他们还看得见那讨厌的袍缘时时裹着她的脚。

爸爸他们倒并不怎样奇怪，只宽慰妈妈说：

"放心好了，有铃铃在那里，他们一定很好的，一定会回来的，会报告我们一些有趣的故事。"

可是妈妈后悔了，她没有想到会弄假成真，她只想捉弄一下铃铃的，谁知把自己捉弄住了。没有了爱若和迈克儿，她怎么能够生活，她应该多剪两个翅膀，同他们一块儿飞去的。她觉得她有两颗眼泪镶在眼睛上了，她要去揩它，又怕有人看见，她害羞地来望望房子周围，她看见迈克儿的驼绒小黄狗歪着头望她，她不觉地叫了起来：

"娜娜，去呀！去把迈克儿找回来。"

娜娜还是只歪着头不说话。

妈妈自然不肯烧午饭了。爸爸他们到底是不是学着彼得他们那么假装着吃午饭的，就不知道了。

我这一次只要七个

飞，飞，先还看见妈妈站在窗子口，后来就分不清了，这个地方的弄堂房子是数不清的那样多的。一些高楼又把那些弄堂房子遮住了。飞过高楼去，又是另外的高楼了。于是他们就尽往上飞。铃铃也会飞些了，她想她不会掉下去。她就飞在前边引路。可是迈克儿老打着圈子，他忘记了胡克，他以为太好玩了，他问爱若道：

"你以为这个像什么？"

"像做梦睡在云上面的。"爱若就飞上了一朵白云。

"不，像在大澡盆里洗澡。"迈克儿又去用脚划着空气。

"当心，别掉下去了，这底下正是一个大黑洞，你看。"

铃铃往下面一看，原来是一个大烟筒，正在喷出浓烟来，有两颗煤烟冲在她的脸上了。

为躲避这一阵煤烟，于是又朝上飞去，太阳正晒在他们身上，这个金色的，放着许多金箭的太阳是更有点热了。他们的脸都有些红起来。幸好总有风，把他们刚刚一出来的汗便吹干了。爱若以为最好铃铃还是把长旗袍脱了好些，不是她会赶不上他们，铃铃也忘记了里面只穿一件男孩子们穿的小坎肩，她真的就脱了。她又以为把长旗袍垫在他们身子底下也好，可以休息一下，假若不愿意飞的时候，就坐在那上面。他们也赞成了，就在那上面坐了一会儿。

忽然迈克儿却叫了起来：

"我的背脊骨有点痛起来了，替我看看吧。"

原来是因为浆糊被太阳晒干了。爱若也觉得有点痛起来，

"贴的时候，我就想到这个浆糊是靠不住的，我看见那个商标是太阳牌的，我们还是用点水来弄湿它吧。"

爱若就用口水去舐迈克儿的翅膀。舐了半天还是不够。他想起幼稚园的那个小池塘，他提议快些飞到那里去，而且他口也渴了，他要喝一点水才好。迈克儿也想看看那个幼稚园，铃铃当然也说好，她要同两个孩子争是没有用的。于是又朝下飞来，把旗袍卷在胳膊底下。穿过了好几朵白云，有两次同老鹰几乎碰着了，后来才又飞到一些屋顶上面，不过总是找不到那个幼稚园，还是飞到一条小河边，几个人就落下来了。铃铃便替迈克儿黏翅膀，爱若就把头低到河里，咕哝咕哝地在喝水，这时忽然听见什么地方一个小孩的声音喊起来：

"铃铃！铃铃！"

都奇怪起来了，怎么这个乡下也会有熟人。于是就四方望去，原来在河岸上正坐得有一个小女孩。小女孩就是小毕三。铃铃一想，记起来了，就跑过去问道：

"你怎么在这儿呢，你不是同妈妈回到呵呵村去了的么？"

"是的。妈妈做梦，说爸爸被胡克捉去了，说爸爸顶喜欢我，要我去捉胡克，妈妈替我贴了两个翅膀，可是我飞低了，

一下不小心，翅膀挂在树枝上，拉破了，就掉下来了。"

"啊，你真勇敢呀！你一个人也要去捉胡克么？"爱若很钦敬地去拉小毕三的手。

"怎么你的鼻子还没有长高起来，我都长起来了，妈妈天天替我捻的。"迈克儿好奇地望着她。

铃铃又去看她的翅膀，幸好破得很小，铃铃就在一株树上，找到一些胶水，一会儿就补好了。铃铃说：

"你的爸爸今天还同我在一块儿讨论九一八。他刚刚剃了和尚头，怕你都会不认识了，咱们就一块儿飞回去吧，我看，别去找胡克了。"铃铃就望着三个小孩子。

"还早得很。"是迈克儿先答应。

"假如连胡克还没有看见，真冤枉。"爱若是这样说。

"不管爸爸在哪里，还是先把胡克捉住了再说吧。"小毕三在乡下住了大半年，果真勇敢得多。当然她也晓得迈克儿和爱若一定是不想转去的。

铃铃心里为难着，她不知道应从什么地方飞去才可以看见胡克。但是她明白，她若说没有，孩子们一定会不相信的。她只好说："好吧，飞呀！"

但是又来了一个岔子，上面有三个白鸟一直朝他们飞来，他们都把手放在额头去看，原来又是三个女孩飞来了。铃铃心里真奇怪，难道真可以贴了翅膀就会飞么？

三个女孩子软软地就落在他们面前了。

"啊哟！真倦死了，我们休息一下吧。"你看毛毛真像一个大姑娘似的好看了。

Baby 不知道跑到什么地方了的也弄在一块儿来了。

宁儿刚刚会走路，也要跟着跑出来学飞，一定是妈妈又进了医院，爸爸办《白话报》去了，她偷着跑出来的。

迈克儿一看见人多，就咧开嘴来笑。

"毛毛！怎么你一个人来了？"铃铃看见这样多小孩都聚在一块了，心里真有些担忧，假如你们妈妈都联合在一块，说铃铃带着你们闹，可怎么好！

"阿点有肺病，出不来。阿宝昨天吃香蕉吃多了。所以我一个人出来了。你怎么好久都不去看妈妈，妈妈说小报上又在造你的谣。妈妈气极了，说是胡克们干的，所以我出来打胡克来了。"

"我是接了小平的信，小平那里有许多胡克围攻他们，小平写信要我们去。小平又说他那里好玩极了。幸好妈妈上天津去了，爸爸又不管我，我就悄悄邀了宁儿一块儿出来，可是弄错了路，假如不遇着毛毛，还不晓得飞到什么地方去了。"Baby 这样赶忙地告诉铃铃。

"铃铃，你一定要带我们一块儿去打胡克，打完了胡克，同小平在一起，加入了儿童团，那才好呢。"宁儿也结结巴巴地说。

铃铃晓得逃不掉了，一个，两个……六个了。不是六个河马太太，不是六个蜜蜂，不是六个胡克，是六个勇敢的，不怕一切困难，而要去打死胡克，所有的胡克，所有的胡党的党羽和爪牙的可爱的儿童。"好，"铃铃真的心里这样坚决地想，"我就同你们一块走吧！好，六个，索性是七个吧，莫把薇忘记了。好，七个，就只要七个了，多的，你们自己跟着去算了，我这一次只要七个。"

他们一群动身了。薇也来了。他妈妈真好，听说铃铃要把他编在这篇故事里，同爱若他们一群去打胡克，高高兴兴就答应了。他们这一队连铃铃是八个人，正好一桌。爱若做队长，铃铃只做参谋，做引路的人。于是从小河边就排好队向上飞去了。微微皱着的河水里，映出蓝色的天空，映出这七个飞着的小孩，还和那只穿一件男孩小坎肩的铃铃。

途　中

这的确不是一个安静的旅行。孩子们总是有点顽皮的，大家都不肯规规矩矩地飞，有时要往上，穿过了一团白云，又穿过一团白云，慢慢地看不见地面了，迷失在白的巨大的雾团里。有的蹲在这一块上，有的睡在那一块上，风一吹来，于是东的东去了，西的西去了，而孩子们便叫了起来，又从雾里余了过来，手一握着手的时候，就大笑了。铃铃几乎被他们捉弄死了。迈克儿老喜欢踢着，划着，他还要宁儿和薇去学他。铃铃真担心他们，假如一不小心，掉下去，落在云上还不要紧，要从云里穿了下去，落在地面上，也许是石头，也许是水门汀，也许是屋脊上，又没有预备飞行伞，那不会把骨头都跌碎吗？她不知道小孩子们学飞比学走路容易得多，只要贴上两个翅膀就行。有个时候他们又喜欢往下飞，从云头上像孙悟空一样地打着跟斗往下余，真把铃铃急坏了，她连喊着：

"小心呀！小心呀，宁儿！让我来牵你！"

可是孩子们一点也不听她的话，一路笑着就下去了。弄得没有办法的铃铃，只好跟着滚下去。她心里却也奇怪："嘿，一点也不头晕，比坐电梯强多了呀！"

后来几个孩子就吵起嘴来了，原因是做队长的爱若忽然想起了彼得，于是他说道：

"我以为我们也应该有一个文黛，譬如迈克儿就还须要一个母亲，而且有一个文黛，那我们一定更觉得有趣了。"

迈克儿想到在小屋中的迈克儿，文黛只准他睡摇篮。他便说既然没有文黛，就不必要一个文黛。

宁儿却想到在母亲身边吃代乳粉，她于是高兴地嚷着："最好有一个文黛！"

但是这个事被几个有资格做文黛的女孩子反对了。Baby锐声地叫道：

"我不要，那个没有用的小老太婆！"

"她连秃秃都不如，她一点也不能打胡克！真倒霉，假如你们要我装文黛。"毛毛当然是最有资格被选为文黛的。

"我说，咱们别要这小女人了吧，让那些鬼族幼稚园的小绅士，小太太们抱洋团团玩的去做吧！我们不要她。"小毕三颇有爸爸的风范，那么伸展了卓别林式的眉毛。

爱若虽说讨厌死了河马太太幼稚园的那些小绅士，小太太们，可是他几乎疑心小毕三是有一点点讽刺他，这个疑心也是要在那些鬼族幼稚园里才能够学来的。爱若马上就晓得他疑心是错了，他客气地说着：

"你能原谅我吗？"

"我不懂。我妈妈还没有告诉我认这个字，你不晓得这些中国字多难认么？"

"小平他说他已经能够当记录了。他们是学罗马字拼音。"Baby 像懂得很多的。

不过到底要不要文黛呢，宁儿还是在想勒吐精代乳粉。后来他们只好向铃铃，真是好笑得很，她那么大了，未必也怕别人要她装文黛，她那么祖护小毕三，她说：

"当然不要，现在的女孩不同了，她们都是勇敢的，扑杀胡克的彼得。飞呀！飞呀！快遇到胡克了！"

于是几个女孩子都大声嚷道；

"这回我和胡克分个死活！"

男孩子们也嚷了起来：

"这回我和胡克分个死活！"

都加快了飞行。风嘶嘶地从身旁刷过，啊！快遇到胡克了啊！

红粑粑

这一段路并不像到永无乡去那样的远，实在只要一会儿就到了。孩子们都很性急，这样自然好些。

很远很远就听见了哗啦哗啦的声音。做队长的爱若立刻就懂得了。他做了一个手式，嘘了一声：

"轻轻地飞吧，薇薇不要顽皮，把翅膀打得那么响！"

孩子们也都明白了，都快乐得忍不住地要笑出来。于是大家慢慢地飞上一条白河。在很远的上游，正停有像鲸鱼样子的五只大船，那就是红粑粑的船。

这个红粑粑，真是讲起来就有人打抖。他的名字，不只在白河上骇得死人，就是在东河，北河，西河，南河，哪一条河上，哪一块地方他没有去杀死几千几万人，他是太平洋里的第一个强盗，全世界都闻名的。他生得很矮，可是很宽。一副大黄脸，黄得像蜡一样。有两个铜铃一样的眼睛，里面放出绿光。血盆大嘴，嘴里还伸出三颗长牙。那样子是再难看，再骄横，再残忍没有的了。他在出世的那一天，就赌了咒，一定要杀尽一切好人，一切其他的强盗，在这个世界上只准有一个王，就是红粑粑他自己，还和一些他的党羽，他的奴隶。你看他这个咒赌得大不大，他真的就那么四处横行，杀了好些人，抢了许多财产，有了许多奴隶，这天不知道他为什么又行驶到白河上，正在抛锚呢。

孩子们慢慢地飞近了，船上的旗帜很分明，铃铃说：

"爱若！我们碰到最大的敌人了啦，你要小心，不要让我们有一点损伤，我以为我们先要开一次会议再下总攻击令呢。"

爱若也懂得她的话是正确的，可是有点好奇，口里喊他们慢点飞，自己却不肯停止飞航，尤其是小毕三，她太把敌人轻视了，她急速地要飞到那船上去看，她飞在最前面。这些小东西，也就不肯服输地追去，铃铃一方面喊他们停止，一方面却只好也跟着飞。那个不懂事的薇，还用力地打着翅膀，大声地嚷：

"啊！到了！打倒红粑粑！"

宁儿也附和着。

不管船上是怎样的闹！铁的索子在架子上滚去滚来。厨房里的刀又敲得磕磕的响，却仍然惊动了他们。第一个听到的，还不是红粑粑，是他的一个忠心狗。狗的嗅觉和听觉都特别灵敏，所以你如要打胡克们，得先防备他们的狗。那只狗叫做约翰，它常常可以在红粑粑那里得一点肉骨头，它这时一下就听到孩子们的声音了。这种狗真是坏蛋，它一点也不吠，只轻轻地抓着红粑粑的裤脚管。红粑粑马上明白了。立刻下命令船上不准闹，铁索没有声音了，厨房里也安静了，红粑粑从一个侍卫手里拿了一个望远镜。孩子们还一点也不知道地互相笑着往前飞。等下就可以晓得这几个孩子怎么样了。

不要望远镜也可以看清楚了，像一群小蜻蜓，小飞虫的那么远远地飞来。绿胡子含着一个烟斗问：

"这群小虫干什么的？"

红粑粑因为用过望远镜，他知道了是爱若他们，他叫都要把大炮架好。

几百个炮手都预备好了，他们心里都这样想着："不能用这样多的炮打几个小孩。"可是他们都怕红粑粑，一点声也不敢出，而且样子也不敢做，因为红粑粑还养得有那样多的狗来管他们的。

小孩们飞得一点次序都没有，那么赶先地钻着，又不是看猴子戏，又不是玩耍，红粑粑看见连铃铃也飞近了，高兴得笑了起来，约翰用前爪四处地抓着，绿胡子，牛角尖，都在红粑

粑的指挥之下，抖擞着，只等再一飞近些就下令开炮。炮手都
握住了炮钮，眼睛一瞬也不敢瞬地望着他们。孩子们因为自己
闹去了，所以一点也没有留意底下，后来还是毛毛忽然喊起
来了：

"他们晓得了，听，他们一点声音都没有了！"

"不怕！不怕！"有孩子这么答应。

"赶快下令，爱若！打回飞！"铃铃连炮孔都看见了。

爱若也看见了，他已经明了敌人已经有了准备，而他们一
点筹划还没有，于是他转过身来：

"向上飞，在第二朵云上集齐！"

可是什么都太慢了。一百架大炮就在这时轰的一声放出了
一百颗炮弹，烟雾弥漫了一大团，烟雾消去时，这个空间已经
没有了孩子的踪影，只有青的天空，透明的，远远飘忽着几缕
淡淡的白云。下面是白河里滔滔的大水，五十丈深的大河，连
船只也不敢停泊在红粑粑附近的大河里，只有银色的水，翻腾
地滚滚地向着大海流去。红粑粑心想这群不知死活的孩子，一
定粉碎了四肢沉在水中去了。于是他哈哈地大笑着，而船中又
回复了嚣闹，厨房里拼命地打着锅盏，这厨子一定是一个北
方人。

这群孩子到底怎么样了呢？实在因为没有防备，大炮虽说
没有打中他们，却被气把他们吹跑了。他们自己一点抵抗力也
没有，晕头晕脑地一阵冲，直冲到好远才清醒过来，还正睡在
一朵云上面。迈克儿自己以为打倒了红粑粑了，他问他们红粑
粑是不是就是那个长得像个圆珠的。Baby 说：

"我以为是那个有红胡子的。"

"我只看见一排大圆口望着我们。"薇是说得最真实的了。不是有一百个吃人的大口望着他们吗？

"归队！归队！"爱若飞在前面来点数。他看见铃铃在那里揩眼泪。他们都着急了，以为铃铃生他们的气，假如铃铃要回去，那怎么好？几个孩子都围着来摸她的脸。原求她是被一颗沙子飞进眼里去，痛得眼泪也流出来，她抱着眼睛揩了半天，才算好了。大家才放心。可是在点人数的时候，大家又恐慌起来了，四处都找不到小毕三，她是飞在最前面的，一定被那大口吸了进去，或者就掉在河里了。铃铃尤其不放心，她想起她爸爸，他是那么爱她的，她只好说：

"你们在什么地方等一等我，我去找找她，那边，那边有个小屋，你们就往那里去。我一会儿就来，最好你们是应该歇一歇，吃点什么东西了。"

铃铃一人离开了他们，就又往回飞去，打了许多圈子都没有看见。她又悄悄飞到红耙耙的船那边去，也没有看见什么，她只好又飞回来，这回是并没有沙子，眼睛里也有了眼泪了。只好又飞回来，她到小屋时，只听见底下沸腾着一片欢声，她一边降下来，一边心里骂着：

"唉，你们还快活！"

可是立刻她自己却快活到忘记了飞行，碰的一声便坠下来了。孩子们都大笑。第一个跑上去把她扶起来的自然是小毕三，第二个跑上去握她的手的，却是一个陌生的孩子。一个顽健的精干的她不认识的孩子。她问道：

“你是谁？”

“德娃利斯。铃铃，你好么？婆婆常常想念你。铃铃！你来得真好，让我们一块儿商量着来对付红粑粑吧。我们一定可以灭掉他。”

啊呀！这个孩子是那么老气的，他到底有多大！好像比铃铃还有把握的那么一副神气。这孩子到底是谁呢？莫不是——可不正是一年多没有看见了的小平么！

嘿，这就是小平，看那样子不出，他可真能做记录？孩子们都围着他问：

“当然能够啦！这有什么稀奇。到我们那里去看吧，比我小的画家，音乐家，工程师，多得很。我们自己教育自己，我们在一块儿生活，在一块儿工作，我们还有政治讨论会呢！不像你们是交把保姆的！

“是交给河马太太的！”爱若纠正他。

“那你们是在哪里呢，带我们去吧，我们都可以飞去的。是永无乡吧，我们去了不要再回来了。”

“我想一定是小人国了。”

“小人国里有没有黑色的天鹅，静静地浮在水上？”

“还有张着帆的小船，小船上睡着穿紫衣裳的公主吧？”

小平似乎不懂得这些话，望了他们一会，便走到一边的沙地上画图去了。

小毕三握着铃铃的手，告诉她，她是怎样掉落在河中，怎样遇着正在泅水的小平，怎样来到这小屋，怎样爱若他们飞到了这里……

"小平！我想同你说几句话，你在画什么呢？"当然铃铃没有很随便，仿佛有一点生疏，大约是这孩子太老气了。

"好，等一会儿。这个很要紧，还得仔细商量呢。叫他们都到小屋中去，里面什么都有；今夜不能休息呢，得饱吃一顿晚饭，叫他们预备，那鸡蛋不比你们那里的大多了么？你们那里的鸡也是受剥削的呢，哼哼！"

"当然是要剥削了才能吃，难道生的也能吃么？"爱若很懂得地这么想着，便带着孩子们进小屋去了。

太阳在这个时候，成了一个大的红色的轮子落在远处的山边上，那些层层叠叠的群山，都变成紫霭色的一抹，涂在天际线上。白河里的水波，和着天空的云彩，都变成了血色的，五颜六色地放出一个傍晚时候的光辉。在远处，白河的那一头，有几个黑点密集着，便是红粑粑的五只大船。辽阔的平野里，稀稀朗朗，孤独地立着几根苍老的，叫不出名字来的树。那边，就在那个旷地上，那个叫小平的小孩，弯着腰，注精会神地在沙地上画着。这边，这个铃铃坐在小屋子的外边，一边看着这个生疏的孩子，一边想着今晚怎么灭掉红粑粑的事。她忘记了是在一个故事里，她似乎比干着她平日那些事还有趣味得多。因为都是孩子们，说声怎样便怎样了，手同口一致的。你看，迈克儿不是捧出一大块锅巴嘻嘻地走出来了么？他牙齿还没长好，可总是喜欢吃锅巴。接着，毛毛和爱若便抬出几个盘子来。其馀的小孩也陆续地出来了，还带着一些碗筷，不是刀叉，他们都是用碗筷的，连幼稚园也是用碗筷的，只有毛毛和铃铃是吃过四毛小洋的俄国大菜过。而毛毛还是请别人替她切好的。他们把什么东西都拿了出来，于是晚餐便开始了，这时还没有天黑。

时间在这时候是很重要的

吃过了饭，大家就围在那张画在沙地上的图的周围。小平拿了一根短树枝指着图中的一点地方，画着一个○的地方，他说：

"这是什么，你们晓得么？"

"晓得的，这是鸡蛋呀！"薇是刚刚吃过了一个鸡蛋的。

"不是啊！这是一个地方，就是我们站着的地方。这个小屋。懂得了么？懂得我为什么一个人在这里了么？"小平像煞有介事地又问。

铃铃心里已经完全明白了，可是她不愿意答应出来。她老以为她是一个大人呢。

"当然晓得的，你不是写过信，说要我们到你那里去么？你晓得我们要来了，你来接我们的。"Baby想也没有想便答应了，不能说她不聪明。

"我以为你知道我要掉在河里，你就等着我的。"掉在河里的是谁，就是谁在答应了。她一共掉过两次。

"因为你要预备我们吃晚饭，我们是连午饭都没有吃的。不知道妈妈和娜娜吃了晚饭没有？"这是迈克儿答应的。

个个小孩都答应了，都有一个最好的理由。只有铃铃一个人没有答应。小孩们都望着她，的确是轮到她来答应了。可是她不说，她以为她答应对了，孩子们或许会不高兴的，她要故意答应错，她又不甘心，结局她悄悄地告诉了宁儿。于是宁儿说对了，她大声说：

"你是来打红粑粑的啰！"其实宁儿真的也晓得，她起先不过是忘记说了。

于是孩子们都嚷了起来，本来他们都也知道的，也是因为话说得太快了，就忘记说了。

"是的！你们猜的真对！我们都是因为要打红粑粑的！现在，让我们宣誓，我们一定要打倒他！这个大强盗！"

都举起了右手。铃铃也举了右手。这回真的是"这回我和胡克分个死活"了。

"可是，"小平又接着说，"这里我们是八个，九个；而红粑粑那里是几百党羽，几千奴隶，我们能够打得赢么？"

"一定赢的！"是谁这么答应了。可是只有一个孩子这么答应。

"我们要开会议，才下总攻击令呀！"爱若也神气活现的。

"是的，要有方法！"

"要有方法才会赢！"

"假如你有方法，你就说出来吧！或者铃铃一定有方法。铃铃！你怎么不发表意见呢？"

孩子们不再揪在她身上，或是去扯她的头发了，因为孩子们都懂得这不是儿戏了。只望着她，有几个性子急的，就催着她说。于是我们的铃铃只好说应该先要小平报告一些关于红粑粑的情形，小平一定比大家熟悉一点。

原来这天夜晚，在那五只大船上，有一个大的宴会。客人总有一两百，第一个大客是鼓冬冬。怎么叫着鼓冬冬呢？原来这个强盗生就的一个大肚皮，同军乐队里那个背鼓的人的样子差不多，他走起路来的时候，只看见一个圆圆的大鼓走了过来。腿和身干都看不见，只看见两个胖脚，和一个圆头，所以他叫鼓冬冬。第二个客叫四脚爬。这个四脚爬真长的比什么还难看。他的后脚骨是软的，所以坐着还不要紧，走动起来，便只好将两只手也放在地下去，爬起来走，所以叫着四脚爬。不过别小看他，他的本领也很厉害的，他也有几千死党呢，他用抢来的财宝养着的。客多得很，就是说强盗多得很，都集齐了。连他们养的狗群，马群，牛群，羊群都集齐了。他们的兵士，他们的奴隶也都集在这一块儿，所以这不是容易的事，不是真的一相情愿的，是要大家有一点计划的。假如弄得不好被胡克们提了去，可不是玩儿，他们不会客气地请你走"跳板"呢。

孩子们都一点也不苟且地说了许多话，这些话我们现在不写下来。他们真的想了一个好的，周密的计划，又有沙地上的那幅地图做参考，假如先说破了就没有趣味。这时天是刚黑下来。时间在这时是很重要的。

埋　伏

陆陆续续地都飞走了，只剩下铃铃一个人在这屋子里，因为孩子们都喜欢热闹，没有人肯留守这里。连小平也飞走了，小平的翅膀是婆婆早就替他缝上的，飞起来一点声音都没有。不过孩子们也更会飞了，都懂得怎么使他没有声音，也懂得当风从对面吹来时，怎么样把翅膀展平，而把颈子伸长一些了。而且他们分成几队地进发了！

让我们跟着第一批飞上船去的来看看船上吧。五个船头上都站有五十个荷枪的守卫。他们都穿着铁的甲胄，带着铁盔，站得笔直的，排排地各站在各的岗位上。他们一点也不敢疏忽他们的立正的姿态，像一个铜像一样，实在他们已经很瞌睡了，他们还是早上五点钟站起的，他们并没有困过午觉。在他们的上面，有五个瞭望台，一个台上有一个强盗，他瞭望着远处，还看守着这些卫兵。这都是几个很厉害的强盗，可是这晚他们真是要遭绝了，他们一点也看不见危险已来到眼前，他们还看不见孩子们已飞上了船。

这时红粑粑他们都在当中那只最大的船上的舞厅里，这间厅子完全是水晶造成的。装饰着珊瑚的树，玉的树，配着各色宝石的花朵，悬着大大小小的夜光珠，这些夜光珠也有嵌在墙壁上，也有嵌在座椅上，也有的在美女的胸上，腰上，鞋带上，或用那最小的密密地攒集在头发上，那些坐榻，那些小几也全是水晶造成的，而且还嵌了许多立体派的花纹。这都是好些的有名的艺术家构造出来的。还有那些织锦，金碧辉煌的，软绵绵的东西，垫在身体底下，垫在脚底下。有几百个女人，涂满了一身油漆，红的，白的，画了一身的花，她们躺在他们的脚边，她们时时跳舞，跳一些怕人的舞，好像要吃人的样子，她们又从一些花瓣中舀出一些甜酒来，献给他们，还要唝

出那些剩下的。红粑粑是一个最好女色的，所以这时完全忘记
了一切，沉醉在这些肉和酒里面，而且他还已经安排好了那么
多的守卫和奴隶和狗。鼓冬冬也挺着肚皮很吃力地躺在那里，
因为他肚皮里的酒装得太多了。又加上六个女人一同靠在他的
肚皮上揪他的胡子玩。四脚爬这时简直是四脚朝天，一个脚上
一个女人替他搔脚，他是最喜欢搔脚的。连约翰那只狗也因为
吃了几杯红粑粑赏给他的酒，狗性发了，四处爬着，悄悄地去
摸母狗们的屁股，所以它的那个最灵敏的狗鼻也没有嗅出这个
厅子里已经进来了生人。进到这厅里来的是毛毛和小毕三，因
为毛毛最灵巧，而小毕三最勇敢，她们两个从这个身边走到那
个身边，悄悄地偷去了他们的手枪。红粑粑的四杆手枪就都是
小毕三一个人偷的。有一次几乎被红粑粑发觉，因为这杆手枪
正压在他的屁股底下，她抽重了一点，正要拿走时，红粑粑却
反过手来，真危险极了。可是恰好一个鬼怪女人把身体往他怀
里一倒，他的手又伸回去捻那女人的鼻子去了。于是小毕三才
赶紧逃跑。她们两个把手枪都丢到河里去了。两个人真忍不住
高兴的笑。这些事情做得真不错，真好，要是红粑粑他们稍微
留心一点，或是约翰那只狗不嗅母狗去，也一定嗅出这两个孩
子的味来了，那就真糟糕，还有许多事没预备好，舞厅里先要
一闹起来，就不知道事情怎么样子。

　　爱若和着小平是从船尾巴上走过来的，他们轻轻地走到一
个大炮旁边，隐在一边，听见正有几个炮手在悄声地谈话：

　　"牛鼻子来的信怎样说？"

　　"嘿，说是说不完的好呢，他是上天堂了！"

"这里真是地狱！"

"我说，走哇，咱们就都走了吧！"

"唉，走，假如又拖回来了呢？……"

"…………"

"唉！听到这白河的水朗朗地流，心里真难过，不知道那几个孩子怎么样了？是我们把他们打死的呢。"

爱若听到眼泪都几乎流出来了。他用手按着自己的嘴。

"唉，别提了吧，我也悔不完，假如这时他们又活泼泼地飞到眼前了，我就甘愿让红粑粑拿去上电刑吧！我是真爱他们得很呢。"

"哈啰！"小平一把抓着爱若跳了出来，他欢喜地去握那些炮手的手："看吧，这不是爱若吗？他一点也不会怨恨你们的。他们都好好地活着的呢。"

爱若含着眼泪地跳在那些炮手当中，他觉得妈妈打了他的时候还没有这么难过，同时就是爸爸买回了花旗橘子也没有这样高兴，他不断地说：

"不要伤心了，我是爱若，我们一块儿打胡克吧！"

炮手们都惊愕地望着这两个小孩，后来就快乐得笑了，他们都抱起爱若来，也抱起小平来。他们都嚷说：

"咱们一块打胡克吧，打了胡克地狱就会变天堂了！咱们真是太受罪了！好，孩子！我们听你！"

好，后面就看得见炮手们的勇敢的。

小平和着爱若又走到厨房去。这里有无数的穿白衣裳的厨子，已经把酒席都预备好了，还烤好了一个大的整个的狮子头。那些奴隶们，几百个的奴隶们也换好了绣花的衣裳，只要等一句话，一个命令，就可以举着大的金盘走出去了。可是厨子们却瘦得很，那些陈列在他们面前的好肉好酒，他们却又永远不能被准许尝一点，当然是只好瘦下来了。他们都没有一点力去翻转那些吊在火上的野兔子。那些奴隶们也齐挤在门口眼望着那些加了卤的佳肴，肚子里咕咕地响着，却又要张着耳朵，倾听着外边的银笛，那就是告诉他们这是要上菜的时候了。小平和爱若一看见这种情形，两个就会意地快乐地点着头。于是小平就飞上那盏吊在屋子正当中的大灯台上，他从口袋里摸出一片竹叶子，夹在两个大拇指当中吹了起来，吹的是一个歌曲，这个歌曲混在烧腊味里从鼻孔，耳孔钻了进去，煽动了那些埋在肚子里的心里的火焰来，那些奴隶都围在一块唱了起来：

　　吼——冬——眶——
　　吼——冬——眶——
　　‥‥‥‥‥‥

　　竹叶子的笛子就更吹了起来，而爱若就把那狮子头丢在奴隶们的当中。奴隶们就欢呼地一下便把那头拉碎了，还高唱道：

　　啊——呀——狮子头呀！
　　这个味道真太好了‥‥‥

厨子们一看见了狮子头被吃去，就骇得哭起来了，哭着哭着就赌气把一只大牛，牛肚子里边还塞了柠檬的，最好吃的大牛也用刀划碎了，他们哭着道：

"要吃，来把这个吃了吧，这是柠檬牛呀，我们花了一个星期才弄好的呀……"

跟着牛，把什么东西都吃光了。厨子跟着奴隶们，在屋子里举着骨头跳：

吼——冬——眶——

吼——冬——眶——

狮子头，

柠檬牛，

还要红粑粑炒鼓冬冬……

这个乱子可闹得不小，小平看见很够了，便收了竹叶和爱若又飞了出来，在好几只船上都巡视了，也看见了迈克儿正用一只脚倒钩在桅杆上打着揪玩。薇也在几根缆子上走软索。嘿，孩子们倒悠闲呢，你看，事情马上就爆发了。

胜　利

呜呜啦——

啦呜啦——

呜啦啦——

糟糕了，银笛子在两个侍卫的口上吹叫起来了。这是告诉筵宴开始了，真拐得很，厨房里的人还在跳着闹呢。没有人理，也没有人听见这笛子声音，他们太闹了。笛子吹过，不见奴隶们出来，侍卫和着站在外边的奴隶们就骇得你望我，我望你。红粑粑和着宾客们都等着菜吃，等了半天还没有，都急起来了。有些客还怪红粑粑，说是老远地跑来，连菜也没有吃，太省俭了。鼓冬冬就疑心红粑粑太穷了。红粑粑更焦急，又怕失去礼貌，他只能喊：

"吹笛子啦！音乐台上奏乐啦！"

于是音乐台上开始了一个新的歌曲，而银笛又叫起来了：

呜呜啦——
啦呜啦——
呜啦啦——

自然是白叫的，还是没有人理。侍卫官想到事情一定有些不妙了，赶快派了二十个奴隶去察看，二十个奴隶跑到厨房一看，却也加入了进去，抓起一些玉碗，金盘唱起来了：

嘻嘻嘻
哈哈哈
今天到日子了，
奴隶翻身了，
嘻嘻嘻

哈哈哈

侍卫兵也来了，来了就混在一起了。慢慢地那个排筵席厅的外边就没有人了，也没有人吹银笛了。宾客们都骂起来，有些赌气要走。红粑粑一肚子气无处发泄，一眼看见那只约翰，横着一双醉了的红眼，于是他狠狠地踢过去：

"妈的！还不去看看，多少年的肉骨头是白丢的了！"强盗们真是骂丑话的能手。

约翰只好跑去了。狗运的末日到了，刚一走进门，只听见哧的一声，这狗东西就被一个什么东西打中了。连叫也没有叫出声就死了。

旺旺旺——
你狗仗人势——
今天先杀你，
旺旺旺——

狗子也死了好些。还是不见有菜出来，也没有回音的，红粑粑也知道有些不妙，他看见好些客都在找帽子，他赶紧拦着他们，他真是说得这么结结巴巴：

"请——等——等——我——去看——看——"

于是他自己跳了出来，外边都安安静静，没有一个人，有的只是远远地蹲在炮旁边的炮手们，和船头上像木偶的士兵，还有几个他看不见的顽皮小孩，这几个孩子吊在桅杆上在悄悄地笑呢。他发气得很厉害地往厨房冲去，他已经看见那些在闹的奴隶们，他大声地吼起来，那声音真有震天价响：

"反了么！"

"反了！"

那么多的厨子奴隶侍卫就都冲出来了。红粑粑毕竟是大强盗，他一点也不慌，把两手一反，往屁股上去摸，哈，孩子们都笑出声音来了。这回他真糟了。四杆手枪早就沉在大河里了。于是他赶快跳了回去，他急得有些发狂了：

"奴隶们反了，来了，赶快冲出去，不怕，还有兵，还有炮，集到船头去！跟我来！……"

鼓冬冬也往肚皮底下去摸，怪了，手枪也没有了，大家都摸不到手枪，都慌起来了。这些女人就哇哇哇地哭起来。眼泪在粉脸上流成了好些条河。

这真是难讲得很，同时，都闹成一片了。奴隶们都汹汹涌涌地跑出来了。红粑粑发号施令。瞭望台上的五个强盗正要动身，噗通一下都跌在河里去了。孩子们站在瞭望台上，迈克儿点起了一个火花，两边岸上也有了火花，岸上也不知道从什么地方来了许多奴隶，Baby 和宁儿从两边岸上也飞来了。炮手不听命令，也朝红粑粑攻来了。奴隶们都喊着那些士兵：

"掉转枪头！杀死那群强盗！"

兵士就都真的杀来了。

闹成了一片，喊的声音，笑的声音，狗吠的声音，刀枪的声音，孩子们在半天飞，用翅膀打得拍拍的响，情形只能去想象的了。孩子们真快乐呀！胡克终于打倒了，他们把所有胡克都杀了，奴隶们都做了船的主人了。爱若喊了一声口号，孩子们就都跟着飞到小屋去。铃铃也飞来接他们了。有几个强盗也会飞，被他们逃跑了，孩子们要去追，铃铃说：

"不要紧的，他们跑不掉的，四处都有奴隶，奴隶们都起来了，胡克的末日到了。好。我们来庆祝吧！"

"来庆祝吧！"孩子们都快乐地围着嚷着跳，太阳这时在东方要升起来了，天在发白。

这一定不是一个梦的

天亮了，大家有点觉得疲倦了，都有点想起家里的小床来，宁儿说：

"妈妈早晨没有看见宁儿，一定要哭的吧？"

"只有娜娜陪着妈妈。"迈克儿也想起来了。

"妈妈最爱毛毛的，毛毛提议飞回去，赞成的举手吧。"毛毛站在当中说。

大半都把手举起来了。连爱若也说：

"一定要回去了，回去告诉妈妈打胡克的事吧。"

于是大家就又来抓着铃铃闹，一定要铃铃送他们回去。铃铃只好说：

"好吧，要走就一块儿走，不送回去也是不行的，你们妈妈一定要怪铃铃的。那么，小平，你呢，你假如也肯同他们一块去，他们当然都欢迎你的，你假如也要一个妈妈，那，……你看我这个样子好不好扮一个母亲？……"

"不，"小平很坚决地说，"我不要妈妈，我要回到我的儿童团去，我们那里事情太多了，我得回去做，婆婆一定也喜欢我回去做事，而且我以为你们最好都到儿童团去吧，Baby！你不是要学罗马字拼音吗？薇！你不是最喜欢玩门上的锁？你要到我们那里，一个星期你就会做了，你还可以管理一个造锁工厂呢。假如爱若要到我们那里去，你是做什么都可以的，领导一个剧团，做一个大日记家，天天你把日记念给大家听，大家都快乐，都敬重你，你也可以做其他什么，只要你愿意……都可以去的，睡在妈妈怀里，摸摸奶奶，让爸爸同你接一个吻，像一个小狗的那么被爱着，没有意识。还是咱们大家在一块儿玩，在一块儿做事有趣多了！来吧，飞起来吧，往我们那儿飞去！"

小平展了一下翅膀，就飞在半空了：

"来呀，我要动身了。"

"我同你去，我不回去了。我老早就羡慕你们的。"Baby跟着飞上去。

"等一下，我也来了。爸爸一定喜欢我这样的。"小毕三第三个飞上去。

"迈克儿！一块儿去吧，别想妈妈和娜娜了！"于是迈克儿也跟着爱若飞上去了。

"好吧！一同去吧！"都飞走了。

现在只剩铃铃一人在这里，她想一想，与其一个人回去，不如也同着孩子们去，若是孩子们准许她同他们在一块儿。于是也飞着去了。

清晨的风，软软的，有一点点湿气，又有一点点树叶的气息，温柔地戏弄着孩子们，孩子们一路唱着歌，翻着跟斗，小平在前边引路，飞飞飞，慢慢地就飞到了。

不知道有多少人在底下欢迎他们。儿童团的儿童全来了，小孩的脸全快乐得发红了。他们随着小平在人头上打起圈来：

"喂，小平！庆祝你们胜利！……"

"喂，欢迎新团员！"

"儿童团万岁！"

底下一片的声音这样沸腾起来。于是他们慢慢降落下去。唉，铃铃只想起自己只穿得一件男孩的小坎肩呀！

"迈克儿！迈克儿！爱若！……"啊呀，妈妈从人丛中挤出来了，真奇怪呢！怎么妈妈也在这里，真快乐呀！"

"Baby！"

"薇！"

"小毕三！"

"……"啊！原来爸爸们和妈妈们也全集在这里了！孩子们都跳到妈妈的怀里去了。小平也把婆婆牵来，铃铃也就跳在婆婆的怀里去了。

啊呀！真快乐呀，这群孩子们，当他们又跳到儿童的海中去时，大家紧紧地抱着欢呼的时候！这一定不是一个梦的！

一九三二年

奔

在家的那方，那隔断了家的那堵不知名的山，慢慢地已经又从黑得不分明的里面，显出紫褐色来，而且在那染上了红霞的透亮的天空上，画着很分明的却是柔和的线。又一阵寒冽的晨风从荒凉的田地上打来，扫过这几间红砖的小屋，又迈步到对面的树丛，夜来的像似虎啸的狂吼，已经低到只是像猫头鸟地咻咻地就过去了，却也还是冷得刺骨。张大憨子耳里听到风已走过了好远，便又用背把抵住他背蹲着的王阿二撞了一下，便像是自语似的咕哝了一句：

"天亮了呢。"他已经把他那烂了边的红眼睛，从着拱手的袖口边移出了一条细缝。黯黯地望着红的那方，在那方，正有着家在那儿。

粗草鞋套在烂棉鞋上的一双偎在他腿边的大脚，也抖了抖伸开踮起去了。伛着腰站在他前边走了一步便又停住了说道：

"该快来了，说了是天亮的那班……"他没有说下去，却又伛着腰坐了下来，接着又打了一个冷嗦。

草鞋的大脚便又伸在张大憨子的腿边。另外有一个人站了起来，走到墙的转角去，溲溲地小便着。这时天更亮了起来，满天都是彩霞，红房子的那一端，一个可怜的瘦雄鸡，也抖了抖翅膀，伸着颈格格地叫了起来。小便的人走了回来却不蹲下去，靠着墙又去揉眼屎。那盏悬在眼前的电灯，还无力地射着一粒淡淡的黄光。不知从什么地方又闯来了几个乡下人，都提着大包裹，像是做小生意的人。来的人把他们望了一望，便站在那一边互相说着什么。他们懂得车一定快来了，也有两个人又站了起来，试着把蜷得麻痹的手脚伸了一伸。

那个穿制服的可怜的瘦小的伙子，夜晚看到他几次在车来车去忙碌地跑着的，又咳着嗽走出来了。他打了一个圈子，望了望嵌在墙上的钟，便朝这群土老儿，几乎在这冷风里挨过大半夜的一群投过了一个眼光，带点怜悯也带点不屑的神气，于是他说道：

"来呀！"

而这时那个镗镗的钟声也响起来了，他们在这里是听到第三次的钟声了。

他们便都站了起来，伛着臃肿的身躯，跟着那穿制服的人走到那买票的小门边。那人不知说了一句什么就走了。他们都望着那小门，没有听他。

"四等，六角大洋！一个一个地来！"门洞里一片灯光落在一个小柜台上，卖票的人穿着一件布棉袍，耸着肩，红着一双没有睡够的眼睛，不耐烦地说。他那旁边正放有一把破嘴的小瓦壶，似乎正冒着热气，把每个买票的人都羡慕地送过眼光去。

一块雪白的大洋往台上一丢，响声打到了心里，不说话，揣着找回的四角大洋票，算也不必去算，得，左右不过……便走开了。

"管他娘，横竖几个钟头便到了……"张大憨子看乔老三忧愁地按着他装钱的搭裢袋，便安慰他这样说。他觉得他这句话也把自己安慰了一点儿。

"唔!"乔老三也跟着走进了月台。月台上又多了几个不曾见过的人，也有一个穿长衫的，大约就是学生吧。

太阳已经吐出了一线火红。远的稀的树枝间也吐着滚滚的浓烟，而跟在那后面，便传来了巨大的轧轧的车轮声。突突的汽笛锐叫了两声，火车便喘息着，流着汗，一步一步，拖着滚来，滚去，而停在小的月台上了。

有人朝一个车门口奔去，其馀的便跟着去挤。车上也有被推出来的人，都拦在那一个小门口，有的就嚷起来了。又有着大声音喊："那边去，这是三等!"于是这一群更慌着一团，掉转身急忙地，张着呆笨的眼光，胡乱地又朝另一个门口奔去。终于挤上了一个车厢。

旧的，脏的车厢里面，挤着一些破的烂的布堆，而又在这布堆上排列着不整齐的人头。歪着的，挂着的，有些正咧着黄牙大嘴，从那大嘴里送出浓的臭味，还从那些张着的鼻孔里，一声一声地吐着鼾声，有些是把好久没修剃过的头发蓬乱地倒着，而口涎便长长地垂到胸际。有些也张开了睡眼，望望车外也望望进来的这一群，不动也不说。

"张大哥! 这里有位子!"

"去，那边去，那边还好挤一个!"

被闹醒了的，移了一下身子，便又睡去了。有些便也揉着眼睛去望那关着的玻璃窗，窗上浮着一层雾。

车不知在什么时候已经用着快步在跑了。

"吓，这个什么火车，倒真了不得，阿二，你来看，山呀，树呀，像鬼旋磨，旋着旋着就跑去了。"

王阿二真的就扭着头把眼睛伏在玻窗上，老龙的衣袖已经揩去了一块玻窗上的雾。他们都因为车厢上的暖气和车外的奇异的景致弄活泼了一点儿。太阳也斜斜地在车里画上好多条黄光，好些人都为这黄光伸直地坐了起来。

乔老三又摸了摸他的搭裢袋，他想到他的家财。那袋中所有的一切，他有点茫然，因为他的跟在这群人之中到上海去，完全是由于他老婆的怂恿，他是一点把握也没有的。他又重复着他已说过了好几次的话来说道：

"张大哥！到了上海，你可别丢开我不管，我比不得你们，有亲戚熟人，好歹要替我找个落脚！你知道我身上只有这一点盘缠……"

"我身上会比你多么？还不是那一点阎王债，一块光洋和四张毛票，什么事都到了上海再讲，莫那么短气！"李祥林把缺着嘴唇的嘴挤了进来插着这么说。

"对的，找着他们就好了。上海大地方，比不得我们家里，阔人多得很。找口把饭还不容易么？"张大憨子又把那烂眼皮朝家的那方挤了几挤，想着这是烧早粥的时候，又想着借来的那斗米和剩下的两簸箕糠，吃总是不愁的了。于是他又接下去说道："只要找得到事做，总不怕他那孙二疤子，妈的这东西，到夏天我们归账时，一人三石谷算在一块，便宜点，二亩田又差不了好些了。"

"只要归得上，再多点也不要紧，就怕……"乔老三说着就把头低下去了。

老龙这时已从口袋里掏出一个干馍啃着，另外也有人啃着从家里带出来的粗粝的大饼，而谈话就又加上了一些生气。

"到底也值得，大半夜的老西北风，吹在咱们身上不算个什么，六角大洋，嘿，就是好几天的粮，冷总还熬得住，饿可不成。"

"三等四等一个样，要有五等咱们就坐五等，再打个对折。"

"到上海几个钟头，五个，还不贵？五个钟头要花上六角大洋，合钱是两千了……"

坐在旁边的那些同车的不认识的人，也加入了他们的谈话。他们也有些是去上海的，但是对上海的情形也是不熟悉。大家互相交换了一些家乡的苦难，和旅行的目的，大抵都相差不远。于是又谈到年成，又谈到行市，车里慢慢地更热闹起来了。有几个娘儿们也坐在那一端，敞开了胸口，口袋似的垂着的大奶便塞在哭了的婴儿的嘴中。太阳这时已经从每一个窗口投了大片的阳光进来，因着车身的震动，在那些干糙的脸上和脏的布衣上跳跃地荡着。而这群人，这群在冷风里蹲在墙边蹲了大半夜的人，因了暖热的空气，加之胃囊里又渗入了一些粗的麦粉，昏昏的瞌睡，便慢慢地爬上了眼皮，谈话减少下去了，新的鼾声又在一些睡醒了的人旁边发了出来。

"嘟！嘟！"汽管子嘶着尖锐的喉咙，接连地叫着，黑的浓烟，白的蒸汽，在车身边扫着，轮轴发狂似的在引擎下滚着，车上的乘客都骚动起来了："看，看洋房子呀！看那些烟筒，那就是工厂呀！……"车到了上海了。

长的列车驶进了火车站，停在第六条月台上。几十个车门里，吐着那从各乡各镇汇流了来的人群。这群土老儿，紧紧地六个人挤在一块，跟着人群朝出口奔。扛运夫杂在穿皮大衣的粉脸太太里，太太们又吊在老爷的手上，老爷们昂首在乡下人旁边，赛跑似的朝出口处奔去。大人们不知在喊些什么，小孩子也跟着在喊。也有跑在前面去了的人又打回奔……"妈的，乖乖！"他们之中谁是这样地说了。

慌张的，胆小的，从人里面又闯到人里面，紧紧地挤在一块，又来到了街上。

"猪猡！"开车的伸出头来朝他们骂着，黑色的汽车擦着身走去了。差一点没有压在那轮下。

看到对面飞来的黄包车，回头就让，又刚巧一个穿旗袍的女人在后边，血红的嘴里便吐出锐声的一句骂"作死呀！"

土老儿便站在街的一角去商量了起来。商量了一会便又往前走，他们推举张大憨子打头里走，问路。张大憨子便用力睁着他的烂眼边，扭着一个笑脸，看见有和气点的人，便走上去问：

"请问乌家角往哪走？"

有的回答是摇一摇头，有的回答是："大概是往西吧，走过去再问问。"

"嘿，看那群人，土里土气。"小娘们走过身时总要悄悄地指点着说。

"嘿，老龙！你看那边，那个赤身的小囡就像活的一样，有钱时买个小的回家去供在橱柜上倒不坏。"一些百货店里的东西，花花绿绿，真是一辈子也没有看见过的东西，时时惹得他们去看，看着看着又像想起了什么似的说道："走呀！走呀！找到了再说吧！"

"嘿，乔三哥！上海的娘儿们才真怪模怪样，学的洋鬼子打扮吧？"又有人说了起来，忘记了忧愁似的。

走过了一条街，又走过一条街，从比较热闹的地方走到卵石的马路，两边只剩一些低矮的瓦屋的地方来了。街的边上也停得有一些小摊，摊的旁边，围着一些脏的孩子，揩着鼻涕，用眼钉着那摊上的花生，有更多的罩一顶破帽的，顽皮得怕人的孩子们，在街心上揪着滚着！一些推石子的小车，推煤渣的小车，推粪的小车，吱吱呀呀，孔孔孔的小心的，让着这群野马似的孩子们走过去，间或来了一部运货汽车，孩子们便叫啸着，跟着车后边追着跑。跑了一阵才又跑回来。这里也有脱毛的老狗，像没有家的，瘪着肚皮无力地躲在一边用着生疏的眼光来望过路的人。

他们又问，知道快到了，一缕高兴又升了上来，他们看到他们的一些希望，这希望也走近了一些，而太阳正高高地照着他们，走在头里的张大憨子便又说了起来：

"三年没有看见了，我姐夫真也是条好汉，下田做活，一个人当得两个人。也是运气不好，碰着过兵，拉去当了半年夫子，等他逃回来，东家的田早转把别人了，横竖田里也没有多少油头，盘缠不来，他一狠心离了家，带着老婆来上海，总算找着了一条出路，听说他也有十多块钱一月，我要有这门一个事也心满意足了。只是这时到他们家里去怕他不在家，不过我姐姐一定在家的。”

"张大哥！你找好了生意，可别丢开我，在家靠父母，出门靠朋友，我是靠在你们身上的了……"乔老三又担心地说。

"哪里的话，咱们一块儿出来，当然有饭大家吃，我要先上工，我就借一点给你，你莫急。"张大憨子慷慨地说。

"要是你姐夫不在家，我们就去再找赵四爹。老龙，你娘舅住在哪块？"

"娘舅住在哪块我也弄不清，我晓得他是在东洋纱厂做工，到厂里一问终归就会明白的。"老龙这时忽然才想起，那年为一篮番薯，他同赵四爹打架，把赵四爹的头都伤了一大块，现在他却来到上海，求赵四爹替他找事情，怕不十分靠得住吧。于是他悄悄地悔着，同时又安慰着自己："舅舅终归是舅舅，他总不好看着我饿死。"

他们又问着，转进了一条小街，街后有几个院子，错综地立着三家小瓦屋四家小茅屋，虽说是冬天的太阳，也把那些院子里的垃圾晒出好些臭味来。

跨过了一个积水小潭，站在一个簸篱笆的门边，张大憨子便直着喉咙先喊了起来：

"李永发，李永发！"

一个十二三岁的女孩的脸便从晒在竹篙上的尿布边伸了出

来，鼓着诧异的大眼呆呆地望着，稀稀的黄发把那脸更弄得难
看了。厢房边也伸出一个蓬发的头，在那头边的窗门上，也不
知挂了些什么。房子两边杂乱地堆着一些破洋瓶，破瓦罐，破
布条，房子里也好像有脚步走动。却没有人理睬他们。

"李永发！李永发！大姐！……"

"阿发哥！阿发哥！好像有人找你！"是那蓬头发的声音。

从东边的房里走出李永发来，他赤着身，一手还举着短棉
袄，他的赤色壮健的农人的胸脯，已经干瘪，他深陷的脸的轮
廓也使张大憨子认不出了，可是他还认得张大憨子，他衣服也
不穿上便摇着他的枯瘦的臂膀走了过来，抖着，笑着叫了
起来：

"啊！憨子！你来啦！"

但是他马上便停住了笑声！他望见了憨子后边的一群，他
不说话了。而憨子却说着，憨子以为自己会笑的，却没有笑，
这改变了形像的姐夫，不只使他觉得生疏和同情，几乎是一个
大的打击，他笑不出来，只说道：

"不认得你了，老啦，你害过病么？大姐呢？……"

"进来吧！你们一块来的么，这是王阿二，我还认得你，
唉，我却变了！做田到底还好点，进屋子里来吧！"他穿上短
棉衣就引着进去。

外边屋子里摆了一屋子东西，床铺，煤炉子，刚好有一条
走路通到里间。里间便是李永发花两块钱租来的一小间房。这
一群人一走了进来就塞实了，习惯在阳光底下的眼睛，这间房
更显得黑暗。李永发拖出了一条长板凳边让着又边问道：

"刚刚来上海么？"

床上，蜷在乱棉絮里的一个妇人也哼着问了："憨子么？"

憨子走到床边去，这群人一句话也不说，有一些东西，一些未曾有过的东西来压在心上了。

"唉，憨子，你来得正好。你大姐天天都在念你们，想得要命，说是能看到屋里一株树也好，要是弄得到盘缠，早就和她回来了。去年的收成听说很好，不晓得回去弄它几亩田种种弄得到不？"

"唔……"

"你看我瘦得多了啊！病倒并没有病过，就是一天十四个钟头吃不消，机器把一身都榨干了，没有让机器轧死总算好，不过这条命……憨子，你们来做什么的？"

"憨子，家里还好吧，饭总该有得吃，我又小产了，那天厂里闹罢工，我摔了一跤。"妇人从破絮中伸出了一副可怕的面孔来，像个老女巫的面孔。

"唔，还好……"

"憨子！我们还是想回去，你帮忙替我们打听点生意好不好？上海实在找不到工做，活不下去，你看，我一歇下来就两个多月，她又睡在床上。憨子！你们到底干吗的？"

张大憨子答应不出来，咬着嘴，望着这一对他不敢相信就是他的亲戚的脸发气，已经找不到一点可以安慰他们的东西给这对快饿死的男女，而且他恼着他们，他把许多应该大发雷霆的罪过都加在这一对夫妇身上。他以为他们骗了他，骗了他们来上海，说是怎么容易找工做，怎么好赚银，他又恨他们的失业，他只想打他们一顿，或是把同来的人打一顿。但是同来的一群，也野兽般制住野性似的来恼着望他，像要同他相打似的，只有乔老三这时却忍不住在这些耽耽的虎视之中哭起来了。

晚上来了，太阳已经昏昏沉沉地落到一些屋子后边去。这群人还在街上奔着。同着他们一块儿奔着的，是那些放了工的走回家去的人们。他们用着羡慕的眼光去望着他们。而那些无力地挂倒着头，拖着疲倦的脚步的人们，只凝着痴呆困乏的灰色眼珠，茫然地望着前方，他们不能计较到身外的物事了，夹在这里奔着的。还有那些苍黄的不像人样的女人们，头发上，衣服上都黏着从厂里带出的一些棉絮，棉絮又从那些头上飞到另外一些的地方去。他们望着望着，反觉得可怜他们起来了。可是薄弱的同情，抵不住自身的恐慌，于是又更焦躁了起来，王阿二怒狠狠地望着老龙叱道：

"只晓得东洋厂，东洋厂，你不知道上海是有这样多的东洋厂么？"

"我不晓得，你晓得！他从来就只说东洋厂……"

"不要吵，不要吵，还是找个地方喝口水，吃点东西吧，明天同我过浦东去。我叔叔前些日子来过信的，他准有生意，吵也没用。"李祥林排解着说。

"好吧，好吧。"张大憨子便跟着他们走到一个小茶馆，心里一边便想起了他睡在床上的姐姐，她小产了，只有一点小米粥吃，她很想买一块烧饼，烧饼里是夹得有点猪油，而他姐夫却不能让她满足。他想："替她买几块吧，我身上总还有一元四角大洋……"

他们坐在茶馆的一角，泡了一壶茶，各人从各人的包裹里掏出那剩下的一点干馍来啮着。空虚的肚皮就更空虚了起来似的，少量的麦粉填不满那比饥饿还厉害的欲望，王阿二又不耐烦地说了：

"你叔叔住在哪块，你清楚么？"

"浦东贾家场，离英美烟厂不远，他在那里做了五年工了。他大约可以……"

"他就有生意，也不能养我们，他就替你找得到生意，不见得也替我们找得到，你没有看见他姐夫，就是个榜样，他那外边的两家人不也是坐着吃么？"乔老三抢着来说。

"他妈的，东洋厂，东洋厂……"老龙更握紧着拳头，他同赵四爹久已消溶的仇恨，又来在他心头，他恨不得一下就找着他先来几槌。

隔座的几个人也在那里谈得很起劲，一个小伙子，穿一身破夹衣，灰色的脸，灰色的头发，最多也不过十六岁的身架，却一副苍老的面孔，他用力把他左手上的香烟吸了一口，右手画着圆形，便接下去说道：

"我听到一声口笛，心就一跳，知道不好了，果真啦啦啪啦啪啦的，哼，你知道死了多少，几十个工人就躺在地下啦，起码总有四五个活不转来。妈的，叫开枪的就是小王啦，他是副厂长，打死几个工人算什么，你要闹，他就索性把厂一关，看你几千人到什么地方去找饭吃。现在闹罢工啦，要凶手偿命，要抚恤金，要医药费……我说，都是空的，打死工人又不是刚有的事，罢工也不知罢过多少次了，从来还不是因为肚皮不争气，又复了工。我说，干脆打死他们，咱们自己难道不会开厂吗?"

另外一个年纪稍微大一些，也是灰色的脸和灰色的头发，他镇静地问道："你打死谁? 你要一动手，毛还没有挨着他一根，你就得吃生活，什么事都得慢慢来。现在还有些人信东家是好人，有些人宁愿饿死不敢动，有些又被资本家买去了当走狗来陷害工人，所以一切都得好好地来，坐在这里喊是没有用的，就使杀死几个厂长也还没有用。现在应该要让工人个个都明白，齐心起来站在一块拼命，所以要提条件，还不许开除工人，小五子，你莫要急，终有一天……"

他们听着这些，骇得一句话也说不出来，而又有一个人，是坐在他们前边桌边的，正拦住一个闯进来的小乞丐问道:

"阿金，你爸爸的手膀怎样了? 你妈妈还没有找到妌头么? 要你爸爸看穿一点，不当王八也没有饭吃，趁着老婆还年轻，可以捞几文是几文。你这小王八闯进来干吗，看别人要把你当小扒手，关在牢里去喂虱。"

"操你的娘，操你的奶奶! ……"小乞丐骂着就跑走了。

"妈的这小猪猡。"那人便掉过头来望着他们说道:"唉，你们不晓得，他老子同我一个车间的，上月不知怎的，他眼一花，只听见一声喊，他就昏倒在地上，一只膀子血淋淋地便卷到皮带上去，压去许多肉，又飞下来打在他头上。我们都算他活不了，他却又没死去，天天睡在床上哼，这一生也莫想有工做了。厂里赏给了他十块钱了账。女人没有饭吃，只好偷人，儿子成天讨，偷东西。你们大约还不晓得做工人的苦处，唉！你们是刚来上海的吧，上海白相的地方交关多，两毛钱的门票，尽你看半天的戏。法租界也好去看看的，有一座十四层楼的屋子，屋子外像蚂蚁似的停着汽车。喂，你们做什么生意？……"

好些人都望着他们了，他们不知怎样说才好，大家互相望着，还是张大憨子大着胆子说道：

"找亲眷，想来上海找工做的……"

于是有些人就不客气地笑了，笑的声音使他们都打战，有人就气愤愤说道：

"怕上海饿死的人不够么，要你们赶着来送死，几十万人在这里没有工做啦……"

"乡下也没有饭吃，收了一点，都还把东家了，肥料也扣还把他们，家里一粒也不剩，还是借了两块能做路费来的，两块钱一斗米，夏天要归上三石谷，不晓得上海情形，晓得也不来了……"

"没有饭吃，应该问你们东家要，像我们一样，没有工做，也要问资本家要。你们的血汗，一点一滴地落在田里，我们身上的肉和血，也还不是在车间里一片一片榨把他们了吗……"

茶馆里又围了许多人，都把他们当做谈话的中心，七舌八嘴，然而没有一句话可以暂时使他们宽心一下，只有使他们更其难堪，他们坐不下去了，便又走出茶馆来。乔老三咕哝着道：

"我怎么样呢？我还是搭火车回去吧……"

"明天清早到浦东去，百事等找着了叔叔再讲，浦东的情形也许好一点……"

李祥林自个儿在心上这样想。

"唉，什么地方有猪油烧饼买呢？……"张大憨子又映着他那红的烂眼皮。

月高又升在家的那方了，那该是家在那儿吧。原野是静的，远处有一声两声的狗吠，星星在头上闪着忧愁的眼，月亮也时时躲在飞走的薄云里，风仍旧是一阵紧一阵的寒风，枝头夜宿的小鸟，不安地转侧着，溪水汩汩汩地流去，火车的铁轨像无穷尽地延展着，跨过了一条小溪，又一条小溪，转过了一个小冈，又一个小冈的。而在这个夜晚，沿着铁轨走来的，还有一高一低的两个人影，是朝着家的那方走去的。

走在前面的那个高一点的人，望着远处的消失在迷茫的夜色里的地平线，映着那烂眼边的眼，又举手去揩了揩眼睛旁的泪珠，说道：

"早晓得，同乔老三一道，也好，总还有得火车坐，阿二，你说还有多远？……"

一步一跟，跟在后面的阿二也抬头望了望远处，便答道：

"莫问，走就是的，走到有小屋的地方，便找个躲风的地方，过一夜，明天又走，后天再走一天，那时再说吧。"

"唉！……"

两人便又默着走下去，大家都不愿意说什么，而张大憨子便又看见他姐姐的脸相，那么一副可怕的死人的脸。他又想起她那尸身，她只穿一件单裤……但是他能怪他姐夫么？他又想起一些别的，那些乞丐，那些女人围在死尸边哭，她们的男人就是被厂长开枪打死了的。他又想起那间小屋，他跟着他姐夫去过的，他们在那里打吗啡针，那些去打吗啡针的人，都黑瘦得不像人，浑身都是针孔，姐夫说他们不打针就没有精神做工，打针呢，有一天也要死去，他又想起……他想了许多，他觉得天已经渐渐地压了下来，他呼吸也跟着急促，他简直不敢看什么了，他喊起来道：

"阿二！阿二！"

阿二忽然也赶向前来抓着他，喊起来道：

"憨子！憨子！"

两人抱着站了一会儿，才明白过来，于是又并排着走向前去。

"我说，阿二，真悔不完呢！……"

"不想他了，不想他了，李祥林也不是好人，他一定找到他叔叔了，他就不管我们！"

"靠不住，也许他比我们还坏，小刘同着他一块儿的，小刘总是好人的。"

"憨子，老龙的话也有道理，他说上海的工人是有出路的，因为他们齐心，他一定要留在他们那里，不过我们也好齐心起来的。小龙留在上海，也不过多一个告化……"

"唉……阿二，你有不有方法还那三石谷？……"

于是他们又不做声了，又低着头，让那劲的风从头上刷过，脚踹在地下，一点声音也没有。

可是远处却传来轧轧的车声，接着便看见了那车头上的大灯，浓的黑烟，也染上了那沥青色的天空，于是火车便飞快地朝他们冲来，掠过他们的身子又滚向前去了。这是到上海去的火车，而在那车上，在那有电灯光的四等车厢里，又有一批一批的乡下人，在乡下过不了而跑到上海去的。他们正睡在那里，咧着嘴，流着口涎，做着可怜的却是荒唐的梦。

这激烈的震响一流过，原野又重复安静了，而王阿二却歪着嘴角狠狠地答道："三石谷么？有方法的！孙二疤子你等着！"

　　　　　　　　　　　　　　　　　　　　一九三三年

一颗未出膛的枪弹

　　"说瞎话咧！娃娃，甭怕，说老实话，咱是一个孤老太婆，还能害你？"

　　一个瘪嘴老太婆，稀疏的几根白发从黑色的罩头布里披散在额上，穿一件很烂的棉衣，靠在树枝做的手杖上，亲热地望着站在她前面的张皇失措的孩子。这是一个褴褛得连帽子也没有戴的孩子。她又翕动着那没有牙齿的嘴，笑着说，"你是……嗯，咱知道……"

　　这孩子大约有十三岁大小，骨碌碌转着两个灵活的眼睛，迟疑地望着老太婆，她显得很和气很诚实。他又远远地望着无际的原野上，没有一个人影，连树影也找不到一点。太阳已经下山了，一抹一抹的暮烟轻轻地从地平线上升起来，模糊了远去的无尽止的大道，这大道也将他的希望载得很远，而且也在模糊起来。他回过来又打量着老太婆，再一次重复他的话：

　　"真的一点也不知道么？"

　　"不，咱没听见过枪声，也没看见有什么人，还是春上红军走过这里，那些同志才真好，住了三天，唱歌给我们听，讲故事。咱们杀了三只羊，硬给了我们八块洋钱，银的，耀眼睛呢！后来东北军也跟着来了，那就不能讲，唉……"她摇着头，把注视在空中的眼光又回到小孩的脸上："还是跟咱回去吧，天黑了，你往哪儿走，万一落到别人手上，哼……"

一步一拐她就向前边走去，有一只羊毛毡做的长统袜筒笼着那双小脚。

小孩子仍旧凝视着四围的暮色，却又不能不跟在她后边，而且用甜的语声问起来了：

"好老人家，你家里一共有几口人？"

"一个儿子，帮别人放羊去了，媳妇孙女都在前年死光了。前年死的人真多，全是一个样子病，知道是什么邪气？"

"好老人家，你到什么地方去了来？"

"我有一个侄女生产，去看了来，她那里又不能住，来回二十多里地，把咱走坏了。"

"让我来扶着你吧。"小孩子跑到前边扶着她，亲热地仰着脖子从披散着的长发中又来打量她："村上有多少人家呢？"

"不多，七八户，都是种地的苦人。你怕有人会害你吗？不会的。到底你是怎样跑到这里来的？告诉我，你这个小红军！"她狡猾地着无光的老眼，却又很亲热地用那已不能表示感情的眼光抚摩着这流落的孩子。

"甭说那些吧。"他也笑了，又轻声地告诉她："回到村子里，说检来的一个孩子算了。老人家，我就真的替你做儿子吧，我会烧饭，会砍柴，你有牲口么？我也会喂牲口……"

牲口，小孩子回忆起那匹枣骝色的马来了，多好的一匹马，它全身一个颜色，只有鼻子当中一条白，他就常常去摸它的鼻子，望着它，它也望着他，轻轻地喷着气，用鼻尖去触他，多乖的一匹马！他喂了它半年了，它是从蛮子地得来的，是政治委员的，团长那匹白马也没有它好。他想起它来了，他看见那披拂在颈上的长毛和垂地的长尾，还有那……他觉得有一双懂事的、爱着他的马眼在望着他，于是泪水不觉一下就涌上了眼睑。

"我喂过牲口的！我喂过牲口的！"固执地，重复地说了又说。

"呵，你是个喂牲口的，你的牲口和主人跑到什么地方去了？你却落到这里！"

慢慢地两个人便来到一个沟口了。沟里错错落落有几个窑门，还有两个土围的院子，他牵着她在一个斜路上走下去，却不敢做声，只张着眼四方搜索着。沟里已经黑起来了，有两个窑洞里已露出微明的灯光，一匹驴子还在石磨边打圈，却没有人。他们走过两个窑洞前，从门隙处飘出一阵阵的烟，小孩子躲在她的身后，在一个窑门前停下了。她开了锁，先把他让了进去，窑里黑魅魅的，他不敢动，听着她摸了进去，在找着东西，她把灯点上了，是一盏油灯，有一点小小火星从那里发出来。

"不要怕，娃娃！"她哑着声音，"去烧火，让我们煮点子小米稀饭，你也该饿了吧？"

两个人坐在灶前，灶里的火光不断地舐在他们脸上，锅里有热气喷出来了，她时时抚摩着他。他呢，他暖和了，他感到很饥饿，而且他知道在今天晚上，可以有一个暖热的炕，他满足着，一个将要到来的睡眠，因为疲倦已很厉害地袭着他了。

　　陕北的冬天，在夜里，常起着一阵阵的西北风。孤冷的月亮在薄云中飞逝，把黯淡的水似的光辉，涂抹着无际的荒原。但这埋在一片黄土中的一个黑洞里，却正有一个甜美的梦在拥抱这流落的孩子。他这时正回到他的队伍里，同司号兵或宣传队员在玩着，或是就让团长扭他的耳朵而且亲昵地骂着："娘卖屄，你这锤子，吃了饭为什么不长呢？"也许他又正牵着枣骝色的牡马，用肩头去抵那含了嚼口的下唇。而那个龌龊褴褛的孤老太婆，也远离了口外的霜风，沉沉地酣睡在他的旁边。

　　"我是瓦窑堡人。"村上的人常常有趣地向孩子重述着这句话，谁也明白这是假话，尤其是几个年轻的妇女，拈着一块鞋片走到他面前，摸着他冻得有裂口的小手，问他："你到底是哪搭人，你说的话咱解不下①嘛！瓦窑堡的？你娃娃哄人咧！"

　　孩子跟在后边到远处去割草，大捆的压着，连人也捆在了里边似的走回来。四野全无人影，蒙着尘土的沙路上，也寻不到多的杂乱的马蹄和人脚的迹印，依着日出日落，他辨得出方向，他热情地望着东南方，那里有着他的朋友，他的亲爱的人，那个他生长在里边的四方飘行着的他的家。他们，大的队伍到底走得离他多少远了呢？他懊恼自己，想着那最后一些时日，他们几个马夫，几个特务员跟着几个首长在一个山凹子里躲飞机，他藏在一个小洞里，倾听着不断的炸弹的爆炸，他回忆到许多次他的危险。后来，安静了，他从洞中爬了出来，然

────────────────

①　懂不了的意思。

而只剩他一人了。他大声地叫过，他向着他以为对的路上狂奔，却始终没遇到一个人，孤独地窜走了一个下午，夜晚冷得睡不着，第二天，又走到黄昏，才遇着了老太婆。他的运气是好的，这村子上人人都喜欢他，优待他，大概都在猜他是掉了队的红军，却并没有什么可担心的事。但运气又太坏了，为什么他们走了，他会不知道呢？他要回去，他在那里过惯了，只有那一种生活才能养活他，他苦苦地想着他们回来了，或是他能找到几个另外掉队的人。晚上他又去汲水，也没有一点消息。广漠的原野上，他凝视着，似乎有声音传来，是熟悉的那点名的号声吧。

隔壁窑里那个后生，有两个活泼的黑眼和一张大嘴，几次拍着他的肩膀，要他唱歌。他起始就觉得有一种想亲热他的欲望，后来才看出他长得很像他们的军长。他只看到军长，有一次是在行军的路上，军长休息在那里，他牵马走过去吃水。军长笑着问过他："你这个小马夫是什么地方人？怎样来当红军的？"他记得他的答复是："你怎样来当红军的，我也就是那样。"军长却更笑了："我问你，为什么要打倒日本帝国主义？"他又听到军长低声地对他旁边坐的人说："要好好教育，这些'小鬼'都不错呢。"那时他几乎跳了越来，望着军长的诚恳的脸，只想扑过去，从那时他就更爱他。现在这后生却长得跟军长一个样，这就更使他想着那些走远了去的人群。

有人送了苞谷做的馍来，还有人送来了一碗酸菜。一双羊毛袜子也穿在脚上了。一顶破毡帽也盖在头上。他的有着红五星的帽子仍揣在怀里，不敢拿出来。大家都高兴地来盘问着，都显着一个愿望，愿望他能说出一点真情的话，那些关于红军的情形。

"红军好嘛！今年春上咱哥哥到过苏区的，说那里的日子过得好，红军都帮忙老百姓耕田咧！"

"你这么一个娃娃，也当红军，你娘你老子知道么？"

"同志！是不是？大家都管着这么叫的。同志！你放心，尽管说吧，咱都是一家人！"

天真的，热情的笑浮上了孩子的脸。像这样的从老百姓那里送来的言语和颜色，他是常常受到的，不过没有想到一个人孤独地留在村上却来得更亲热。他暂时忘去了忧愁，他一连串解释着红军是一个什么军队，那些他从小组会上或是演讲里面学得的一些话，熟练地背着许多术语。

"红军是革命的军队，是为着大多数工人农民谋利益的……我们红军当前的任务，就是为解放中华民族而奋斗，要打倒日本帝国主义，因为日本快要灭亡中国了，一切不愿做亡国奴的人都要参加红军去打日本……"

他看见那些围着他的脸，都兴奋地望着他，露出无限的羡慕；他就更高兴，老太婆也扁着嘴笑说道：

"咱一看就看出了这娃娃不是咱们这里的人，你们看他那张嘴多么灵呀！"

他接着就述说一些打仗的经验，他并不夸张，而事实却被他描写得使人难信，他只好又补充着：

"那因为我们有教育，别的士兵为了两块钱一月的饷，而我们是为了阶级和国家的利益，红军没有一个怕死的；谁肯为了两块钱不要命呢?"

　　他又唱了许多歌给他们听,小孩子们都跟着学。妇女们抹着额前的刘海,露出白的牙齿笑。但到了晚上,人都走空了时,他却沉默了。他又想起了队伍,想起了他喂过的马,而且有一丝恐怖,万一这里的人,有谁走了水,他将怎样呢?

　　老太婆似乎窥出了他的心事,便把他按在炕上被子里,狡猾地笑道:"如果有什么坏人来了,你不好装病就这么躺下么?放一百二十个心,这里全是好人!"

　　村子上的人,也这么安慰他:"红军又会来的,那时你就可以回去,我们大家都跟你去,好不好呢?"

　　"我是瓦窑堡人!"这句话总还是时时流露在一些亲昵的嘲笑中,他也就只好回复一个不好意思的笑。

　　有一夜跟着狂乱的狗吠声中,院子里响起了庞杂的声音,马夹在里面嘶叫,人的脚步声和喊声一齐涌了进来,分不清有多少人马,登时沸腾了死似的这孤另的小村。

　　"蹲下去,不要响,让我先去看看。"老婆子按着身旁的孩子站起身往窑门走去。

　　烧着火的孩子,心在剧烈地跳:"难道真的自己人来了吗?"他坐在地下去,将头靠着壁,屏住气听着外边。

　　"碰!"窑门却在枪托的猛推之中打开了,淡淡的一点天光照出一群杂乱的人影。

　　"妈啦巴子……"冲进来的人把老太婆撞到地上:"什么狗入的拦路……"他一边骂,一边走到灶边来了:"哼,锅里预备着咱老子们的晚饭吧。"

孩子从暗处悄悄看了他一下，他认得那帽子的样子，那帽徽是不同的，他更紧缩了他的心，恨不得这墙壁会陷进去，或是他生了翅膀飞开了去，不管是什么地方都好，只要离开了这新来的人群。

跟着又进来了几个，隔壁窑里边，有孩子们哭到院子里去了。

发抖的老太婆挣着爬了起来，摇摆着头，走到灶前孩子身旁，痉挛地摸索着。无光的老眼，巡回着那些陌生的人，一句话也不敢响。

粮食篓子翻倒了，有人捉了两只鸡进来，院子里仍奔跑着一些脚步。是妇女的声音吧："不得好死的……"

"鬼老婆子，烧火呀！"

这里的人又跑到隔壁，那边的又跑来了，刺刀弄得吱吱响，枪托子时时碰着门板或是别的东西。风时时从开着的门口吹进来，带着恐惧的气息，空气里充满了惊慌，重重地压住这村庄，月儿完全躲在云后边去了。

一阵骚乱之后，喂饱了的人和马都比较安静了，四处狼藉着碗筷和吃不完的草料。好些人已经躺在炕上，吸着搜索来的鸦片；有的围坐在屋子当中，那里烧了一堆木柴，喝茶，唱着淫靡的小调。

"妈啦巴子，明天该会不开差吧，这几天走死了，越追越远，那些红鬼的腿究竟是怎么生的？"

"还是慢点走的好，提防的就是怕他打后边来，这种亏我们是吃过太多了。"

"明天一定会驻下来，后续部队还离三十多里地，我们这里才一连人，唉，咱老子这半年真被这起赤匪治透了。就是这么跑来跑去，这种鬼地方人又少，粮又缺乏，冷么冷得来，真是他妈！"

有眼光扫到老太婆脸上，她这时还瑟缩地坐在地下，掩护她身后的孩子。"呸"，一口痰吐到了她身上。

"这老死鬼干吗老挨在那儿。张大胜，你走去搜她，看那里，准藏有娘儿们。"

老婆子一动，露出了躲在那里的孩子。

"是的，有人，没错，一个大姑娘。"

有三个人扑过来了。

"老爷！饶了咱吧，咱就只这一个孙子，他病咧！"他被拖到一边，头发散披在脸上。

孩子被抓到了火跟前。那个张大胜打了他一个耳光，为什么他却是个小子呢！

"管他，妈啦巴子，"另外一双火似的眼睛逼拢了来，揪着他，在开始撕他的衣。

"天呀！天杀的呀！"老太婆骇得叫起来了。

"娘卖屄！老子有手枪先铳了你这畜生！"这是孩子大声的嚷叫，他因为忿怒倒一点也懂不得惧怕了，镇静地瞪着两颗眼睛，那里燃烧着凶的火焰，踢了一脚出去，不意竟将那家伙打倒了，抽腿便朝外跑，却一下又被一只大掌擒住了！

"什么地方来的这野种！"一拳又落在他身上，"招来，你姓什么，干什么的？你们听他口音，他不是这里人！"

孩子不响，用力地睁着两个眼睛，咬紧牙齿。

"天老爷呀！他们要杀咱的孙子呀！可怜咱就这一个孙子，咱要靠他送终的……"爬了起来的老太婆又被摔倒地上了。她就嚎哭起来。

这时门突然开了，门口直立着一个人，屋子里顿时安静了，全立了起来，张大胜在敬礼之后说：

"报告连长，有一个混帐小奸细。"

连长走了进来，审视着孩子，默然地坐到矮凳上。

消息立即传播开了："啊呀！在审问奸细呀！"窑外边密密层层挤了许多人。

"咱的孙子嘛！可怜咱就这一个种，不信问问看，谁都知道的……"

几个老百姓战战兢兢地在被盘问，壮着胆子答应："是她的孙子……"

"一定要搜他，连长！"是谁看到连长有释放那孩子的意思了，这样说。同时门外也有别的兵士在反对："一个小孩子，什么奸细！"

连长又凝视了半天那直射过来的眼睛，便下了一道命令："搜他！"

一把小洋刀，两张纸票子从口袋里翻了出来。裤带上扎了一顶黑帽子，这些东西兴奋了屋子里所有的人，几十只眼睛都全放在连长的手上，连长在翻弄着这些物品。纸票上印得有两个人头，一个是列宁，另一个是马克思，反面有一排字："中华苏维埃人民共和国国家银行。"帽子上闪着一颗光辉的红色五星。孩子看见了这徽帜，心里更加光亮了，热烈地投过去崇高的感情，静静的他等待判决。

"妈啦巴子，坏鸡巴蛋，这么小也做土匪！"站在连长身旁的人这么说了。

"招来吧！"连长问他。

"没有什么招的，任你们杀了吧！不过红军不是土匪，我们从来没有骚扰过老百姓，我们四处受人欢迎，我们对东北兵是好的，我们争取你们和我们一道打日本，有一天你们终会明白过来的！"

"这小土匪真顽强，红军就是这么凶悍的！"

但他的顽强虽说激怒了一些人的心，同时也得了许多尊敬，这是从那沉默的空气里感染得到的。

连长仍是冷冷地看着他，又冷冷地问道：

"你怕死不怕？"

这问话似乎羞辱了他，不耐烦地昂了一下头，急促地答道：

"怕死不当红军！"

围拢来看的人一层一层地在增加，多少人在捏一把汗，多少心在担忧，多少眼睛变成怯弱的，露出乞怜的光去望着连长。连长却深藏着自己的情感，只淡淡地说道：

"那么给你一颗枪弹吧！"

老太婆又嚎哭起来了。多半的眼皮沉重地垂下了。有的便走开去。但没有人，就是那些凶狠的家伙也没有请示，是不是要立刻执行。

"不，"孩子却镇静地说了，"连长！还是留着一颗枪弹吧！留着去打日本！你可以用刀杀掉我！"

忍不住了的连长，从许多人之中跑出来用力拥抱着这孩子，他大声喊道：

"还有人要杀他的么？大家的良心在哪里？日本人占了我们的家乡，杀了我们的父母妻子，我们不去报仇，却老在这里杀中国人。看这个小红军，我们配拿什么来比他！他是红军，是我们叫他赤匪的，谁还要杀他么，先杀了我吧……"声音慢慢地由嘶哑而梗住了。

人都涌到了一块来，孩子觉得有热的水似的东西滴落在他手上，在他衣襟上。他的眼也慢慢模糊了，在雾似的里面，隔着一层毛玻璃，那红色的五星浮漾着，渐渐地高去，而他也被举起来了！

一九三七年四月十四日

入　伍

一

随时都保持像刚刚扫过地的院子里，几个士兵在那里玩着一种"打日本"的游戏。走廊上的砖地上，也坐了一堆，他们一边擦着枪上的零件，一边哼着几个还未学会的小调。上边俱乐部里传出来断断续续的口琴，是谁在那里练习着重复着一个短曲。

"杨明才，你又站到线外边来了，哼，我看你又该受批评才对！"

"谁站在线外来了，你冤枉人吧，你看你看。"名字叫杨明才的小个子，棉裤上绽开了几个洞，匆忙动着底下的双脚，他拿眼睛扫着全院子里的人，大声喊"看镖！"一举手便掷出去他手中的柴片。而他很快地又从线外跑回到线内来了。

"龟儿子，"站在离他不远的汪一宝还没有骂得出口，杨明才又已经跳到他面前，拍着他的肩背，亲昵地说道："兄弟！该你啦，看准了就掷吧。"汪一宝顾不得骂人了，怀着欢喜的兢兢业业的心站到线上去了。

"杨明才！管理员叫你。"一个士兵站在通里院的小门边叫着。

"嘿，嘿，"杨明才做着鬼脸，无可奈何的，但又显出欣悦的神气，急步地走出去，"我马上就来。"

"看他那神气，像去领什么慰劳品似的。"有谁在说了。

红眼睛的管理员，披着刚刚用棉大衣换来的一件日本大衣，在总务科长屋子里不知谈着一件什么事，看见走进来的杨明才，好像忽的想起一件什么事的扭过头来打量着他。杨明才便悄悄地退到门边去。

"你的风纪扣呢？"管理员问他。

杨明才不答应，用手在颈子上摸，心里想："又是什么倒霉的风纪扣……"

"这家伙真不行，前天给你的针和线，又不见了，是么？看你裤子又绽开了，新棉衣穿在身上还不到一个月……"

杨明才却把眼睛望总务科长，他在看一张报告之类的东西，杨明才也不用手去摸裤子了，他等着管理员把那一套说完。虽说来这里还不到两星期，却早已知这管理员的脾气，好像一个管家婆似的喜欢唠唠叨叨。

然而管理员说完之后并没有叫他走，又忽然像想起了什么似的劈头说道："搬到宣传科去，那里有几个客人，你去照顾照顾，这是介绍条子。那里没有人工作，你马上就得搬过去。"

这时杨明才真的不舒服起来了。"为什么又做勤务！又做勤务，不给我扛枪！"

他呆在那里了。

管理员又像刚刚发觉了杨明才站在那里，转过身子来，又打量着他："你要什么？"

"不要什么。"杨明才还是呆呆地站在那里。

"那么你清理一下东西搬过去呢，客人等着你呢。"管理员已经变和气了。

但杨明才还是不走，瞪着两个大眼睛，紧闭着一张尖嘴。他的突出的牙齿，常常是杠在嘴唇外边的，一生气，便闭拢了，那嘴就尖的有点像老鼠的嘴巴。

"只有几天，你不去谁去？我能去么，工作总是一样，都是革命工作，你要扛枪，行，等你的病好了就归队，可是今天，你能不做事么，轻便的工作你是可以担任的，几天就回来，你去，你是应该去的呵！"

他不高兴了，什么也不说，朝门外就走，管理员追上来又问他，又安慰他。他打断了他的话，短促地说道；"我马上就走。"

"那好极了，那好极了！几天之后再回来。你慢点走呀，你拿上条子呀！"管理员又追上了他。

"操他奶奶的。混了快一年，还去做勤务。"他摔了一下他的右膀，不是一点都不痛了么，虽说他在四星期前曾从那膀子上取出一颗子弹。

院子里还有两三个人在那里玩"打日本"的游戏，他们看见了杨明才，便欢叫起来。杨明才虽说来这里不久，但他的从不拒绝游戏，是他们已经感觉到了的。

"不玩了，我是非走不可，我已经分配了新的工作，明天我来看你们。"他很快地，一本正经地，就走到自己房里去了。

"好大派头，看那样子，他大约要当首长去了。"

二

现在是三个"新闻记"① 坐在炕上，他们穿着新的军装的羊皮大衣，因为吹了风，又吃了酒的缘故，脸上都泛出一层兴奋的鲜红。杨明才在地下的火旁烧着开水，他好奇地用眼睛搜寻着他们的行装和他们身上。

他们似乎为着一个问题争论了好一会，杨明才不大懂得，虽说他们仍然是说的中国语，他觉得他们是另外一种人。一样是一件军装，可是穿在他们身上就有些不同，他们不扣风纪扣，将里面红衣服的领子，蓝衣服的领子露在外边，而且在颈项上围着一条花的绒布，军帽挂在后脑勺上，几条弯的头发，像女人那样覆在额上。他们随便走在哪里都是那么大摇大摆，好像全是他们的熟人，而这些人都是些傻子似的。他们大声地擤鼻涕，在那些花的，比竹鸡，比雉鸡还花得好看的布块上，有些是雪一样白的布块。他们躺着，不是把枕头垫得很高，就是把腿跷得很高。

那位脚跷得很高的躺着的长个子刘克勤，伸长着手，用力

---

① "新闻记"是前方战士对一般文化人，没有固定工作参观的文人而说。

弹着香烟上的灰，像要弹去一个可厌的东西似的。他冷冷地说：

"自然，一个天才他是可以靠想象来写作的，他是能够把他所听到的，即是所谓材料收集在一块，把他们联系起来，揉和起来写成一些大作，可是像我这人，就不敢这么自许了。

"人在生活里面，他是不感觉那生活的，那要在——我敢说今天这炕上的虱子一定比昨天的炕上还要多，我衣服上爬得有一个，咳，这就是生活……——我刚才说到什么呢？呵，呵，呵，我是说那要在以后，那要在以后才感觉到的……"常常在身上抓着什么的章耿清，在长个子的对面坐着，不住地玩着把炕桌上的蜡烛凝结好的蜡油放在火焰上去熔化，熔化了的蜡油便又像打开闸子的水，沿着蜡烛柱子似的奔流了下来。

他又转眼去看徐清，徐清跨着腿，一手插腰，一手撑在腿上轻轻地托着上腮，王子似的屹然在那里摆出一副自得的样子。

他大声说道："我说你简直是理想太高，要求太多，小资产阶级，小资产阶级……"

"那么你是很满足于这种鸡吃米的生活了，走到这里啄几啄，走到那里啄几啄，哈哈，我们呢，今天这里谈谈话，明天那里谈谈话，谈来谈去还不都是这一套。徐清，你是赞成我们不要再过这种生活了的吧，十足像一个游方和尚。"

但章耿清不让徐清说话，笑着，抢着又说了：

"住在马房，同马夫，马匹住在一块，整夜听那马嚼草，你生气，你要吵着回去；住窑洞，派勤务来侍候，每日三顿饭，顿顿吃肉，要见司令，就司令，要见政治委员，就政治委员，你又说不好，发牢骚，吵着要回去；你还说你不是小资产阶级，知识分子，难道这是无产阶级么，回去，回去，那时吵着要来，也是你吵得最热闹。”洋蜡烛的光在他脸上跳着，在眼角上的一个疤痕，拖着很长的阴影，将眼斜扭了上去，显出一副使人发笑的面孔。

刷地坐了起来，好像要骂人似的，刘克勤瞅了一瞅玩着蜡烛的章耿清的面孔，便又躺下去，他压抑住了那冲上喉头的话，他只冷静地说道：

“我们的谈话最好还是结束，我以为我们的感觉相差太远。”

这时，那叫徐清的放下那只踩在凳子上的脚，他站在地上了，他玩弄似的用开玩笑的态度批评着他们，他说了很多，他在房子中走来走去，后来便也说到自己的意见了。

“我是赞成回去的，我们在这时这地，简直是不可为，今天是文人无用，文人受轻视的时候，你们听听别人一说到‘新闻记’三字的声音么！不过话说回来，要是有这么几杆枪，咱们留下来打游击，几十人打到几百人，几百到几千，几千到几万，那倒怪有趣的，而且我相信我的聪明也还可以在那上面求发展，战争也是艺术呢，可是不行，谁肯相信我们呢？人家看我们就是顶怪有味儿的‘新闻记’而已。没有枪，干不了大事，也干不了小事。”

“徐清，你并不了解我的意思，我是说留下来干小事。现在是别人不要我们，把我们看得太高，大事又拿不上手，所以

我说先回去了再来。你那全是空话，幻想的事还是少说……我
们吃茶吧，老张，把你那茶叶拿出来！小同志，水开了么？"

"老早开了。"

"早，老早开了，你为什么不响呢？真是虎儿！"

"虎儿"意思是杨明才不能了解的，但看那神气，和听那
声音，大约不是一句好话。

杨明才对他们有一种莫名其妙的推崇。这里也来过一些其
他的新闻记，还有外国人，他知道师长也是非常有礼貌地对待
他们的。指导员也说过他们有枝五寸长的小枪，这枪抵得过一
千枝七斤半。加以他们的行动说话都特别，他们一定有些不可
测的本领。

他们都在喝茶了，杨明才也跟着喝。他们忽然转换了谈话
的目标，欢笑地考审着杨明才了。

"你多少岁了？"

"你哪儿人？"

杨明才，很欢喜述说他这一年来的历史，他做过马夫，有
一匹会跑的小白马，这是一位四川新闻记的马，她给他一双鞋
子。后来他侍候连长，连长是一个短小的精灵汉子。连长欢喜
小孩子，但他更欢喜打仗，在刘家沟那一次，他们担任掩护，
死守一个小山头，他们在那里呆了一天，一连人只剩二三十
人，加上马夫，伙夫，也不到四十人。连长便在那次牺牲了。
后来大家为他们开了一个会。他从那次就扛了枪。可是他只摸
过两次营，一次是在天朦朦亮的时候，打胜了；一次是在一个
雾的白天，他们也胜了，可是他右膀上带了彩，他是还要上队

伍去的，现在来做勤务，不过因为他伤口刚刚结疤的缘故。

他们做出一副爱听的样子，他们也做出一副很推崇他的样子，可是后来徐清笑了，怪有意思地望着他问道：

"你怎样会参加队伍的呢？"

也许杨明才觉得他这句话问得很蠢，也许由于他答不上来，总之，他说话的趣味全没有了。他粗声回答他：

"你怎么来的，我就怎么来的。"

"哈……哈……哈……"他们都很得意地，满足地笑了。

于是杨明才走到屋角的他的床头去，他整理他的单薄的被毡去了，他埋头睡了下去，被窝里很冷，但他倒下头就睡着了。

他不能再听到他们对于他的议论，但他同这几位新闻记的生活就这么开始了。

三

第三天的早晨，他怀着比天气还坏的心情从管理员那里出来，他自言自语地骂着："真倒霉，这倒霉的工作。"

空中没有一点风。一切都像被一种灰色的不透明的东西沉重地压住而且锁住了。

一个通讯员牵着两匹马站在大门口等他。

"跟客人去的是你么？赶快准备走吧。我今天还要回来的。"

"好吧。"

　　三个新闻记正在把一些东西往外抬，看见他来了，便都停下手来，他一件件把东西往马背上放。

　　"那匣子别让东西压住……"

　　"这包袱扎得牢点。"

　　一个不认识的战士和通讯员走来帮他。

　　宣传科长也来了，向着通讯员说：

　　"你认识路么？到合口，朝南大路，翻过前边小山便是平原了，到了平原就当心，你看要是早就回来，要是迟了，就留在司令部。我们今夜是要移防的。"

　　不过杨明才心想："我是要住几天的呵。"

　　宣传科长又劝徐清不要走，看见徐清很执拗，又顺着他说，到团部去也好，团长也很希望他能去多照几张像。

　　"我很希望你早日回来。"章耿清紧握了他的手。

　　刘克勤并且把徐清往怀里搂了一下，"祝你成功！"大声地这么说了。

　　于是徐清像一个刚打了胜仗回来的将军似的向他们挥着手，捧着手中的棉军帽，迈开大步，在马前边走出小村的口子了。

　　"这鬼天气要是不下雪我输一只头。"杨明才瞅着天空心里这么想。

　　徐清仍旧保持着一种得意，好像已经做过一种勇敢的事迹一样，他现在正勇敢地朝团部去，他听说团部已决定在三天之中要有一次准胜利的战斗，他不特想去看看打游击仗，拍几张照，并且希望要是自己真可以在这里混的话，他是很想留下来的。他心底里有一个矛盾，他一想到他过去的一个同学现在冀中领了几千人，做队长，他就觉得他实在是可以有比这更大的前途，他希冀着能有这样机会，他也在找着这样机会。不过他觉得还有一点连自己也不愿意认识出来的踌躇，这种感情是说不清的常常苦恼着他，他现在是勇敢地走向团部去了。所以感觉得是胜利的。

团长是看见过的，一个二十三四岁的乡间青年样子，不穿大衣，棉衣上罩一件洗褪了色的单衫。手脸也洗得很干净，微微带点羞涩和拘束，但他们知道他不在这几位新闻记面前的时候，一定极为顽皮的。然而徐清总怀疑地想着，他真的打过那么多的胜仗，而且还独立地作战么？但他又给自己作决定，要求发展，是只有在这规模小的，活动范围较小的地方的。

"新闻记先生，你骑马嘛，路很远呢。"通讯员已经骑上了后边的马，他斜挂着一杆匣子。

"哦，对，不过，你呢？"但他还没有等杨明才的答复，便站在路边，做出一副要跳跃的样子。杨明才等候着他上了马，便在路边走着，慢慢地就落在后边了。他看着通讯员的后影，禁不住要这么想：

"到团部也好，我就要求留在那里，通讯员做不成，就还是到队上去，没有步枪，拿梭标也成的。"

到前方来后，不管到什么地方，即使是运输的马匹也困难的时候，他们总是有马骑的，所以徐清现在也能骑马了，他也常常鞭着马小跑着，虽是小跑也颇使人感觉到飞腾的意味呢。

他轻松地在马上横过腰来，看见落在后边的杨明才的影子很小了，他提议下马休息，他是很愿意多爱惜他一些的。

于是他又拿"你是什么时候参加队伍的，你是什么出身……"等等的话来问着通讯员。

翻过了小山，到了山脚下，有几家老百姓在山口上住着，徐清吵着肚子饿了。他的肯出钱的派头，常常能引得欢喜沾点小利的老百姓很逢迎他，他们忙着烧火，忙着搜罗鸡蛋和葱蒜。他们三人饱吃一顿面条。

"新闻记先生，我看我们走吧，时间不早了。"通讯员向着那躺在热炕上的徐清说，他手里刚燃上一枝烟，露出一副陶醉的迷茫样子。

"还有多远；到合口，老乡？"

"暗，不远，十多里路。"

"还好，不要紧。"

"不是，我今天还要赶回去呢。"

"呵……"

走到门外边的时候，徐清也感觉得有些太迟了。但他们三个人只有两匹马，所以仍得慢慢地走，等走到合口的时候，已经黄昏了。

好些老百姓都在往外边搬东西，老百姓告诉他们，队伍已经开走了，命令他们上山去，但村子上还有几个留在这里的战士，他们说队伍刚走，可以追上去的。看他们的样子是很清闲的，问他们走不走，又说看情形。通讯员的意见三个人都转去，杨明才坚持着要追队伍，徐清没有一定的见解，他很愿意留下来，因为天要黑了，而这里还有几个战士，他又不愿说出来，又怕这里的人不欢迎，结果固执着的杨明才胜利了，于是他们急忙向队伍的大路上走去。

在说不出的焦急中，黑暗像一张网似的，轻脚的，不使人觉到地一步步包围拢来。天一黑，风便也像惊醒了似的，开始无声地刮起来了。盼望着宿处的马，扯长了声音嘶叫着，在这落漠的黑了下来的田野上。

徐清想找几句话来说，但他说不出，有一个幽暗的东西在咬着他。

老早就模糊地看见有一个村庄，越走近倒越看不见，一片黑把什么都遮住了。

愚蠢的杨明才在马后边放开了大步走来，而且哼着一个家乡的小调。

马把他们引到一个村子上来了。跟着狗叫有人在门后边偷瞧。他们意识到了失望。

"老乡，我们是八路，请问队伍过去了没有？"

"过去了一个钟头了。"门缝里边有人答。

"请问村子上有不有我们的人？"

"摸不清，连老百姓也走了大半呢。"

"那么我们还是走罢？"通讯员把头掉转来向着徐清问。

"天这样黑，走错了呢？今夜是否追得上队伍呢？"勇敢的徐清已经没有了主张。

"黑夜走路怕什么。有三个人呢，通讯员你有家伙，遇见了敌人就干了起来。"杨明才讨厌地这么说。

徐清恨不得骂他，要是刚才住在合口了，也许比这里好，都是他要来的。前进是不能的，要是还追不上队伍，而且他不知道敌人什么时候来，他不愿走，三个人那么一句话也不说地在这黑暗的世界里摸索，那实在有些害怕，他要住在这里等天明。这里有人烟，多几个人总好些。

杨明才是不能太固执的，通讯员也没有办法，他们三个人喊开了一家店，找着一个住处。而且老百姓又在替他们煮稀饭了。杨明才要跟着通讯员到外边去打听消息，徐清也不肯，他们等了一会，没有什么动静，摊开了铺，挤在一块，休息了。

四

"起来！跟我走！"这声音像把刀似的插进了徐清的身上，他一跳就坐了起来。

"你睡得好！枪子就快打进村来了，你还打呼哟，快起来走！"

一个看不见的东西在把徐清的心往下拉，他的身子也在往下沉："日本人打来了！"

他坐在被窝里不动弹。

"把衣服穿起来罢！"杨明才在黑处又递过他的大衣，他刚把手套进去，"呼"的一声，一颗子弹在屋顶上的空气里猛烈地，急速地划过去了，他的手又垂了下来。

杨明才拖着他出了被窝，他穿好了衣鞋，枪声更密集了。

跌跌撞撞的他在杨明才后边逃到后院子里。

"我知道路，我先就看好这里有一条活路的，他妈的料不到这样快。"

村子里的狗叫起来了，有人在黑暗中跑。门外边有一些垃圾堆，有些废木料，脚底下总是不知踢到一些什么东西。他们听到东边有很多马蹄声，枪子夹在中间往村子里飞，有的像鞭炮，有的像豆子爆。

"他妈的，通讯员不知到哪里去了，我叫他牵马在这里等的，管他娘，不等了，咱们走罢，冲出去，冲到对面林子里去，那黑董董的就是树林子呀。"

"不要慌，快点，你抓牢我的手嘛，当心，前边有条沟，看见没有，等着，让我先跳过去。"一使劲他跳了过去。"来，跳过来，快，快些嘛，咳，急死人了。"

这是条已经干涸的小沟，大约有五尺来宽，也有五尺来深，徐清坐在那里，冤枉地，费力地施用了许多方法。

"你使劲嘛，你不使劲，我走了。看，鬼子来了。"

徐清先滚到沟里，又从沟里往上爬。杨明才几乎连自己也掉下去，好容易把他拖上来，拉着他拼命地往林子里跑。

村子里闹起来了。手电的光，骇人的白的，划过黑暗，四方探照。

"不要着急，这里没有鬼子，不过还得冲，冲出五里地就好了。"

徐清觉得小腿肚子痛极了，思念那匹马，他实在跑不动了，但他又不敢不跟着跑。

声音已经渐渐听不见了，枪声也停止了，偶尔还有稀疏的几响，他们又越过了一条河。他们在冰上跑，水在冰底下流。

河边上一些冻住的石头，常常绊住他的脚，他跌了好几次，头磕在凝固的沙地上，他爬不起来。他要求休息一会儿。

杨明才怜悯地望着他的黑影说："第一次听枪声是有些怕人的。"但杨明才接着又骂起通讯员来了："这死人，要他等我们，他也不等，要有枝枪，老子什么也不怕。这小子不知道跑到哪里去了，他有马，他要回去也容易。新闻记先生，你分辨得方向出来吗？我们应该往西北走。要往东南，就糟糕。"

天上还是魆黑黑，分不出东南西北，杨明才又把那记者拖了起来，迎着刺骨的寒风，他仍继续奔逃。

走到一个山脚下，徐清又停下了，杨明才焦急地说："咳，上去了再停吧。这里并不靠得住，等下枪一来，你又怎么得了？"他们沿着小路往上爬。路两边的地是耕过的。路边常常会碰着一些高粱的根。杨明才把徐清引到一个凹处。他把他留在那里，说了一声"就在这里等我，不要动"，他就跑走了。

徐清忽的在黑暗中见不着这小个子，好像自己变成了一片枯叶似的，随风飘荡，没有着落。他开始是瘫坐在那里的，后来又站了起来，尽了力量用眼睛在黑暗中搜寻，搜寻着杨明才，也搜寻着说不出名字的许多许多东西。而且他的听觉的神经也紧张到不能再紧张了。他辨别着风的每一脚步。有时他甚至想跑了，他觉得围在他周围的东西，全是可怕的，但他又不敢动。他相信：杨明才是会转来的。

他果真转来了，远远的，他听见他压住声音在喊着"新闻记"，徐清跳了出来，他说话了，欢喜也使他的声音颤栗："我在这里。"

　　"我们今夜不会露营了，来吧，我们今夜有了一个好窝。"杨明才愉快地这么说了。

五

　　现在他们很暖和地偎坐在一个小窑里边，窑门口堆满了草，有一个铺得很厚的草床，又燃烧着一堆草，窑里充满了烟，红光照着四壁的土墙，也照在埋身在草床里的徐清和杨明才。这窑是那些秋天上山来收粮食者的住屋，场子上还剩馀有许多没有搬运走的草，杨明才便用这些草将窑洞弄得比较暖和了。他似乎完全忘却了适才所发生的一切，他述说着夏夜在田里守瓜的情景，他们用芦苇盖了一间小屋，两头通风，挂一盏小灯在中间，风吹得那灯头的火闪闪地动。他们躺在那铺板上，望着天上的星星，唱着从小就会了的歌谣。他又述说放牛的夜晚，牛蚊非常之多，他们收集了许多野艾，这些野艾燃着的时候是有一股很好闻的香味的。

　　刚刚得着这个小窝的时候，徐清有一种感觉，好像到了家里一样，远离了一切灾害，他趺坐在一个角落里，享受着杨明才所有的安排。但现在他又讨厌他了，为什么他老讲着这些无味的事情。他希望有人能告诉他日本人到底打到哪里了，他们明天该往哪里走，而且后悔走到这山窝，也许是走错了路。他好像忘记了刚才的情形，他明白他们今夜是不该在那个村子上留下的，应该赶队伍去的，现在到底离中国兵有多远呢？他的烦闷，杨明才是不理解的，那小子就像没有事的人一样，有一搭没一搭，也不管有人听没人听，老是絮絮地讲下去。

"这种人真简单得可怜！"徐清心里这么想，却不敢说。他已经觉得在无形之中向他让步了许多。

他埋怨那宣传科长，为什么要送他走；又埋怨小个子团长，为什么不等他。刘克勤，章耿清这些人都是幸灾乐祸的家伙。通讯员也不好，把马牵走了。或许他已经落在日本人手中，这无用的东西真是活该……

但疲乏却使人忘记了恐怖，慢慢地他倒在草堆里，像玩得太辛苦的孩子一样睡着了。长大的皮大衣把他的脚盖得很严密。他现在还能想些什么呢，杨明才是不知道的。

杨明才还坐在火边拨着红火与炭，他不再讲下去了，他回想起适才所发生的一切，他想象日本鬼子已经败走了，他相信他们的队伍和游击队一定已经回到村子里去了。在脑子里他画着鬼子逃跑的场景，他觉得他已变成追兵中的一个。他捉住了一个鬼子兵。这鬼子怕死得很，他决不定杀不杀他，这鬼子兵是有一件日本大衣的。他有了一件日本大衣了。他还希望有一个日本水壶，他忘记烧火了，红的火慢慢变成无力的灰烬，缝隙里吹进来几阵刺骨的寒风，杨明才打了两个冷噤，像狗一样地将自己埋进草里，蜷成一团地躺着。他也愿意有一个甜蜜的睡眠。但他的脑子想到很多的事，他的身体总不得暖和，他在草上，滚了一会便又爬到外边去搬草。呵，原来不知什么时候已经在下雪了。

火燃起来的时候，杨明才不再感到刚才的冷，不过他的心事更汹涌了起来，雪把路迷住了，把方向迷住了，他们到底往哪一方走呢。他想要是一个人也好，要是有通讯员三人在这里也好。他把眼光投到徐清身上去，他睡得很熟，一点也不感觉他们的环境是更在恶化。杨明才觉得他太可同情，用了个老年人对孩子们所起的爱惜那样地叹息了。

困难是在第二天的早上，徐清眼睛瞅着洞外又缩瑟地一声不响了。

"管他妈，咱们走吧。第一先得找点东西来吃。"

停了一会杨明才又说："老呆在这里吗？总得想法子走呵。"

最后他没有办法了，只好说："你要不走，我一个人就走了。"

徐清像害了软骨症似的，总抬不起身体。洞外是一个不可知的世界，也可以好，也可以坏，而住了一夜的窑洞里，还好像使人有些感到安全。他没有勇气，却又怕一个人，他得紧跟着这勤务。

"到哪里去呢？"杨明才决定先下山，找老百姓打听消息，问路，然后再定方向。

于是他在前边有时还要拖着另外一个，在那冻住了的雪上一步一步爬到山嘴子上去。雪又打湿了他们的衣服，好容易才挨到山脚边的一个避风的石头下休息。这时徐清更显得软绵绵的了。

杨明才像哄孩子似的，好容易才脱了身，一个人转到外边去瞭望。他看见远远的路上有很多人走过，有些像队伍，他高兴极了，他想那一定是反攻的中国兵了，他正预备跑回来告诉徐清，却又看见就在那河滩边有几十人在饮马，有一半都穿日本大衣，他先还以为也是自己人，再一看马全是高身长腿的洋马，他明白了，他们不能下去的了。他恨不能有一架机关枪，如果就在这山嘴架上，包这河边的几十个鬼子全完。他知道他们没有注意到他，他又端详了这山，他只好决定暂时又回去，他几乎是拖着一具死尸回到了窑洞。

徐清回到窑洞，便又睡了，两颗眼珠灰白地从窑门口了望着天上。天也是死色的灰白，迷迷茫茫，无感觉的，不止地飞着雪片。

"我倒不怕鬼子会跑来，他娘的，就是肚子饿。"杨明才蹲在门口，他又向徐清投掷了一眼，叹了一声气，他心想："要是我一个人，我就什么也不怕，早走了。"

下午徐清实在饿得慌，他就哼了起来。

杨明才便又决定独自一人再下山去，徐清也只好放他走，他虽不敢太相信他，但在这个时候，也只有这个办法，他把他送到门口，悄声地说："盼望你早点回来。"

"当心，你不要出去乱走，烧一点火，把窑洞草堆高些，不哄你，说不定有狼呀什么野兽的哼！"杨明才像对小孩般的吩咐着他。

雪仿佛越大了似的，也许更密了，时间走得慢极了，徐清看了几次表，老是在三点钟，后来才发现这表已经停止了。

这山上一点声音都没有，什么生命都不存在似的，他渴望着有一点声音，他需要知道这小窑是否还在世界上。有时他又似乎听到什么声音了，他就更害怕起来，全身的筋肉都紧缩在一团，直到证明这只是幻觉的时候，才敢自由地呼吸，可是那种仿佛宇宙都要停止了的寂静，又格外地骚扰着他。

　　他曾鼓起最大的勇气，跑到洞外去，他不能靠希望来生活，他千百次告诉自己：这小鬼不会再回来了。除了下山，找到一个老百姓家，他才会有活的希望。他在雪中发狂地跑，雪还是无情地乱飘下来，他的眼睛里饱含了雪水，他认不清路，认不清方向，他以为自己跑到敌人那里去了，他是一个知识分子，他一定要受最残酷的刑罚的，他惶恐万分。他又意识到他跑不动了，倒在雪中，天会黑起来的，野兽会出来的，这怎样得了呢，在他的胸中有一个东西要跳出来，他要叫喊，可是他又不敢叫；他要跑回洞去，他又认不清回去的路，他坐在雪上，无望地垂着头，汗水，雪水从额上流下来，流在颊上的时候便混和了那苦涩的泪水。

　　天渐渐地在黑，他只好站起来又走，他努力判断哪是可以回到窑里的路。他已经不能找到自己的脚印了，只能在田地里的雪上高一脚低一脚地走去。还好，终于他找到了那个曾安身过的小窑，欢喜得发狂了似的回去，他看见没有人在里边，他放心了。但马上又愁起来："咳，为什么这小鬼不回来呢？"他走进了窑，燃起了火来。从他的头上，身上，脚上蒸发出浓厚的水蒸气。他又感到了冷，感到了饥饿和疲乏。他想也许他要一个人死在这儿了，不会有人知道，他想起他的姐姐，他的小侄女，他想起一些可亲的人，他又哭了。

　　忽的他又被一种声音惊起。他张着耳朵竭力去听，的确是有了什么声音，他吓得跳了起来，他躲进草堆．然而慢慢他听出来是谁在叫他的名字，于是赶忙又跳出来。啊，可不就是杨明才的声音么？

"啊，我在这里，我在这里。"他孩子般地大叫了。

在暗灰色的薄明中，他看见一个生物移近来了。他跳跃着等着他。杨明才进来的时候，他忍不住把他兄弟般地抱着了。

"我担心你被俘虏了，担心你死了。唉，下次出去还是一道走吧。"

他又把火加大了。杨明才从怀里掏出十来个饼。杨明才看着他大嚼，很快活似的说着他的经过。他告诉他，明天一定要走。沿着山有条路可以通陶庄，那里可能是自己人。他知道敌人还占领了下边村子和合口，而且沿路还有老百姓的住家，如果明天还下雪，鬼子就不敢出来，他们可以放胆地走。徐清觉得很安心了，自顾自地吃着。

他总比杨明才睡得好。他有一件可以当被子的皮大衣，而且杨明才一回来，他就放心熟睡了。他心想靠得住有一个守夜的人。

第二天，他们果然真照老百姓所指的路线前进，没有遇见日本兵；他们住在一个通大路的山沟口的农民家里。下面村里住得有他们的一连人。杨明才每天下去打听消息，他们等着这最近安排好的一仗打完了就归队。现在徐清生活得很好了，他口袋里还有几块钱。农民的妻子常常帮助他做菜。

六

五天之后，他们又回到住在合口的政治处里了，徐清成了一个崭新的人物，很多人都跑来慰问他，听他缕述他们的冒险的故事，他懂得什么时候可以谦虚一些，而有些地方又可以夸大一些。刘克勤和章耿清非常羡慕他。他们三个人来前方，而只有他一个人亲历了战争，创出了英雄史迹，刘克勤环抱着他，激动地说：

"既然没有死掉，就好好使用这生命吧！"

晚上，客人们都走了，又只剩了他们三个新闻记先生，他们又争论着一个问题了。现在是刘克勤要留下来。他打算坚持这个意见，他愿意无论什么工作都做，只要能留下来，而且起码要住两三年。但徐清却计划着回到大后方去。他已经生活过来了，现在只需要一个安静的环境，写出他的经历，那兴奋他的经历。他把那些宣传科长送来的，总务科长送来的，团长派人送来的一些饼干，点心，堆满了炕头上的桌子上，他奇怪地向着杨明才说："你为什么不吃呢？吃呀！说话呀！"

而那个"桑磋"却一声不响地坐在屋角里的火旁边，他替他们烧着泡茶的开水。紧紧地闭着尖嘴，嫌恶地想着："批评就批评，打死我也得回队伍上去。"

那个通讯员也回来了，不过他回来得很平常简单，没有收集到什么材料，也没有创造出什么材料。

一九四〇年

我在霞村的时候

因为政治部太嘈杂，莫俞同志决定要把我送到邻村去暂住，实际我的身体已经复原了，不过既然有安静的地方暂时休养，趁这机会整理一下近三月来的笔记，觉得也很好，我便答应他到霞村去住两个星期，离政治部有三十里路。

同去的还有一位宣传科的女同志，她大约有些工作，但她不是个好说话的人，所以一路显得很寂寞。加上她是一个"改组派"的脚，我的精神又不大好，我们上午就出发，可是太阳快下山了，才到达目的地。

远远看这村子，也同其他村子差不多。但我知道，这村子里还有一个未被毁去的建筑得很美丽的天主教堂，和一个小小的松林，而我就将住在靠山的松林里。从这里可以直望到教堂。现在已经看到靠山的几排整齐的窑洞，和窑洞上的绿色的树林，我觉得很满意这村子。

从我的女伴口里，我对这村子的认识是很热闹的；但当我们走进村口时，却连一个小孩子，一只狗也没有碰到，只是几片枯叶轻轻地被风卷起，飞不多远又坠下来了。

"这里从先是小学堂，自从去年鬼子来后就打毁了，你看那边台阶，那是一个很大的教室呢。"阿桂（我的女伴）告诉我，她显得有些激动，不像白天的沉默了。她接着又指着一个空空的大院子："一年半前这里可热闹呢，同志们天天晚饭后就在这里打球。"

她又急起来了："怎么今天这里没有人呢？我们还是先到村公所去，还是到山上去呢！咱们的行李也不知道捎到什么地方去了，总得先闹清才好。"

村公所大门墙上，贴了很多白纸条，上面写着××会办事处，××会霞村分会……但我们到了里边，却静悄悄的，找不到一个人，几张横七竖八的桌子空空地摆在那里，我们正奇怪，匆匆地却又跑来一个人，他看了一看我，似乎想问什么，接着又把话咽下去了，还想不停地往外跑，但被我们把他留下了。

他只好连连地答应我们："我们的人么！都到村西口去了，行李，唔，是有行李，老早就抬到山上了，是刘二妈家里。"他一边说一边也打量着我们。

我们知道了他是农救会的人，便要求他陪同我们一道上山去。并且要他把我写给这边一个同志的条子送去。

他答应了替我们送条子，却不肯陪我们，而且显得有点不耐烦的样子，把我们丢下独自跑走了。

街上也是静悄悄的，有几家在关门，有几家门还开着，里边黑漆漆的，我们也没有找到人，幸好阿桂对这村子还熟，她引导着我走上山，这时已经黑下来了，冬天的阳光是下去得快的。

　　山不高，沿着山脚上去，错错落落有很多石砌的窑洞，也常有人站在空坪上眺望着，阿桂明知没有到，但一碰着人便要问：

　　"刘二妈的家是这样走的么？""刘二妈的家还有多远？""请你告诉我怎样到刘二妈的家里？"或是问："你看见有行李送到刘二妈家去过么？刘二妈在家么？"

　　回答总是使我们满意的，这些满意的回答一直把我们送到最远的，最高的刘家院子里，两只小狗最先走出来欢迎我们。

　　接着便有人出来问了，一听说是我，便又出来了两个人，他们掌着灯把我们送进一个院子，到了一个靠东的窑洞里，这窑洞里面很空，靠窗的炕上堆得有我的铺盖卷和一口小皮箱。还有阿桂的一条被子。

　　他们里面有认识阿桂的，拉着她的手问长问短的，后来索性把阿桂拉出去了，一个人留在这屋子里，只好整理铺盖。我刚要躺下去，她们又涌进来了。有一个青年媳妇托着一缸面条，阿桂和刘二妈和另外一个小姑娘拿着碗筷和一碟子葱同辣椒，小姑娘又捧来一盆燃得红红的火。

　　她们殷勤地督促着我吃面，也摸我的两手，两臂，刘二妈和那媳妇也都坐上炕来了。她们露出一种神秘的神气，又接着谈讲着她们适才所谈到的一个问题。我先还以为她们所诧异的是我，慢慢我觉得不是这样的，她们只热心于一点，那就是她们谈话的内容。我只无头无尾地听见几句，也弄不清，尤其是刘二妈说话之中，常常要把声音压低，像怕什么人听见似的那么耳语着。阿桂已经完全变了，她仿佛满能干似的，很爱说

话，而且也能听人说话的样子，她表现出很能把住别人说话的
中心意思。另外两人不大说什么，不时也补充一两句，却那么
聚精会神地听着，深怕遗漏去一个字似的。

忽然院子里发生一阵嘈杂的声音，不知有多少人在同时说
话，也不知道闯进了多少人来。刘二妈几人慌慌张张地都爬下
炕去往外跑，我也莫名其妙地跟着跑到外边去看。这时院子里
实在完全黑了，有两个纸糊的红灯笼在人丛中摇晃，我挤到人
堆里去瞧，什么也看不见，他们也是无所谓地在挤着而已，他
们都想说什么，都又不说，只听见一些极简单的对话，而这些
对话只有更把人弄糊涂的：

"玉娃，你也来了么？"

"看见没有？"

"看见了，我有些怕。"

"怕什么，不也是人么，更标致了呢。"

我开始总以为是谁家要娶新娘子了，他们答应我不是的，
我又以为是俘虏，却还不是的。我跟着人走到中间的窑门口，
却见窑里挤得满满的是人，而且烟雾沉沉的看不清，我只好又
退出来。人似乎也在慢慢地退去了，院子里空旷了许多。

我不能睡去，便在灯底下又整理着小箱子，翻着那些练习
簿，相片，又削着几枝铅笔。我显得有些疲乏，却又感觉着一
种新的生活要到来以前的那种昂奋。我分配着我的时间，我要
从明天起遵守规定下来的生活次序，这时却有一个男人嗓子在
门外响起了：

"还没有睡么，××同志。"

　　还没有等到我的答应，这人便进来了，是一个二十岁的还文雅的乡下人。

　　"莫主任的信我老早就看到了，这地方还比较安静，凡事放心，都有我，要什么尽管问刘二妈。莫主任说你要在这里住两个星期，行，要是住得还好，欢迎你多住一阵。我就住在邻院下边的那几个窑，有事就叫这里的人找我。"

　　他不肯上炕来坐，底下又没有凳子，我便也跳下炕去：

　　"呵，你就是马同志，我给你的一个条子收到么？请坐下来谈谈吧。"

　　我知道他正在这村子上负点责，是一个未毕业的初中学生。

　　"他们告诉我，你写了很多书，可惜我这里没有买，我都没有见到。"他望了望炕上开着口的小箱子。

　　我们话题一转到这里的学习情形时，他便又说："等你休息几天后，我们一定请你做一个报告；群众的也好，训练班的也好，总之，你一定得帮助我们，我们这里最难的工作便是'文化娱乐'。"

　　像这样的青年人我在前方看了很多很多，当刚刚接触他们的时候常常感到惊讶，觉得这些同自己有一点距离的青年们都实在变得很快，我又把话拉回来。

　　"刚才，他们发生了什么事么？"

　　"刘大妈的女儿贞贞回来了。想不到她才了不起呢。"即刻我感到在他的眼睛里面多了一样东西，那里面放射着愉悦的，热情的光辉。

　　我正要问下去时，他却又加上说明了："她是从日本人那里回来的，她已经在那里干了一年多了。"

　　"呵！"我不禁也惊叫起来了。

　　他安排再告诉我一些什么时，外边有人在叫他了，他只好对我说，明天他一定叫贞贞来找我。而且他还提起我注意似的，说贞贞那里"材料"一定很多的。

　　很晚阿桂才回来睡，她躺到床上老是翻来覆去地睡不着，不住地唉声叹气。我虽说已经疲倦到极点了，仍希望她能告诉我一些关于今晚上的事情。

　　"不，××同志，我不能说，我真难受，我明天告诉你吧，呵！我们女人真作孽呀！"于是她把被蒙着头，动也不动，也再没有叹息，我不知道她什么时候才睡着的。

　　第二天一早我便到屋外去散步，不觉得就走到村子底下去了。我走进了一家杂货铺，一方面是休息，一方面头了他们很多枣子，是打算送给刘二妈家里煮稀饭吃的。那杂货铺老板听我说住在刘二妈家里，便挤着那双小眼睛，有趣地低声问我道：

　　"她那侄女儿你看见了么？听说病得连鼻子也没有了，那是给鬼子糟蹋的呀。"他又换转脸去朝站在里边门口的他的老婆说："亏她有脸面回家来，真是她爹刘福生的报应。"

　　"那娃儿向来就风风雪雪的，你没有看见她早前就在街上浪来浪去，她不是同夏大宝打得火热么？要不是夏大宝穷，她不老早就嫁给他了么？"那老婆子拉着衣角走了出来。

　　"谣言可多呢，"他转过脸来抢着又说。这次他的眼睛已不再眨动了，却做出一副正经的样子："听说起码一百个男人总睡过，哼，还做了日本官太太，这种缺德的婆娘，是不该让她回来的。"

我忍住了气，因为不愿同他吵，就走出来了，我并没有再看他，但我感觉得他又眯着那小眼睛很得意地望着我的背影。

走到天主堂转角的地方，又听到有两个打水的妇人在谈着，一个说：

"还找过陆神父，一定要做姑姑，陆神父问她理由，她不说，只哭，知道那里边闹的什么把戏，现在呢，弄得比破鞋还不如……"

另一个便又说："昨天他们告诉我，说走起路来一跛一跛的，唉，怎么好意思见人！"

"有人告诉我，说她手上还戴得有金戒子，是鬼子送的哪！"

"说是还到大同去过，很远的，见过一些世面，鬼子话也会说哪……"

这散步于我是不愉快的，我便走回家来了。这时阿桂已不在家，我就独自坐在窑洞里读一本小册子。

我把眼睛从书上抬起来，就看见靠墙站着两个粮食篓子，那大约很有历史的吧，它的颜色同墙壁一般黑。我把一块活动的窗户纸掀开，就看见一片灰色的天（已经不是昨天来时的天气了）和一片扫得很干净的土地，从那地的尽头上，伸出几株枯枝的树，疏疏朗朗地划在那死寂的铅色的天上。

院子里简直没有什么人走动。

　　我又把小箱子打开，取出纸笔来写了两封信。怎么阿桂还没回来呢？我忘记她是有工作的，而且我以为她是将与我住下去似的了。

　　冬天的日子本来是很短的，但这时我却以为它比夏天的还长呢。

　　后来我看见那小姑娘出来了，于是跳下炕到门外去招呼她，她只望着我笑了一笑，便跑到另外一个窑洞里去了。我在院子里走了两个圈，看见一个苍鹰飞到教堂的树林子里边去了。那院子里有很多大树。

　　我又在院子里走起来，我走到靠右边的尽头处，我听见有哭泣的声音，是一个女人，而且在压抑住自己，时时都在擤鼻涕。

　　我努力地排遣自己，思索着这次来的目的和计划，我一定要好好休养。而且按着自己规定的时间去生活，于是我又回到房子里来了，既然不能睡，而写笔记又是多么无聊呵！

　　幸好不久刘二妈来看我了，她一进来，那小姑娘跟着也来了，后来那媳妇也来了。她们便都坐到我的炕上，围着一个小火盆。那小姑娘便检阅着那小方炕桌上的我的用具。

　　"那时谁也顾不到谁，"刘二妈述说着一年半前鬼子打到霞村来的事，"咱们住在山上的还好点，跑得快，村底下的人家有好些都没有跑走，也是命定下的。早不早迟不迟，这天咱们家的贞贞却跑到天主堂去了，后来才知道她是找那个外国神父要做姑姑去的，为的也是风声不好。她爹正在替她讲亲事，是西柳村的一家米铺的小老板，年纪快三十了，填房，家道厚实，咱们都说好，就只贞贞自己不愿意。她向着她爹哭过，别的事她爹都能依她，就只这件事老头子不让，咱们老大又没儿，总企望把女儿许个好人家，谁知道贞贞却赌气跑下天主堂去了，就那一忽儿，落在火坑了哪，您说做娘老子的怎不伤心……"

"哭的是她的娘么？"

"就是她娘。"

"你的侄女儿呢？"

"侄女儿么，到底是年轻人，昨天回来哭了一场，今天又欢天喜地到会上去了，才十八岁呢。"

"听说做过日本人太太，真的么？"

"这就难说了，咱也摸不清，谣言自然是多得很，病是已经弄上身了，到那种地方，还保得住干净么。小老板的那头亲事，还不吹了，谁还肯要鬼子用过的女人，的的确确是有病，昨天晚上她自己也就说了。她这一跑，真变了，她说起鬼子来就像说到家常便饭似的，才十八岁呢，已经一点也不害臊了。"

"夏大宝今天还来过呢，娘！"那媳妇悄声地说着，又用着探问的眼睛望着二妈。

"夏大宝是谁呢？"

"是村底下磨房里的一个小伙计，早先小的时候同咱们贞贞同过一年学，两个要好得很，可是他家穷，就连咱们家也不如，他正经也不敢怎样的，偏偏咱们贞贞痴心痴意，总要去缠着他，一来又怪了他；要去做姑姑也还不是为了他，自从贞贞给日本鬼弄去后，他倒常来看看咱们老大两口子，起先咱们大爹一见他就气，有时骂了他，他也不说什么，骂走了第二次又来，倒是一个有良心的孩子，现在自卫队当一个小排长呢。他今天又来了，好像向咱们大妈求亲来着呢，只听见她哭，后来他也哭着走了。"

"他知不知道你侄女儿的情形呢？"

"怎会不知道，这村子里就没有人不清楚，全比咱们自己还清楚呢。"

"娘，人都说夏大宝是个傻孩子呢。"

"暗，这孩子总算有良心，咱是愿意这头亲事的，自从鬼子来后，谁是有钱的人呢，看老大两口子的口气，也是答应的，唉，要不是这孩子，谁肯来要呢，莫说有病，名声就实在够受了。"

"就是那个穿深蓝色短棉袄，带一顶古铜色翻边毡帽的。"小姑娘闪着好奇的眼光，似乎也很了解这回事。

在我记忆里出现了这样一个人影，是今天清晨我动身出外散步的时候，我看见这么一个年轻的小伙子，有着一副很精伶也很忠厚的面孔。他站在我们院子外边，却又并不打算走进来的样子。约莫当我回家时，又看他从后边的松林里走出来，我只以为是这院子里的人或邻院的人，我那时并没有很注意他，现在想起来，倒觉得的确是一个短小精干很不坏的年轻人。

我的休养计划怕不能完成了，为什么我的思绪这样的乱，我并不着急于要见什么人，但我幻想中的故事是不断地增加着。

阿桂现出一副很明白我的神气，望着我笑了一下便走出去了。

我又明白她的意思，于是来回在炕上忙碌了一番；觉得我们的铺，灯，火都明亮了许多，我刚把茶缸子去搁在火上的时候，果然阿桂已经又回到门口了，我听见她后边还跟得有人。

"有客人来了，××同志！"阿桂话还没有说完，便听见另外有一个声音噗哧一笑，"嘻……"

在房门口我握住了这并不熟识的人的手了。她的手滚烫，使我不能不略微吃惊。她跟着阿桂爬上炕去时，在她的背上，长长地垂着一条发辫。

这间使我感到非常沉闷的窑洞，在这新来者的眼里，却很新鲜似的，她拿着满有兴致的眼光环绕地探视着。她身子稍稍向后仰地坐在我的对面，两手分开撑住她坐的铺盖上，并不打算说什么话似的，最后便把眼光安详地落在我的脸上了。阴影把她的眼睛画得很长，下巴很尖。虽在很浓厚的阴影之下的眼睛，那眼珠却被灯光和火光照得很明亮，就像两扇在夏天的野外屋宇里的洞开的窗子，是那么坦白，没有尘垢。

我也不知道如何来开始我们的谈话，怎么能不碰着她的伤口，不会损坏到她的自尊心呢？我便先从缸子里倒了一杯已经热了的茶。

"你是南方人吧？我猜你是的，你不像咱们省里的人。"倒是贞贞先说了。

"你见过很多南方人吗？"我想最好随她高兴说什么我就跟着说什么。

"不，"她摇着头，仍旧钉着我瞧，"我只看见几个，总是有些不同。我喜欢你们那里人，南方的女人都能念很多很多的书，不像咱们，我愿意跟你学，你教我好吗？"

我答应她之后忽的她又说了："日本的女人也都会念很多很多书，那些鬼子兵都藏得有几封写得漂亮的信。有的是他们的婆姨的，有的是相好的，也有不认识的姑娘们写信给他们，还夹上一张照片，写了好些肉麻的话，也不知道她们是不是真心，总哄得那些鬼子当宝贝似的揣在怀里。"

"听说你会说日本话是么？"

在她脸上轻微地闪露了一下羞赧的颜色，接着又很坦然地说下去，"时间太久了，跑来跑去一年多，多少就会了一点儿，懂得他们说话有很多好处。"

"你跟着他们跑了很多地方吗？"

"并不是老跟着一个队伍跑的，人家总以为我做了鬼子官太太，享富贵荣华，实际我跑回来过两次，连现在这回是第三次了。后来我是被派去的，也是没有办法，我在那里熟，工作重要，一时又找不到别的人，现在他们不再派我去了，要替我治病，也好，我也挂牵我的爹娘，回来看看他们。可是娘真没有办法，没有儿女是哭，有了儿女还是哭。"

"你一定吃了很多的苦吧。"

"她吃的苦真是想也想不到，"阿桂又做出一副难受的样子，像要哭似的，"做了女人真倒霉，贞贞你再说吧。"她更挤拢去，紧靠她身边。

"苦么，"贞贞像回忆着一件辽远的事一样，"现在也说不清，有些是当时难受，于今想来也没有什么，有些是当时倒也马马虎虎地过去了，回想起来却实在伤心呢，一年多，日子也就过去了。这次一路回来，好些人都奇怪地望着我，就说这村子的人吧，都把我当一个外路人，也有亲热我的，也有逃避我的。再说家里几个人吧，还不都一样，谁都爱偷偷地瞧我，没有人把我当原来的贞贞看了。我变了么，想来想去，我一点也没有变，要说，也就心变硬一点罢了，人在那种地方住过，不硬一点心肠还行么，也还是因为没有办法，逼得那么做的哪！"

一点有病的象征也没有，她的脸色红润，声音清晰，不显得拘束，也不觉得粗野。她并不含一点夸张，也使人感觉不到她有过什么牢骚，或是悲凉的意味，我忍不住要问到她的病了。

"人大约总是这样，哪怕到了更坏的地方，还不是只得这样，硬着头皮挺着腰肢过下去，难道死了不成？后来我同咱们自己人有了联系，就更不怕了。我看见日本鬼子在我的捣鬼之后，吃败仗，游击队四处活动，人心一天天好起来，我想我吃点苦，也划得来，我总得找活路，还要活得有意思，除非万不得已。所以他们说要替我治病，我想也好，治了总好些，这几天病倒不觉得什么了。路过张家驿时，住了两天，他们替我打了两次药针，又给了一些药我吃。只有今年秋天的时候，那才厉害，人家说我肚子里面烂了，又赶上有一个消息要立刻送回来，找不到一个能代替的人，那晚上摸黑路我一个人来回走了三十里，走一步，痛一步，只想坐着不走了，要是别的不关紧要的事，我一定不走回去了，可是这不行哪，唉，又怕被鬼子认出我来，又怕误了时间，后来整整睡了一个星期，拖着又拖起身了。一条命要死好像也不大容易，你说是么？"

她并没有等我的答复，却又继续说下去了。

有的时候，她也停顿下来，在这时间，她也望望我们，也许是在我们脸上找点反应，也许她只是思索着别的。看得出阿桂是比她显得更难受，阿桂大半的时候是沉默，有时也说几句话，她说的话总只为的传达出她的无限的同情，但她默着时，却更显得她为她的话所震慑住了，她的灵魂在被压抑，她踏上了她过去所受的那些苦难。

我以为那说话的人是丝毫没有意识到想博得别人的同情的，纵是别人正在为她分担了那些罪过，她似乎没有感觉到，同时也正因为如此，就使人觉得更可同情了。如果她说起她的这段历史的时候，并不是像现在这样，心平气和，甚至就使你以为她是在说旁人那样，那是宁肯听她哭一场，哪怕你自己也陪着她哭，都是觉得好受些的。

后来阿桂倒哭了，贞贞反来劝她，我本有许多话准备同贞贞说的，也说不出口了。我愿意保持住我的沉默，而且当她走后，我强制住自己在灯下读了一个钟头的书，连睡得那么邻近的阿桂，也不去看她一眼，或问她一句，哪怕她老是翻来覆去地睡不着，一声一声地叹息着。

以后贞贞每天都来我这里闲谈，她不只是说她自己，也常常很好奇地问我许多那些不属于她的生活中的事，有时我的话说得很远，她便显得很吃力地听着，却是非常之要听的。我们也一同走到村底下去，年轻人都对她很好。自然都是那些活动分子。但像杂货店老板那一类的人，总是铁青着脸孔，冷冷地望着我们，他们嫌厌她，卑视她，而且连我也当着不是同类的人的样子看待了。尤其那一些妇女们，因为有了她才发生对自己的崇敬，才看出自己的圣洁来，因为自己没有被人强奸而骄傲了。

阿桂走了之后，我们的关系就更密切了，谁都不能缺少谁似的，一忽儿不见就会使人惊诧的。我是一个喜欢有热情的，有血肉的，有快乐，有忧愁，却又是明朗的性格的人。而她就正是这样，我们的闲谈常常占去了很多时间，我却总以为那些谈天，于我的学习和修养，都是非常有帮助的，可是日子一天天过去，贞贞对我并不完全坦白的事，竟被我发觉了；但我绝不会对她有一丝怨恨的，而且我将永远不去触她这秘密，每个人一定有着某些最不愿告诉人的东西深埋在心中，这是指属于私人感情的事，既与旁人毫无关系，也不会有关系于她个人的道德的。

已经到了我快走的那几天了，贞贞忽然显得很烦躁，并没有什么事，也不像打算要同我谈什么的，却很频繁地到我屋子中来，总是心神不宁的，坐立不定的，一会儿又走了，我知道她这几天吃得很少，甚至常常不吃东西。我问过她的病状，我清楚她现在所担受的烦扰，决不只是肉体上的。她来了，有时还说几句毫无次序的话，有时似乎要求我说一点什么，做出一副要听的神气，但我也看得出她在想一些别的，那些不愿让人知道的，她是正在掩饰着这种心情，装出无所谓的样子。

有两次，我看见那显得很精干的年轻伙子从贞贞母亲的窑中出来，我会把他给我的印象和贞贞一道比较，我以为我非常同情他，尤其当现在的贞贞被很多人糟蹋过，染上的不名誉的、难医的病症的时候，他还能耐心地来看她，向她的父母提出要求，他不嫌弃她，不怕别人笑骂，他一定觉得她这时更需要他，他明白一个男子在这样的时候去对他相好的女人所应有的气概和责任。而贞贞呢，虽说在短短的时间中，找不出她有很多的伤感和怨恨，她从没有表示她有一个男子来要她，或者就说是抚慰吧。但我也以为因为她是受过伤的，正因为她受伤太重，所以才养成她现在的强硬，她就有了一种无所求于人的样子，可是如果有些爱抚，非一般同情可比的怜惜，去温暖她的灵魂是好的。我喜欢她能哭一次，找到一个可以哭的地方去哭一次，我是希望着我有机会吃到这家人的喜酒，至少我也愿意听到一个喜讯再离开。

"然而贞贞在想着一些什么呢？这是不会拖延好久，也不应成为问题的。"我这样想着，也就不多去思索了。

刘二妈，她的小媳妇，小姑娘也来过我房子，估计她们的目的，无非想来报告些什么，有时也说一两句，但我总不给她们说话的机会，我以为凡是属于我朋友的事，如若朋友不告诉我，我又不直接问她，却在旁人那里去打探，是有损害于我的朋友和我自己，也是有损害于我们的友谊的。

就在那天黄昏的时候，院子里又热闹起来了，人都聚集在那里走来走去，邻舍的人全来了，他们交头接耳的，有的显得悲戚，也有满感兴趣的样子，天气很冷，他们好奇的心却很热，他们在严寒底下耸着肩，弓着腰，笼着手，他们吹着气，在院子中你看我，我看你，他们在探索着很有趣的事似的。

开始我听见刘大妈的房子里有些吵闹的声音，接着刘大妈哭了。后来还有男人哭的声音，我想是贞贞的父亲吧。接着又有摔碗的声音，我忍不住分开看热闹的人冲进去了。

"你来的很好，你劝劝咱们贞贞吧。"刘二妈把我扯到里边去。

贞贞把脸收藏在一头纷乱的长发里，却望得见有两颗狰狞的眼睛从里边望着众人，我只走到她旁边便站住了。她似乎并没有感觉我的到来，或者也把我当做一个毫不足以介意的敌人之一罢了。她的样子完全变了，几乎使我不能在她的身上回想起一点点那些曾属于她的洒脱，明朗，愉快，她像一个被困的野兽，她像一个复仇的女神，她憎恨着谁呢，为什么要做出那么一副残酷的样子？

"你就这样的狠心，你全不为娘老子着想，你全不想想这一年多来我为你受的罪……"刘大妈在炕上一边捶着一边骂，她的眼泪就像雨点一样，有的落在炕上，有的落在地上，还有的就顺着脸往下流。

有好几个女人围着她，扯着她，她们不准她下炕来。我以为一个人当失去了自尊心，一任她的性情疯狂下去的时候，真是可怕，我想告诉她，你这样哭是没有用的，同时我也明白在这时是无论什么话都不会有效果的。

老头子显得很衰老的样子，他垂着两手，叹着气。夏大宝坐在他旁边。用无可如何的眼光望着两个老人。

"你总得说一句呀，你就不可怜可怜你的娘么？……"

"路走到尽头总要转弯的，水流到尽头也要转弯的，你就没有一点转弯么？何苦来呢……"

一些女人们就这样劝贞贞。

我看出这事是不会如大家所希望的了。贞贞早已经做出不要任何人对她的可怜，也不可怜任何人。她是早已有决定，没有转弯的，要说赌气，就赌气吧。她是咬紧了牙关要和大家坚持下去的神情。

她们听了我的劝告，请贞贞到我的房里边去休息。一切问题到晚上再谈，于是我便领着贞贞出来了，可是她并没有到我的房中去，她向后山上跑走了。

"这娃儿心事大呢？……"

"哼，瞧不起咱乡下人了……"

"这种破铜烂铁，还搭臭架子，活该夏大宝倒霉……"

聚集在院子中的人们纷纷议论着，看见已经没有什么好看的了，便也散去了。

我在院子中也踌躇了一会，便决计到后山去，山上有些坟堆。坟周围都是松树，坟前边有些断了的石碑，一个人影子也没有，连落叶的声音都没有，我从这边穿到那边，我叫着贞贞的名字，似乎有点回声，来安慰一下我的寂寞，但随即更显得万山的沉静，天边的红霞已经退尽了，四周围浮上一层寂静的烟似的轻雾，绵延在远近的山的腰边。我焦急，我颓然坐在一块碑上，我盘旋着一个问题：再上山去呢，还是在这里等她呢？我希望我能替她分担些痛苦。

我看见一个影子从底下上来了。很快我便认识出就是夏大宝。我不做声，希望他没有看见我，让他直到上面去吧。但是他却在朝我走来。

"你找到了么？我到现在还没有看见她。"我不得不向他打个招呼。

他却走到我面前，而且就在枯草地上坐下去。他沉默着，眼望着远方。

我微微有些局促。他的确还很年轻呢，他有两条细细的长眉，他的眼很大，现在却显得很为呆板，他的小小的嘴紧闭着，也许在从前是很有趣的，但现在只充满着烦恼，压抑住痛苦的样子，他的鼻是很忠厚的，然而却有什么用？

"不要难受，也许明天就好了，今天晚上我定要劝她。"我只好安慰他。

"明天，明天……她永远都会恨我的，我知道她恨我……"他的声音稍稍的有点儿哑，是一个沉郁的低音。

"不，她从没有向我表示过对人有什么恨。"我搜索着我的记忆，我并没有撒谎。

"她不会对你说的，她不会对任何人说的，她到死都不饶恕我的。"

"为什么她要恨你呢？"

"当然啰……"忽的他把脸朝着我，注视着我，"你说，我那时不过是一个穷小子，我能拐着她逃跑么？是不是我的罪？是么？"

但他并没有等到我的答复却又说下去了，几乎是自语："是我不好，还能说是我对么，难道不是我害了她么？假如我能像她那样有胆子，她是不会……

　　"她的性格我懂得，她永远都要恨我的，你说，我应该怎样？她愿意我怎样？我如何能使她快乐，我这命是不值什么的，我在她面前也还有点用处么？你能告诉我么，我简直不知我应该怎样才好。唉，这日子真难受呀！还不如让鬼子抓去……"他不断地喃喃下去。

　　当我邀他一道回家去的时候，他站起来同我走了几步，却又停住了，他说他听见山上有声音，我只好鼓励他上山去，我直望到他的影子没入更厚的松林中去时，才踏上回去的路，然而天色已经快要全黑了。

　　这天晚上，我虽然睡得很迟，却没有得着什么消息，不知道他们怎样过的。

　　等不到吃早饭，我把行李都收拾好了，马同志答应今天来替我搬家，我已准备回政治部去，并且回××去，因为敌人又要大举"扫荡"了，我的身体不准许我再留在这里，莫主任说无论如何要先把这些伤病员送走。我的心却有些空游荡的，坚持着不回去么，身体又累着别人；回去么，何时再来呢？我正坐在我的铺上沉思着的时候，我觉得有人悄悄地走进我的窑洞。

　　她一耸身跳上炕来坐在我的对面了，我看见贞贞脸上稍稍有点浮肿，我去握着那只伸在火上的手，那种特别使我感觉刺激的烫热又使我不安了，我意识到她有着不轻的病症。

　　"贞贞！我要走了，我们不知何时再能相会，我希望，你能听你娘……"

　　"我就是来告诉你的，"她一下就打断了我的话，"我明天也要动身了。我恨不得早一天离开这家。"

　　"真的么？"

　　"真的！"在她的脸上那种特有的明朗又显出来了。"他们叫我回××去治病。"

　　"啊，"我想我们也许要同道的，"你娘知道了么？"

　　"不，还不知道，只说治病，病好了又回来，她一定肯放我走的，在家里不是也没有好处么？"

　　我觉得她今天显得稀有的平静。我想起头天晚上夏大宝说的话了。我冒昧地便问她道：

　　"你的婚姻问题解决了么？"

　　"解决，不就是那么吗？"

　　"是听娘的话么？"我还不敢说出我对她的希望，我不愿想着那年轻人所给我的印象，我希望那年轻人有快乐的一天。

　　"听她们的话，我为什么要听她们的话，她们听过我的话么？"

　　"那么，你果真是和她们赌气么？"

　　"那么……你真的恨夏大宝么？"

　　她半天没有答应我，后来她说了，是更为平静的，"恨他，我也说不上，我总觉得我已经是一个有病的人了，我的确被很多鬼子糟蹋过，到底是多少，我也记不清了，总之，是一个不干净的人。既然已经有了缺憾，就不想再有福气，我觉得活在不认识的人面前，忙忙碌碌的，比活在家里，比活在有亲人的地方好些。这次他们既然答应送我到××去治病，那我就想留在那里学习，听说那里是大地方，学校多；什么人都可以学习的。大家扯在一堆并不会怎样好，那就还是分开，各奔各的前程。我这样打算是为了我自己，也为了旁人，所以我并不觉得有什么对不住人的地方，也没有什么高兴的地方。而且我想，到了××，还另有一番新的气象。我还可以再从新做一个人，人也不一定就只是爹娘的，或自己的，别人说我年轻，见识短，脾气别扭，我也不辩，有些事情哪能让人人都知道呢?"

我觉得非常惊诧，新的东西又在她身上表现出来了，我觉得她的话的确值得我们研究，我当时只能说出我赞成她的打算的话。

我走的时候，她的家属在那里送我，只有她到公所里去了，也再没有看见夏大宝。我心里并没有难受，我仿佛看见了她的光明的前途，明天我将又见着她的，定会见着她的，而且还有好一阵时日我们不会分开了。果然，一走出她家的门，马同志便告诉了我关于她的决定，证实了她早上告诉我的话很快便会实现了。

一九四〇年

夜

一

羊群已经赶进了院子，赵家的大姑娘还坐在她自己的窑门口捺鞋帮，不时扭转着她的头，垂在两边肩上的银丝耳环，便很厉害地摇晃。羊群拥挤着朝栏里冲去，几只没有出外的小羊跳蹦着，被撞在一边，叫起来了。

攒聚在这边窑里炕上的几个选举委员会的委员，陆续从窗口跳了出来。他们刚结束了会议，然而却还在叮咛些什么，捺着鞋帮的清子便又扭转过来，露出一掬黏腻的，又分不清是否含着轻蔑的一种笑容。

被很多问题弄得疲乏了的委员们，望了望天色，蓝色的炊烟已经从窑顶上的烟突里吐出来，又为风吹往四方，他们决定赶到前边的庄子去吃饭，因为在这晚上还要布置第二天的选举大会，然而已经三四天没有回家的指导员却意外地被准许回家。区委委员会为他向大家说了一阵牧畜是很重要的等等的话。他的唯一的牛就在这两天要生产，而他的老婆是一个只能烧烧三顿饭，四十多岁了的女人。

招待员从扫着石磨的老婆身边赶了出来："已经派好了饭呢。怎的又走了呢？家里婆姨烧的饭香些么？"他抓住年轻的代理乡长的手，乡长在年下刚娶了一个才十六岁长得很漂亮的妻子，因此，常常会被别人善意地拿来取笑。

站在大门口看对山盛开的桃花的又是那发育得很好的清子。长的黑的发辫上扎着粉红的绒绳。从黑坎肩的两边伸出着条纹花布袖子的臂膀，高高地举着，撑在门柱上边，十六岁的姑娘，长得这样高大，什么不够法定的年龄，是应该嫁人了的啊！

在桥头上分了手，大家都朝南走，只有何华明独自往北向着回家的路上。他还看见那倚在门边的粗大姑娘，无言地眺望着辽远的地方。一个很奇异的感觉，来到他心上，把他适才在会议上弄得很糊涂了的许多问题全赶走了。他似乎很高兴，跨着轻快的步子，吹起口哨来。然而却又忽然停住，他几乎说出声音来地那么自语了：

"这妇女就是落后，连一个多月的冬学都动员不去的，活该是地主的女儿，他妈的，他赵培基有钱，把女儿当宝贝养到这样大还不嫁人……"

他有意地摇了一下头，让那留着的短发拂着他的耳壳，接着便把它抹到后脑去，像抹着一层看不见的烦人的思绪，于是他也眺望起四周来。天已经快黑了。在远远的两山之间，停着厚重的靛青色的云块，那上边有几缕淡黄色的水波似的光，很迅速地又是在看不见的情形中变幻着，山的颜色和轮廓都也模糊成一片只给人一种沉郁之感，而人又会多想起一些什么来的。明亮的西边山上，人还跟在牛的后边，在松的田地里走来走去。也有背着犁，把牛从山坡上赶回家去的。只有这作为指导员的他已让土地荒芜。二十天来，为着这乡下的什么选举，回家的次数就更少，简直没有上过一次山。相反的，就是当他每次回家之后听到的抱怨和唠叨也就更多。

其实每当他看见别人在田地里辛劳着的时候，他就要想着自己那几块等着他去耕种的土地，而且意识到在最近无论怎样都还不能离开的工作，总是说不出的一种痛楚。假如有什么人关切地问着他，他便把话拉开去，他在人面前说笑，谈问题，做报告，而且在村民选举大会的时候，还被人拉出来跳秧歌舞，唱迷胡，他有被全乡的人所最熟稔的和欢迎的嗓子。然而他不愿同人说到他的荒着的田地，他只盼望着这选举工作一结束，他便好上山去，那土地，那泥土的气息，那强烈的阳光，那伴他的牛在呼唤着他，同他的生命都不能分离开来的。

转到后沟的时候，已经全黑下来了，靠着几十年的来来去去，和习惯了在黑处的视觉，他仍旧走得很快。而思绪也很快地转着，他是有很久的历史，很多可纪念的事同这条凶险，幽僻的深沟一道写着的。当他还小的时候。他在这里为了追一条麂子跑到有丛林的地带去而遇见豹的危险故事。他也曾离开过这里，挟着一个小包卷去入赘在老婆的家中，那时他才二十岁，她虽说已经三十二岁了，可是即使现在他也不能在回忆中搜出一个难看的印象。不久，他又牵了驮着老婆的小驴回来了。什么地方埋葬过他的一岁的儿子，和什么地方是安睡着他四岁女儿的尸体，无论在怎样的深夜他都能看见，而且有一年多他们在这沟里简直只能在夜晚才能动作，那个小队长不就是被打死在那棵大榆树边的么？那时他正在赤卫队。他自从做了指导员以来，常常弄得很晚才回家，而这些过去的印象带着一些甜蜜，辛酸和兴奋来抚慰他。他实在被很多艰深的政治问题弄得很辛苦，而村乡上的工作也的确繁难，因此他对于这孤独的夜行，虽说还不能说养成为一种爱好，但却实在是并不讨厌。

两边全是很高的山，越走树林越多，汩汩地响着的水流，有时在左，有时在右。在被山遮成很窄的一条天上，有些很冷静的星星眨着眼来望他。微微的南风，在身后斜吹过来，总带着一些熟悉的却也分不清是什么的香味。远远的狗在叫了，有两颗黄色的灯光在暗处。他的小村是贫穷的，几乎是这乡里最穷的小村，然而他爱它，只要他看见那堆在张家窑外边的柴堆，也就是村子最外边的一堆柴，他就格外有一种亲切的感觉，他并且常常以为骄傲，那就是在这只有二十家人家中却有二十八个是共产党员。

当他走上那宽坦的斜坡路，就走得更快了，他奇怪为什么这半天他几乎完全把他的牛忘记了。他焦急地要立刻明白这个问题，生过了呢，还是没有；平安无事呢，还是坏了。他在平日闲空时也曾幻想过一条小牛，同它母亲一模一样，喜欢跳跃，他急急地跑到了家，朝向关牛的地方。

二

第二天从牛的住处回来后，老婆已经把炕收拾好，而她自己并不打算睡，仍坐在灶门前。她凝视着他，忍着什么，不说话。但他却在她脸上的每条皱纹里，看出都埋伏得有风暴。习惯使他明白，除了披上衣，赶快出门是不能避免的。然而时间已经很晚了，加上他的牛……他不能出去，他嫌恶地看着她已开始露顶的前脑，但他希望省去一场风波，只好不去理她，而且在他躺下去时，说："唉，实在熬①!"他这样说，为的表示他不愿意吵架，让女人会因为他疲乏而饶了他。

然而有一滴什么东西落在地下了，女人在哭，先是一颗两颗的，后来眼泪便在脸上开了许多条河流不断地流着。微弱的麻油灯，照在那满是灰尘的黄发上，那托着腮颊的一只瘦手在灯下也就显出怕人的苍白，她轻轻地埋怨着自己，而且诅咒：

"你是应该死的了，你的命就是这样坏的呀！活该有这么一个老汉，吃不上穿不上是你的命嘛……"

他不愿说什么，心里又惦着牛，便把身子朝窑外躺着。他心里想："这老怪物，简直不是个'物质基础'，牛还会养仔，她是个什么东西，一个不会下蛋了的母鸡。"什么是"物质基础"呢，他不懂，但他明白那意思就是说那老东西已经不会再生娃的了，这是从副书记那里听来的新名词。

① "熬"是疲倦的意思。

　　他们两人都极希望再有个孩子。他需要一个帮手，她一想到她没有一个靠山就伤心，可是他们却更不和气，她骂他不挣钱，不顾家，他骂她落后，拖尾巴。自从他做了这乡的指导员以后，他们便更难以和好，像有着解不开的仇恨。

　　以前他们也吵架的，但最近她越觉得更难过；因为他越来越厉害的沉默。好像他的脾气变得好了，而她的更坏，其实是他离去得更远，她毫不能把握住他。她要的是安适的生活，而他到底要什么呢，她不懂，这简直是荒唐。更其令她伤心的，是她明白她老了，而他年轻，她不能满足他，引不起他丝毫的兴趣。

　　她哭得更厉害，搥打着什么，大声咒骂，她希望能激怒他，而他却平静地躺着，用着最大的力量压往自己的嫌厌，一个坏念头便不觉地又来了：

　　"把几块地给了她，咱也不要人烧饭，做个光身汉。这窑，这锅灶，这碗碗盏盏全给她，我拿一副铺盖，三两件衣服，横竖没娃，她有土地，家具，她可以抚养个儿子，咱就……"仿佛感觉到一种独身的轻松，翻了一个身，一只暖烘烘的猫正睡在他侧边，被他一打，躬着身子走了一步又躺下了。这猫被养了三年，是只灰色的猫，他并不喜欢别的猫，然而却很喜欢这只灰猫，每当他受苦回家后，它便假在他身边，他躺在热炕上摸着它，等老婆把饭烧好了拿上来。

　　老婆还在生气，他担心她失错把她旁边孵豆芽的缸打破，他是很欢喜吃豆芽的。但他却不愿说话，他又翻过身去，脚又触到炕角上的篓子，那里边罩了一窠新生的小鸡，因为被惊，便啾啾地叫了起来。

"知道我身体不成，总是难活①，连一点忙都不帮，草也是我铡的，牛要生仔，也不管……"她好像已经站了起来，他怕她跑过来，便一溜下炕，往院子里去了，他心里却还在赌气地说："牛，小牛都给你。"

半个月亮倒挂在那面山顶上边，照得院子有半边亮。一只狗躺在院当中，看见他便站起来走过一边去。他信脚又到了牛栏边，槽里还剩下很多的草。牛躺在暗处，轻轻地喷着鼻子，"妈的，为什么还不生呢！"便焦急地想起明天的会。

他刚要离开牛栏的时候。一个人影横过来，轻声地问着："你的牛生仔了没有？"这人一手托着草筐，一手撑在牛栏的门上，挡住他出来的路。

"是你，侯桂英。"他嗄声地说了。心不觉地跳得快了起来。

侯桂英是他间壁的青联主任的妻子，丈夫才十八岁，而二十三岁了的她却总不欢喜，她曾提出过离婚。她是妇联会的委员，现在被提为参议会的候选人。

这是第三次还是第四次了，当他晚上起来喂牲口时，她也跟着来喂，而且总跟过来说几句话，即使白天见了，她也总是眯着她那单眼皮的长眼笑。他讨厌她，恨她，有时就恨不得抓过来把她撕开，把她压碎。

月亮光落在剪了的发上，落在散开的脖子上，牙齿轻轻地

---

①　"难活"即生病的意思。

咬着嘴唇，她望着他，他也呆立在那里。

"你……"

他感到一个可怕的东西在自己身上生长出来了，他几乎要去做一件吓人的事，他可以什么都不怕的，但忽然另一个东西压住了他，他截断了她说道：

"不行的，侯桂英，你快要做议员了，咱们都是干部，要受批评的。"于是推开了她，头也不回的，走进自己的窑里去。老婆已经坐到炕上，好像还在流眼泪。

"唉!"他长长地抽了一口气，躺到了炕上。

像经过了一件大事后的那么有着应有的镇静，像想着别人的事件似的想着适才的事，他觉得很满意。于是他喊他的老婆："睡吧，牛还没有养仔呢，怕要到明天。"

老婆看见他在说话了，便停止了哭泣，吹熄了灯。

"这老家伙终是不成的，好，就让她烧烧饭吧，闹离婚印象不好。"

然而院子里的鸡叫了。老婆已脱了衣服，躺在他侧边，她唠叨地问着："明天还要出去么，什么开不完的会……"

"牛是又怕要侍候了……"但他已经没有很多时间来想牛的事，他需要睡眠，他阖着眼，努力去找瞌睡，却只见一些会场，一些群众，而且听到什么"宣传工作不够啰，农村落后呀，妇女工作等于零……"等等的话，他一想到这里，就免不了烦躁，如何能把农村弄好呢，这里没有做工作的人呀。他自己是个什么呢，他什么也不懂，他没有住过学，不识字，他连儿子都没有一个，而现在他做了乡指导员，他明天还要报告开会意义……

　　窗户纸在慢慢变白，隔壁已经有人起身了。而何华明却刚刚沉入在半睡眠状态中，黄瘦的老婆已经睡熟了，有一颗眼泪嵌在那凹下去了的眼角上。猫又睡在更侧边沉沉地打着鼾。映在曙光里的这窑洞倒也显得很温暖很甜适。

　　天渐渐地大亮了。

一九四一年于解放日报社

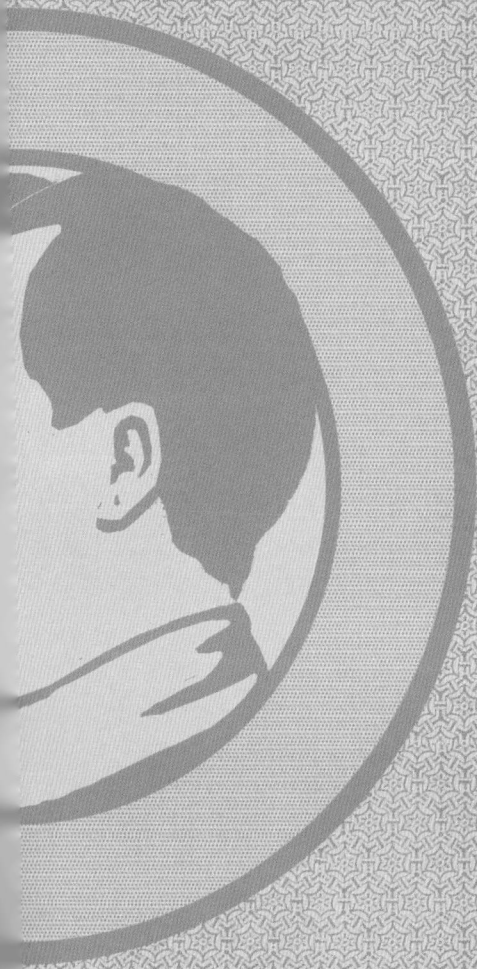